THE PENGUIN BOOK OF JAPANESE SHORT STORIES

EDITED BY JAY RUBIN
INTRODUCED BY HARUKI MURAKAMI

ペンギン・ブックスが選んだ日本の名短篇29

ジェイ・ルービン編　村上春樹序文

SHINCHOSHA

ペンギン・ブックスが選んだ日本の名短篇29　目次

序文　切腹からメルトダウンまで……村上春樹　9

日本と西洋　Japan and the West

監獄署の裏……永井荷風　41

忠実なる戦士　Loyal Warriors

興津弥五右衛門の遺書……森　鷗外　61

憂国……三島由紀夫　73

男と女　Men and Women

焔……津島佑子　101

箱の中……河野多恵子 117
残りの花……中上健次 123
ハチハニー……吉本ばなな 137
山姥の微笑……大庭みな子 147
二世の縁 拾遺……円地文子 167

自然と記憶 Nature and Memory

桃……阿部 昭 191
『物理の館物語』……小川洋子 207
忘れえぬ人々……国木田独歩 229
1963／1982年のイパネマ娘……村上春樹 245
ケンブリッジ・サーカス……柴田元幸 253

近代的生活、その他のナンセンス Modern Life and Other Nonsense

屋根裏の法学士……宇野浩二 261
工場のある街……別役 実 275
愛の夢とか……川上未映子 285
肩の上の秘書……星 新一 305

恐怖 Dread

砂糖で満ちてゆく……澤西祐典 313
件……内田百閒 331

災厄 天災及び人災 Disasters, Natural and Man-Made

関東大震災、一九二三
大地震・金将軍……芥川龍之介 343
原爆、一九四五
虫……青来有一 349
戦後の日本
五拾銭銀貨……川端康成 389
ピンク……星野智幸 397
阪神・淡路大震災、一九九五
UFOが釧路に降りる……村上春樹 421
東日本大震災、二〇一一
日和山……佐伯一麦 445
マーガレットは植える……松田青子 465
今まで通り……佐藤友哉 473
日本版のあとがき……ジェイ・ルービン 486

＊本書は原著『*The Penguin Book of Japanese Short Stories*』（2018）所収の作品のうち、短篇と呼ぶには長いもの、長篇の一部をなすものといった観点から、編者の諒解のもと、谷崎潤一郎「友田と松永の話」（『谷崎潤一郎全集 第十二巻』中央公論新社）、夏目漱石「三四郎」（『三四郎』新潮文庫）、源氏鶏太「英語屋さん」（『英語屋さん』集英社文庫）、芥川龍之介「地獄変」（『地獄変・偸盗』新潮文庫）、大田洋子「屍の街」（『屍の街』平和文庫）、野坂昭如「アメリカひじき」（『アメリカひじき・火垂るの墓』新潮文庫）の六作品を省いた。丸カッコ内は現在入手しやすい版である。

編集部

ペンギン・ブックスが選んだ日本の名短篇29

序文　切腹からメルトダウンまで

村上春樹

ジャズ・ドラマーのバディー・リッチが入院したとき、受付の看護婦に「なにかアレルギーはおありですか？」と訊かれて「カントリー＆ウェスタン音楽」と答えたという話を聞いたことがあるが、僕の場合のそれはどうやら「私小説」ということになりそうだ。

実を言うと、僕は十代から二十代前半にかけて、日本の小説をほとんど読まなかった。そして少数の例外を別にすれば、近代・現代日本文学は退屈なものだと、かなり長いあいだ思い込んでいた。これにはいくつかの理由があるのだが、学校で課題として読まされた日本の小説が比較的つまらなかったということも、そのうちのひとつになっているかもしれない。それから僕にはこの「私小説アレルギー」が強くあって（今ではさすがにいくぶん弱まってきたが）、そのせいで若い頃はできるだけ日本文学には近づかないように意識的に努めてきた。あの独特の私小説的体質というのは、近代日本文学を通過し理解しようとするとき、避けて通ることのできないものだから。

もちろん読書というのはあくまで個人的な——更に言えば相当に利己的な——営為であって、すべての読書はそれぞれ独自の偏食傾向を有するものだし、その傾向を他人がよそから正しいだの正しくないだの、歪《ゆが》んでいるだの歪んでいないだのと、簡単に断ずることはできないはずだ。人には本来、読みたい本を読みたいだけ読み、それほど読みたくない本は読まずにおいていいという、固有の権利がある。それはこのきわめて不自由な世界において人が与えられた、数少ない貴重な自由のひとつであるはずだ（もちろんそう簡単にはいかない状況が世間に多々あることは確かだが）。

しかしそれと同時に、純粋な栄養学的見地からすれば、バランスのとれた情報や知識のインテイク（摂取）は言うまでもなく、人の知性や人格の形成にとって重要な意義を持っているわけだし、僕がそういう強い偏食傾向を持って読書生活を送ってきたことは、他人から非難されるいわれはないにせよ、あまり褒められたことではないような気がしないでもない。それに僕はいちおう日本人の小説家になったのだから——というか、なってしまったのだから——日本の小説についてほとんど何も知らないというのも、いささか問題になってくるかもしれない（バディー・リッチ氏がカントリー&ウェスタン音楽を聴かないのとは少し話が違うだろう）。

だから三十歳を過ぎてからは、できるだけ日本の小説を手に取るようになり、おかげで面白い小説をいくつも発見することになったのだが、それはあくまで後日のことであり、そのようなわけで、僕が十代の頃（あの数々の刺激に満ちた一九六〇年代のことだ）に読んだ日本の小説の数はそれほど多くはない。当時の若者のヒーローであった大江健三郎の作品は、友人に勧められていくつか読んだ。あるいは芥川龍之介、夏目漱石の作品も手にとって読んだ記憶はある。しかし志賀直哉、川端康成、三島由紀夫といった作家たち——日本文学を代表するとされている重鎮の作家たちだ——の作品には、どうしても馴染むことができなかった。なぜかはわからないが、そういう人たちの文章を長く読み続けることができないのだ。途中であきらめて放り出してしまうこともよくあった。たぶん個人的な相性がよくなかったのだろう。彼らは残念ながら「僕のための作家」ではなかったようだ。もちろん僕には彼らの才能や業績を誹謗《ひぼう》するようなつもりはまったくない。非難されるべきは僕の理解力の方かもしれないのだから（その可能性は大いにある）。

というわけで、個人的なことを言わせていただければ、僕は小説作法みたいなものを、日本の先輩作家諸氏からはほとんど学ぶことがなかった。小説の書き方を、何から何まで自分の力で見つけていかなくてはならなかった。それはある意味では——背負うべき荷物が少なかったという意味あいにおいては——良きことであったとも言えそうだが。

僕が作家としてデビューしたのは三十歳のときで、それ以来四十年近い歳月が経過したわけだが（平凡な感想だが、月日がたつのは本当に速い）、そのあとに出てきた若い作家たちの作品も、少数の例外は別にして、正直なところあまり熱心に読み込んではいない。決して避けているわけではないし、また興味がないわけでもないのだが、僕の場合、今となっては他人の作品を積極的に読んで情報を取り入れるというよりは、あくまで自分のやりたいことを絞って追求していくという態勢に、頭と身体が入ってしまっている。

「想像力とは記憶のことだ」というようなことをたしかジェームズ・ジョイスが言っていたが、それはまったくそのとおりで、僕らの記憶というものは（つまり想像力の源泉は）若いうちにしっかりと形づくられてしまっていて、ある年齢を過ぎると、それが大幅な変更を受けることは希《まれ》な出来事になってしまう。

ただの長々しい言い訳になってしまったような気はするのだが、そんなわけで僕は日本の近代・現代文学についてはそれほど（あるいはまったく）詳しくない。いちおうそのへんの事情は理解していただけただろうか？　そして――これはあくまで僕の勝手な推測に過ぎないのだが――この本（英語版）を手にとって読んでおられるみなさんのおおかたも僕と同じように、日本の近代・現代文学についてはそれほど（あるいはまったく）詳しくないのではあるまいか。その正否はともかく、僕としてはあくまで話法的見地から、とりあえずそのように仮定してみたいと思う。

つまり僕としては、一段高い場所に立ってみなさんに日本文学の案内みたいなことをするのではなく、「このジェイ・ルービン氏の編んだアンソロジーにどのように向き合っていけばいいのか、みなさんと一緒に考えてみましょう」という観点から――つまり読者諸氏とほぼ同じ地平に立って――序文を書いているということになるかもしれない。言うなれば、あなたがよく知らない異国の街を、いちおうその地の住民ではあるものの、またその国の言葉が不自由なく喋れはするものの、それほど地理や歴史に明るいとは言えない人間が道案内をするみたいに。

実を言うと、僕は本書に収録された作品のほとんどを、生まれて初めて手にとって読んだ（ルービン氏の選択した三十五編の作品のうちで、僕がこれまでに読んだことのあるものはたった六作品しかなかった――僕自身の書いた作品をも含めてだ！）。そんな作品が存在していることすら知らなかった、というものも少なくなかった。

しかし言い訳をするのではないが、そのぶん僕はとても新鮮な、まっさらな気持ちで――予断や偏見や思い入れなしに――それらの作品に臨むことができたということになるだろう。そしてそれは結果的にむしろ好ましいことであった、と言っていいかもしれない。未知なるものに巡り会うというのは、いつだって興味深い体験であるから。そしてもしこういう機会がなかったら

（あるいはこういうタスクを与えられなかったら）、僕がこれらの作品に巡り会うことはまずなかったかもしれないのだ。

ただここで、ひとつ読者のみなさんに頭にとどめておいていただきたいのは、本書に収録された作品は、決して近代・現代日本文学を代表する作品――万人によって名作とみなされている定評ある作品――ばかりではないということだ。もちろん誰もが知っている「定番」もいくつか収められているが、率直に言って、そうではないものの方が数としては遥かに多い。そしてまた時代的に言っても、とても古いものととても新しいものが、文字通り隣り合って収められている。まるでiPodとSP蓄音機が店の同じ棚に並べられているみたいに。ルービン氏がどのような意図と基準をもってこれらの作品を選択したのかは、もちろんルービン氏本人に尋ねてみるしかないわけだが、いずれにせよこのような個人編纂《へんさん》のアンソロジーは、一般的公正さや世間常識よりはむしろ選者の個人的な意図、あるいはテイストが優先されてしかるべきものであり、その流れに沿って我々は本書を読み進めなくてはならない、ということになる。また本書のラインナップは――いくつか新訳のものがあるにせよ――既に英訳が発表されている作品を中心に構成されており、そこに「選択肢が限られている」という制約がある程度あったことも頭に留めておいていただきたい。

しかし何はともあれ、これがいささか型破りな作品の選択であり、かなりユニークな作家たちの組み合わせであるというのは、間違いないところだろう。日本人の平均的な読者はこのラインナップを目にしておそらく、多少の差こそあれ、首を傾げるに違いない。どうしてこれが入っているの？　どうしてあれが入っていないの？　と。

でもそれだけにかえって僕としては――日本文学にそれほど詳しいとは言えない人間としては

──本書を通して読んでみて、とても新鮮で興味深かった。目を見開かされる部分もあり、「そうか、こういう日本文学の捉え方もあるんだ」「こういう日本文学の読み方もあるんだ」と妙に納得してしまうところもあった。なによりも「次はいったいどんなものが出てくるんだろう？」という好奇心がかき立てられた。

日本には昔から「福袋」という商品がある。お正月なんかに商店が特別に売り出すパッケージのことで、袋はしっかりと封をされ、中に何が入っているかは買い手には教えられない。大方の場合、いくつもの商品がまぜこぜに入っている。しかし総計すれば、それがとても「お買い得」なものであることだけははっきりしている。つまり福袋の値段よりは遥かに高価な額面のもの（たち）が中に収められているということだ（売り手はそれが「出血サービス」であることを強調し、保証する）。人々は列を作り、文字通り争ってその「福袋」を──中身が何であるのか知らないままに──買い求める。そしてそれは大型百貨店などの人気目玉商品になっている。それを買ってうちに持ち帰り、袋を開けて中に何が入っているのかを発見するのが、人々の毎年恒例の楽しみになっている。もちろんコストパフォーマンスの良さがこの「福袋」の人気の要になっているわけだが、しかし決してそればかりではない。「中に何が入っているのか教えてもらえない」というミステリアスな要素が多くの人々を強く、抗《あらが》いがたく惹きつけるのだろう（僕自身は買ったことはないが……）。

たとえは少し不適当かもしれないが、この本を読み終えたあと、僕はついこの「福袋」のことを思い出してしまった。そういう良い意味でミステリアスな、そして射幸《しゃこう》的な楽しみが間違いなくここにはある。袋を開けて、中身を楽しんでいただければと思う。

テーマ別に各作品を見ていこう。

日本と西洋

　ここには三人の高名な日本近代文学の作家の作品が収められている。どの作品にも西洋文化と日本の文化の大きな差違に戸惑う、知識・有閑階級の人々の様子が描かれている。三人のうち永井荷風（1879-1959）と夏目漱石（1867-1916）には、それぞれに外国に遊学した経験がある。夏目は官費留学生として「英語教育法研究」のためにイギリスに二年ばかり滞在した。荷風は父親の意思で実業を学ぶためにアメリカに四年滞在し、その後はフランスに渡って一年近くをそこで過ごした。当時の日本では、海外に遊学することは、よほどのエリートか金持ちにしか許されない特権的な行為だった。

　もともとヨーロッパ志向だった荷風はアメリカの風土がもうひとつ肌に合わず、いろいろと神経を削ったようだったが、フランスに移ってからは、水を得た魚のように自由な生活を満喫した。しかしそのぶん、日本に戻ってからの精神的水位の調整にはずいぶん苦労することになった。自分の求める理想の世界と、自分が囚われている現実との相克《そうこく》。その相克が生み出す深い鬱屈《うっくつ》は、ここに収められた「監獄署の裏」（一九〇九）という作品からも読み取っていただけると思う。荷風は結局のところ、パリでの洒脱に退廃した自由な生活を、日本の風土に移し替えるに当たって、東京下町のカフェや売春宿やストリップ小屋にその土台を見いだすことになった。そして自らを、エリート世界から逸脱したアウトサイダーと見なした。彼が求めていた精神の自由は、当時の日本ではそのような場所にしか見いだすことができなかったからだ。彼は慶応大学教授の職を辞し、自らを「戯作者《げさくしゃ》」と呼び、生涯結婚することもなく、定職に就くこともなく、あえて権威を求めることもなく、自由に気ままな人生を送った。

それに比べれば漱石は、同じような屈託を抱えていたにせよ、あくまで「選良」としての人生を生きた。ロンドンに留学していたときには、生来の生真面目な性格が災いして極度の神経衰弱に陥り、文部省から帰国命令を受けて日本に戻ってきたのだが、帰国後は東京帝国大学で教師の職に就いた。そしてその傍ら小説を発表するが（小説執筆は神経衰弱を和らげるための気分転換の手段であったと言われている）、それが評判になり、結局教授職に就くことを断って朝日新聞社（当時もっとも権威のある新聞社だった）に入社し、職業作家として同紙に連載小説を次々に発表することになる。彼が小説を書いていた時期は十年ほどに過ぎないが、そのあいだに発表した作品は世間の熱い注目を浴び、多くの意味合いにおいて、その後の日本文学の流れを設定することになった。『三四郎』（一九〇八）は漱石にとっては、キャリア中期の代表作に当たるわけだが、この小説は漱石の作品の中では、個人的にいちばん好きなものだ。田舎から出てきた青年が、都会の生活に面食らい戸惑う様が——それは日本の伝統的な生き方と、西洋文化とのあいだの葛藤に他ならない——とても生き生きと描かれている。三四郎がそこで感じたことは——そこにあるスリルや混乱や歓びや憂鬱は——当時の青年たちが多かれ少なかれみんな経験したことだった。

谷崎潤一郎（1886-1965）には留学の経験はないが、いわゆる「大正デモクラシー」（日露戦争と対中国戦争との合間の、束の間の平和な日々だ）の自由で洒脱な雰囲気の中で、洗練された文学基盤を築くことになった。もともとは裕福な家庭の子供だったが、父親が破産状態に陥り、学業の途中で退学し、そのまま奉公に出されるところだった。しかし学業に優れていたために、教師の厚意によってなんとか高等学校に進むことができた。本書に収められた「友田と松永の話」はいわば、一人の人間の人格が西側と東側に分裂する話で、ミステリー仕立てになっているが、きわめて奇抜な話であるにもかかわらず、そこには「こういうことって（多かれ少なかれ）あるかもな」というある種の切実さが漂っている。西洋側にも東洋側にも、どちらにも軸足を置ききれない当時の知識人の迷いと葛藤が、ここにはユニークな寓話というかたちで巧妙に描かれている。この作品は、一九二六年（この年の暮れに大正天皇が崩御し、年号が昭和に代わった。まさに時代の変わり目だ）に「主婦之友」という婦人雑誌に掲載された。

これらの作品に描かれているのは主に、第二次大戦以前の日本の文化的状況であり、日本が積極的に西洋文化を取り入れ、しかし天皇制という「国体」を厳しく維持しながら「富国強兵」に励んでいた時代だった。敗戦とアメリカによる占領期間のあとでは、そのような状況はかなり大きく様変わりしてしまったわけだが、現在においてもやはり、西洋的なるものと東洋的なるもののシステム・クラッシュは、かたちを変えて起こり続けている。それはあるときには興味深い刺激を生み出し、あるときには深い鬱屈を生み出すことになる。

谷崎について少し個人的なことを書かせていただく。僕が三十代半ばで「谷崎賞」を受賞したときには、谷崎夫人の松子さんは高齢だったがまだお元気で、授賞式にお見えになったとき、わざわざ僕のところに来られ、受賞作の『世界の終りとハードボイルド・ワンダーランド』のことを、「ずいぶん面白く読ませていただきました」と褒めてくださった。谷崎は僕の敬愛する作家でもあり、光栄に思ったことを覚えている。また僕が初めてニューヨークの「ザ・ニューヨーカー」本社を訪れたとき、当時の編集長のロバート・ゴットリーブ氏が僕を連れて社内をぐるりと案内してくれた。そして最後に自分のオフィスに戻ったのだが、書棚に谷崎の『細雪（*The Makioka Sisters*）』が三冊並んでいるのに僕は気づいた。同じ本が三冊も並んで置かれているのだ。僕が「どうして同じ本が三冊もここにあるのですか？」と尋ねると、彼はにっこり笑って言った。

「みんなにそれと同じ質問をしてもらいたいからさ。そうすれば、ぼくはこの小説がどれほど素晴らしいか、相手に説明することができる。そしてもし相手がこの本に興味を持てば、一冊進呈することもできる」

この言葉を聞いたら、谷崎はきっと喜んだことだろう。

村上春樹

忠実なる戦士

このジャンルには切腹を題材とする二つの作品が収められている。森鷗外（1862-1922）の「興津弥五右衛門の遺書」（一九一二）は江戸時代の武士の殉死を扱い、三島由紀夫（1925-1970）の「憂国」（一九六一）は一九三六年に起こった二・二六事件（陸軍若手将校によるクーデター未遂事件）を背景にした切腹を扱っている。武士と軍人との違いはあるものの、「切腹」という特殊な自死の形態が持つ意味が、前者においてはあくまで淡々と（ほとんど事務的に）記され、そして後者においてはセクシュアルなまでに生々しく描かれている。

もともと切腹には「自らの腹をいさぎよく刃物で捌《さば》いて、（できれば）内臓を引きずり出し、潔白であることを主君に、あるいは世間に示す」という意味あいがある。武士にだけ許された名誉ある自殺法だ。それは処罰でもあり得たし、自発的な意思表示でもあり得た。いずれにせよ医学的見地からみれば、かなり効率の悪い死に方だし、時間がかかり、苦痛はきわめて大きい。頸動脈を切ったり、心臓を突いたりする方がずっと安らかに死ぬことができる。それでもおそらく効率が悪く、時間がかかるからこそだろう、武士は勇猛さと覚悟を世に示すためにも、その死の形態に固執するようになった（後年になって、苦痛を長引かせないために、腹に自ら刃物を突き立てた直後に、介添人が背後から首を刎《は》ねるというシステムが導入されることになったが）。

武士であることは――つまりエリートであることは――かくなる自死の機会がいつ訪れてもいいように覚悟していなくてはならないということを意味した。そしてそのような精神的緊張の継続と継承は当然のことながら、日本人のサイキ（精神）に少なからぬ影響を及ぼすことになったと言っても、言い過ぎにはなるまい。進んで腹を切るという姿勢は――肉体的に実際に腹を切る機会は今ではなくなってはいるが――日本人の魂にとってはひとつの美学として、今でもやはり機能し続けているように思える。現代のサラリーマンの世界においても、官僚の世界においても「腹を切る」「腹を切らされる」という表現は、「責任をとる」「責任をとらされる」という意味で一般的に、かなり頻繁に用いられている。

森鷗外はエリート軍人としてドイツに留学し、国際感覚を身につけた知識人だったが、明治天皇の死に殉じて腹を切った乃木希典将軍（夫人も同じく自死した）に深い感銘を受け、彼の葬儀にあわせてこの短編小説を書いた。興津弥五右衛門は実在した人物で、実際に割腹して死んだが、この遺書はおそらくは――基礎となる原型のようなものはあったかもしれないが基本的には――鷗外の創作であろうと推測される。遺書という淡々とした実務的形式をとりながらも、そこには終始ある種の抑制された血なまぐささが漂っている。文語体で書かれているために、現代ではこの小説を手にとる日本人はおそらく多くないだろうが、もう晩年に近い鷗外の筆が駸々《しんしん》と冴え渡る一品となっている。鷗外は生前の乃木将軍とも親交があり、その死におそらく深い共感を抱いたのだろう。彼はそれに続く中編小説「阿部一族」においても主君に殉じて切腹した武士の姿を描いているが、こちらはかなり血なまぐさい陰惨な話になっている。ちなみに鷗外と並んで明治時代の文壇を支えた夏目漱石も、乃木将軍の殉死にインスパイアされて代表作『こゝろ』を書いている。

「三島由紀夫は「憂国」にはモデルはいないと語っているが、「モデルであり得た人物はいた」というのが、本書を巡る一般的な定説になっている。実際に同じような行為に走った軍人夫婦は存在した。しかし主人公、武山信二中尉の悲壮な割腹と、その妻の麗子の自死を、どこまでも美化し純化して、文学として描ききった三島にとって、その純化物を現実のレベルに引きずり下ろされてしまうことは、やはり耐えがたかったのだろう。そしてこの作品を読み終えたとき、そこにモデルがいたかどうかは、確かにどうでもいいことのように感じられる。この作品の描く世界の美しさに惹かれる読者もおられるだろうし、ただ嫌悪感を催すしかないという読者もおられるだろう。しかしその是非はともかく、ここに描かれたひとつの想念の徹底した純化ぶりに、文学として評価すべきものがあることは認めないわけにはいかないはずだ。

三島はこの作品を書いた九年後に、実際に自ら割腹して死んだ。国を憂えての死だった。そのとき僕は二十一歳で、大学の食堂で昼食をとっているときに、そこに備え付けられたテレビでその様子を目にした。いったいそこで何が起こっているのか、そのときはほとんど理解できなかったし、事の次第がいちおう理解できてからも、その行為に切実な意味らしきものを見いだすことは、僕にはできなかった。ひとつの想念を文学として純化させることと、想念を行為として純化させることのあいだには、きわめて大きな違いがある。僕がその事件から得たものといえば、結局のところそのような認識だ。

男と女

「男と女」というジャンルには六編の作品が収録されているが、そのうちの五編は女性作家の手によって書かれたものだ。この圧倒的な偏りは何を意味しているのだろう？　男性と女性とのあいだの物語を描くには、女性の方がより適しているということなのだろうか。あるいはごく単純に、男性作家が女性の姿や心理を正確に描くのはとてもむずかしいということなのだろうか。それとも、長く続いてきた日本の男性中心社会にあっては、女性作家の視線の方がより鋭い批評精神を持ち合わせるようになったということなのだろうか。あるいは「それらのすべての総合（all the above）」ということなのだろうか？

津島佑子（1947-2016）は一歳の時に、父であり有名作家である太宰治を亡くし（愛人と心中した）、母子家庭で育ち、自らも夫と離婚し、ほとんど女手ひとつで子供たちを育てた。この「焔」（一九七九）という短編小説も、そのような日常生活のひとつの部分を緻密に描いた、私小説的作風の作品になっている。母から子へと継続していく血。去って行く男たち。出所も行き場所も定かではない子供の無言の発熱が、最後の夜空の鮮やかな（そしてまた現場においては致死的な）爆発へと結びついていく。

河野多惠子（1926-2015）は大正時代のいちばん最後の年に大阪で生まれた。谷崎潤一郎に憧れ、そのモダニズムの傾向を色濃く受け継いだ。「箱の中」（一九七五）はずいぶん奇妙な話だが、ここに描かれている女性の（ほとんど意味のない）意地悪さというか、エキセントリシティーは、男性にはなかなか思いつけないもので、女性に言わせれば「これくらいのことはどこにでもあるわよ」ということになりそうだ。この話には男性は登場しないが、男性の不在そのものが逆にひとつのメッセージになっているような気さえする。箱の中ではいろんなことが起こっているらしい。

戦後の作家でもっとも文学的に力強い作家は誰かと訊かれると、まず中上健次（1946-1992）の名前が僕の頭に浮かぶ。人間像や情景を鉄釘でページに固く打ち付けていくようなパワフルな文体で、彼独自の世界を展開した。彼の故郷である紀州（和歌山県南部）がその物語のために強力なバックグラウンドとなった。実際に会って面と向かって話すと、作風から想像するよりずっと柔和でセンシティブな人だという印象を持った。脂ののりきっていた時期に病を得て夭逝《ようせつ》したことが、たいへん惜しまれる。本書に収められた「残りの花」は一九八三年に書かれた。暗闇の中で盲目の女と肌を重ね合う若い男。すべては豊穣なる大地から生まれ、骨となって大地に還っていく。暗闇からやってきたものは、また暗闇に還っていく。とても印象的な作品だ。

吉本ばなな（1964-）は高名な批評家・詩人である吉本隆明の次女として生まれた。一九八七年に「キッチン」で作家としてデビューし、その処女作は若い人々に支持され、圧倒的なベストセラーになり、海外でも評判になった。初期の作品群においては、若い女性がこの世界で生活を営んでいく様が、言葉が空間を自然にすり抜けて行くような感覚で、ヴィヴィッドに描かれていた。

この「ハチハニー」（一九九九）は『不倫と南米』というタイトルの短編集に収録されている。主人公の女性は愛情関係のトラブルを抱えて日本を離れ、友人の住むブエノスアイレスを訪れ、そこにしばらく滞在している。そしてその異国の地で、異国の風土や歴史や人々とふれあいながら、日本の日常生活における自らを外側からの眼差しで確認していく。いくらでもどろどろした話にしてしまえそうだが、そこに漂う静謐《せいひつ》であっさりとした感覚が、読者を不思議に説得してしまうところがある。吉本ばななの独自の世界だ。文学とはこういうものだ――というような旧来の決めつけは、彼女の小説にはまったく無縁のものである。

大庭みな子（1930-2007）は海軍軍医の娘として東京に生まれ、父親の任地である広島県で少女時代を過ごし、十四歳のときに原爆投下を経験した。そしてその悲惨な光景を目にしたことは、彼女の作家としてのひとつの原点となった。余分な修飾を極力排し、乾いた的確な文体を用いて世界を鋭利に切り取っていくその文学手法は、高く評価された。「山姥の微笑」（一九七六）は山姥という日本古来の伝説をひとつの装置として、現代に生きる当たり前の一人の女性の生き方――それは演技的な生き方でもある――を浮き彫りにしていく。人々が目にする妖怪とは往々にして、暗い鏡に映る自らの姿に過ぎない。多くの女性は、作者の描く山姥の中に、自分のあり方の一面を見てとることになるかもしれない。山に生きればあやしい妖怪となり、里に生きれば普通の主婦と見なされる女性の像は、フェミニストでもある作者にとってのひとつの大事なモチーフとなった。

円地文子（1905-1986）は劇作家としてデビューし、六十代になってから小説家として広く認められるようになった。彼女の書く少女小説は人気が高かった。また古典にも造詣が深く、彼女の現代語訳した『源氏物語』は評価が高い。この「二世の縁　拾遺」（一九五七）は、上田秋成（1734-1809）の古典『春雨物語』の中に収められている「二世の縁」という短い怪奇譚をもとにして物語が進められる。そのことは知らず、僕も『騎士団長殺し』という長編小説の中で、この「二世の縁」をストラクチャーのひとつとして用いたことがある。戦争中に死亡した夫と、彼女に肉体関係を迫る老教授、その二人の男たちは秋成の残した「物語」というパイプを通って、暗闇の中で彼女の肌にじわじわと迫ってくる。しかしその正体は……。とてもよくつくられた怖い短編小説だ。鈴木清順がこの「二世の縁 拾遺」を『木乃伊《ミイラ》の恋』というタイトルでテレビ映画化したことがあり、なかなか良い面白い作品だったと記憶している。

自然と記憶

阿部昭（1934-1989）は東京の放送局に勤務し、ディレクターを務める傍ら小説を書いていたが、三十七歳のときに職を辞して専業作家となった。自らの家族や日常生活を題材とした私小説的作品が多く、「内向の世代」の一人と呼ばれることが多い。この「桃」（一九七二）においても、とくに何か特別な出来事が起こるわけではない。作者の頭の片隅にあるひとつの古い記憶が検証されるだけのことだ。いわゆる「心境小説」だ。しかしその記憶にはありありとした五感が伴っている。まるでモノクロームのフィルムにだんだん色が浮かび上がってくるように、記憶はページの上で実体をそなえていく。乳母車に積まれたたくさんの桃の匂いや、その重みや、あたりの空気の冷ややかさや、蛙の鳴き声や、乳母車の立てる音がしっかり記憶と結びついている。しかしある日、その記憶に関してある重大な疑いが生まれる。そして作者は混乱する……。日本の小説のひとつのあり方を示した佳作である。

小川洋子（1962-）は一九八八年に作家としてデビューし、吉本ばななと共に新しい感覚を持った女性作家として注目され（二人はほとんど同時期に出てきた）、それ以降自分のペースを守って、着実に物語を語り続け、その物静かではあるけれど芯の強い文体と作風は、多くの読者に支持されている。

どのような街にも必ず「謎の屋敷」があり、その屋敷には必ず謎の住人が住んでいる。そして子供たちは否応《いやおう》なくそのような屋敷に引き寄せられていく。僕の住んでいた街にもそういう屋敷はあった。あなたの住んでいた街にもきっとひとつはあったはずだ。作者は物語というトンネルを通して、そのような屋敷にあなたをもう一度連れ戻す。この『物理の館物語』（二〇〇九）はそういう物語だ。物語の語り手の、心優しい視線の低さが印象的だ。

国木田独歩（1871-1908）は森鷗外や夏目漱石とだいたい同世代の明治時代の作家だが、「文豪」とも呼ばれるその二人に比べれば、マイナー・ポエト（minor poet）という印象が強い。ロシア文学における（トルストイやドストエフスキーに対する）ツルゲーネフのような存在であるかもしれない。熱心なクリスチャンで、雑誌編集者としても活躍した。東京郊外の豊かな自然を鮮やかに描いた「武蔵野」が代表作で、この文体は日本の自然主義小説のひとつの指標ともなった。この「忘れえぬ人々」（一八九八）においても、作者がひとつひとつの場所や、一人ひとりの人物を描いていく筆致は今読んでもとても生き生きとしており、それらの姿が時代を超えて眼前に浮かび上がってくるところがある。最後のツイストもきいている。こういう切れの良い小ぶりな作品は、やはり漱石や鷗外には書くことのできない種類のものだろう。

「自然と記憶」と題したこのセクションに収められた次の作品「1963／1982年のイパネマ娘」（一九八二）は、僕が自分で書いた小説だが、あるときふと気が向いてぱらぱらと書いたシンプルな文章的スケッチのようなもので、書いたこと自体すっかり忘れてしまっていた。でもジェイ・ルービン氏はなぜかこの小品がとても気に入ったらしく、執拗に掲載を迫った。もちろんどんなものでも気に入っていただければ、作者としてはたいへん嬉しいのだが、僕は正直なところ、今でも首を軽くひねり続けている。本当にこんなものでいいの？　読者のみなさんはどのように感じられますか？　気に入っていただければ、作者としてはもちろん嬉しいのだが。しかしそれはそれとして、この曲のスタン・ゲッツのソロはいつ聴いても素晴らしいですね。

柴田元幸は一九五四年東京生まれ。長年にわたって東京大学文学部で教鞭をとっていたが、現在は退職して翻訳、著述、雑誌編集に携わっている。小柄な人だが、信じられぬほど旺盛なエネルギーでもって、主に現代アメリカ文学の翻訳と紹介を精力的に行い、翻訳という作業の概念を大きく変えてきた。僕（村上）とは三十年以上にわたって、翻訳作業において親しい協力関係にあり、僕にとっては翻訳の先生ともコーチとも言うべき役割を果たしてきてくれた。ポール・オースターやスティーヴン・ミルハウザー、スティーヴ・エリクソン、レアード・ハント、スチュアート・ダイベック、バリー・ユアグロー、レベッカ・ブラウンなどが——先鋭的なアメリカ現代作家たちだ——日本の読者の手にこれほど広く取られるようになったのは、彼の努力なくしてはなかったことだろう。柴田の訳したものであればなんでも読むというファンも少なくない。アメリカ文学に関係したエッセイを書くことも多いが、フィクションを書くことはとても珍しい。この「ケンブリッジ・サーカス」（二〇〇四）という短いスケッチ風の作品は、おそらくフィクションとエッセイの間に微妙に位置していると言っていいだろうが、視線の新鮮さと、センスの良さと、語りのうまさで読者の心を惹きつける。

近代的生活、その他のナンセンス

宇野浩二（1891-1961）は主に大正時代に活躍した作家で、いわゆる「私小説」作家の一人とされている。この「屋根裏の法学士」（一九一八）はごく初期の作品だが、読んでいてこっちがだんだん切なくなってくるような、まことに情けない話だ。大学を出たものの、自分の本当にやりたいことがうまく見つけられず、見つけたと思ってもうまくいかず、理想ばかり高くて、実力が伴わない。プライドだけは高いが、それに見合った才能もなく根気もない。夏目漱石が『それから』の中で描いたのは「高等遊民」の姿だが、この主人公はどう転んでも「高等」とは言い難い。下宿の押し入れに日がな寝転んで、頭の中で夢を描き、自分を評価してくれない世の中を見下しているばかりだ。自虐的私小説なのか、それとも風刺的ユーモア小説なのか、見定めがたいところがある。「でも、こういう人間って今でもいっぱいいますよ」と言われたらそれまでだけど……。

源氏鶏太（1912-1985）は主に昭和三十年代に、サラリーマンを主人公とした娯楽小説を商業雑誌向けに数多く書いて人気を得た作家だ。彼が活躍した時代は、日本経済が急速に発展した時代に重なっており、ネクタイを締めた都会のサラリーマンたちは当時の花形の職業だった。会社で日々仕事に精出す人々（そのおおかたはあまりぱっとしない人々だ）の切実な奮闘ぶりを、ユーモアの感覚を交えて描いたその作風は、人々の――おそらくは同じような境遇にある人々の――共感を呼んだ。しかし日本経済が高度成長期を通過してしまった現在、彼の作品を手に取る人はおそらくそれほど多くはないだろう。いわゆる「現代生活」のアクチュアルな現代性は時間の経過に従って薄れ、やがては消えてしまう。しかし今の若い人がこの「英語屋さん」（一九五一）を読めば、あるいはこういう（ある意味古風な）小説も逆にけっこう新鮮に読めてしまう、というようなこともあるのかもしれない。僕にはよくわからない。

別役実（1937-）は劇作家として知られる。満州に生まれ、終戦までそこで育った。サミュエル・ベケット風の不条理劇で、とくに一九六〇年代から七〇年代にかけて若者たちの熱心な支持を得て、人気を博した。小説も数多く発表しているが、子供向けの――あるいはそういう形式をとった――寓話的な物語が多い。この「工場のある街」（一九七三）もそのうちのひとつで、創作童話を朗読するテレビ番組のために書かれている。僕がこの話を読んで思ったのは、そういえば昔は（僕の子供時代には）もくもくと煙を出している工場がまわりにけっこうあったよな、ということだ。最近ではそういう光景をあまり目にしなくなった。製造業が産業の中心からだんだん外れ、環境に対する人々の意識も変化した。工場の煙突から出る黒い煙を見て、〈あの煙を見ていると、何か腹の底から、力が湧いてくるような気がします〉なんて言う人はもういないだろう。

現代の日本文学シーンでは数多くの女性作家が活躍しているが（男性作家の影が薄く見えてしまうほどだ）、川上未映子（1976-）はそのシーンの核心近くに位置する、新しい作家の一人だ。川上は小川洋子、吉本ばなな、川上弘美といった一九八〇年代から九〇年代初期に現れた女性作家群（とくに彼女たちがグループを組んでいるわけではないが）より、世代的にはひとつ下になる。彼女の書く小説を特徴づけているのは――僕が思うに――鋭い言語感覚（彼女は小説家になる以前に、詩人だった）と、その言語が切り拓いていく物語の比較的ゆったりとした進み方だ。鋭さと緩やかさがひとつに結びつき、その組み合わせによって、そこに面白いグルーヴ感が生まれる。そしてそのグルーヴに身を委ねていると、最後にはっとさせられる不穏なツイストが（往々にして）待ち受けている。この「愛の夢とか」は二〇一一年に書かれ、短編集のタイトル作となっている。隣家の年配の奥さんの弾くピアノ曲に心惹かれる主人公の女性は、これからいったいどこに行こうとしているのだろう？　静かで平和（そう）な住宅地の日常を描いた、一見ほんわかとした話だが、そこには何かしら不吉な気配が漂っているようだ。

星新一（1926-1997）は「ショートショート」という新しい小説の形式を日本に登場させた作家だ。いくつかの例外を別にすれば、数ページで終わる物語を彼は終生書き続け、そのスタイルが彼を有名にした。森鷗外は大伯父にあたり、父親は製薬会社の社長であり、本人も短期間その会社の社長を務めた。僕自身の感想を言わせていただくなら、彼の作品の優れたものには、見事に鋭い機知があり、あっと驚く仕掛けがある。僕も若い頃、そのような彼の作品を楽しんだ記憶がある。しかしそれと同時に「定型」を感じさせてしまう作品も、正直に言って少なくはなかった。それはこの種のプロット中心の話を書く――とりわけ多産な――作家には避けがたい宿命なのだろうが。「長編作家と同じような、原稿用紙一枚いくらという原稿料の計算のされ方は不公平だ」というのが星の積年の主張であったようだが、その主張はよく理解できる。あるいはそれが、多作に走らざるを得なかった理由のひとつなのかもしれない。「肩の上の秘書」は一九六一年に発表された。

恐怖

芥川龍之介（1892-1927）は夏目漱石の跡を継ぐようなかたちで出てきた作家で、大正期の日本文学を代表する優れた作品を残したが、神経を病み、昭和期に入ってすぐに自殺を遂げた。芥川はその生涯において、かなり作風を変化させているが、そこに一貫して見受けられるのは、暗闇の中に浮かぶ明かりの、短く儚《はかな》い美しさのようなものだ。彼の的確にして繊細な文章が、その明かりを一瞬手中に捕らえる。彼は若い時期に、古典に題材を得た物語を好んで書いたが、この「地獄変」（一九一八）もそのひとつだ。二十代半ばに書かれた作品だが、その才気が溢れ出るような筆致は今も色褪せることはない。

澤西祐典（1986-）は本書に収められた作家の中では最も年若い作家だろう。デビューしたのは二〇一一年、大学講師を務めながら、奇妙な味を持つ小説をコンスタントに文芸誌に発表し続けている。この「砂糖で満ちてゆく」（二〇一三）は「全身性糖化症」（一般に「糖皮病」と呼ばれる）という不治の奇病にかかった母親を看取る娘の話だ。〈母の体で、初めに砂糖に変わったのは膣だった〉といういうどきっとする文章で話は始まる。僕が最近読んだ中では最も強烈な出だしの文章だ。難病の母を看取る娘、という話の設定はどちらかといえばありがちなものだけれど、作者はあきらかにその「ありがちな」設定を装置として借用し、そこに「全身性糖化症」という架空の病気（たぶん架空なのだろう）を立ち上げることで、物語を静謐のうちに、そしてまたシュールレアリスティックにドライブしていく。結末はかなり衝撃的かもしれない。

内田百閒（1889-1971）は夏目漱石の弟子筋にあたり、同じ弟子である芥川龍之介とも仲が良かった。長いあいだ大学でドイツ語教師を務めた。酒を愛し、いつも借金に追われ、自由な生き方を好んだ作家で、いくぶんひねくれた目で世界を眺め、その愉快で闊達《かったつ》な随筆は今でも多くの人の手にとられている。長命だったこともあり、作品は数多いが、僕個人としては、怪奇な世界を描いた彼の一連の短編小説を愛好する。夏目漱石の『夢十夜』を思わせる不思議な世界が繰り広げられるが、漱石の研ぎ澄まされた神経症的なエッジはなく、そこにあるのはほとんど土俗的な、そしてユーモアの香りのする魑魅魍魎《ちみもうりょう》の饗宴だ。「件《くだん》」（一九二一）もその代表的な作品のひとつだ。まさに内田にしか描けない世界である。「件」は漢字でにんべんに牛と書く。つまり人間と牛とのハイブリッドだ。タイトルの字を見ているだけで、少し気味悪くなってくる。

災厄　天災及び人災

日本は自然災害のきわめて多い国だ……と単純に言い切ってしまっていいものかどうか、僕にはわからないが、遥か昔から地震や噴火や津波が数多くあり、また台風の通り道にもあたり、それらの被害が甚大であったことは確かだ。そして我々が常に自然災害を身近に感じながら、そしてそれらに備えながら生活してきたというのは、間違いのないところだろう。そのような自然に対する恐《おそ》れと畏《おそ》れは、我々のメンタリティーに遺伝的に組み込まれてしまっているようだ。ただそのような自然災害の多さに比べて、外敵の侵略みたいなもの（人的災害）は歴史上ほとんど経験してこなかった。もちろん一九四五年の夏に広島と長崎に原爆が投下され、マッカーサー将軍を乗せた飛行機が厚木基地に降り立つまでは……ということだが。そして二〇一一年の東日本大震災においては、「天災」の副産物として、原子力発電所の事故という圧倒的な「人災」が追加されることになった。おそらくこの悲劇的な出来事によって、我々日本人のメンタリティーにもまたいくつかの更新がなされたはずだ。その「更新」がこれからどのような方向に進んでいくものか、我々は市民として、また作家として、しっかり見定めなくてはならないだろう。

関東大震災、一九二三

芥川龍之介は一九二三年九月一日に東京周辺を直撃した関東大震災についての記録を残している。日記を基にしたような、あくまで断片的な身辺雑記ではあるが、その場に居合わせたものでなくては書き記せない、はっとするような生々しい——そして同時に妙に日常的ともいえる——

記述があちこちに見受けられる。そこにはまた作家としての目をもって、その巨大な災害を様々な角度から捉え、書き残そうとする姿勢も見受けられる。

災害の大きかつただけにこんどの大地震は、我我作家の心にも大きな動揺を与へた。我我ははげしい愛や、憎しみや、憐《あはれ》みや、不安を経験した。在来、我我のとりあつかつた人間の心理は、どちらかといへばデリケエトなものである。それへ今度はもつと線の太い感情の曲線を忽がいたものが新《あらた》に加はるやうになるかも知れない。勿論《もちろん》その感情の波を起伏《きふく》させる段取りには大地震や火事を使ふのである。事実はどうなるかわからぬが、さういふ可能性はありさうである。

「震災の文芸に与ふる影響」と題した文章（一九二三）で彼はこのように述べている。それはまさに、現代に生きる作家である我々も同じように、深く心に感じたことだった。

「大地震」は一九二七年、芥川の死後に、「或阿呆の一生」の一部として発表されたものだが、本書では、大震災の翌年に書かれた「金将軍」を導入するために収められている。「金将軍」はとても不思議な話だ。僕はこんな物語を芥川が書いているということも知らなかったし、僕のまわりにもこの話を読んだことのある人は一人もいなかった。ジェイ・ルービン氏はいったいどこからこんなユニークな短編小説を見つけ出してきたのだろう？　日本が十六世紀末に朝鮮半島を軍事侵略する前後を描いた話だが、基本的には朝鮮の側から見た物語になっている。荒唐無稽といえば荒唐無稽な怪異譚だが、政治的に読もうと思えば読めなくもない。芥川の生来の二重性が、ここにもちらりと顔を見せているようだ。芥川の同種の作品（昔話、あるいは古い説話の adaptation）にはもっと出来の良いものが数多くあると思うが、これはこれで独特の雰囲気を持つ知られざる小品だ。

原爆、一九四五

大田洋子（1903-1963）は広島出身。戦争前から東京で女流作家として活動していたが、たまたま広島の妹宅に戻っているときに原爆投下を経験した。そしてそこで自分が目撃した悲惨きわまりない光景を、同時的に克明に記録した。当初の原稿にはアメリカ軍に対する激しい批判の部分が含まれていて、そのため占領軍の指示によって出版差し止め処分を受けた。「屍の街」（一九四八）には凄惨な記述が数多く含まれている。ところどころで読むのがつらくなる。言うまでもなく、書く方だってそれ以上につらかったはずだ。しかしこの世界には、文章という形でしか残せないものごとがあり、伝えられない感情があり、描けない情景がある。文章を職業とするものにとって、このような文章を読み通すことは貴重な体験となり、またひとつの自戒となる。

爆心地近くで被爆し、全身が焼けただれた裸の少年と作者とのあいだに、こんな会話が交わされる。

〈「僕死にそうです。死ぬかも知れないです。くるしいなア。」
「みんな死にそうなんだからがまんするのよ〔以下略〕」〉（傍点村上）

こんな会話は、そしてこんな（不気味な諧謔さえ感じさせる）ロジックは、普通のフィクションの世界ではまず成立し得ないだろう。

青来有一（1958-）は長崎生まれで、爆心地の近くで育った。市役所勤めをしながら、文筆活動を続け、二〇〇一年に「聖水」で芥川賞を受賞、二〇一〇年に長崎原爆資料館長に就任した。

「虫」(二〇〇五)は連作短編小説集『爆心』の中に収められている。作者はもちろん戦後生まれだが、故郷の土地で被爆した人々の記憶を、フィクションというかたちで語り継いでいく。歴史というものは我々の社会にとっての貴重な集合的記憶であり、誰かが語り継いで行かなければ、それはいつか消えてしまうことになる。あるいは誰かの手で都合良く書き換えられてしまうことになる。作者はここでは微少な虫という視点を得て、人と神との切実なせめぎ合い――語り手はクリスチャン、江戸時代の隠れ切支丹の末裔だ――に迫る。九州弁をしゃべるウマオイの姿が印象的だ。

戦後の日本

川端康成(1899-1972)は我が国を代表する作家の一人であり、ノーベル文学賞を受賞し、その後自死を遂げた(アーネスト・ヘミングウェイと同じように)。「五拾銭銀貨」(一九四六)は『掌の小説』と呼ばれる短い小説を集めた作品集に収められている。戦前と戦後でほとんどすべての物事ががらりと様変わりしてしまった。その変化を五拾銭銀貨を軸にして、とても穏やかに静かに――中産階級的にと言ってもいいかもしれない――ページの上に浮かびあがらせていく。ほとんど最後に、母が空襲で焼け死んでしまったことが(こっそりと)明らかにされる。あたりにはもう犬の姿さえ見当たらない。文章の芸のサンプルとでもいうべき小品だ。

野坂昭如(1930-2015)が文壇デビューしたのは一九六三年の『エロ事師たち』で、エロティックな雑事をなりわいとする男の生き様を生々しく、またユーモラスに描いたこの破天荒な小説は、当時ずいぶん世間の話題になった。高校生のときに僕も面白く読んだ記憶がある。それまでの野坂は男性誌に軽薄な雑文を書き、あちこちのマスコミに顔を出して挑発的な発言をする、正体不明の黒眼鏡の男（常に「ブルース・ブラザース」のような濃いサングラスをかけていた）に過ぎなかったのだが、それ以降は実力のある個性的な小説家として一目置かれるようになった。しかし彼が本当の意味で真価を発揮したのは、戦争中の体験を基にした二つの心に響く小説、「火垂るの墓」と「アメリカひじき」（いずれも一九六七）においてだった。戦争中まだ幼い少年であった彼は終生、戦争中の悲惨な体験の記憶を背負い続けると共に、一面の焦土と化した「なんにもない」日本に対するある種の憧憬を抱き続けていた。そして自らを「焼け跡闇市派」と称し、戦後の日本社会の偽善性と、その繁栄の底の浅さを痛烈に批判した。

星野智幸（1965-）は大学卒業後に産経新聞社に就職したが、一九九一年に退職して職業作家となった。「ピンク」（二〇一四）が扱っているのは、戦後日本が到達したひとつの閉塞状況だ。戦後日本を支えた「平和と経済的繁栄」という二つの要素が行き詰まりを見せ、そこに異常気象が追い打ちをかけ、行き場を失った若者たちが、新しい波動を得るために「つむじ踊り」という回転運動にはまり込む。そしてより激しい自壊作用に絡め取られていく。もちろんひとつの寓話に過ぎないのだが、ただのお話とは言い切れないリアルなものがこの短編作品には含まれている。前述した野坂の世代には「一面の焼け野原と化した日本」という原風景があった。僕（村上）の世代には一九六〇年代の高度成長と理想主義という原風景がある。しかし星野の世代には、語るに足る原風景のようなものは、あるいは存在しないのかもしれない。そのぶん――というか――ディストピアの風景の描写は切実で鮮やかだ。

阪神・淡路大震災、一九九五

村上春樹（1949-）は――つまり僕自身のことだが――少年時代を神戸で送った。一九九五年に神戸周辺で大きな地震が起こり、六五〇〇名に近い人々がその命を落としたとき、僕はマサチューセッツ州ケンブリッジに住んでいた。あちこちに黒煙の上がるその都市の光景を、CBSの朝のニュースで見ながら、遠く離れたところにいる自分に何もできないことがとても切なかった。両親が住んでいた家も——それは僕が育った家だ——地震のせいで大きく傾いてしまった。

僕にできることといえば、事態がいちおうの落ち着きを見せたあとで、その地震について物語を書くことくらいしかなかった。そしてその五年後に『神の子どもたちはみな踊る（*After the Quake*）』という連作短編小説集を書いた。僕がそこで行ったのは、（1）地震について直接の描写はしない、（2）神戸を舞台としては出さない、（3）しかしその地震によって人々が受けた様々な変更を、いくつかの物語として描くということだった。それが何かの役に立つのかどうか、僕にはわからない。しかしそのときの僕には、そうするのが（自分にとって）もっとも正しいことのように感じられたのだ。「UFOが釧路に降りる」（一九九九）もその中の一編だ。神戸の地震は北海道にどのような影響を及ぼしたのか？

東日本大震災、二〇一一

ここからの三編は、二〇一一年三月の東日本大震災を題材とした——あるいは背景とした——小説になっている。巨大な地震と、悪夢のような津波、そして「想定外」の原子力発電所のメルトダウン（それは七年以上を経た現在においてもまだ続いている）。圧倒的なスリー・ストライクだ。我々小説家はその出来事から何を学べばいいのか、そこから何を取り出せばいいのか、それをどのようなかたちに変えていけばいいのか……その結論を出すにはまだまだ時間がかかることだろう。そこにはとりあえず急を要する種類のタスクがあり、またじっくり腰を据えてなすべき種類のタスクがある。

佐伯一麦（1959-）は宮城県仙台市に生まれた。電気工として働きながら小説を書き、一九八四年に作家としてデビューした。自らのまわりに起こった出来事を題材とし、静かな筆致で世界を立ち上げていく。それがこの人のスタイルだ。電気工をしていた時代にアスベストを肺に吸い込み、そのために身体を壊した経験を持つ。「日和山」（二〇一二）は語りによる震災の伝承記録だ。著者は——自らも震災を現地で体験しているのだが——自らの口でそれを語るのではなく、まわりの人々に体験を語らせる。そしてそこに彼ら一人ひとりの人間性や暮らしぶりを立ち上げ、彼らの受けた衝撃や悲しみや、そして再生への姿勢を静かに浮き彫りにしていく。どこまでが事実であり、どこからがフィクションなのか、それを見分けるのはむずかしいが、そんな峻別《しゅんべつ》そのものがほとんど意味を持たない現実がそこにある。

松田青子（1979-）は二〇一〇年に作家としてデビューし、英米の作品の翻訳も行っている。この「マーガレットは植える」（二〇一二）は雑誌「早稲田文学」の増刊号「震災とフィクションの〝距離〟」に収められている。つまり東北の地震をテーマとして、あるいは背景として書かれたフィクションということになる。シュールレアリスティックな話だ。白髪混じりのかつらをかぶり、眼鏡をかけて変装し、額に皺を描き、自らをマーガレットと名乗る女性（もちろん日本人）が、雇い主から送られてきた品物を指定されたとおり、片端から庭に植えていく。それが彼女の与えられた仕事だ。しかし植えるように指定されるものは美しい花から、だんだん醜いもの、汚いものへと変わっていく。そして最後は恐怖ばかりになってしまう。どのようにも解釈のできる寓話ではあるが、これを震災がもたらした心的状況ととるなら、地震そのものさえもがひとつの分離不可能な、巨大な寓話と化してしまうことになるのかもしれない。

佐藤友哉（1980-）が地震（そしてそれが導き出した原発事故）を題材に紡ぎ出すのもダークな寓話だ。普通の人々は放射能をかぶった食材や水をなんとか子供たちの口にさせまいと、痛ましいまでに努力する。そのために土地を離れ、海外に移住する人も少なくない。しかしこの「今まで通り」（二〇一二）の主人公である母親にとっては、そのような状況は、我が子を人知れず殺すための絶好の機会でしかない。こんなラッキーなことはない、と彼女は考える。そして表情ひとつ変えることなく、放射能に汚染されていそうな食べ物を淡々と幼い子供に与え続ける。ひどく後味の悪い話だ。そこではディストピアは既に、ディストピアでさえなくなってしまっている。そこに何かしらの出口は――現実的な、あるいは文芸的な脱出口は――示唆されているのだろうか？

日本と西洋

Japan and the West

監獄署の裏

永井荷風

永井荷風

われは病いをも死をも見る事を好まず、われより遠《とおざ》けよ。
世のあらゆる醜きものを。――『ヘッダガブレル』イブセン

――兄閣下《けい》

お手紙ありがとう御在います。無事帰朝しまして、もう四五個月になります。然《しか》し御存じの通り、西洋へ行っても此《こ》れと定《さだま》った職業は覚えず、学位の肩書も取れず、取集めたものは芝居とオペラと音楽会《コンセール》の番組《プログラム》に女芸人の写真と裸体画《はだかえ》ばかり。年は已《すで》に三十歳になりますが、まだ家をなす訳にも行かないので、今だにぐずぐずと父が屋敷の一室に閉居して居ります。処《ところ》は市《いち》ケ谷《や》監獄署の裏手で、この近所では見付《みつき》の稍大《ややおおき》い門構え、高い樹木がこんもりと繁って居ますから、近辺で父の名前をお聞きになれば、直《すぐ》にそれと分りましょう。

私は当分、何にもせず、此処《ここ》にこうして居るより仕様がありますまい。一生涯こうして居るのかも知れません。然し、此の境遇は私に取っては別に意外と云う程の事では無い。日本に帰ったらどうして暮そうかという問題は、万事を忘れて音楽を聴いて居る最中《さいちゅう》、恋人の接吻に酔《え》って居る最中、若葉の蔭からセエヌ河の夕暮を眺めて居る最中にも、絶えず自分の心に浮んで来た。

散々に自分の心を悩《なや》ました久しい古い問題です。私は白状します。意気地のない私が案外にあれ程久しく、淋しい月日を旅の境遇に送り得たのも、つまりは已《や》み難い芸術の憧憬《あこがれ》と云うよりも、苦しい此問題の解決がつかなかった為《た》めです。外国ですと身体《からだ》に故障のない限りは決して飢えると云う恐れが有りません。料理屋の給仕人でも商店の売児《うりこ》でも、新聞の広告をたよりに名誉を捨鉢《すてばち》の身の上は、何でも出来ます。「紳士」と云う偽善の体面を持たぬ方が、第一に世を欺《あざむ》くと云う心に疚《やま》しい事がなく、社会の真相を覗い、人生の誠の涙に触れる機会も亦《また》多い。然し一度《ひとた》び生れた故郷へ帰っては――生れた土地ほど狭苦しい処はない――まさかに其処《そこ》までは周囲の事情が許さず、自分の身も亦それ程潔く虚栄心から超越してしまう事が出来ない。私は濃霧の海上に漂う船のように何一つ前途の方針、将来の計画もなしに、低い平《ひらた》い板屋根と怪物のように屈曲《ひねく》れた真黒な松の木が立って居る神戸の港へ着きました。事によれば知人の多い東京へは行かず、この辺へ足を留め、身を隠そうかとも思って居た。其の矢先混雑する船梯子を上って、底力のある感激の一声――

「兄さん。御無事で。」と云って私の前に現れた人がある。大学の制服をつけた私の弟でした。この両三年は殊更《ことさら》に音信も絶え勝ちになっていたので、故郷の父親は大層心配して、汽船会社に聞合し、自分の乗込んだ船を知り、弟を迎いに差向けたと云う次第が分りました。

私は覚えず顔を隠したいほど恐縮しました。同時に私はもう親の慈愛には飽々《あきあき》したような心持もしました。親は何故《なぜ》不孝な其の児を打捨ててしまわないのでしょう。児は何故《なにゆえ》に親に対する感謝の念に迫《せ》められるのでしょう。無理にも感謝せまいと思うと、何故《なぜ》それが我ながら苦しく空恐ろしく感じられるのでしょう。ああ、人間が血族の関係ほど重苦しく、不快極《きわま》るものは無い。親友にしろ恋人にしろ、妻にしろ、其の関係は、如何に余儀なくとも、堅くとも、苦しくとも、それは自己が一度《ひとたび》意識して結んだものです。然るに親兄弟の関係ばかりは先天的にどんな事をしても断ち得ないものです。断ち得たにしても堪えがたい良心の苦痛が残ります。実に因果です。ファタリテーです。閣下よ。人の家の軒に巣を造る雀を御覧なさい。雀の子は巣を飛び立つと同時に、この悪運命の蔭からすっかり離れて仕舞います。其の親も亦道徳の縄で子雀の心を繋ごうとは思って居ないらしい。

私は一目弟の顔を見ると、同じ血から生れて、自分と能《よ》く似て居る其の顔を見ると、何とも云えない残酷な感激に迫《せ》められました。云われぬ懐しい感情と共にこの年月《としつき》の放浪の悲しみと喜びと、凡《すべ》ての活々《いきいき》した自由な感情は名残もなく消えて仕舞ったような気がしました。身のまわりの空気は忽《たちま》ち話に聞く中世紀の修道院《モナステール》の中もかくやとばかり、氷の如く冷《ひやや》かに鏡の如く透明に沈静したように思われました。

弟は云います――兄さん、六時の汽車が急行です、切符を買いましょう。

私は何とも答えませんでした。私は神戸のステーションで、品格のない然し肉付《にくづき》のいい若いアメリカの女が二三人、花売りから花束を買って居るのを見ただけです。私はその翌日の朝新橋に着き人力車で市ケ谷監獄署の裏手なる父の邸宅へ送り込まれました。

其の夜《よ》、家ではいささかの酒宴が催されました。父は今年六十。たとえ事情は何であっても、表向は家の嫡子《ちゃくし》と云う体面を重《おもん》ずる為めでしょう。私をば東坡書随大小真行皆有娬媚可喜処老蝯書と書いた私には読めない掛物を掛けた床の間の前に坐らせ、向い合っては父と母。私の右には母の実家《さと》を相続して、教会の牧師になって居る二番目の弟、左には、私を出迎に来た末の弟が制服の金ボタンいかめしく坐りました。父は少し口髯《くちひげ》が白くなったばかりで、銅《あかがね》のような顔色はますます輝き、頑丈な身体《からだ》は年と共に若返って行くように見えましたが、母は私の留守に十年二十年も、一時に老込《おいこ》んでしまいました。小く萎《しな》びた見るかげもないお婆さんになって仕舞いました。

私は敢《あ》えて妻や恋人ばかりではない。母親をも永久に若い美しい花やかな人を持っていたいのです。私は老込んだ母の様子を見ると、実際箸を取る気もなくなりました。悲しいとか情ないとかいうよりも最《も》っと強い混乱した感情に打《う》たれます。不朽でない人間の運命に対する烈しい反抗をも覚えます。

閣下よ。私の母は私が西洋に行く前までは実に若い人でした。さほどに懇意でない人は必ず私の母をば姉であろうと訊いた位でした。江戸の生れで大の芝居好き、長唄が上手で琴もよく弾きました。三十歳を半ば越しても、六本の高調子《たかぢょうし》で吾妻《あづま》八景の――松葉かんざし、うたすじの、道の石ふみ、露ふみわけて、ふくむ矢立《やたて》の、すみイだ河……と云う処なぞを楽々歌ったものでした。其れで居て、十代の娘時分から、赤いものが大嫌いだったそうで、土用の虫干の時にも、私は柿色の三升格子《みますごうし》や千鳥に浪を染めた友禅の外、何一つ花々しい長襦袢《ながじゅばん》なぞ見た事はなかった。私は忘れません、母に連れられ、乳母《うば》に抱かれ、久松座、新富座、千歳座なぞの桟敷で、鰻飯《うなぎめし》の重詰《じゅうづめ》を物珍しく食べた事、冬の日の置炬燵《おきごたつ》で、母が買集めた彦三《ひこさ》や田之助の錦絵を繰り広げ、過ぎ去った時代の芸術談を聞いた事。然し凡ての物を破壊してしまう「時間」ほど酷《むご》いものはない。閣下よ。私は母親といつまでも、楽しく面白く華美《はで》一ぱいに暮したいのです。私は母の為めならば、如何《どん》な寒い日にも、竹屋の渡しを渡って、江戸名物の桜餅を買って来ましょう。

＊　＊　＊　＊

私はどうしても、昔から人間の守るべきものと定められた教《おしえ》に服する事が出来ません。教は余りに酷《むご》く余りに冷い。私はどうかして、教に服するよりも、「教」と「私」とが暖かに滑《なめら》かに一致して行くようにならぬものかと、幾度《いくた》び願い、悶《もだ》え、苦しみましたろう。絶望した私は遂に潔く天罰応報と相い争い、相い対峙しようと思うようになってしまいました。私の父は厳格な人です。勤勉な人です。悪を憎む事の激しい人です。父は私が帰朝の翌日静かに将来の方針を質問されました。如何にして男子一個の名誉を保ち、国民の義務を全うすべきかと云う問題です。

語学の教師になろうか。いや。私は到底心に安んじて、教鞭を把《と》る事は出来ない。フランス語ならば、私よりもフランス人の方が更に能くフランス語を知って居る。

新聞記者になろうか。いや、私は事によったら盗賊になるかも知れない。然し不幸にしてまだ私は正義と人道とを商品に取扱うほど悪徳に馴れて居ない。私は若《も》し社会が万朝報《よろずちょうほう》や二六《にろく》新聞によって矯正されるならば、其の矯正された社会は、矯正されざる社会よりも更に暗黒なものとなるのであろうと云う事を余りに心配して居る。

雑誌記者となろうか。いや。私は自ら立って世に叫ぼうとするほど社会の発達人類の幸福の為めに夜《よ》の目も眠らず心配して居るのではない。私は親子相啣《あいは》み兄妹相姦《けいまいあいかん》する獣類の生活をも少しも傷《いた》ましく又少しも厭《いと》わしく思って居ない。

芸術家となろうか。いや、日本は日本にして西洋ではなかった。これは日本の社会が要求せぬばかりか寧ろ迷惑とするものである。国家が脅迫教育を設けて、吾々に開闢《かいびゃく》以来大和民族が発音した事のない、T、V、D、F、なぞから成る怪異な言語を強い、もし之れを口にし得ずんば明治の社会に生存の資格なきまでに至らしめたのは、蓋《けだ》し他日吾々に何々式水雷とか鉄砲とかを発明させようが為《ため》であって、決してヴェルレーヌやマラルメの詩なぞを読ませる為めではない。況《いわん》や革命の歌マルセイエーズや軍隊解放の歌アンテルナショナルを称《とな》えしめる為めでは猶更《なおさら》ない。吾等にして若し誠の心の底から、ミューズやヴェヌスの神に身を捧げる覚悟ならば、吾等は立琴《ハルプ》を抱《いだ》くに先立って掟《おきて》きびしい吾等が祖国を去るに如《し》くはない。これ国家の為めにも亦芸術の為めにも、双方の利益便利であろう。

あわれや此の世の中に私の余命を支えて呉れる職業は一つもない。私は寧《いっ》そ巷にさまよって車でも引こうか。いや、私は余りに責任を重《おも》んじている。客を載せて走る間、私は果して完全に其の職責を尽す事が出来るだろうか。下男となって飯《めし》を焚《た》こうか。無数の米粒の中に、もしや見えざる石の片《かけ》が混っていて、主人が胃を破り其生命を危くするような事がありはせまいか。人間若し正確細微の意識を有する限りは、如何なる賤しい職業をも自ら進んで為《な》し得べきものではない。其れには是非とも飢えて凍えて正確な意識の魔酔が必要である、自我の利欲に目の眩《くら》む必要がある。少くとも古来より聖賢の教えた道を 蔑《ないがしろ》 にする必要がある。生活難を謳える人よ。私は諸君が羨しい。

私は父に向って世の中に何にもする事はない。狂人《きちがい》か不具者《かたわもの》と思って、世間らしい望みを嘱して呉れぬようにと答えました。

父も亦新聞屋だの書記だの小使だのと、つまらん職業に我が児の名前を出されては却《かえ》って一家の名誉に関する。家には幸い空間《あきま》もある食物もある。黙って、おとなしく引込んで居て呉《く》れと話を極められました。

＊　＊　＊　＊

私は半年ばかり毎日ぼんやり庭を眺めて日を送って居ます。

八月の暑い日の光が広庭一面の青い苔の上に繁った樹木のかげを投げて居ます。真黒な木の葉の影の間々に、強い日光が風の来る時斑々《まばらまばら》に揺れ動くのが如何にも美しい。蟬が鳴く。鴉が啼《な》く。然し世間は炎暑につかれて夜半《よなか》のように寂《しん》として居ます。忽然《こつぜん》夕立が来ます。空の大半は青く晴れて居る処から四辺《あたり》は明いので、太い雨の糸がはっきり見えます。芭蕉《ばしょう》、芙蓉《ふよう》、萩、野菊、撫子《なでしこ》、楓《かえで》の枝。雨に打たれる種々《いろいろ》な植物は、それぞれ其の枝や茎の強弱に従って或《ある》ものは地に伏し或ものは却って高く反り返ります。又其の葉の厚さ薄さに従って、或は重く或は軽くさまざまの音を響かせます。この夕立の大合奏《サンフォニー》は轟き渡る雷《いかずち》の大太鼓に、強く高まるクレッサンドの調子凄《すさま》じく、やがて優しい青蛙の笛のモデラトに其の来《きた》る時と同じよう忽然として掻消すように止んでしまいます。すると庭中は空に聳《そび》ゆる高い梢から石の間に匍《は》う熊笹の葉末まで一斉に水晶の珠《たま》を連ね、驚くばかりに光沢《つや》をます青苔の上には雲かと思う木立の影が長く斜《ななめ》に移り行き、日暮しの声と共に夕暮が来ます。風鈴の音《ね》は頻《しき》りに動いて座敷の岐阜提灯に灯《ひ》がつくと、門外の往来には花やかな軽い下駄の音、女の子の笑う声、書生の詩吟やハーモニカが聞え、何処か遠い処で花火のような響もします。新内《しんない》が流して行きます。夜《よ》が次第にふける……

枕に就いて眠ろうとすると、雨戸の外なる庭一面縁の下まで恐しいほどに虫が鳴き立てます。凡そ何万匹の昆虫が如何なる力に支配され何を感じてかくも一時に声を合せて、私の身のまわりに叫ぶのでしょう。私はふと限りもない空の下《した》雄大なる平原の面《おもて》に唯《た》だ一人永遠の夜明けを待ちつつ野宿して居るような気がして、閉《とざ》した瞼《まぶた》を開いて見ると、今にも落ちて来そうな低い天井と、色も飾《かざり》もない壁と襖《ふすま》とが、机の上の燈火《ともしび》に照らされて薄暗く狭苦しく私の身体《からだ》を囲って居るのです。限られた日本の生活の深味のない事がしみじみ感じられます。突然屋根の上にばらッばらッと破れた琴を弾《ひ》くような雨の雫《しずく》の落ちる音。樹木に夜風の吹きそよぐ響が聞えます。然しその響は幽谷に獅子の吠えるような底深いものではないので、私は熱帯の平原を流れる大河のほとりに、葦の葉の戦《そよ》ぎを聞くのかと思った事がありました。虫は絶えず鳴いて居ます。夜《よる》があけても昼が来ても鳴き続けるのです。虫ばかりではない。雨も毎日々々降りつづくようになりました。

何と云う湿気の多い気候でしょう。障子を閉めきり火鉢に火を入れて見ても着て居る着物までが濡れるようなので、私は魚介のように皮膚に鱗《うろこ》が生えはしないかと思う程です。亜米利加《アメリカ》を去る時ロザリンが別れの形見に呉れた「フランシスカ伯爵夫人の日記」と云う、立派な羊の皮の表装は見るかげもなく黴《か》びてしまいました。巴里《パリー》の舞踏場でイボンと踊った漆《うるし》の塗靴《ぬりぐつ》は化物のように白い毛をふき、ブーロンユの公園の草の上にヘレーネと横《よこた》わった夏外套も無惨な斑点《しみ》を生じた。

物売りの声裏悲しく、彼方此方《あなたこなた》に人の雨戸を繰る音が聞えて夜が来ると、ああ日本の夜の暗い事はとても言葉には云い尽せません。死よりも墓よりも暗く冷く、淋しい。如何なる憤怒絶望の刃《やいば》を以てするも劈《つんざ》きがたく、如何なる怨恨悪念の焔を以てするも破り難い闇の墻壁《しょうへき》とでも云いましょうか。私はたった一つ広い座敷の真中について居る暗いランプの笠の下に楽しい月日に取りやりした彼《あ》の人達の手紙を読み返して……読み尽し得ずして其の上に顔を押当てて泣き伏します。庭一面相も変らぬ虫の声………

然し私はやがてこの暗い夜、この悲しい夜の一夜《いちや》毎に、鳴きしきる虫の叫びの次第に力なく弱って行くのを知りました。私はいつか袷《あわせ》の上に新しい綿入羽織《わたいればおり》を着て居ます。新しい呉服物の染《そめ》糸《いと》の匂が妙に胸悪く鼻につきます。雨はもう降りません。朝夕の冷かさに引換えて、日の照る昼過ぎは恐しい程暑い。木の葉は俄《にわか》に黄ばんで風のないのにはらはらと苔の上に落ちるのをば、此の夏らしい烈《はげ》しい日の光に眺めやると、私はいかにも不思議で不思議でならないような心持がします。「このあたり木の葉は散る春の四月」と仏蘭西《フランス》の或詩人が南亜米利加の気候を歌った其のような幽愁の味《あじわい》深い心持がします。読みさしの詩集なぞ手にしたまま、午後《ひるすぎ》庭に出て植込の間を歩くと、差込む日の光は梅や楓なぞの重《かさな》り合った木の葉をば一枚々々照すばかりか、苔蒸す土の上に其れ等の影をば模様のように描いて居ます。この影の奥深くに四阿屋《あずまや》がある。腰をかけると、後《うしろ》は遮るものもない花畠なので、広々と澄み渡った青空が一目に打仰がれる。西から東へと、この広い大空を白い薄雲が刷毛《はけ》でなすったように流れて居ましたが、いつまで眺めて居ても少しも動かない。無数の蜻蛉《とんぼ》が丁度フランスの夏の空に高く飛ぶ燕のように飛交《とびちが》っている。畠は熊笹茂る垣根際まで一面の烈しい日の光に照らされ、屋根よりも高いコスモスが様々の色に咲き乱れて居る。葉鶏頭《はげいとう》の紅《くれない》が燃え立つよう。桔梗《ききょう》や紫苑《しおん》の紫は猶鮮かなのに、早くも盛りを過した白萩は泣き伏す女の乱れた髪のように四阿屋の敷瓦の上に流るる如く倒れて居る。生き残った虫の鳴音が露深い其の蔭に糸よりも細く聞えます。

ああ忘られた夏の形見。この青空この光。どうしてこれが十月。これが秋だと思えましょう。膝の上なる詩集の頁は風なき風に飜《ひるがえ》ってボードレールの悲しい「秋の歌」、

Ah! Laissez-moi, mon front posé sur vos genoux,
Goûter, en regrettant l'été blanc et torride,
De l'arrière saison le rayon jaune et doux!

「ああ、君が膝にわが額を押当てて暑くして白き夏の昔を嘆き、軟かにして黄《きいろ》き晩秋の光を味《あじわ》

しめよ。」と云ぅ末節の文字が明かに読まれます。

私は何に限らず、例えば美しく咲く花を見れば、これ散り萎《しぼ》む時の哀れさを思わせる為めに咲いて居るのでは無いかと思ぅ。楽しい恋の酔《え》い心地は別れた後《あと》の悲しみを味わしめる為めとしか思われませぬ。秋の日光は明日《あした》来る冬の悲しさを思知れとて、かように麗しく輝いて居るのでしょぅ。私は妙に心も急《せ》き立って一分一秒も長く、薄れ行く日の光を見たいと思って、其の頃は庭のみならず折々は門を出で家の近くをも散歩に出掛けました。あわれ秋の日。故郷の秋の日は如何なる景色を私に紹介しましたろぅ………

＊　　＊　　＊　　＊

手紙の初めにも申上げたよぅ私の家《うち》は市ヶ谷監獄署の裏手で御在います。五六年前私が旅立する時分にはこの辺は極《ご》く閑静な田舎でした。下町の姉さん達は躑躅《つつじ》の花の咲く村と説明されて、初めてああ然《そ》うですかと合点する位でしたが、今ではすっかり場末の新開町になってしまいました。変りのないのは狭い往来を圧して聳立つ監獄署の土手と、其の下の貧しい場末の町の生活です。

私の門前には先ず見るも汚らしく雨に曝《さ》された獄吏の屋敷の板塀が長くつづいて、其れから例の恐しい土手はいつも狭い往来中を日蔭にして、猶其の上に鼬《いたち》さえも潜《くぐ》れぬような茨の垣が鋭い棘《とげ》を広げて居ます。土手には一ぱい触《さわ》れば手足も脹《は》れ痛む鬼薊《おにあざみ》が茂って居ます。

私は以前二百十日の頃には折々立続く此の獄吏の家の板塀が暴風《あらし》で吹倒《ふきたお》される。すると往来には近所の樹木の吹折られた枝が無惨に落ち散って居る其の翌日の朝、きっと円い竹の皮の笠を冠《かむ》り襟《えり》に番号をつけた柿色の筒袖《つつそで》を着、二人ずつ鎖で腰を繋がれた懲役人が、制服佩剣《はいけん》の獄吏に指揮されつつ吹倒された板塀をば引起し修繕して居るのを見たものです。夏の盛りの折々には矢張一隊の囚人が土手の悪草を刈って居る事もありました。其をば通行の人々が気味悪そうな目付をしながら而《しか》も亦物珍しそうに立止って見て居ました。

土手はやがて左右から奥深く曲り込んで柱の太い黒い渋塗りの門が見えます。其の扉はいつでも重そうに堅く閉されて居て、細い烟出《けむだ》しが一本ひょろりと立って居る低い瓦屋根と、四五本の痩せた杉の木立の望まれる外《ほか》には、門内には何一つ外から見えるものはない。聞える声もない。私の目にはかの杉の木がかくも淋しく別れ別れに立って居るのは、獄舎の庭では夜陰に無情の樹木までが互に悪事の計画《たくらみ》を囁《ささや》きはせぬかと疑われるので、此《か》くは別々に遠ざけ距《へだ》てられて居るのであろうと云うように見えてなりません。

高い土手が尽きると、狭い往来は急に迂曲《うきょく》した坂になり、片側は私の知らぬ間にいつか金持らしい紳士の新宅になって石垣が高く築かれていますが、其の向いの片側は昔から少しも変りのない貸長屋で、下《お》りゆく坂道に従って長屋は一軒々々箱を並べたように重《かさな》って居ます。後《うしろ》は一面監獄署の土手に遮られて居るのでこの長屋には日の光のさした事がない。土台はもう腐って苔が生え、格子戸の外に昼は並べた雨戸の裾《すそ》は虫が食って穴をあけて居る。いつでも其の中《うち》の二三軒には、拙《つた》ない文字で貸家札の張られて居ない事はない。内職の札の下って居ない事はない。私は以前より此の長屋の前を通る時、寒い冬の夕方なぞ、薄暗い小窓の破れ障子に、中なるランプの灯が後毛《おくれげ》を乱した女の帯なぞ締め直して居る薄い影をば映し出して居るのを見た事があります。蒸暑い夏の夜《よ》には、疎《まばら》な窓の簾《すだれ》を越してこう云う人達の家庭の秘密をすっかり一目に見透《みすか》してしまう事がありました。今でも多分変りはあるまい。私は折々この貸長屋の窓下をば監獄署から流し出す懲役人の使った風呂の水が、何とも云えぬ悪臭と気味悪い湯気を立てながら下水の溝から溢れ出して居る事を記憶して居る。しかし驚くべきはこの辺に住んで居る女房達で、寒い日には其れをば頻《しきり》と便利がって、腫物《できもの》だらけの赤児を背負い汚い歯を出して無駄口をききながら物を洗って居る。又夏中は遠慮もなく臭い水をば往来へ撒いて居たものです。

さて坂を下り尽すと両側に居並ぶ駄菓子屋荒物屋煙草屋八百屋薪屋なぞいずれも見すぼらしい小《こ》売店《うりみせ》の間に米屋と醤油屋だけは、柱の太い昔風の家構が何となく憎々しく見え、漠とした反抗心を起させます――と云って其れは社会主義なぞ云う近代的の感想ではない。家構が古い形だけに、児雷也《じらいや》とか鼠小僧とか旧劇で見る義賊のような空想に過ぎない。この辺に不思議なのは二軒ほども古い石屋の店のある事で、近頃になって目について増え出したのは天麩羅の仕出屋と魚屋とである。これは日を追うて建て込んで行く貸家の為めに界隈が開けて来た証拠であろう。青苔の薄気味わるく生えた板の上、油で濁った半台の水の中に、さまざまの魚類の死骸や切りそいだ其の肉片、串ざしにした日干しの貝類を並べて、一つ一つに値段を書いた付木《つけぎ》や剥板《そぎいた》をば其の間にさしてあるが、何《いず》れを見ても、一片《ひときれ》十銭以上に上《あ》って居るものは甚だ少い。見渡す処、死んだ魚の眼の色は濁り淀み其の鱗は青白く褪せてしまい、切身の血の色は光沢《つや》もなく冷切《ひえき》って居るので、店頭の色彩が不快なばかりか如何にも貧弱に見えます。西洋の肉売る店の前を過ぎて見るから恐しい真赤な生血《なまち》の滴りに胆《きも》を消した私は、全く其の反対、この冷い色のさめた魚肉が多数の国民の血を養う唯一の原料であるのかと思うと、一種云われぬ悲愁を感ぜずには居《お》られません。ましてや夕方近くなると、坂下の曲角《まがりかど》に頬冠《ほおかむ》りをした爺《おやじ》が露店を出して魚の骨と腸《はらわた》ばかりを並べ、さアさア鯛の腸《わた》が安い、鯛の腸が安い、と皺枯声《しわがれごえ》で怒鳴る。其のまわりには、児《こ》を負《おぶ》った例の女房共が群集して大声に値段を争う。

大空は砂で白くなった瓦屋根の上に、秋の末の事ですから、夕陽の名残が赤いと云うよりも寧ろ不快な褐色に烈しく燃え立って居るので、狭い往来の物の影は其の反対に夜の闇よりも猶お強く見えます。勤め先からの帰りと覚しい人通りが俄《にわ》かに繁くなって、其の中には一寸《ちょっ》とした風采《みなり》の紳士もある。馬に乗った軍人もある。人力車も通る。然し両側の人家ではまだ灯《ともしび》一つ点さぬので、人通りは真黒な影の動くばかり、其の間をば棒片《ぼうちぎれ》なぞ持って悪戯《いたずら》盛りの子供が目まぐるしく遊びまわって居る。私は勤帰りの洋服姿がどうかすると路傍《みちばた》の腸売《わたう》りの前に立止り、竹皮包を下げて、坂道をば監獄署の裏通りの方へ上《あが》って行くのを見ました。それが何という訳もなく、貧しい日本の家庭の晩餐の有様を聯想《れんそう》せしめます……。

借家の格子戸がガタガタ云って容易に開《あ》かない。切張りをした鼠色の障子にはまだランプの火も見えない。上框《あがりがまち》は真暗だ。洋服の先生は嘗《かつ》て磨いた事もないゴム靴を脱捨て障子を開けて這入ると、三畳敷の窓の下で、身体のきかない老婆が咳をして居る。赤児がギャアギャア泣いて居る。細君は夜になってから初めて驚き、台所の板の間《ま》に蛙の如くしゃがんで、今しも狼狽《あわ》てランプへ油をついで居る最中。夫の帰った物音に引窓からさす夕闇の光に色のない顔を此方《こなた》に振向け、油気失せた庇髪《ひさしがみ》の後毛《おくれげ》をぼうぼうさせ、寒くもないのに水鼻を啜《すす》って、ぼんやりした声で、お帰んなさい——。

すると、夫は返事の代りに、今頃ランプの掃除をするのかと、家事の不始末不経済を攻撃する。老母が夜具の中から匍《は》い出して何かと横口《よこぐち》を入れる。夫、妻、何《いず》れの方へ味方をしても同じ事、一場の争論に花が咲く。其処へ七八《ななや》ツになる子供が喧嘩をして溝《どぶ》へ落ちたとやら、衣服《きもの》を溝泥《どぶどろ》だらけにして泣きわめきながら帰って来る。小言が其の方へ移る。やっとの事で薄暗いランプの下に、煮豆に、香物《こうのもの》、葱と魚の骨を煮込んだお菜が並べられ、指の跡のついた飯櫃《おはち》が出る。一閑張《いっかんばり》の机を取巻いて家族が取交す晩餐の談話と云うのは、今日の昼過ぎ何処そこの叔父さんが来て此の春の母が病気の薬代をどう云ったとか、実家《さと》の父が免職になったとか、其れから続いて日常の家計談になる。家族の口はまるで飯を食うのと生活難を方針なく嘆き続ける為めにしか出来て居ない。貧しくとも、貧しからずとも、つまり同じ事でしょう。こう云う人達には純粋な談話の趣味と云う事は解釈されないのです。言語は乃《すなわ》ち、相談と不平と繰言《くりごと》と争論と、これより外には全く必要がないのです。

＊　　＊　　＊　　＊

秋の光を味《あじわ》おうと散歩するわが家の門前、監獄署の裏通りはこんな有様でした。猶お此の上にも私の心を痛い程に引締めるのは、時々坂道の真中で演ぜられる動物虐待の悲劇です。遠路《とおみち》を痩馬に曳かした荷車が二輛も三輛も引続いて或時《あるとき》は米俵或時は材木煉瓦《れんが》なぞ、重い荷物を坂道の頂きなる監獄署の裏門内《うち》へと運び入れる。ところが意地悪く門前の広場は坂から続いて同じような傾斜をなし、湿った柔い地面に車輪が食込んでしまうので、馬は疲れて到底《とて》も一息には曳込む事が出来ない。其れをば無理無体に荒くれた馬子供《まごども》が叱咤の声激しく落ちた棒片《ぼうぎれ》で容捨もなく打叩く、馬は激しく手綱を引立てられ、轡《くつわ》の痛みに堪えられぬらしく、白い歯を噛み、鬣《たてがみ》を逆立て、物凄《ものすさま》じく眼を血走らせて遂にはがっくり砂利の上に前足を折って倒れてしまう事も度々です。狭い坂道は無論この騒ぎで往来止めとなり、通行人の大概は驚くどころか面白半分口を開《あ》いて見て居ます。私は今日まで日本の社会に動物虐待の事件が、単に一部の基督《キリスト》教者の間に止《とど》まって、一日半時とても猶予すべからざる国民一般の余儀ない問題にならない、この証拠を目撃して悲しみましょうか喜びましょうか。私は唯だ日本人は将来に於ても確かに最《も》う一度ロシヤを征伐する事の出来る戦乱の民であると云う感を深くするだけです。御安心なさい。愛国の諸君よ。黄人《こうじん》の私をして白人の黄禍論《こうかろん》を信ぜしめる間は、君等は須《すべか》らく妻を叱咤し子を虐《しいた》げ太白《たいはく》を挙げて而して帝国万歳を三呼なさい。吾等が叫ぶ、新らしき幽愁の詩人が理想の声を心配するには時代が余りに早過ぎましょう。

私は次第々々に門の外へ出る事を厭《いと》い恐れるようになりました。ああ私は矢張縁側の硝子戸《ガラスど》から、独り静に移り行く秋の日光《ひかげ》を眺めて居ましょう。

秋は早や暮れて行きます。かの夏かと思う昼過ぎの烈しい日の光はすっかり衰えて、空はどんよりといつでも曇って居ます。それは丁度広い画室の磨硝子《すりガラス》の天井でも見るよう。浮雲の引幕から屈折して落ちて来る薄明《うすあかる》い光線は黄昏《たそがれ》の如く軟《やわらか》いので、眩《まばゆ》く照り輝く日の光では見る事味う事の出来ない物の陰影《かげ》と物の色彩《いろ》までが、却って鮮明に見透《みとお》されるように思われます。木の葉は何時か知らぬ間に散ってしまって、梢はからりと明く、細い黒い枝が幾条《いくすじ》となく空の光の中に高く突立って居る。後の黒い常磐木《ときわぎ》の間からは四阿屋《あずまや》の藁屋根《わらやね》と花畠に枯れ死した秋草の黄色《きばみ》が際立って見えます。縁先の置石のかげには黄金色《こがねいろ》の小菊が星のように咲き出しました。其の辺からずっと向うまで何にも植えてない広い庭の土には一面の青苔が夏よりも光沢《つや》よく天鵞絨《ビロウド》の敷物を敷いて居る。二三匹の鶺鴒《せきれい》が其の上をば長い尖った尾を振りながら苔の花を啄《ついば》みつつ歩いて居る。鼠色した其の羽の色と石の上に置いた盆栽の櫨《はぜ》の紅葉とが如何に鮮かに一面の光沢《つや》ある苔の青さに対照するでしょう。

風は少しもありません。行く秋の曇った午過ぎは物の輪廓を没して、色彩ばかり浮立つ幻覚に唯だどんよりと静まり返って居るのです。然し折々落ち残った木の葉が、忽然として一度にはらはらと落ちます。思い掛けないこの空気の動揺は、さながら怪人の太い吐息を漏すがよう。すると常磐木の繁り、石の間なる菊の叢《くさむら》まで、庭中のありとあらゆる草木《そうもく》の葉は、何とも言えぬ悲愁の響を伝えますが、直《す》ぐと又もとの静寂に立返って、滑かな苔の上には再び下り来る鶺鴒の羽の色、菊の花、盆栽の紅葉。ああ、夢の光、行く秋の薄曇り。

閣下よ。私は昨日からヴェルレーヌが獄中吟サッジェスを読んでおります。

おお、神よ、神は愛を以て吾を傷付け給えり。其の瑕《きず》開きて未だ癒えず。

おお、神よ、神は愛を以て吾を傷付け給えり。………

閣下よ。冬の来ぬ中《うち》是非一度、おいで下さい。私は淋しい………。

明治四十一年十二月稿

忠実なる戦士

Loyal Warriors

興津弥五右衛門の遺書

森　鷗外

某儀《それがしぎ》明日《みょうにち》年来の宿望相達候《しゅくもうあいたっしそろ》て、松向寺《しょうこうじ》殿御墓前に於《お》いて首尾好《よ》く切腹いたし候事《そろこと》と相成候《あいなりそろ》。然《しか》れば子孫の為《た》め事の顚末《てんまつ》書き残し置き度《たく》、京都なる弟又次郎《またじろう》宅に於いて筆を取り候。

某《それがし》祖父は興津《おきつ》右兵衛《うひょうえ》景通《かげみち》と申候《もうしそろ》。永正十七年駿河国《するがのくに》興津に生れ、今川《いまがわ》治部《じぶ》大輔《たいふ》殿に仕へ、同国清見《きよみ》が関《せき》に住居《じゅうきょ》いたし候。永禄三年五月二十日今川殿陣亡被遊候時《じんぼうあそばされそろとき》、景通も御供《おとも》いたし候。年齢四十一歳に候。法名は千山宗及居士《せんざんそうきゅうこじ》と申候。

父才八《さいはち》は永禄元年出生《しゅっしょう》候て、三歳にして怙《ちち》を失ひ、母の手に養育いたされ候て人と成り候。壮年に及びて弥五右衛門景一《やごえもんかげかず》と名告《なの》り、母の族なる播磨国《はりまのくに》の人佐野官十郎方に寄居いたし居候《おりそろ》。さて其《その》縁故を以《もっ》て赤松左兵衛督《さひょうえのかみ》殿に仕へ、天正九年千石を給はり候。十三年四月赤松殿阿波国《あわのくに》を併《あわ》せ領せられ候に及びて、景一は三百石を加増せられ、阿波郡代となり、同国渭津《いのつ》に住居いたし、慶長の初《はじめ》まで勤続いたし候。慶長五年七月赤松殿石田三成《かずしげ》に荷担いたされ、丹波国《たんばのくに》なる小野木《おのぎ》縫殿介《ぬいのすけ》と倶《とも》に丹後国田辺城《たんごのくにたなべのしろ》を攻められ候。当時田辺城には松向寺殿三斎忠興《さんさいただおき》公御立籠《おんたてこもり》被遊《あそばされ》居候処、神君上杉景勝《かげかつ》を討たせ給ふにより、三斎公も随従被遊《あそばされ》、跡には泰勝院殿幽斎藤孝《たいしょういんでんゆうさいふじたか》公御留守《おんるす》被遊候。景一は京都赤松殿邸《やしき》にありし時、烏丸光広《からすまるみつひろ》卿と相識《そうしき》に相成居候《あいなりおりそろ》。これは光広卿が幽斎公和歌の御《おん》弟子《でし》にて、嫡子光賢《ちゃくしみつかた》卿に松向寺殿の御息女万姫君《まんひめぎみ》を妻《めあわ》せ居られ候故《ゆえ》に候。さて景一光広卿を介して御当家御父子《ごふし》とも御心安《おんこころやす》く相成居候。田辺攻《ぜめ》の時、関東に御出《おんいで》被遊候三斎公は、景一が外戚の従弟《じゅうてい》たる森三右衛門を使《つかい》に田辺へ差立てられ候。森は田辺に着《ちゃく》いたし、景一に面会して御旨《おんむね》を伝へ、景一は又《また》赤松家の物頭《ものがしら》井門《いかど》亀右衛門《かめえもん》と謀《はか》り、田辺城の妙庵丸櫓《みょうあんまるやぐら》へ矢文《やぶみ》を射掛け候。翌朝景一は森を斥候《せっこう》の中に交ぜて陣所を出だし遣《や》り候。森は首尾好く城内に入《い》り、幽斎公の御親書を得て、翌晩関東へ出立いたし候。此歳《このとし》赤松家滅亡せられ候により、景一は森の案内にて豊前国《ぶぜんのくに》へ参り、慶長六年御当家に召抱《めしかか》へられ候。元和《げんな》五年御当代光尚《みつひさ》公御誕生被遊《あそばされ》、御幼名六丸君《ろくまるぎみ》と申候。景一は六丸君御附《おつき》と相成候。元和七年三斎公御致仕《ごちし》被遊候時、景一も剃髪《ていはつ》いたし、宗也《そうや》と名告り候。寛永九年十二月九日御先代妙解院殿忠利《ただとし》公肥後《ひご》へ御入国被遊候時、景一も御供《おんとも》いたし候。十八年三月十七日に妙解院殿卒去《そっきょ》被遊、次いで九月二日景一も病死いたし候。享年八十四歳に候。

兄九郎兵衛一友《かずとも》は景一が嫡子にして、父に附きて豊前へ参り、慶長十七年三斎公に召し出《いだ》され、御次勤《おんつぎづとめ》仰附《おおせつ》けられ、後《のち》病気に依り外様勤《づとめ》と相成候。妙解院殿の御代《おんだい》に至り、寛永十四年冬島原攻《ぜめ》の御供いたし、翌十五年二月二十七日兼田弥一右衛門《かねたやいちえもん》と倶《とも》に、御当家攻口《せめくち》の一番乗と名告り、海に臨める城壁の上にて陣亡いたし候。法名を義心英立居士《ぎしんえいりゅうこじ》と申候。

某《それがし》は文禄三年景一が二男に生れ、幼名才助《さいすけ》と申候。七歳の時父に附きて豊前国小倉へ参り、慶長十七年十九歳にて三斎公に召し出され候。元和七年三斎公致仕被遊候時、父も剃髪いたし候《そうら》へば、某二十八歳にて弥五右衛門景吉《かげよし》と名告り、三斎公の御供いたし候て、豊前国仲津《なかつ》に参り候。

寛永元年五月安南船《あんなんせん》長崎に到着候時《そろとき》、三斎公は御薙髪《ごていはつ》被遊候《あそばされそろ》てより三年目なりしが、御茶事《おんちゃじ》に御用被成候《おんもちいなされそろ》珍らしき品買ひ求め候様《そろよう》被　仰含《おおせふくめられ》、相役《あいやく》横田清兵衛《せいべえ》と両人にて、長崎へ出向《でむき》候。幸《さいわい》なる事には異なる伽羅《きゃら》の大木渡来いたし居候。然処《しかるところ》其伽羅に本木《もとき》と末木《うらき》との二つありて、遥々《はるばる》仙台より被差下候《さしくだされそろ》伊達《だて》権中納言《ごんちゅうなごん》殿の役人是非共《とも》本木の方を取らんとし、某《それがし》も同じ本木に望《のぞみ》を掛け互にせり合ひ、次第に値段を附上《つけあ》げ候。

其時横田申候《もうしそろ》は、仮令主命《たといしゅうめい》なりとも、香木《こうぼく》は無用の翫物《がんぶつ》に有之《これあり》、過分の大金を擲候事《なげうちそろこと》は不可然《しかるべからず》、所詮本木を伊達家に譲り、末木を買求めたき由《よし》申候。某申候は、某は左様には存じ不申《もうさず》、主君の申附けられ候は、珍らしき品を買ひ求め参れとの事なるに、此度《このたび》渡来候《そろ》品の中にて、第一の珍物《ちんぶつ》は彼《かの》伽羅に有之、其木に本末《もとすえ》あれば、本木の方が尤物《ゆうぶつ》中の尤物たること勿論《もちろん》なり、それを手に入れてこそ主命を果すに当るべけれ、伊達家の伊達を増長為致《いたさせ》、本木を譲り候ては、細川家の流《ながれ》を瀆《けが》す事と相成可申《あいなりもうすべく》と申候。横田嘲笑《あざわら》ひて、それは力瘤《ちからこぶ》の入れ処《ところ》が相違せり、一国一城を取るか遣《や》るかと申す場合ならば、飽く迄《まで》伊達家に楯を衝くが宜《よろ》しからん、高が四畳半の炉にくべらるる木の切れならずや、それに大金を棄《す》てんこと存じも不寄《よらず》、主君御自身にてせり合はれ候はば、臣下として諫《いさ》め止《とど》め可申儀《もうすべきぎ》なり、仮令《たとい》主君が強ひて本木を手に入れたく思召《おぼしめ》されんとも、それを遂げさせ申す事、阿諛便佞《あゆべんねい》の所為《しょい》なるべしと申候。当時三十一歳の某《それがし》、此詞《このことば》を聞きて立腹致候へ共《ども》、尚《なお》忍んで申候は、それは奈何《いか》にも賢人らしき申条《もうしじょう》なり、乍去《さりながら》某は只《ただ》主命と申物《もうすもの》が大切なるにて、主君あの城を落せと被仰候《おおせられそうら》はば、鉄壁なりとも乗り取り可申《もうすべく》、あの首を取れと被仰候はば、鬼神なりとも討ち果たし可申と同じく、珍らしき品を求め参れと被仰候へば、此上《このうえ》なき名物を求めん所存なり、主命たる以上は、人倫の道に悖《もと》り候事《そろこと》は格別、其《その》事柄に立入り候批判がましき儀は無用なりと申候。横田 愈《いよいよ》嘲笑ひて、お手前とても其の通り道に悖りたる事はせぬと申さるるにあらずや、これが武具抔《など》ならば、大金に代《か》ふとも惜しからじ、香木に不相応なる価《あたい》を出《いだ》さんとせらるるは若輩の心得違《ちがい》なりと申候。某申候は、武具と香木との相違は某若輩ながら心得居る、泰勝院殿《でん》の御代《おんだい》に、蒲生《がもう》殿被申候《もうされそろ》は、細川家には結構なる御道具許多有之由《あまたこれあるよし》なれば拝見に罷出《まかりい》づべしとの事なり、扨《さて》約束せられし当日に相成り、蒲生殿被参候《まいられそろ》に、泰勝院殿は甲冑《かっちゅう》刀剣弓鎗《ゆみやり》の類《るい》を陳《つら》ねて御見せ被成《なされ》、蒲生殿意外に被思《おぼされ》ながら、一応御覧あり、さて実は茶器拝見致度《いたしたく》参上したる次第なりと被申《もうされ》、泰勝院殿御笑被成《おわらいなされ》、先きには道具と被仰候故《おおせられそろゆえ》、武家の表道具を御覧に入れたり、茶器ならば、それも少々持合せ候とて、始《はじめ》て御取《おんと》り出《いだ》し被成し由、御当家に於かせられては、代々武道の御心掛深くおはしまし、旁《かたがた》歌道茶事迄《まで》も堪能に為渡《わたらせ》らるるが、天下に比類なき所ならずや、茶儀は無用の虚礼なりと申さば、国家の大礼、先祖の祭祀も総《すべ》て虚礼なるべし、我等此度仰《おおせ》を受けたるは茶事に御用に立つべき珍らしき品を求むる外《ほか》他事なし、これが主命なれば、身命に懸けても果さでは相成らず、貴殿が香木に大金を出《いだ》す事不相応なりと被思候《おぼされそろ》は、其道の御心得なき故、一徹に左様思はるるならんと申候。横田聞きも果てず、いかにも某は茶事の心得なし、一徹なる武辺者《ぶへんもの》なり、諸芸に堪能なるお手前の表芸が見たしと申すや否や、つと立ち上がり、脇《わき》差《ざし》を抜きて投げ附け候。某は身をかはして避《よ》け、刀は違棚《ちがいだな》の下なる刀掛《かたなかけ》に掛けありし故、飛びしざりて刀を取り抜き合せ、只一打《ひとうち》に横田を討ち果たし候。

斯《か》くて某《それがし》は即時に伽羅の本木を買ひ取り、仲津へ持ち帰り候。伊達家の役人は無是非《ぜひな》く末木《うらき》を買ひ取り、仙台へ持ち帰り候。某は香木を三斎公に為参《まいらせ》、扨御願《さておんねがい》申候は、主命大切と心得候為《た》めとは申《もう》しながら、御役《おんやく》に立つべき侍一人《いちにん》討ち果たし候段《そろだん》、恐れ入り候へば、切腹被仰附度《おおせつけられたく》と申候。三斎公被聞召《きこしめされ》、某に被仰候は其方《そのほう》が申条一々尤《もっとも》至極せり、仮令《たとい》香木は貴からずとも、此方《このほう》が求め参れと申し附けたる珍品に相違なければ大切と心得候事当然なり、総て功利の念を以《もっ》て物を視候《みそうら》はば、世の中に尊き物は無くなるべし、況《まし》て其方が持ち帰り候伽羅は早速焚《た》き試み候に、希代《きたい》の名木なれば「聞く度に珍らしければ郭公《ほととぎす》いつも初音《はつね》の心地こそすれ」と申す古歌に本《もと》づき、銘を初音と附けたり、斯程《かほど》の品を求め帰り候事天晴《あっぱれ》なり、但被討候《ただしうたれそろ》横田清兵衛が子孫遺恨を含居《ふくみい》ては不相成《あいならず》と被仰候《おおせられそろ》。斯《か》くて直ちに清兵衛が嫡子を被召《めされ》、御前《ごぜん》に於て盃《さかずき》を被申付《もうしつけられ》、某は彼者《かのもの》と互に意趣を存ず間敷旨誓言《まじきむねせいごん》いたし候。然《しか》るに横田家の者共兎角《とかく》異志を存する由相聞《あいきこ》え、遂に筑前国《ちくぜんのくに》へ罷《まかり》越候《こしそろ》。某へは三斎公御名《おんな》忠興《ただおき》の興《おき》の字を賜はり、沖津を興津と相改め候様御沙汰有之候《そろようごさたこれありそろ》。

此《これ》より二年目、寛永三年九月六日主上《しゅじょう》二条の御城《おんしろ》へ行幸被遊《あそばされ》妙解院殿へ彼《かの》名香を御所望有之即《すなわち》之を被献《けんぜらる》、主上叡感有《えいかんあり》て「たぐひありと誰《たれ》かはいはむ末匂《すえにお》ふ秋より後《のち》のしら菊の花」と申す古歌の心にて、白菊と為名附給由《なづけさせたまうよし》承り候。某が買ひ求め候香木、畏《かしこ》くも至尊の御賞美を被《こうむ》り、御当家の誉《ほまれ》と相成候《あいなりそろ》事、不存寄儀《ぞんじよらざるぎ》と存じ、落涙候事に候。

其後某《それがし》は御先代妙解院殿よりも出格の御引立《おんひきたて》を蒙《こうむ》り、寛永九年御国替《おんくにがえ》の砌《みぎり》には、三斎公の御居城八代《やつしろ》に相詰《あいつめ》候事と相成、剰《あまつさ》へ殿御上京の御供にさへ被召具候《めしぐせられそろ》。然処《しかるところ》寛永十四年島原征伐の事有之候。某をば妙解院殿御弟君中務少輔《なかつかさしょうゆう》殿立孝《たつたか》公の御旗下《おんはたもと》に加へられ御幟《おんのぼり》を御預被成候《おんあずけなされそろ》。十五年二月二十七日御当家御攻口《おんせめくち》にて、御幟を一番に入れ候時、銃丸左の股《もも》に中《あた》り、やうやう引き取り候。其時某四十五歳に候。手創《てきず》平癒候て後、某は十六年に江戸詰被仰附候《おおせつけられそろ》。

寛永十八年妙解院殿不存寄《ぞんじよらざる》御病気にて、御父上に先立《さきだち》、御卒去被遊、当代肥後守《ひごのかみ》殿光尚《みつひさ》公の御代《みよ》と相成候。同年九月二日には父弥五右衛門景一死去いたし候。次いで正保二年三斎公も御卒去被遊候。是《これ》より先き寛永十三年には、同じ香木の本末《もとすえ》を分けて珍重被成候《なされそろ》仙台中納言殿さへ、少林《わかばやし》城に於て御薨去《ごこうきょ》被成候。彼末木《かのうらき》の香《こう》は「世の中の憂きを身に積む柴舟《しばぶね》やたかぬ先よりこがれ行《ゆく》らん」と申す歌の心にて、柴舟《しばふね》と銘し、御珍蔵被成候由に候。

某熟先考《それがしつらつらせんこう》御当家に奉仕候《つかえたてまつりそろ》てより以来の事を思ふに、父兄悉《ことごと》く出格の御引立を蒙りしは言ふも更なり、某一身に取りては、長崎に於いて相役横田清兵衛を討ち果たし候時、松向寺殿一命を御救助被下《くだされ》、此再造《このさいぞう》の大恩ある主君御卒去被遊候に、某争《いか》でか存命いたさるべきと決心いたし候。

先年妙解院殿御卒去の砌《みぎり》には、十九人の者共殉死いたし、又一昨年松向寺殿御卒去の砌にも、蓑田《みのた》平七正元《へいしちまさもと》、小野伝兵衛友次《でんべえともつぐ》、久野与右衛門宗直《くのよえもんむねなお》、宝泉院勝延行者《ほうせんいんしょうえんぎょうじゃ》の四人直ちに殉死いたし候。蓑田は曾祖父和泉《いずみ》と申す者相良遠江守《さがらとおとうみのかみ》殿の家老にて、主と倶《とも》に陣亡し、祖父若狭《わかさ》、父牛之助流浪せしに、平七は三斎公に五百石にて召し出《いだ》されしものに候。平七は二十三歳にて切腹し、小姓《こしょう》磯部長五郎介錯《かいしゃく》いたし候。小野は丹後国にて祖父今安太郎左衛門《いまやすたろざえもん》の代に召し出されしものなるが、父田中甚左衛門《じんざえもん》御旨《おんむね》に忤《さか》ひ、江戸御邸《おんやしき》より逐電《ちくてん》したる時、御近習《ごきんじゅ》を勤め居たる伝兵衛に、父を尋ね出《いだ》して参れ、若《も》し尋ね出さずして帰候《かえりそうら》はば、父の代りに処刑いたすべしと仰せられ、伝兵衛諸国を遍歴せしに廻り合はざる趣にて罷《まか》り帰り候。三斎公其時《そのとき》死罪を顧みずして帰参候は殊勝なりと被仰候て、助命被遊候。伝兵衛は此恩義を思候《おもいそろ》て、切腹いたし候。介錯は磯田十郎に候。久野は丹後の国に於いて幽斎公に召し出され、田辺御籠城《ごろうじょう》の時功《こう》ありて、新知百五十石賜はり候者に候。矢野又三郎介錯いたし候。宝泉院は陣貝吹《じんがいふき》の山伏にて、筒井順慶《つついじゅんけい》の弟石井備後守《びんごのかみ》吉村が子に候。介錯は入魂《じっこん》の山伏の由に候。

某は此等の事を見聞候《みききそろ》につけ、いかにも羨ましく技癢《ぎよう》に不堪候《たえずそうら》へども、江戸詰御留守居《おんるすい》の御用残り居り、他人には始末難相成《あいなりがたく》、空しく月日の立つに任せ候。然処《しかるところ》松向寺殿御遺骸は八代《やつしろ》なる泰勝院にて茶毘《だび》せられしに、御遺言に依《よ》り、去年正月十一日泰勝院専誉御遺骨《ごゆいこつ》を京都へ護送いたし候。御供には長岡河内《かわち》景則《かげのり》、加来作左衛門家次《かくさくざえもんいえつぐ》、山田三右衛門、佐方源左衛門秀信《さかたげんざえもんひでのぶ》、吉田兼庵《けんあん》相立《あいた》ち候。二十四日には一同京都に着し、紫野《むらさきの》大徳寺中高桐院《こうとういん》に御納骨いたし候。御生前に於いて同寺清巌和尚《せいがんおしょう》に御約束有之《これあり》候趣《おもむき》に候。

さて今年《こんねん》御用相片附《あいかたづき》候へば、御当代に宿望《しゅくもう》言上いたし候《そろ》に、已《や》み難き某が志を御聞届《おんききとどけ》被遊候。十月二十九日朝御暇乞《おんいとまごい》に参り、御振舞《おんふるまい》に預り、御手《おんて》づから御茶を被下《くだされ》、引出物として九曜《くよう》の紋赤裏の小袖二襲《ふたかさね》を賜はり候。退出候後《のち》、林外記《はやしげき》殿、藤崎作左衛門殿を御使《おんつかい》として被遣後々《つかわされのちのち》の事心配致間敷旨被仰《いたすまじきむねおおせられ》、御歌《おんうた》を被下、又京都へ参らば、万事古橋《ふるはし》小左衛門と相談して執り行へと懇《ねんごろ》に被仰候。其外《そのほか》堀田加賀守《かがのかみ》殿、稲葉能登守《のとのかみ》殿も御歌を被下候。十一月二日江戸出立の時は、御当代の御使として田中左兵衛殿品川迄被見送候《みおくられそろ》。

当地に着候《ちゃくそろ》てよりは、当家の主人たる弟又次郎の世話に相成候。就いては某相果候《あいはてそろ》後、短刀を記念《かたみ》に遣《つかわ》し候。

餞別として詩歌を被贈候《おくられそろ》人々は烏丸大納言資慶《すけよし》卿、裏松宰相資清《うらまつさいしょうすけきよ》卿、大徳寺清巌和尚、南禅寺、妙心寺《みょうにち》、天龍寺、相国寺、建仁寺《けんにんじ》、東福寺 並《ならびに》 南都興福寺の長老達に候。

明日切腹候場所は、古橋殿取計《とりはからい》にて、船岡山の下に仮屋を建て、大徳寺門前より仮屋迄《まで》十八町の間、藁筵《わらむしろ》三千八百枚余を敷き詰め、仮屋の内には畳一枚を敷き、上に白布を覆有之候由《おおいこれありそろよし》に候《そろ》。いかにも晴がましく候て、心苦しく候へ共、是亦主命《これまたしゅうめい》なれば無是非候《ぜひなくそろ》。立会《たちあい》は御当代の御名代《ごみょうだい》谷内蔵之允《くらのすけ》殿、御家老長岡与八郎殿、同半左衛門殿にて、大徳寺清巌実堂和尚も被臨場候《りんじょうせられそろ》。伜《せがれ》才右衛門も可参候《まいるべくそろ》。介錯は兼《かね》て乃美市郎兵衛《のみいちろべえ》勝嘉《かつよし》殿に頼置候《たのみおきそろ》。

某《それがし》法名は孤峰不白《こほうふはく》と自選いたし候。身不肖ながら見苦しき最期も致間敷存居候《ぞんじおりそろ》。

此遺書は伜才右衛門宛にいたし置候へば、子々孫々相伝《あいつたえ》、某が志を継ぎ、御当家に奉対《たいしたてまつり》、忠誠を可擢候《ぬきんずべくそろ》。

正保四年丁亥《ていがい》十二月朔日《さくじつ》

興津弥五右衛門景吉華押《かおう》

興津才右衛門殿

正保四年十二月二日、興津弥五右衛門景吉《かげよし》は高桐院の墓に詣でて、船岡山の麓に建てられた仮屋に入《い》った。畳の上に進んで、手に短刀を取った。背後《うしろ》に立って居る乃美市郎兵衛の方を振り向いて、「頼む」と声を掛けた。白無垢の上から腹を三文字《もんじ》に切った。乃美は項《うなじ》を一刀《いっとう》切ったが、少し切り足りなかった。弥五右衛門は「喉笛《のどぶえ》を刺されい」と云った。しかし乃美が再び手を下さぬ間《あいだ》に、弥五右衛門は絶息した。

仮屋の周囲には京都の老若男女が堵《と》の如《ごと》くに集《あつま》って見物した。落首の中に「比類なき名をば雲井に揚げおきつやごゑを掛けて追腹《おいばら》を切る」と云うのがあった。

興津家の系図は大略左《さ》の通りである。

○右兵衛景通―弥五右衛門景一―┬九郎兵衛一友
　├○弥五右衛門景吉―才右衛門一貞―弥五右衛門
　├作太夫景行―弥五太夫
　├四郎右衛門景時―四郎兵衛―作右衛門―登
　├八助、後宗春
　└又次郎―市郎左衛門

（登）―四郎右衛門―宇平太―順次―熊喜―登

（弥五右衛門）―弥忠太―九郎次―九郎兵衛―栄喜―才右衛門―弥五右衛門

弥五右衛門景吉の嫡子《ちゃくし》才右衛門一貞《かずさだ》は知行《ちぎょう》二百石を給わって、鉄砲三十挺頭《ちょうがしら》まで勤めたが、宝永元年に病死した。右兵衛景通《うひょうえかげみち》から四代目である。五世弥五右衛門は鉄砲十挺頭まで勤めて、元文四年に病死した。六世弥忠太《やちゅうた》は番方を勤め、宝暦六年に致仕した。七世九郎次は番方を勤め、安永五年に致仕した。八世九郎兵衛は養子で、番方を勤め、文化元年に病死した。九世栄喜《えいき》は養子で、番方を勤め、天保九年に病死した。十世弥忠太は栄喜の嫡子で、後《のち》才右衛門と改名し、番方を勤め、万延元年に病死した。十一世弥五右衛門は才右衛門の二男で、後宗也《そうや》と改名し、犬追《いぬおう》物《もの》が上手であった。明治三年に番士にせられていた。

弥五右衛門景吉の父景一《かげかず》には男子が六人あって、長男が九郎兵衛一友《かずとも》で、二男が景吉であった。三男半三郎は後作太夫《さくだいふ》景行《かげゆき》と名告《なの》っていたが、慶安五年に病死した。その子弥五太夫《やごだいふ》が寛文十一年に病死して家が絶えた。景一の四男忠太は後四郎右衛門景時《かげとき》と名告った。元和元年大阪夏の陣に、三斎公に従って武功を立てたが、行賞の時思う旨があると云って辞退したので追放せられた。それから寺本氏に改めて、伊勢国《いせのくに》亀山に往《い》って、本多下総守俊次《ほんだしもうさのかみとしつぐ》に仕えた。次いで坂下《さかのした》、関、亀山三箇所の奉行にせられた。寛永十四年の冬、島原の乱に西国《さいこく》の諸侯が江戸から急いで帰る時、細川越中守《えっちゅうのかみ》忠利と黒田右衛門佐《うえもんのすけ》忠之とが同日に江戸を立った。東海道に掛かると、人馬が不足した。忠之は一日だけ先へ乗り越した。この時寺本四郎右衛門が京都にいる弟又次郎の金を七百両借りて、坂下、関、亀山三箇所の人馬を買い締めて、山の中に隠して置いた。さて忠利の到着するのを待ち受けて、その人馬を出したので、忠利は土山水口《みなぐち》の駅で忠之を乗り越した。忠利は喜んで、後に江戸にいた四郎右衛門の二男四郎兵衛を召し抱えた。四郎兵衛の嫡子作右衛門は五人扶持《ふち》二十石を給わって、中小姓《ちゅうこしょう》組に加わって、元禄四年に病死した。作右衛門の子登《のぼる》は越中守宣紀《のぶのり》に任用せられ、役料共七百石を給わって、越中守宗孝《むねたか》の代に用人を勤めていたが、元文三年に致仕した。登の子四郎右衛門は物奉行を勤めているうちに、寛延三年に旨に忤《さか》って知行宅地を没収せられた。その子宇平太《うへいた》は始め越中守重賢《しげかた》の給仕を勤め、後に中務大輔治年《なかつかさたいふはるとし》の近習になって、擬作高《ぎさくだか》百五十石を給わった。次いで物頭列《ものがしられつ》にせられて紀姫《つなひめ》附になった。文化二年に致仕した。宇平太の嫡子順次《じゅんじ》は軍学、射術に長じていたが、文化五年に病死した。順次の養子熊喜《くまき》は実は山野勘左衛門の三男で、合力米《ごうりきまい》二十石を給わり、中小姓を勤め、天保八年に病死した。熊喜の嫡子衛一郎は後四郎右衛門と改名し、玉名郡代を勤め、物頭列にせられた。明治三年に鞠獄大属《きくごくだいぞく》になって、名を登と改めた。景一の五男八助は三歳の時足を傷《きずつ》けて行歩《ぎょうほ》不自由になった。宗春《むねはる》と改名して寛文十二年に病死した。景一の六男又次郎は京都に住んでいて、播磨国の佐野官十郎の孫市郎左衛門を養子にした。

憂国

三島由紀夫

三島由紀夫

壱

昭和十一年二月二十八日、（すなわち二・二六事件突発第三日目）、近衛歩兵一聯隊《れんたい》勤務武山信《たけやましん》二《じ》中尉は、事件発生以来親友が叛乱《はんらん》軍に加入せることに対し懊悩《おうのう》を重ね、皇軍相撃の事態必至となりたる情勢に痛憤して、四谷区青葉町六の自宅八畳の間に於《おい》て、軍刀を以《もっ》て割腹自殺を遂げ、麗子《れいこ》夫人も亦《また》夫君に殉じて自刃《じじん》を遂げたり。中尉の遺書は只《ただ》一句のみ「皇軍万歳」とあり、夫人の遺書は両親に先立つ不孝を詫び、「軍人の妻として来《きた》るべき日が参りました」云々と記せり。烈夫烈婦の最期、洵《まこと》に鬼神をして哭《な》かしむの概あり。因《ちな》みに中尉は享年三十歳、夫人は二十三歳、華燭《かしょく》の典を挙げしより半歳に充《み》たざりき。

弐

武山中尉の結婚式に参列した人はもちろん、新郎新婦の記念写真を見せてもらっただけの人も、この二人の美男美女ぶりに改めて感嘆の声を洩らした。軍服姿の中尉は軍刀を左手に突き右手に脱いだ軍帽を提げて、雄々しく新妻を庇《かば》って立っていた。まことに凜々しい顔立ちで、濃い眉《まゆ》も大きくみひらかれた瞳も、青年の潔《きよ》らかさといさぎよさをよく表わしていた。新婦の白い裲襠《うちかけ》姿の美しさは、例えん方もなかった。やさしい眉の下のつぶらな目にも、ほっそりした形のよい鼻にも、ふくよかな唇にも、艶《あで》やかさと高貴とが相映じている。忍びやかに裲襠の袖《そで》からあらわれて扇を握っている指先は、繊細に揃えて置かれたのが、夕顔の蕾《つぼみ》のように見えた。

二人の自刃のあと、人々はよくこの写真をとりだして眺めては、こうした申し分のない美しい男女の結びつきは不吉なものを含んでいがちなことを嘆いた。事件のあとで見ると、心なしか、金屛風《きんびょうぶ》の前の新郎新婦は、そのいずれ劣らぬ澄んだ瞳で、すぐ目近《まぢか》の死を透かし見ているように思われるのであった。

二人は仲人の尾関中将の世話で、四谷青葉町に新居を構えた。新居と云っても、小さな庭を控えた三間《ま》の古い借家で、階下の六畳も四畳半も日当りがわるいので、二階の八畳の寝室を客間に兼ね、女中も置かずに、麗子が一人で留守を守った。

新婚旅行は非常時だというので遠慮をした。二人が第一夜を過したのはこの家であった。床に入る前に、信二は軍刀を膝の前に置き、軍人らしい訓誡《くんかい》を垂れた。軍人の妻たる者は、いつなんどきでも良人《おっと》の死を覚悟していなければならない。それが明日来るかもしれぬ。あさって来るかもしれぬ。いつ来てもうろたえぬ覚悟があるかと訊いたのである。麗子は立って簞笥《たんす》の抽斗《ひきだし》をあけ、もっとも大切な嫁入道具として母からいただいた懐剣を、良人と同じように、黙って自分の膝の前に置いた。これでみごとな黙契が成立ち、中尉は二度と妻の覚悟をためしたりすることがなかった。

結婚して幾月かたつと、麗子の美しさはいよいよ磨かれて、雨後の月のようにあきらかになった。

二人とも実に健康な若い肉体を持っていたから、その交情ははげしく、夜ばかりか、演習のかえりの埃《ほこり》だらけの軍服を脱ぐ間ももどかしく、帰宅するなり中尉は新妻をその場に押し倒すことも一再でなかった。麗子もよくこれに応えた。最初の夜から一ト月をすぎるかすぎぬに、麗子は喜びを知り、中尉もそれを知って喜んだ。

麗子の体は白く厳そかで、盛り上った乳房は、いかにも力強い拒否の潔らかさを示しながら、一旦受け容れたあとでは、それが塒《ねぐら》の温かさを湛《たた》えた。かれらは床の中でも怖ろしいほど、厳粛なほどまじめだった。おいおい烈《はげ》しくなる狂態のさなかでもまじめだった。

昼間、中尉は訓練の小休止のあいだにも妻を想い、麗子はひねもす良人の面影を追っていた。しかし一人でいるときも、式のときの写真をながめると幸福が確かめられた。麗子はほんの数ヶ月前まで路傍の人にすぎなかった男が、彼女の全世界の太陽になったことに、もはや何のふしぎも感じなかった。

これらのことはすべて道徳的であり、教育勅語の「夫婦相和シ」の訓《おし》えにも叶《かな》っていた。麗子は一度だって口ごたえはせず、中尉も妻を叱るべき理由を何も見出さなかった。階下の神棚には皇太神宮の御札と共に、天皇皇后両陛下の御真影が飾られ、朝毎《あさごと》に、出勤前の中尉は妻と共に、神棚の下で深く頭を垂れた。捧げる水は毎朝汲み直され、榊《さかき》はいつもつややかに新らしかった。この世はすべて厳粛な神威に守られ、しかもすみずみまで身も慄《ふる》えるような快楽に溢れていた。

参

斎藤内府の邸《やしき》は近くであったのに、二月二十六日の朝、二人は銃声も聞かなかった。ただ、十分間の惨劇がおわって、雪の暁闇《ぎょうあん》に吹き鳴らされた集合喇叭《ラッパ》が中尉の眠りを破った。中尉は跳ね起きて無言で軍服を着、妻のさし出す軍刀を佩《は》いして、明けやらぬ雪の朝の道へ駈け出した。そして二十八日の夕刻まで帰らなかったのである。

麗子はやがてラジオのニュースでこの突発事件の全貌を知った。それからの二日間の麗子の一人きりの生活は、まことに静かで、門戸を閉ざして過された。

麗子は雪の朝ものも言わずに駈け出して行った中尉の顔に、すでに死の決意を読んだのである。良人がこのまま生きて帰らなかった場合は、跡を追う覚悟ができている。彼女はひっそりと身のまわりのものを片づけた。数着の訪問着は学校時代の友達への形見として、それぞれの畳紙《たとう》の上に宛名を書いた。常日頃、明日《あす》を思ってはならぬ、と良人に言われていたので、日記もつけていなかった麗子は、ここ数ヶ月の倖《しあわ》せの記述を丹念に読み返して火に投ずることのたのしみを失った。ラジオの横には小さな陶器の犬や兎や栗鼠《りす》や熊や狐がいた。さらに小さな壺や水瓶《みずがめ》があった。これが麗子の唯一のコレクションだったが、こんなものを形見に上げてもはじまらない。しかもわざわざ棺に納めてもらうにも当らない。するとそれらの小さな陶器の動物たちは、一そうあてどのない、よるべのない表情を湛えはじめた。

麗子はその一つの栗鼠を手にとってみて、こんな自分の子供らしい愛着のはるか彼方《かなた》に、良人が体現している太陽のような大義を仰ぎ見た。自分は喜んで、そのかがやく太陽の車に拉《らっ》し去られて死ぬ身であるが、今の数刻には、ひとりでこの無邪気な愛着にも浸っていられる。しかし自分が本当にこれらを愛したのは昔である。今は愛した思い出を愛しているにすぎないので、心はもっと烈しいもの、もっと狂おしい幸福に充たされている。……しかも麗子は、思うだにときめいて来る日夜の肉の悦びを、快楽などという名で呼んだことは一度もなかった。美しい手の指は、二月の寒さの上に、陶器の栗鼠の氷るような手ざわりを保っているが、そうしているあいだにも、中尉の逞ましい腕が延びてくる刹那を思うと、きちんと着た銘仙《めいせん》の裾前《すそまえ》の同じ模様のくりかえしの下に、麗子は雪を融かす熱い果肉の潤いを感じた。

脳裡にうかぶ死はすこしも怖くはなく、良人の今感じていること、考えていること、その悲嘆、その苦悩、その思考のすべてが、留守居の麗子には、彼の肉体と全く同じように、自分を快適な死へ連れ去ってくれるのを固く信じた。その思想のどんな砕片にも、彼女の体はらくらくと溶け込んで行けると思った。

麗子はそうして、刻々のラジオのニュースに耳を傾け、良人の親友の名の幾人《いくたり》かが、蹶起《けっき》の人たちの中に入っているのを知った。これは死のニュースだった。そして事態が日ましにのっぴきならぬ形をとるのを、勅命がいつ下るかもしれず、はじめ維新のための蹶起と見られたものが、叛乱の汚名を着せられつつあるのを、つぶさに知った。聯隊からは何の連絡もなかった。雪ののこる市内に、いつ戦がはじまるか知れなかった。

二十八日の日暮れ時、玄関の戸をはげしく叩く音を、麗子はおそろしい思いできいた。走り寄って、慄える手で鍵をあけた。磨硝子《すりガラス》のむこうの影は、ものも言わなかったが、良人にちがいないことがよくわかった。麗子がその引戸の鍵を、これほどまだるっこしく感じたことはなかった。そのために鍵はなお手に逆らい、引戸はなかなか開かない。

戸があくより早く、カーキいろの外套に包まれた中尉の体が、雪の泥濘に重い長靴《ちょうか》を踏み入れて、玄関の三和土《たたき》に立った。中尉は引戸を閉めると共に、自分の手で又鍵を捩《ねじ》ってかけた。それがどういう意味でしたことか、麗子にはわからなかった。

「お帰りあそばせ」

と麗子は深く頭を下げたが、中尉は答えない。軍刀を外し外套を脱ぎかけたので、麗子がうしろに廻って手つだった。うけとる外套は冷たく湿って、それが日向《ひなた》で立てる馬糞くさい匂いを消して、麗子の腕に重くのしかかった。これを外套掛にかけ、軍刀を抱いて、彼女は長靴を脱いだ良人に従って茶の間へ上った。階下の六畳である。

明るい灯《ひ》の下で見る良人の顔は、無精髭に覆われて、別人のようにやつれている。頰が落ちて、光沢と張りを失っている。機嫌のよいときは帰るなりすぐ普段着に着かえて晩飯の催促をするのに、軍服のまま、卓袱《ちゃぶ》台《だい》に向って、あぐらをかいて、うなだれている。麗子は夕食の仕度をすべきかどうか訊くことを差控えた。

ややあって、中尉はこう言った。

「俺は知らなかった。あいつ等は俺を誘わなかった。おそらく俺が新婚の身だったのを、いたわったのだろう。加納も、本間も、山口もだ」

麗子は良人の親友であり、たびたびこの家へも遊びに来た元気な青年将校の顔を思い浮べた。

「おそらく明日にも勅命が下るだろう。奴等は叛乱軍の汚名を着るだろう。俺は部下を指揮して奴らを討たねばならん。……俺にはできん。そんなことはできん」

そして又言った。

「俺は今警備の交代を命じられて、今夜一晩帰宅を許されたのだ。明日の朝はきっと、奴らを討ちに出かけなければならんのだ。俺にはそんなことはできんぞ、麗子」

麗子は端座して目を伏せていた。よくわかるのだが、良人はすでにただ一つの死の言葉を語っている。中尉の心はもう決っている。言葉の一つ一つは死に裏附けられ、この黒い堅固な裏打のために、言葉が動かしがたい力を際立たせている。中尉は悩みを語っているのに、そこにはもう逡巡がないのである。

しかし、こうしているあいだの沈黙の時間には、雪どけの渓流のような清冽さがあった。中尉は二日にわたる永い懊悩の果てに、我家で美しい妻の顔と対座しているとき、はじめて心の安らぎを覚えた。言わないでも、妻が言外の覚悟を察していることが、すぐわかったからである。

「いいな」と中尉は重なる不眠にも澄んだ雄々しい目をあけて、はじめて妻の目をまともに見た。

「俺は今夜腹を切る」

麗子の目はすこしもたじろがなかった。

そのつぶらな目は強い鈴の音《ね》のような張りを示していた。そしてこう言った。

「覚悟はしておりました。お供をさせていただきとうございます」

中尉はほとんどその目の力に圧せられるような気がした。言葉は譫言《うわごと》のようにすらすらと出て、どうしてこんな重大な許諾が、かるがるしい表現をとるのかわからなかった。

「よし。一緒に行こう。但《ただ》し、俺の切腹を見届けてもらいたいんだ。いいな」

こう言いおわると、二人の心には、俄《にわ》かに解き放たれたような油然《ゆうぜん》たる喜びが湧いた。

麗子は良人のこの信頼の大きさに胸を搏《う》たれた。中尉としては、どんなことがあっても死に損ってはならない。そのためには見届けてくれる人がなくてはならぬ。それに妻を選んだというのが第一の信頼である。共に死ぬことを約束しながら、妻を先に殺さず、妻の死を、もう自分には確かめられない未来に置いたということは、第二のさらに大きな信頼である。もし中尉が疑り深い良人であったら、並の心中のように、妻を先に殺すことを選んだであろう。

中尉は麗子が「お供をする」と言った言葉を、新婚の夜から、自分が麗子を導いて、この場に及んで、それを澱《よど》みなく発音させたという大きな教育の成果と感じた。これは中尉の自恃《じじ》を慰め、彼は愛情が自発的に言わせた言葉だと思うほど、だらけた己惚《うぬぼ》れた良人ではなかった。

喜びはあまり自然にお互いの胸に湧き上ったので、見交わした顔が自然に微笑した。麗子は新婚の夜が再び訪れたような気がした。

目の前には苦痛も死もなく、自由な、ひろびろとした野がひろがるように思われた。

「お風呂が湧いております。お召しになりますか」

「ああ」

「お食事は？」

この言葉は実に平淡に家庭的に発せられ、中尉は危うく錯覚に陥ろうとした。

「食事は要らんだろう。酒の燗をしといてくれんか」

「はい」

麗子は立って良人の湯上りの丹前を出すときに、あけた抽斗へ良人の注意を惹いた。中尉は立って行って、箪笥の抽斗の中をのぞいた。整理された畳紙《たとう》の上に一つ一つ形見の宛名が読まれた。こうして健気な覚悟を示された中尉は、悲しみが少しもなく、心は甘い情緒に充たされた。若い妻の子供らしい買物を見せられた良人のように、中尉はいとしさのあまり、妻をうしろから抱いて首筋に接吻した。

麗子は首筋に中尉の髭のこそばゆさを感じた。この感覚はただ現世的なものである以上に、麗子にとって現実そのものだったが、それが間もなく失われるという感じは、この上もなく新鮮だった。一瞬一瞬がいきいきと力を得、体の隅々までがあらたに目ざめる。麗子は足袋の爪先に力を沁み入らせて、背後からの良人の愛撫を受けた。

「風呂へ入って、酒を呑んだら……いいか、二階に床《とこ》をとっておいてくれ……」

中尉は妻の耳もとでこう言った。麗子は黙ってうなずいた。

中尉は荒々しく軍服を脱ぎ、風呂場へ入った。その遠い湯のはねかえる音をききながら、麗子は茶の間の火鉢の火加減を見、酒の燗の仕度に立った。

丹前と帯と下着を持って風呂場へゆき、湯の加減をきいた。ひろがる湯気の中に、中尉はあぐらをかいて髭を剃《そ》っており、その濡れた逞ましい背中の肉が、腕の動きにつれて機敏に動くのがおぼろに見えた。

ここには何ら特別の時間はなかった。麗子はいそがしく立ち働らき、即席の肴《さかな》を作っていた。手も慄《ふる》えず、ものごとはいつもよりきびきびと小気味よく運んだ。それでもときどき、胸の底をふしぎな鼓動が走る。遠い稲妻のように、それがちらりと強烈に走って消える。そのほかは何一つふだんと変りがない。

風呂場の中尉は髭を剃りながら、一度温ためられた体は、あの遣場《やりば》のない苦悩の疲労がすっかり癒やされ、死を前にしながら、たのしい期待に充《み》たされているのを感じた。妻の立ち働らく音がほのかにきこえる。すると二日の間忘れていた健康な欲望が頭をもたげた。

二人が死を決めたときのあの喜びに、いささかも不純なもののないことに中尉は自信があった。あのとき二人は、もちろんそれとはっきり意識はしていないが、ふたたび余人の知らぬ二人の正当な快楽が、大義と神威に、一分の隙もない完全な道徳に守られたのを感じたのである。二人が目を見交わして、お互いの目のなかに正当な死を見出《みいだ》したとき、ふたたび彼らは何者も破ることのできない鉄壁に包まれ、他人の一指も触れることのできない美と正義に鎧《よろ》われたのを感じたのである。中尉はだから、自分の肉の欲望と憂国の至情のあいだに、何らの矛盾や撞着《どうちゃく》を見ないばかりか、むしろそれを一つのものと考えることさえできた。

暗いひびわれた、湯気に曇りがちな壁鏡の中に、中尉は顔をさし出して丹念に髭を剃った。これがそのまま死顔になる。見苦しい剃り残しをしてはならない。剃られた顔はふたたび若々しく輝やき、暗い鏡を明るませるほどになった。この晴れやかな健康な顔と死との結びつきには、云ってみれば或《あ》る瀟洒《しょうしゃ》なものがあった。

これがそのまま死顔になる！ もうその顔は正確には半ば中尉の所有を離れて、死んだ軍人の記念碑上の顔になっていた。彼はためしに目をつぶってみた。すべては闇に包まれ、もう彼はものを見る人間ではなくなっていた。

風呂から上った中尉は、つややかな頰に青い剃り跡を光らせて、よく熾《おこ》った火鉢のかたわらにあぐらをかいた。忙しいあいだに麗子が手早く顔を直したのを中尉は知った。頰は花やぎ、唇は潤いをまし、悲しみの影もなかった。若い妻のこんな烈しい性格のしるしを見て、彼は本当に選ぶべき妻を選んだと感じた。

中尉は杯を干すと、それをすぐ麗子に与えた。一度も酒を呑んだことのない麗子が、素直に杯をうけて、おそるおそる口をつけた。

「ここへ来い」

と中尉は言った。麗子は良人のかたわらへ行って、斜めに抱かれた。その胸ははげしく波打ち、悲しみの情緒と喜悦とが、強い酒をまぜたようになった。中尉は妻の顔を眺め下ろした。これが自分がこの世で見る最後の人の顔、最後の女の顔である。旅人が二度と来ない土地の美しい風光にそそぐ旅立ちの眼差で、中尉は仔細に妻の顔を点検した。いくら見ても見倦《みあ》かぬ美しい顔は、整っていながら冷たさがなく、唇はやわらかい力でほのかに閉ざされていた。中尉は思わずその唇に接吻した。やがて気がつくと、顔はすこしも歔欷《きょき》の醜さに歪《ゆが》んではいないのに、閉ざされた目の長い睫《まつげ》のかげから、涙の滴が次々と溢れ出て眼尻から光って流れた。

やがて中尉が二階の寝室へ上ろうと促すと、妻は風呂に入ってから行くと言った。そこで中尉は一人で二階へ行き、瓦斯《ガス》ストーヴに温ためられた寝室に入って、蒲団の上に大の字に寝ころんだ。こうして妻の来るのを待っている時間まで、何一ついつもと渝《かわ》らなかった。

彼は頭の下に両手を組み、スタンドの光の届かぬおぼろげに暗い天井の板を眺めた。彼が今待っているのは死なのか、狂おしい感覚の喜びなのか、そこのところが重複して、あたかも肉の欲望が死に向っているようにも感じられる。いずれにしろ、中尉はこれほどまでに渾身の自由を味わったことはなかった。

窓の外に自動車の音がする。道の片側に残る雪を蹴立てるタイヤのきしみがきこえる。近くの塀にクラクションが反響する。……そういう音をきいていると、あいかわらず忙しく往来している社会の海の中に、ここだけは孤島のように屹立《きつりつ》して感じられる。自分が憂《うれ》える国は、この家のまわりに大きく雑然とひろがっている。自分はそのために身を捧げるのである。しかし自分が身を滅ぼしてまで諫《いさ》めようとするその巨大な国は、果してこの死に一顧を与えてくれるかどうかわからない。それでいいのである。ここは華々しくない戦場、誰にも勲《いさお》しを示すことのできぬ戦場であり、魂の最前線だった。

麗子が階段を上って来る足音がする。古い家の急な階段はよくきしんだ。このきしみは懐しく、何度となく中尉は寝床に待っていて、この甘美なきしみを聴いたのである。二度とこれを聴くことがないと思うと、彼は耳をそこに集中して、貴重な時間の一瞬一瞬を、その柔らかい蹠《あしのうら》が立てるきしみで隈なく充たそうと試みた。そうして時間は燦《きら》めきを放ち、宝石のようになった。

麗子は浴衣《ゆかた》に名古屋帯を締めていたが、その帯の紅《くれな》いは薄闇のなかに黒ずんで、中尉がそれに手をかけると、麗子の手の援《たす》ける力につれて、帯はゆらめきながら走って畳に落ちた。まだ着ている浴衣のまま、中尉は妻の両脇に手を入れて抱こうとしたが、八ツ口の腋《わき》の温かい肌に指が挟まれたとき、中尉はその指先の感触に、全身が燃えるような心地がした。

二人はストーヴの火明りの前で、いつのまにか自然に裸かになった。

口には出さなかったけれど、心も体も、さわぐ胸も、これが最後の営みだという思いに湧き立っていた。その「最後の営み」という文字は、見えない墨で二人の全身に隈なく書き込まれているようであった。

中尉は烈しく若い妻を掻き抱いて接吻した。二人の舌は相手のなめらかな口の中の隅々までたしかめ合い、まだどこにも兆していない死苦が、感覚を灼《や》けた鉄のように真赤に鍛えてくれるのを感じた。まだ感じられない死苦、この遠い死苦は、彼らの快感を精錬したのである。

「お前の体を見るのもこれが最後だ。よく見せてくれ」

と中尉は言った。そしてスタンドの笠を向うへ傾け、横たわった麗子の体へ明りが棚引くようにしつらえた。

麗子は目を閉じて横たわっていた。低い光りが、この厳そかな白い肉の起伏をよく見せた。中尉はいささか利己的な気持から、この美しい肉体の崩壊の有様を見ないですむ倖せを喜んだ。

中尉は忘れがたい風景をゆっくりと心に刻んだ。片手で髪を弄《もてあそ》びながら、片手でしずかに美しい顔を撫で、目の赴くところに一つ一つ接吻した。富士額のしずかな冷たい額から、ほのかな眉の下に長い睫に守られて閉じている目、形のよい鼻のたたずまい、厚みの程のよい端正な唇のあいだからかすかにのぞいている歯のきらめき、やわらかな頰と怜悧《れいり》な小さい顎、……これらが実に晴れやかな死顔を思わせ、中尉はやがて麗子が自ら刺すだろう白い咽喉元を、何度も強《きつ》く吸ってほの赤くしてしまった。唇に戻って、唇を軽く圧し、自分の唇をその唇の上に軽い舟のたゆたいのように揺れ動かした。目を閉じると、世界が揺籃《ようらん》のようになった。

中尉の目の見るとおりを、唇が忠実になぞって行った。その高々と息づく乳房は、山桜の花の蕾のような乳首を持ち、中尉の唇に含まれて固くなった。胸の両脇からなだらかに流れ落ちる腕の美しさ、それが帯びている丸みがそのままに手首のほうへ細まってゆく巧緻《こうち》なすがた、そしてその先には、かつて結婚式の日に扇を握っていた繊細な指があった。指の一本一本は中尉の唇の前で、羞《はじ》らうようにそれぞれの指のかげに隠れた。……胸から腹へと辿る天性の自然な括《くび》れは、柔らかなままに弾んだ力をたわめていて、そこから腰へひろがる豊かな曲線の予兆をなしながら、それなりに些《いささ》かもだらしなさのない肉体の正しい規律のようなものを示していた。光りから遠く隔たったその腹と腰の白さと豊かさは、大きな鉢に満々と湛えられた乳のようで、ひときわ清らかな凹《くぼ》んだ臍《へそ》は、そこに今し一粒の雨滴が強く穿《うが》った新鮮な跡のようであった。影の次第に濃く集まる部分に、毛はやさしく敏感に叢《む》れ立ち、香りの高い花の焦げるような匂いは、今は静まってはいない体のとめどもない揺動と共に、そのあたりに少しずつ高くなった。

ついに麗子は定かでない声音でこう言った。

「見せて……私にもお名残によく見せて」

こんな強い正当な要求は、今まで一度も妻の口から洩れたことがなく、それはいかにも最後まで慎しみが隠していたものが迸《ほとばし》ったように聞かれたので、中尉は素直に横たわって妻に体を預けた。白い揺蕩《ようとう》していた肉体はしなやかに身を起し、良人にされたとおりのことを良人に返そうという愛らしい願いに熱して、じっと彼女を見上げている中尉の目を、二本の白い指で流れるように撫でて瞑らせた。

麗子は瞼《まぶた》も赤らむ上気に頬をほてらせて、いとしさに堪えかねて、中尉の五分刈の頭を抱きしめた。乳房には短かい髪の毛が痛くさわり、良人の高い鼻は冷たくめり込み、息は乳房に熱くかかっていた。彼女は引き離して、その男らしい顔を眺めた。凛々しい眉、閉ざされた目、秀でた鼻梁《びりょう》、きりりと結んだ美しい唇、……青い剃り跡の頬は灯を映して、なめらかに輝やいていた。麗子はそのおのおのに、ついで太い首筋に、強い盛り上った肩に、二枚の楯を張り合わせたような逞ましい胸とその樺色《かばいろ》の乳首に接吻した。胸の肉附のよい両脇が濃い影を落している腋窩《えきか》には、毛の繁りに甘い暗鬱《あんうつ》な匂いが立ち迷い、この匂いの甘さには何かしら青年の死の実感がこもっていた。中尉の肌は麦畑のような輝やきを持ち、いたるところの筋肉はくっきりとした輪郭を露骨にあらわし、腹筋の筋目の下に、つつましい臍窩《せいか》を絞っていた。麗子は良人のこの若々しく引き締った腹、さかんな毛におおわれた謙虚な腹を見ているうちに、ここがやがてむごたらしく切り裂かれるのを思って、いとしさの余りそこに泣き伏して接吻を浴びせた。

横たわった中尉は自分の腹にそそがれる妻の涙を感じて、どんな劇烈な切腹の苦痛にも堪えようという勇気を固めた。

こうした経緯を経て二人がどれほどの至上の歓びを味わったかは言うまでもあるまい。中尉は雄々しく身を起し、悲しみと涙にぐったりした妻の体を、力強い腕に抱きしめた。二人は左右の頬を互いちがいに狂おしく触れ合わせた。麗子の体は慄えていた。汗に濡れた胸と胸とはしっかりと貼り合わされ、二度と離れることは不可能に思われるほど、若い美しい肉体の隅々までが一つになった。麗子は叫んだ。高みから奈落へ落ち、奈落から翼を得て、又目くるめく高みへまで天翔《あまかけ》った。中尉は長駆する聯隊旗手のように喘《あえ》いだ。……そして、一《ト》めぐりがおわると又たちまち情意に溢れて、二人はふたたび相携えて、疲れるけしきもなく、一息に頂きへ登って行った。

肆《し》

三島由紀夫

時が経って、中尉が身を離したのは倦《あ》き果てたからではない。一つには切腹に要する強い力を減殺することを怖れたからである。一つには、あまり貪りすぎて、最後の甘美な思い出を損ねることを怖れたからである。

中尉がはっきり身を離すと、いつものように、麗子も大人しくこれに従った。二人は裸かのまま、手の指をからみあわせて仰臥《ぎょうが》して、じっと暗い天井を見つめている。汗が一時に引いてゆくが、ストーヴの火熱のために少しも寒くはない。このあたりの夜はしんとして、車の音さえ途絶えている。四谷駅界隈の省線電車や市電の響きも、濠《ほり》の内側に谺《こだま》するばかりで、赤坂離宮前のひろい車道に面した公園の森に遮られ、ここまでは届いて来ない。この東京の一劃《いっかく》で、今も、二つに分裂した皇軍が相対峙《あいたいじ》しているという緊迫感は嘘のようである。

二人は内側に燃えている火照りを感じながら、今味わったばかりの無上の快楽を思い浮べている。その一瞬一瞬、尽きせぬ接吻の味わい、肌の感触、目くるめくような快さの一齣《ひとこま》一齣を思っている。暗い天井板には、しかしすでに死の顔が覗いている。あの喜びは最終のものであり、二度とこの身に返っては来ない。が、思うのに、これからいかに長生きをしても、あれほどの歓喜に到達することが二度とないことはほぼ確実で、その思いは二人とも同じである。

からめ合った指さきの感触、これもやがて失われる。今見ている暗い天井板の木目の模様でさえ、やがて失われる。死がひたと身をすり寄せて来るのが感じられる。時を移してはならない。勇気をふるって、こちらからその死につかみかからねばならないのだ。

「さあ、仕度をしよう」

と中尉が言った。それはたしかに決然たる調子で言われたが、麗子は良人のこれほどまでに温かい優しい声をきいたことがなかった。

身を起すと、忙しい仕事が待っていた。

中尉は今まで一度も、床《とこ》の上げ下げを手つだったことはなかったが、快活に押入れの襖《ふすま》をあけて、手ずから蒲団を運んで納めた。

ガス・ストーヴの火を止め、スタンドを片附けると、中尉の留守中に麗子がこの部屋の整理をすませ、すがすがしく掃除をしておいたので、片隅に引き寄せられた紫檀《したん》の卓のほかには、八畳の間《ま》は、大事な客を迎える前の客間のけしきと渝《かわ》らなかった。

「ここでよく呑んだもんだなあ、加納や本間や山口と」

「よくお呑みになりましたのね、皆さん」

「あいつ等とも近いうちに冥途《めいど》で会えるさ。お前を連れて来たのを見たら、さぞ奴等にからかわれるだろう」

階下へ下りるとき、中尉は今あかあかと電燈をつけたこの清浄な部屋へ振向いた。そこで呑んで、騒いで、無邪気な自慢話をしていた青年将校たちの顔が浮ぶ。そのときはこの部屋で自分が腹を切ることになろうとは夢にも思わなかった。

階下の二間《ふたま》で、夫婦は水の流れるように淡々とそれぞれの仕度にいそしんだ。中尉は手水《ちょうず》に立ち、ついで体を清めに風呂場へ入り、そのあいだ麗子は良人の丹前を畳み、軍服の上下と切り立ての晒《さらし》の六尺を風呂場へ置き、遺書を書くための半紙を卓袱台の上に揃え、さて硯箱《すずりばこ》の蓋をとって墨を磨《す》った。遺書の文句はすでに考えてあった。

麗子の指は墨の冷たい金箔《きんぱく》を押し、硯の海が黒雲のひろがるように忽ち曇《たちま》って、彼女はこんな仕草の反復が、この指の圧力、このかすかな音の往来《ゆきき》が、ひたすら死のためだと考えることを罷《や》めた。死がいよいよ現前するまでは、それは時間を平淡に切り刻む家常茶飯の仕事にすぎなかった。しかし磨るにつれて滑らかさを増す墨の感触と、つのる墨の匂いには、言おうようのない暗さがあった。

素肌の上に軍服をきちんと着た中尉が風呂場からあらわれた。そして黙って、卓袱台の前に正座をして、筆をとって、紙を前にしてためらった。

麗子は白無垢の一揃えを持って風呂場へゆき、身を清め、薄化粧をして、白無垢の姿で茶の間へ出て来たときには、燈下の半紙に、黒々と、

「皇軍万歳　陸軍歩兵中尉武山信二」

とだけ書いた遺書が見られた。

麗子がその向いに坐って遺書を書くあいだ、中尉は黙って、真剣な面持で、筆を持つ妻の白い指の端正な動きを見詰めていた。

中尉は軍刀を携え、麗子は白無垢の帯に懐剣をさしはさみ、遺書を持って、神棚の前に並んで黙禱《もくとう》したのち、階下の電気を皆消した。二階へ上る階段の途中で振向いた中尉は、闇の中から伏目がちに彼に従って昇ってくる妻の白無垢の姿の美しさに目をみはった。

遺書は二階の床の間に並べて置かれた。掛軸を外すべきであろうが、仲人の尾関中将の書で、しかも「至誠」の二字だったので、そのままにした。たとえ血しぶきがこれを汚しても、中将は諒《りょう》とするであろう。

中尉は床柱を背に正座をして、軍刀を膝の前に横たえた。

麗子は畳一畳を隔てたところに端座した。すべてが白いので、唇に刷《は》いた薄い紅が大そう艶《あで》やかに見える。

二人は畳一畳を隔てて、じっと目を見交わしている。中尉の膝の前には軍刀がある。これを見ると麗子は初夜のことを思い出して、悲しみに堪えなくなった。中尉が押し殺した声でこう言った。

「介錯《かいしゃく》がないから、深く切ろうと思う。見苦しいこともあるかもしれないが、恐がってはいかん。どのみち死というものは、傍《はた》から見たら怖ろしいものだ。それを見て挫《くじ》けてはならん。いいな」

「はい」

と麗子は深くうなずいた。

その白いなよやかな風情を見ると、死を前にした中尉はふしぎな陶酔を味わった。今から自分が着手するのは、嘗《かつ》て妻に見せたことのない軍人としての公けの行為である。戦場の決戦と等しい覚悟の要る、戦場の死と同等同質の死である。自分は今戦場の姿を妻に見せるのだ。

これはつかのまのふしぎな幻想に中尉を運んだ。戦場の孤独な死と目の前の美しい妻と、この二つの次元に足をかけて、ありえようのない二つの共在を具現して、今自分が死のうとしているというこの感覚には、言いしれぬ甘美なものがあった。これこそは至福というものではあるまいかと思われる。妻の美しい目に自分の死の刻々を看取られるのは、香りの高い微風に吹かれながら死に就くようなものである。そこでは何かが宥《ゆる》されている。何かわからないが、余人の知らぬ境地で、ほかの誰にも許されない境地がゆるされている。中尉は目の前の花嫁のような白無垢の美しい妻の姿に、自分が愛しそれに身を捧げてきた皇室や国家や軍旗や、それらすべての花やいだ幻を見るような気がした。それらは目の前の妻と等しく、どこからでも、どんな遠くからでも、たえず清らかな目を放って、自分を見詰めていてくれる存在だった。

麗子も亦、死に就こうとしている良人の姿を、この世にこれほど美しいものはなかろうと思って見詰めていた。軍服のよく似合う中尉は、その凜々しい眉、そのきりっと結んだ唇と共に、今死を前にして、おそらく男の至上の美しさをあらわしていた。

「じゃあ、行くぞ」

とついに中尉が言った。麗子は畳に深く身を伏せてお辞儀をした。どうしても顔が上げられない。涙で化粧を崩したくないと思っても、涙を禦《とど》めることができない。

ようやく顔をあげたとき、涙ごしにゆらいで見えるのは、すでに引抜いた軍刀の尖《さき》を五六寸あらわして、刀身に白布を巻きつけている良人の姿である。

巻きおわった軍刀を膝の前に置くと、中尉は膝を崩してあぐらをかき、軍服の襟《えり》のホックを外した。その目はもう妻を見ない。平らな真鍮《しんちゅう》の釦《ボタン》をひとつひとつゆっくり外した。浅黒い胸があらわれ、ついで腹があらわれる。バンドの留金を外し、ズボンの釦を外した。六尺褌《ふんどし》の純白が覗き、中尉はさらに腹を寛《くつ》ろげて、褌を両手で押し下げ、右手に軍刀の白布の握りを把《と》った。そのまま伏目で自分の腹を見て、左手で下腹を揉み柔らげている。

中尉は刀の切れ味が心配になったので、ズボンの左方を折り返して、腿《もも》を少しあらわし、そこへ軽く刃《やいば》を滑らせた。たちまち傷口には血がにじみ、数条の細い血が、明るい光りに照り輝やきながら、股のほうへ流れた。

はじめて良人の血を見た麗子は、怖ろしい動悸がした。良人の顔を見る。中尉は平然とその血を見つめている。姑息な安心だと思いながら、麗子はつかのまの安堵を味わった。

そのとき中尉は鷹のような目つきで妻をはげしく凝視した。刀を前へ廻し、腰を持ち上げ、上半身が刃先へのしかかるようにして、体に全力をこめているのが、軍服の怒った肩からわかった。中尉は一思いに深く左脇腹へ刺そうと思ったのである。鋭い気合の声が、沈黙の部屋を貫ぬいた。

中尉は自分で力を加えたにもかかわらず、人から太い鉄の棒で脇腹を痛打されたような感じがした。一瞬、頭がくらくらし、何が起ったのかわからなかった。五六寸あらわした刃先はすでにすっかり肉に埋まって、拳が握っている布がじかに腹に接していた。

意識が戻る。刃はたしかに腹膜を貫ぬいたと中尉は思った。呼吸が苦しく胸がひどい動悸を打ち、自分の内部とは思えない遠い遠い深部で、地が裂けて熱い熔岩《ようがん》が流れ出したように、怖ろしい劇痛が湧き出して来るのがわかる。その劇痛が怖ろしい速度でたちまち近くへ来る。中尉は思わず呻《うめ》きかけたが、下唇を嚙んでこらえた。

これが切腹というものかと中尉は思っていた。それは天が頭上に落ち、世界がぐらつくような滅茶滅茶な感覚で、切る前はあれほど鞏固《きょうこ》に見えた自分の意志と勇気が、今は細い針金の一線のようになって、一途にそれに縋《すが》ってゆかねばならない不安に襲われた。拳がぬるぬるして来る。見ると白布も拳もすっかり血に塗れそぼっている。褌もすでに真紅に染っている。こんな烈しい苦痛の中でまだ見えるものが見え、在るものが在るのはふしぎである。

麗子は中尉が左脇腹に刀を突っ込んだ瞬間、その顔から忽ち幕を下ろしたように血の気が引いたのを見て、駈け寄ろうとする自分と戦っていた。とにかく見なければならぬ。見届けねばならぬ。それが良人の麗子に与えた職務である。畳一枚の距離の向うに、下唇を嚙みしめて苦痛をこらえている良人の顔は、鮮明に見えている。その苦痛は一分の隙もない正確さで現前している。麗子にはそれを救う術《すべ》がないのである。

良人の額にはにじみ出した汗が光っている。中尉は目をつぶり、又ためすように目をあける。その目がいつもの輝やきを失って、小動物の目のように無邪気でうつろに見える。

苦痛は麗子の目の前で、麗子の身を引き裂かれるような悲嘆にはかかわりなく、夏の太陽のように輝やいている。その苦痛がますます背丈を増す。伸び上る。良人がすでに別の世界の人になって、その全存在を苦痛に還元され、手をのばしても触れられない苦痛の檻《おり》の囚人になったのを麗子は感じる。しかも麗子は痛まない。悲嘆は痛まない。それを思うと、麗子は自分と良人との間に、何者かが無情な高い硝子《ガラス》の壁を立ててしまったような気がした。

結婚以来、良人が存在していることは自分が存在していることであり、良人の息づかいの一つ一つはまた自分の息づかいでもあったのに、今、良人は苦痛のなかにありありと存在し、麗子は悲嘆の裡に、何一つ自分の存在の確証をつかんでいなかった。

中尉は右手でそのまま引き廻そうとしたが、刃先は腸にからまり、ともすると刀は柔らかい弾力で押し出されて来て、両手で刃を腹の奥深く押えつけながら、引廻して行かねばならぬのを知った。引廻した。思ったほど切れない。中尉は右手に全身の力をこめて引いた。三四寸切れた。

苦痛は腹の奥から徐々にひろがって、腹全体が鳴り響いているようになった。それは乱打される鐘のようで、自分のつく呼吸の一息一息、自分の打つ脈搏《みゃくはく》の一打ち毎に、苦痛が千の鐘を一度に鳴らすかのように、彼の存在を押しゆるがした。中尉はもう呻きを抑えることができなくなった。しかし、ふと見ると、刃がすでに臍の下まで切り裂いているのを見て、満足と勇気をおぼえた。

血は次第に図に乗って、傷口から脈打つように迸った。前の畳は血しぶきに赤く濡れ、カーキいろのズボンの襞《ひだ》からは溜った血が畳に流れ落ちた。ついに麗子の白無垢の膝に、一滴の血が遠く小鳥のように飛んで届いた。

中尉がようやく右の脇腹まで引廻したとき、すでに刃はやや浅くなって、膏《あぶら》と血に辷《すべ》る刀身をあらわしていたが、突然嘔吐に襲われた中尉は、かすれた叫びをあげた。嘔吐が劇痛をさらに攪《かく》拌《はん》して、今まで固く締っていた腹が急に波打ち、その傷口が大きくひらけて、あたかも傷口がせい一ぱい吐《と》瀉《しゃ》するように、腸が弾け出て来たのである。腸は主《あるじ》の苦痛も知らぬげに、健康な、いやらしいほどいきいきとした姿で、喜々として辷り出て股間にあふれた。中尉はうつむいて、肩で息をして目を薄目にあき、口から涎《よだれ》の糸を垂らしていた。肩には肩章の金がかがやいていた。

血はそこかしこに散って、中尉は自分の血溜りの中に膝までつかり、そこに片手をついて崩《くず》折《お》れていた。生ぐさい匂いが部屋にこもり、うつむきながら嘔吐をくりかえしている動きがありありと肩にあらわれた。腸に押し出されたかのように、刀身はすでに刃先まであらわれて中尉の右手に握られていた。

このとき中尉が力をこめてのけぞった姿は、比べるものがないほど壮烈だったと云えよう。あまり急激にのけぞったので、後頭部が床柱に当る音が明瞭にきこえたほどである。麗子はそれまで、顔を伏せて、ただ自分の膝もとへ寄って来る血の流れだけを一心に見つめていたが、この音におどろいて顔をあげた。

中尉の顔は生きている人の顔ではなかった。目は凹み、肌は乾いて、あれほど美しかった頰や唇は、涸《こ》化《か》した土いろになっていた。ただ重たげに刀を握った右手だけが、操人形のように浮薄に動き、自分の咽喉元に刃先をあてようとしていた。こうして麗子は、良人の最期の、もっとも辛い、空虚な努力をまざまざと眺めた。血と膏に光った刃先が何度も咽喉を狙う。又外れる。もう力が十分でないのである。外れた刃先が襟に当り、襟章に当る。ホックは外されているのに、軍服の固い襟はともすると窄《すぼ》まって、咽喉元を刃から衛《まも》ってしまう。麗子はとうとう見かねて、良人に近寄ろうとしたが、立つことができない。血の中を膝行《しっこう》して近寄ったので、白無垢の裾は真紅になった。彼女は良人の背後にまわって、襟をくつろげるだけの手助けをした。慄えている刃先がようやく裸かの咽喉に触れる。麗子はそのとき自分が良人を突き飛ばしたように感じたが、そうではなかった。それは中尉が自分で意図した最後の力である。彼はいきなり刃へ向って体を投げかけ、刃はその項《うなじ》をつらぬいて、おびただしい血の迸りと共に、電燈の下に、冷静な青々とした刃先をそば立てて静まった。

伍

麗子は血に辷る足袋で、ゆっくりと階段を下りた。すでに二階はひっそりしていた。

階下の電気をつけ、火元をしらべ、ガスの元栓をしらべ、火鉢の埋《うず》み火に、水をかけて消した。四畳半の姿見の前へ行って垂れをあげた。血が白無垢を、華麗で大胆な裾模様のように見せていた。姿見の前に坐ると、腿のあたりが良人の血に濡れて大そう冷たく、麗子は身を慄わせた。それから永いこと、化粧に時を費した。頰は濃い目に紅を刷き、唇も濃く塗った。これはすでに良人のための化粧ではなかった。残された世界のための化粧で、彼女の刷毛《はけ》には壮大なものがこもっていた。立上ったとき、姿見の前の畳は血に濡れている。麗子は意に介しなかった。

それから手水へゆき、最後に玄関の三和土に立った。ここの鍵を、昨夜良人がしめたのは、死の用意だったのである。彼女はしばらく単純な思案に耽《ふけ》った。鍵をあけておくべきか否か。もし鍵をかけておけば、隣り近所の人が、数日二人の死に気がつかないということがありうる。麗子は自分たちの屍《しかばね》が腐敗して発見されることを好まない。やはりあけておいたほうがいい。……彼女は鍵を外し、磨硝子《すりガラス》の戸を少し引きあけた。……たちまち寒風が吹き込んだ。深夜の道には人かげもなく、向いの邸の樹立《こだち》の間に氷った星がきらきらしく見えた。

麗子は戸をそのままにして階段を上った。あちこちと歩いたので、もう足袋は汚らなかった。階段の中ほどから、すでに異臭が鼻を突いた。

中尉は血の海の中に俯伏《うつぶ》していた。項から立っている刃先が、さっきよりも秀でているような気がする。

麗子は血だまりの中を平気で歩いた。そして中尉の屍のかたわらに坐って、畳に伏せたその横顔をじっと見つめた。中尉はものに憑かれたように大きく目を見ひらいていた。その頭を袖で抱き上げて、袖で唇の血を拭って、別れの接吻をした。

それから立って、押入れから、新らしい白い毛布と腰紐を出した。裾が乱れぬように、腰に毛布を巻き、腰紐で固く締めた。

麗子は中尉の死骸《しがい》から、一尺ほど離れたところに坐った。懐剣を帯から抜き、じっと澄明《ちょうめい》な刃を眺め、舌をあてた。磨かれた鋼《はがね》はやや甘い味がした。

麗子は遅疑しなかった。さっきあれほど死んでゆく良人と自分を隔てた苦痛が、今度は自分のものになると思うと、良人のすでに領有している世界に加わることの喜びがあるだけである。苦しんでいる良人の顔には、はじめて見る何か不可解なものがあった。今度は自分がその謎を解くのである。麗子は良人の信じた大義の本当の苦味と甘味を、今こそ自分も味わえるという気がする。今まで良人を通じて辛うじて味わってきたものを、今度はまぎれもない自分の舌で味わうのである。

麗子は咽喉元へ刃先をあてた。一つ突いた。浅かった。頭がひどく熱して来て、手がめちゃくちゃに動いた。刃を横に強く引く。口のなかに温かいものが迸り、目先は吹き上げる血の幻で真赤になった。彼女は力を得て、刃先を強く咽喉の奥へ刺し通した。

――一九六〇、一〇、一六――

男と女

Men and Women

焰

津島佑子

津島佑子

その日も、夕方、駅から保育園に娘を迎えに行く道で、葬式に出会った。以前、私が治療を受けたことのある眼科の医院だった。古い平屋建ての医院の入口を中心に、花輪が並べられ、開け放たれた戸から医院の奥へと、喪《も》の幕が張り巡らされていた。葬儀は終わってしまったのか、表に人の姿は見られなかった。

愛想の悪い、老人の医師が一人いた。他には助手も看護婦もいないようで、患者の出入りも少なかった。診察室には薬の箱が散乱し、床も傾いていた。たぶん、あの老人の葬式だったのだろう、とは思ったが、確かではない。なかに入って、誰が死んだのか、聞きたかった。が、私は医院の前で、立ち止まることもしなかった。

人の死に出会うことが多かった。その頃、一体、道端で幾つの葬式に出会ったのか、はっきり憶《おぼ》えていない。いくらなんでも、そんなに多かったはずはないのだが、その頃の私には、自分の歩く道の先々に、人の死が待ち構えているような気がしてならなくなっていた。そして、そのように連続して私の前に現われる死が、一体、私になにを告げようとしているのか、と考えずにはいられなかった。

天候の不安定な、冬から春へ移り変わろうとする季節だった。生暖かい風が終日、吹き荒れる日もあれば、雪が降り積る日もあった。病人が死を迎えやすい季節でもあったのだ。私の住んでいたところは古い街で、老人だけで暮らしている家が多かった。それだけ、死も多く迎えなければならない、ということだったのだろう。私がいてもいなくても、その年の、その街の死者の数には変わりがなかった。そのはずだった。けれども、私は道端で、人の死を見つけるたびに、それを自分に関連づけて考えたくなっていた。またひとり、死なせてしまった、と。

私が住んでいたビルと、道を隔てて向かい合わせの位置にある花屋で、まず、一人死んだ。店の主人だった。町会のテントが、店の前に張られた。花輪の数も多い、大きな葬式だった。それから一週間と経たないうちに、店は再開した。その店先に立つ主人の娘らしい、中年の女の眼が、ついさっきまで泣いていたように赤くなっているのを、娘も私も見逃がさなかった。

続けて、ビルの隣りの床屋にいた隠居の老人が死んだ。二日間、私と娘は花輪の脚の隙間から、ビルに出入りしなければならなかった。

それから、娘の保育園に近い家にも葬式を見つけ、その時はじめて、これでは、あんまりじゃないか、という思いと共に、寒気に襲われた。

しかし、死はまだ続いた。私の以前の上司だった小林も、同じ頃に、死んだ。小林は肝硬変で、ほぼ一年近く、入院生活を続けていた。小林のあとを引き継いだ鈴井から、朝、ライブラリーに着くと同時に、その知らせを受けた。鈴井は、その日、私の名前も表に並べて書いた香典を携《たずさ》えて、小林の葬式に出かけて行った。夕方、鈴井は戻ってきて、こぢんまりとしたいい葬式だったよ、と私に言った。だけど、いろいろ家庭事情は複雑だったんだね。奥さんみたいな人が二人いて、こっちは挨拶に困ってしまった。

私は悲しみの感情を、小林の死に対しても持たなかった。驚きと、怯《おび》えの気持に包みこまれていた。私のまわりに続く死に、なにかの意図を感じはじめた。

そして更に、日は飛び飛びに、私は葬式に出会い続けた。

私が風邪で寝こんでしまったのは、ちょうど、その頃のことだった。朝から気分が悪かったのだが、夜、台所で立っていることもできなくなり、熱を計ってみると、九度を超えていた。とりあえず、六畳間の炬燵《こたつ》に足を入れ、横になってから、娘に聞いた。

――ママは病気になっちゃった。なんにもできなくなっちゃった。……あなたはどうしようか。ミッちゃんのうちに電話して、パパかママに迎えに来てもらう？　いつもみたいに、お泊りさせてもらって……。

娘を週に一度ぐらいの割合で泊らせてもらっている家があった。娘の保育園の友だちの家で、はじめは、その両親から娘の息抜きのために、と勧められたのだったが、次第に、私にとっても娘にとっても、そこは欠かすことのできない場所となっていた。夫の藤野は私からの三回めの離婚調停への呼び出しにも応じてくれなかった。藤野からの電話も手紙もなくなって、娘のまわりに、藤野の姿を見かけることもなくなった。藤野の気配が、私の生活から消えてしまっていた。むしろ、平穏な日々が続いていた、と言えるのだろう。が、私は手がかりを一切失ってしまった、恐怖に似た感情に全身を硬くして、日々を送っていた。三歳の娘は憤怒の痙攣《けいれん》をしばしば起こすことで、そうした母親に応えていた。

娘は母親と離れて夜を過ごすことに、はじめから大きな喜びを見出していた。私の方がむしろ、不安になり、娘を街なかで見失う夢に幾度か、寝ながら涙を流したりした。が、やがて、私もそうした夜は、のびのびと体を伸ばして、深い眠りに沈むことができるようになり、私の方から、あしたはミッちゃんちに行く？　と娘に声を掛けるようにもなっていた。娘はもちろん、素直に歓声をあげ、あしたはミッちゃんち、あしたはミッちゃんち、とでたらめな節をつけて、歌いはじめた。

わたしもちょっと顔を出してもいいかな、と聞くと、娘は、うん、ママもおいで、ごはん、いっしょにたべようよ、と弾んだ声で答える。すると私も、娘と声を合わせて、あしたはミッちゃんち、と踊りながら、歌いだしたくなった。

自分の九度以上の熱を知り、少くとも明日一日は動けそうにない、と思った時にも、私は反射的に、その家を頼ることを考えていなかった。近くの街に住む私の母には、知らせられないことだった。藤野とのことも、なにひとつ告げていなかった。なにもかも順調に運び、私も娘も健康そのもの、ということにしておきたい。母親にも、そして藤野に対しても、私は同様の態度を示していた。

——いいよ。ママのところにいる。ミッちゃんとこ、いかない。ママ、ビョーキなんでしょ？

娘は、しかし、その日は、ミッちゃんち、という言葉を聞いても、少しもうれしそうな顔は見せなかった。私は驚いて、娘に問い直した。

——だってミッちゃんのところよ。あした、あなたを保育園に連れて行ってあげられるかどうかも分からないし。……そしたら、あなた、保育園を休まなければならなくなっちゃう。

——いいよ。ママ、ビョーキなの？

娘は私の顔を覗きこみ、もう一度同じことを聞いた。どうやら、病気というものにすっかり気持を奪われてしまっているようだった。私は頷き、娘の手を取り、額に触らせた。

——あついねえ。ほんとにビョーキなんだねえ。

娘の眼が輝いた。続けて、娘は私の頰に触れ、唇に触れ、手に触れた。興奮に、顔色を変えはじめていた。

私は起き上がり、娘に食パンと牛乳と、ソーセージを手渡してから、二畳の部屋に敷き放しにしてある蒲団に潜りこみ、そのまま、眠りこんでしまった。

夜中に、ふと眼が醒めると、私の額に、びしょ濡れの雑巾が置いてあり、娘は洋服のまま、蒲団の上に身を丸くして寝入っていた。部屋の電灯も、テレビも、点け放しだった。

翌日、私と娘は一日、部屋のなかで過ごした。私はうつらうつら眠り続け、娘は私の顔をタオルで拭いたり、体温を計ったり、コップに水を汲んできて、畳を濡らしながら私の口に水を注ぎこんだりして、テレビも見、私の腕を枕に、たっぷりと昼寝も楽しんでいた。おかゆを二人で啜《すす》った。そしてその夜、娘も四十度近い熱を出した。今度は、私が娘の額に、濡れタオルを置き、首や胸の汗を拭いてやらなければならなかった。

次の朝、私の方は七度台に熱が下がっていたので、娘を背負って、医者を訪れ、診察をしてもらい、二人それぞれの薬を作ってもらった。牛乳と卵だけは買わなければ、と思いながら、真直ぐ部屋に戻って、薬を飲むと、二人でまた、眠りこんでしまった。

その次の日になり、ようやく娘の熱も下がりはじめた。が、風邪の回復期に入るといつもはじまる下痢が、今度も、はじまっていた。日頃はもう、使わなくなってしまっているおむつを娘の股にあてがったが、それでも、蒲団や娘の下半身を汚さずにはすまなかった。体熱とにおいがこもり、部屋のなかは妙に居心地良く温もっていた。久し振りに、娘のおむつを洗いながら、私はまだ、体に熱が残っているような、投げやりで、ぼんやりした気分に落ちこんでいた。しかし、気がつくと、その日は土曜日なのだった。あと一日、誰にも断わらずに、ゆっくり休むことができる。冷蔵庫が、きのうから、空っぽになっていた。夕方、娘が寝ている間に、買物に出た。牛乳や卵、野菜のほかに、バナナも買った。娘が赤ん坊の頃に、バナナをスプーンの縁で削ぎながら、どろどろになったものを少しずつ、口に運んでやったことを思い出した。けれども、その頃の娘の大きさを思い出すことはできなかった。

三日振りに、その夜、私は自分と娘の体を、台所で沸かした湯を使って、さっぱりさせた。まず、娘の顔、首、手を拭き、胸、背中を拭き、くすぐったがって逃げだそうとするのを、左手で押さえつけながら、下半身も丁寧に拭いた。そこで、湯を替え、娘に見守られながら、今度は私が上半身裸かになり、首、腕と、熱いタオルで拭いはじめた。胸にタオルが移ると、娘がおそるおそる、私の乳首に手を伸ばしてきた。私は手を止め、娘の手の動きを見つめた。娘は私の乳首をつまんだと思うと、口を開けて笑いだし、手を引込めてしまった。私も思いがけないくすぐったさに、あわてて背をすぼめ、両腕で乳房を蔽《おお》い隠してしまっていた。

――もういっかい、いい？

娘がひとしきり、蒲団の上で笑い転げてから、ふと顔を上げて、私に言った。一瞬、ためらってから、私は頷いた。娘は再び、私の乳首をつまみ、そのまま指の力を強くして、押しつぶそうとした。

――いたい！　こわれちゃうよ、そんなことしたら。

あわてて、娘の手から逃がれた。痛みより、悪寒《おかん》に襲われていた。生まれたばかりの娘に乳首を吸われた時も、同じ悪寒に身震いしていた。それは、鋭い歓びを伴う悪寒だった。

――いたいの？

娘が気味悪そうに、私の乳首を覗きこみながら、聞いた。

――そりゃ、いたいわよ。こわれちゃったら、もう生えてこないんだから。

私は急いで、パジャマを着た。不意に襲われた悪寒を、娘に見つけられそうな気がして、うろたえていた。

――だいじょうぶだよ。また、でてくるよ。

――出てくるわけないわ。おっぱいも、もう出てこないっていうのに。

――おっぱい、でない？

――そう。あなた、いっぱい、飲んでたけど。……

――のみたいなあ。

娘の眼が再び、光りはじめた。

――いやあよ。おっぱいなんか、もう出ないんだってば。

私は立ち上がり、笑いながら台所に逃げだしてしまった。けれども、部屋の電気を消し、二人とも寝床に就いてから、娘はまた、私の胸に手を伸ばしてきて、私に笑いを含んだ声で言った。

――あかちゃんだよ。……

――ふうん、この子、赤ちゃんだったのか。そう言えば、おむつもしているもんねえ。

――ホニャホニャ、ホニャホニャ。

――あれ、変な声で泣く赤ちゃんだ。なんだか、猫みたい。

私は笑いださずにはいられなかった。娘も笑いだしたいのをこらえた、苦しい声で、赤ん坊の真似を続けた。

――ホニャホニャ、オニャカ、スイタニャー。マンマ、マンマ。

――まあ、もうお話ができるのね、この赤ちゃんは。

――ホニャホニャ、パイパイ、パイパイ。

――……よしよし、じゃ、パイパイあげようね。

私は芝居気たっぷりに、娘の体を抱き寄せてやり、パジャマの上着をたくしあげて胸を出し、娘の顔を乳首に押し当ててやった。一瞬だけ娘は乳首を口に含んだが、照れ臭さに笑いだして自分から口を離してしまった。それでも私の胸から頰は離さずに、乳首の代りに私のパジャマの裾《すそ》をしゃぶりだした。布をしゃぶらなければ眠れない癖が、赤ん坊の頃から続いていた。

その明け方、私は夢を見た。

遠足とも工場見学ともつかない遠出を、二十人以上の人としていた。顔ぶれは、小学校の時の同級生のようで、しかし、みな、大人の背格好に育っていた。

殺風景な、ビルのなかの階段の踊り場で、全員がなにかに待たされていた。ジュースを飲んでいる人もいれば、用を足しに便所に行く人もいた。私は、今のうちに、と思い、洋服を着替えはじめた。

ふと、気がつくと、私は呆れたような眼に取り囲まれていた。自分に眼を戻すと、右側の乳房が下着の隙間から見えていた。驚いて、隠そうとするのだが、それができない。

なにをしているんだ、みっともないなあ、という苛立った声が聞える。早く着替えてしまえよ、という声も聞える。ぐずぐずしているから、あんなことになる。まったく、恥かしいったらない。大体、なんで、こんなところで着替えたりするんだろう。そうだ、常識じゃ考えられない。あれじゃ、もうだめだな。

私は焦って手を動かし続けながら、そういえば、本当にどうして、物蔭に隠れて着替えようとしなかったのだろう、誰もわたしのことなど見ていないと思ったから、手早く、あっという間に着替えられる、と思っただけなのに、でも、今更、どうすればよいというのだろう、と悲しんでいた。下着もブラウスも、複雑に絡み合い、どこが袖《そで》なのか、頭を入れるところなのか分からず、一度全部脱いでしまわなければ、着替えを終わらせることはできそうになかった。中途半端に、下着や洋服をいじればいじるほど、右側の乳房は大きく姿を見せていった。

こんなことをしていたら、みんなを怒らせるばかりではなく、時間が来れば、置き去りにされてしまう、と思うと、涙が流れた。

ばかだな、まだ間に合うんだから、そのまま便所に行けよ、ほら、従《つ》いてってやるから、と言いながら、私の背を押した男がいた。私は震える足で、階段を登りはじめた。

便所には誰もいなかった。私の後から従いてきてくれた男は、手洗い所で椅子を見つけ、私に背を向けて坐りこんだ。

さあ、早くしろよ。誰もいないから、大丈夫だ。

名前は忘れてしまっているが、顔はよく憶えている、小学校の時の同級生だった。子どもがただ大きくなっただけのような、後姿だった。

ええ、それじゃ、と私はその場の静けさに救われた思いになり、服を脱ぎはじめた。上半身が、すっかり裸かになってしまう。この程度のことは言っておいた方が良いのではないか、という思いから、私は男に声を掛けた。

こっちを見ないでよ。

男は笑い声をあげた。

そんなの、今更、見たくもないよ。

それもそうね。

私は安心して上半身裸かになり、下着と絡み合ってしまっている服を直しはじめた。腕が、男の肩に触れた。柔かな肌の感触があった。よく見ると、男も衣服をまとっていなかった。大人の大きさなのに、肥った子どもの滑らかな背中だった。私の体が動くたびに、その肌に手が触れ、背が触れ、乳首が触れてしまう。そんなはずはない、どうしたのだろう、と戸惑いながら、私は息を詰まらせた。視界が暗くなり、逆に、男の肌と私の肌とが輝きはじめていた。こわさに叫び声を上げたいのに、その肌の光に見とれていた。……

朝、眼醒《めざ》めると、自分の乳首が微かな痛みを残していることに、気がついた。傍に寝ている娘を見やり、思わず、息を深く吸いこんだ。私のまわりに続いた幾つかの死を思い出した。

ライブラリーに戻り、仕事をはじめるようになってから、三ヵ月振りの連絡を、藤野から受け、ライブラリーの近くの喫茶店で会った。藤野は髪を伸ばしはじめていた。

元気か、と問われ、とっても元気よ、と答えた。

お前、離婚したいんだろう、と続けて藤野は言った。家裁に調停を頼むのを、これからも続けるつもりなのか。

私は頷いた。

——もう、やめろよ、あんなことは。……そんなに離婚したいんなら、そうしてやるよ。お前さんと気持良く話し合えなかったのは、残念だけどな。……別れてから、ちょうど一年経つし……、俺も、もう、いい加減、いやになったよ。……消耗したよ。

驚いて、私は藤野の顔を見つめた。藤野の妻でありながら、自分が生き続けることになるのかもしれない、とぼんやり、諦めの気持を持ちはじめていたのだった。けれども、まだ信じてはいけない、と自分に言い聞かせた。藤野は、気持の変わりやすい男だった。

しかし、その日、藤野は更に言った。

——……俺も、生まれてはじめて、と言っていいぐらい、今度のことでは、悩んだけど、しようがないな、一応、俺の方から出てしまったんだから。……子どもはちゃんと育ててくれよ。改めて、子どものことは話し合おう。大丈夫、親権はお前さんにゆずるよ。俺には、なんにもできないからな。……

藤野は苦笑して、胸の内ポケットから、紙を出して、私に手渡した。去年の秋に私が藤野に送った離婚届の紙だった。私の欄はもともと埋まっていたのだが、藤野の方にも、字が書きこまれ、判が押されていた。証人の欄は空白のままだった。

——お前さんが出してこいよ。任せるから。

——……でも、いいの？

私には、そんな間の抜けたことしか言えなかった。あまりにも突然で、離婚届の紙に見入りながら、体の感覚を失ってしまっていた。

——いいのって、これがお前の希望だったんだろう。望み通りのことをしてやっただけのことじゃないか。

——……すみませんでした。

私は知らず知らずのうちに、頭を下げていた。とんでもないあやまちかもしれないのに、本当に、いいの、と何回でも、繰り返し、問いただしたかった。確かに、私は離婚を望み続けていたのだが、その気持とは裏腹に、こんなこと、しちゃいけないのかもしれないのよ、なにか、もっと違うものを、わたしたちは望んでいたんじゃなかったの、と藤野の胸にすがりついて、叫びたかった。が、実際には、ぼんやりうつむいて、藤野の前に坐り続けているだけだった。

藤野は、別れぎわに私が貸していたお金は、当分まだ返せそうにないこと、養育費も、払えるようになれば払ってやりたいが、やはり今のところは無理だということ、いろいろな人の期待もあり、やはり映画を作り、小劇場を作る夢は捨てたくないと思っていること、などを私に説明し、立ち上がった。

——じゃあ、仕事中に呼びだして悪かったね。……

私はもう一度頭を下げて、呟《つぶや》いた。

——……すみませんでした。

私と二人分のコーヒー代を払い、藤野は私の前から姿を消してしまった。

では、本当なのか、と思うと、しばらく喫茶店の椅子から動くこともできなかった。確実に失うことになってしまったものの大きさに、圧倒されていた。どのような関わり方を、この一年間にしてきたにせよ、私にとっては、やはり、誰よりも親しかった一人の男だった。いつわりのない自分の心情を知ってもらいたかった、ただ一人の男だった。憎む気持も、恨む気持も、持ち合わせてはいないことを、せめてそれだけは、分かってもらいたかった。けれども、藤野の方でも、同じような思いを抱いていたのかもしれなかったのだ。互いに相手に憎まれていると思いこむことが必要なつながりも、もしかしたらあるのかもしれない、と思わずにはいられなくなった。私も藤野も、まだ死にたくはない人間なのだった。

私の体から、ますます力が抜けて行った。

いつの間にか、暖かな日々が続くようになっていた。

夜更けに、大きな爆発音で起こされたことがあった。ビルが激しく揺れ動いた。娘も泣き声を上げて、眼を醒ました。なにが起こったのか、と胸の動悸を速めながら、二人で屋上に上がった。街を見渡しても、なにも異常なものは見つけることができなかった。が、あちこちのビルの窓から人が体を乗りだしている影は見え、爆発音はやはり、私の耳だけに聞えたものではないようだった。

それにしても、一体、なんの音だったろう、と怯えて泣き続けている娘の頭を抱きかかえながら、私はなおも周囲の光景に眼を配った。

突然、鋭い閃光と共に、ビルごと、私と娘の体にも罅《ひび》が走ったような衝撃が襲った。思わず眼をつむり、身を屈め、すぐにまた、辺りを見渡した。さっき、眠りのなかで聞き届けた音よりもはるかに大きな爆発音が、夜空に響いた。と同時に、夜空が赤く輝きはじめた。なにが起こっているのか、まだ見当もつかないまま、私は、みるみるうちに輝きを増して拡がっていく赤い光の美しさに、息を呑んだ。

爆発音がまた起こり、夜空に、また新しい赤い光が生まれた。もう、私は怖れることを忘れてしまっていた。夜空全体が、夕焼けのようにほの明かるく赤く染まり、火の粉がきらめきながら流れ、右の方の空は眩《まぶ》しい輝きを、生命あるもののようにもくもくと拡げ、そのまわりには、まだ衰えてはいない二度めの爆発の輝きが鮮やかな赤い色を見せていた。街も、空の色を受けて、赤く染まっていた。

四度め、五度め、と少し小さな爆発音が続き、あとは静まりかえってしまった。けれども、空の色どりは一層、複雑になり、美しさを増していた。

――泣いてないで、見てごらんよ。こんなきれいな空、はじめて見るわ。すごいわ。

私は娘の顔を空に向けてやった。

——ああ。ママ……。

娘も私にしがみつきながら、口を開けて、空の色に見入った。頬が涙で濡れ、その濡れたところが赤い光を反射させていた。

爆発音が収まってしまうと、徐々に、爆発の中心地からの距離に従って、空の色が消えはじめ、いくら待ち続けても、爆発はもう起こらず、空の色も暗くなる一方だった。

私と娘は、空の色がすっかり元に戻るまで、屋上に佇《たたず》み続けた。二人とも、体が震えていた。

次の日の朝刊で、ビルからかなり離れた距離にある小さな薬品工場が、自然発火で爆発し、人も数人死んだことを知った。

わたしのまわりに続いた死の最後が、ゆうべの空の輝きだったのか、と心づいた。あの光のなかで、人が死んだ。一瞬の死だったのだろう。

人の死が連続して、私になにを告げようとしていたのか、ようやく分かったような気がした。熱と力の光。私の体にも、熱と力は備わっているのだった。ゆうべ、死を予想もせずに、赤く輝く空に見入っていた自分を思い起こさずにいられなかった。

箱の中

河野多惠子

河野多惠子

その日、私は外出先で不快な出来事に出会ったわけではない。さして疲れてもおらず、穏やかな気分で帰ってきたのである。私はエレベーターに踏み入って釦《ボタン》板の「閉」と「3」のところを押したが、締まりかけた扉へ駆けてくる女の姿を認めると、「開」の釦を押えて乗せてやった。開き直した扉から、女は大きな紙包みを両手で抱いて同乗してきた。が、ありがとうとも、すみませんとも、言わなかった。それでも、私はもう一度「閉」の釦を押すついでに、両手の塞がっている女に、「何階で?」と訊いて釦を押してやったかもしれなかった。ところが、それより早く、女は言った。

「九階、お願いします」

私は黙って、「9」の釦を押してやった。が、無視しなかったことを後悔した。大きな包みを抱えているのは彼女の勝手である。当然のように人手を煩《わずら》わすことはないのである。

二人を入れた箱が三階へ突きあがってゆく数呼吸の間に、私は女の無礼に心の中でそう息まき、箱が停って扉が開くと、咄嗟《とっさ》の思いつきで、釦板に手を走らせた。「4」の釦から既にランプの点いている忌々しい「9」の釦の次まで、素早く触れて、

「皆、押しておきましたわ」

ランプだらけにした釦板とその言葉を残して、外へ出る。「まあ!」と言うのが聞え、振り返

ると、女は大きな紙包みを抱えた手で、扱いにくそうにハンドバッグから鍵を取り出しかけていた。

日頃、三階でエレベーターを降りる私は、箱の中に残っている人があると、外へ踏み出すついでに、大抵は「閉」の釦を押しておいた。二階で降りる人たちから、そういう心遣いを受けることもある。放っておいても締まる扉だが、締まるまでにはえらく間がある。「閉」の釦を押すと、早速締まる。内の人は自動的に締まるのを待っているようなことは誰もしないから、降りっ放しにしないで釦を押して往く心遣いは感じがいい。「すみません」「どうも」「ありがとう」などと、つい言い、言われる。

しかし、女に対する意趣返しで、釦板をランプだらけにした私は、勿論《もちろん》「閉」の釦を押すことは逆に省略した。私はまだ扉が開いていて女の姿が丸見えになっているうちに、早々とそこを立ち去ったけれども、両手で大きな紙包みを抱えていたうえに鍵まで取りだしかけていた女は、難儀をしながら「閉」の釦を押すか、そうでなければ故障でもしたのかと思うほど待たされなければ扉は締まらず、運びあげられてはゆかないのだ。しかも、最初の一回だけは、先に降りたのが私でなくても、そうした場合の心遣いをしない人であれば仕方はないにしても、女はそのあと各階ごとにそんな目を見なくてはならない。四階、五階、六階、七階、八階——そのたびに、箱は停止し、無駄に扉が開く。それぞれの釦が押してあれば、「閉」の釦を押し続けていても、箱は通過しない仕組みになっている。女は九階に着くまで、各階で一々開く扉の後始末に手古摺《てこず》るか、自動的に締まるまで一々待たされなくてはならない。「皆、押しておきましたわ」とは、何と小気味のよい科白《せりふ》だろう。

以後、私はエレベーターに乗って釦を押しながら、ふとその日のことを思いだすことがあった。私がエレベーターを使う時刻が不規則で、全く乗らない日もあるせいか、その後は一度も女と乗り合わせたことがなかった。以前に会った印象もない女だった。が、大きな荷物を抱えながら、エレベーターの中で早々と鍵を取りだしていた様子からすると、やはり住人にちがいないと思われた。互に住人でありながら、いつも擦れちがっているらしかった。私はふとそんなことを思う一方、あとから同乗者があると、以前よりも又少し心遣いを見せがちになっていた。あの日の度の過ぎた意趣返しを恥じたからかもしれない。あるいは、自分があんなことをしたのも相手が不躾《ぶしつけ》な女だからであって、普通はそうではないと、自分を認めたかったからかもしれない。「すみません」とあとから乗り込んできた人が荷物を持っていなくても、「何階で?」と私は親切に釦を押すことがあるのだった。

その日も、私はやはり箱の中で心遣いを見せて言った。

「何階で?」

「九階ですの」

私は何気なく、「9」の釦を押した。すると、それを待っていたかのように、相手はこうつけ加えたのである。

「――およろしかったら、全部でも」

私は、あの日もその日も、ろくに女の顔を見なかったことに気がついた。それにしても、ひとの好意に乗じて、今度は逆にあの日の意趣返しをしようとする女が許せなかった。女は私に「4」から「8」までの釦を更に押させるか、それが厭ならば事もなく自分に九階まで行かせるか、どちらをとっても私がしてやられた恰好になることを承知しているのかもしれなかった。

「ええ、押しましょう」

言うなり、私は釦板に手を走らせた。忽《たちま》ち、ランプだらけになる。折柄、箱が停った。私はこれまで一度も触れたことのない赤に白で「非常ベル」と彫ってある釦を見定めた。扉が開いたならば、「閉」の釦を押し、「これも、押しておきますわ」と赤い釦を押しざま、締まりかかる扉の外へ身を転じるつもりだったのである。

ところが、扉は開かなかった。開く時には、放っておいても早速に開く扉なのだが……。私は「開」の釦を押してみた。が、やはり開かない。

「まだ、三階じゃありませんわね」

と背後で女が言った。「ランプが消えていませんもの」

なるほど、その通りなのだった。

「でも、停まってはいますわね。故障したのでしょう」

女がまた言う。故障したのは、あまりに手早く、激しく、沢山の釦を押したからかもしれなかった。

「お急ぎでしたら、こういうものもありますから、どうぞ」

私は非常ベルを指して女に言い、釦板のまえを退いてみせた。

「急ぎませんの」

と女は手を振って、背後の板にもたれかかった。

私も彼女に横顔を見せる位置で、背後にもたれかかった。

残りの花

中上健次

ことの他、暑い日が続き、縁台に咲いた草花のことごとく、萎《しお》れた。ひしゃくで水遣りしようとしても、日中は、どうせ湯になって根を痛めてしまうのが分かっているものだから、誰もがひかえた。それで、萎れたら萎れたなりに花には風情があると、うそぶいたり、なぐさめたりしたが、なんとか暑さから救う案はないかと本心は溜息ついている。

「もう、かまんのやけど。何年も使た鉢《つこう》やし、なんべんもなんべんも種取ったんやさか」

「あんたとこでもろた種やけど、わしとこの、別の色、出た。ずうっとそれから変っていきもせんと、同じ色出る」

路地の老婆らは、日が落ちるのを待って、馬穴《バケツ》に水を汲み、ひしゃくで、まず日を受けて熱を孕《はら》んだ縁台を冷ますために水をかけ、次に鉢に水をかける。

ぬるまった水のにおいに混って、萎れた花弁の内側に溜った死の匂いが溶け出して、あたりに漂い出しそうだった。

カンカン照りにさらされる草木に心を痛め、強すぎる日射しを避けてやるどんな方法もみつけられないと、おろおろする老婆らの声を聴いていると、誰しも、不思議な気がする。

若い者らは、草花を日射しから救《たす》けてやる気があるなら、窓の外に置いた縁台から、日陰の玄関のたたきにでも移してやればよい、いや、日をさえぎるヨシズを一枚、たてかけてやればよいと言ったが、花をつくる老婆の誰も、路地の道に面し通る人に賞《め》でてもらわねば、花などではない、と思うように、手を施こそうとする気配もない。

「あかんわだ、ねえ。こんなに暑かったら」

「切り花にしたっても、日もちせんやろし」

老婆らは日陰を選んで腰をおろし、話を交わすたびに、じりじりと白い日に焼かれて死んでゆく花を、見て楽しんでいるように互いにうなずきあう。

そんな暑い日が続くころ、老婆らの住む路地の角の家が、道路の拡幅工事のため、取り壊しの作業に入った。道路の拡幅工事は昔から取り沙汰されていたものだったといえ、具体的に工事日程が知らされる頃になると、工事にひっかかる家の者らは何回か会合を持った。しかし角の家を取り壊すのに、どんな約束が取りかわされたのか分からない。いずれそこから、老婆らの住むあたりまで、うなりたて横から真上から振り降されるショベルカーで壊され、ブルドーザーでひっかきまわされると知っていたが、若い者らが会合を持って決めてくる事なので、老婆らはただ待つだけだった。壊される家の方から埃《ほこり》が舞い降りてくれば、柔らかいガーゼに水をひたして草花の葉をひとつひとつ拭いた。

大仰にうなりたてる鉄の機械を持ってこなくとも、太い綱一本かけて男衆《おとこし》らが力をあわせてひけば引き倒せるような、痛みに痛んだ家だった。壁板は中にすが入ったように、手を触れれば崩れかねない様子だったし、何よりも屋根がこれ以上立ち行かんというように天を向いてくの字に曲っていた。というのも、それは老婆らだけ記憶している事だが、屋根に乗った瓦《かわら》は、瓦頼母子《たのもし》の頃からのもので、とてつもなく古い。

その家の本来の姿は杉皮ぶきの屋根だった。瓦二枚買う金があるなら、杉皮何枚も買えたという理由だけでなく、昔は材木の産地で、杉皮が産出されるこのあたりでは、屋根を杉皮でふくのは当り前の事だった。

杉皮の継ぎ目を木で押え、古くなってめくれ上がりかかったなら、赤ん坊の頭ほどの石を乗せて押える。

角の家もそんな姿だった。

瓦が安く出廻るようになり、それに土地に材木が降りて来なくなった頃、葺《ふ》き替え用の杉皮が手に入り難くなり、それに手に入ったとしても安くないので、いっその事、瓦屋根にしたらよい、見映えもよくなると言い出す者がいて、いきなり一人でそんな事は出来ないからと、皆で集まって頼母子をかけた。

何番目かに当ったのがその角の家に住んだ者で、それで屋根を杉皮から瓦に替えた。

年月が経つと、杉皮向きに作った屋根は上に乗せた瓦の重みに耐えかねたようにくの字にそりはじめる。

何枚か歯が欠けるように抜けて滑り落ちたところもあるし、ゆるんだ瓦の隙間に鳥が巣をかけたり、草が芽吹いて根を張ったりする。棲《す》みつく者もいなくなってから、一層、家の痛みは速い。

家はショベルカーの爪のひと振り、ふた振りで、音も立てずまるでそんな強い一撃、二撃を待ち受けていて、自分から崩れるように崩れた。

古ぼけた形だけのような家だったが、昔から角にあったので土埃や往来の埃が積もり舞い上るだろうと予測されたのに、そこに家が建っていた事すら、嘘のように、埃も立てずに崩れた。

角の一軒が倒れると随分、見通しがよくなる。取り壊し作業を終え、家の板や柱を廃材として積み込んでゴミ焼き場に捨てに行くダンプが何回か行き来し、整地を始めた頃、その家の納戸《なんど》にあった芋つぼのようなところから、はっきり男のものと分かる骨が出たと噂が立った。噂は強い日射しにわいて出たようだった。

噂を伝える者も噂を聞いた者も声をひそめた。

警察も呼ばず、人夫らの手で骨が入った状態のまま、芋つぼは土で埋められ、ブルドーザーで整地された。

というのも何しろ古い骨だった。それに取り壊し作業を請け負ったのが路地の土建業者だったので、その家に住んだ者らがどんな類の人間だったか知っている。警察に届けて過去を調べて波風立てるより、そのまま埋めておいた方がよほどよいと判断したのだった。

老婆らも声をひそめて噂しあい、骨が出て来たといって過去をほじくり返えしてもろくな事がないと言い、今まで夕日をさえぎっていたその家がなくなって、暑いままの日が草花に当る時間の長くなった方に気を取られる。

紙のように崩れ落ちるのは自分の運命だった。

荒くれ者の十吉が女を見つけたのは、伊勢の南島町のあたりに足をのばした時で、渡り鳥仲間とたもと訣《わか》った時だった。

というのも、先の宮川奥の飯場では何もかもついていて日当は良いし、博奕《ばくち》で大勝ちはするで、いままで眼にした事のない大金を懐ろにしていたから、飯場から飯場を転々とする渡り鳥の常で行くところ行くところで里風が吹いているのを感じていた。

里に戻ったところで面白いものは何もないのは分かっていた。

外に出て行きそびれたか、外でくたくたになって使いも出来ない身の老婆が日がな一日、ひなたぼっこをしてただ喋《しゃべ》っているか、そのあたりの物かげや暗がりから涌《わ》いて出、ひり出されたような子供らが、犬を追い廻したり棒っ切れを振り廻して遊んでいるだけの里だったが、渡り鳥仲間らと、次の飯場に移る前に、伊勢の昔からある風待ち港で向うの島に渡ろうと船を待っていて、ふと行き交う女らが寒さに背を丸めているのを見て、里での正月はそんな風だったと思う。

酒を飲んで仲間に喧嘩を売ったのも、朝、仲直りして出かけようと言うのを布団かぶったまま、「われら、行け。おりゃ、ここに残る」と返えしたのも、里心のたまものだった。渡り鳥仲間らは「おまえ抜けたら、つまらんわだ」と言い機嫌を取るが、十吉は一層、働きたくなくなる。

仲間の一人は業《ごう》を煮やして、十吉の被《かぶ》った布団をひきはがそうとし、十吉が布団を手で押えていると、裾《すそ》の方をまくり上げる。

「好かんのう。昨晩《やんべ》の女郎がよっぽどよかったさか、居りつづけよと言うんじゃ」

仲間らは十吉の股間を見てけたけた笑う。仲間らは十吉の機嫌を取る事をあきらめ、それでも、この川奥に行く、そこが駄目なら別の奥に入ると行き先を言い置いて行った。

十吉は昼を過ぎてから宿を出て、何もかも里の近辺の景色に似ているがどことなく違う伊勢の南島町のあたりをぶらぶらし、サカリのついた犬のように身の置きどころがないと思った。

その女は、井戸にたらいを持ち出して洗濯をしていた。

井戸の脇によもぎの草むらのように、丈高く生えた小菊の繁みがあり、漁師らの使うカンテラが放り置かれた、ただがらんとした漁師町の午後の景色だが、女の動きがどことなく不自然で、十吉は立ちどまって見詰めた。

女は腰を落としたまま手さぐりで井戸の梶《かじ》を探り、さぐり当ててから立ちあがってポンプを押し、井戸の筒に手を差しのべて水が出ているのを確かめてからまたポンプを押す。

女は美くしい顔立ちで体中から女というものの柔らかい肉の香気が立ちのぼるようだったが、盲《めし》いていた。

十吉はたまらなかった。

十吉はすぐ話しかけた。井戸のポンプを押してやった。

女は狼狽《ろうばい》し、十吉がさして悪意を持った男ではなく、通りかかって不如意な身で働く自分に心いたたまれなくなって、手助けをしようと言い出したと分かってから、ぽつりぽつりと身の上話をはじめた。

十吉がその盲いた女を連れて里に戻ったのは、その二日後だった。

長い事、空家にしていたし、その家の前の住人のケンキチという男がよく知られた盗人で、何を考えたのか壁に穴をあけて、裏に抜け出るように作ったり、ただの板壁のように見えるが実のところドンデンになっている納戸をつくったりしていたので、十吉は女を連れて帰ると、遊び仲間やその手下を使って大掃除をやらかした。

女はただ雛人形《ひなにんぎょう》のように家の隅に坐わり、十吉が荒くれ者の本領を発揮して、遊ぶ事しか知らない若い者らをあごで使っているのを耳で聴くように、音の立つ方、声の方に顔を向け、時々話しかける十吉に、「わたしがしますからァ」と言う。

その日も次の日も酒になり、十吉が女と二人きりで家にいる事になったのは、五日も経ってからの事だった。

十吉はどんなに優しくしても、女に優しすぎることはないと思った。

暗くした家の中で、女と同じように眼がきかなくなったまま、内側からふいて出てくる欲情が女の柔らかい肉と香気でなだめられ、自分の吹き出したものと女のなだめるような甘露の涌いて出る源に顔をうずめ、女にさとされて女の顔に顔をつけ、女に眼が見えないでどうやって暮らしてきたのか訊かせてほしいとせいた。

女は、「なんでもありませんよ、生れつきですから」と言う。

女は十吉が欲情して来るのを待って十吉をせかせる。十吉は昼間も女の姿を見ているだけで、自分が大きくなだめられる気がした。

盲いた女の振る舞いは、十吉には羽根を断ち切られた美くしい鳥のようで、板壁を伝って柱に触わり、下駄をつっかけて土間に下りて流しで洗い物をする姿も、掃除する姿も、美くしい鳥が十吉の体を撫《な》ぜ廻して歓《よろこ》びを与えてくれるような気がした。

不如意が元で柱にぶつかったり、敷居につまずいたりする事も、羽根を切られた鳥が籠に入れられるのを嫌って身を打ちつけているようで、十吉は女を抱き起こし、痛かったか、怪我はなかったかと声をかけ、血のにじんだところがあると痛みが消えるまで撫ぜた。女は十吉の腕の中で痛みをこらえながら、「大丈夫ですよ。痛くないですよ」と言い、十吉とそうやって触れ合い、抱き合っていると、羽根を切られてある今、唯一不如意を忘れるのだというように、深い息をつぐ。

十吉の腕の中で、裸になり、玉の汗をかき、喜悦の声をあげる女を見て、十吉は自分が下等な獣のような物にすぎないと思い、それなら一層、手荒く扱おうと、女を裏返えしにする。

元々、遊び仲間の多い人間だったから、昼間、女と寄り添っていると、仲間らが顔を出し、それで女の眼の不如意な事をよい事にして、女を抱き寄せ、鳥を飼う者が飼っている鳥の姿や声を自慢するように、裸にして、様々な形で挑みかかり、仲間らに見えるように足腰さえ上げて見せさえした。

仲間らは見るだけではたまらないから、どうせ誰が抱いているか分からないだろうから、替ってくれと股間を差して手まねするが、十吉は応じなかった。

女はその行為の最中は気づかなかったが、果ててから、微かに別の男の風がするのを感じるのか、「誰かおる?」と訊いた。

十吉は女を抱き寄せ、耳元に口を寄せて、「誰もおらん。ここにおるのは二人だけじゃ」とささやく。

女は何から何まで知っているのに、昼間の見える世界は、十吉に頼っていれば安堵出来るというようにうなずき頬をすり寄せる。十吉は女の耳に、何度しても今まで会った女の中で一番よい、盲いたおまえだから、女の中の女になると嘘でもない言葉をささやき、仲間に今のうちに帰れ、と手で合図する。

しかし闇の中にいると、十吉には眼が見える男であることが業のように思えてくる。

伊勢の南島町で出会った女と角の家でそんな暮らしをはじめた十吉は、飯場で手に入れた金と、博奕で大勝ちした金があったので、仕事にも出ず遊び仲間が集まってくると酒を出してもてなした。

角の家から夜となく昼となく、何人もの若い者らの酒に酔うた声高な声に混って、屈託のない女のころころした笑い声が響き、近所の者らは、荒くれらが仕事もせず酒を飲んで騒いでいると迷惑がった。

その頃になると十吉が連れてきた盲いた女を知らない者はなかったから、自分だけの立居振舞いにも難儀をかこつ女がそんな声で笑っているのかと人は驚き、女がよほど十吉に惚れているのだ、よほど十吉が優しいのだと言い合った。

それでも荒くれらのする事にかかわれば、どんな難題が降りかかってくるか分からないからと用心して、誰も女と親しく口を利いた者はいなかった。

もっとも親しい口の利きようがなかった。井戸に水汲みに来る時も、洗濯に来る時も、女の脇に十吉が桶《おけ》やたらいを持ってついて来て、女が仕事を終えるまでかたわらで待っている。

十吉は女に仕事を替ってやりたいようだった。しかし女は、井戸の脇に息をこらして二人を見詰める路地の男や女らの眼があるのを感じたように、男はそんな事しなくてよい、ずっとそうやって自分でやって来たと言って十吉の手伝いを拒んだ。

女はたらいに水を張り、石鹸《せっけん》の泡を立てて物を洗い、すすぐのが、十吉の女としての自分を人にも自分にも納得させる事のように思っているようだし、十吉の方はそれでは妙に居心地が悪い。十吉は女が手をのばせば触れる距離にいて、女の一挙手をなめまわすように見ている。確かに女は雛のような顔立ちで、ふっふっと息の音をたて、井戸のポンプを押す姿も、しゃがんで泡だらけの手で洗濯する姿も気品があり、色気が漂う。音の立つ方に耳を傾ける姿も、盲いた者の暗さがなくむしろ愛らしい。世の中に眼のきかない動物がいて見えないことに何の痛苦も味わわないように女も盲いていることに痛苦を覚えないようだった。

十吉はそんな女を見ていると、体がうずいた。

あきらかに女の考えている事と違った。十吉は女と世帯を持っている気はなかった。渡り鳥となって里から飛び出し、金の良いところ、仲間のいるところ、出来れば女のいる場所に行きやすいところを転々とし、金があれば働かず、何日も遊んでいる。

女と里の家に住むのは世帯を構え、身を落ちつける為《ため》ではなかった。

仕事を終え金を手にし、次の仕事に入る時、いつも胸に涌いて出るふつふつと音をたてるような所在なさに突き動かされたからだった。女を里の家に連れて戻ってみると、盲いた女は自分の所在なさを一層、くっきりと浮かびあがらせる。

女の盲いた眼の動き、物を触わる手の動き、食物をひとつ食べろと差し出す身のこなしが十吉の男をそそり、肌身に触れた十吉の男に向って語りかけ、安堵し、寄り添っているようで、十吉は欲情する。

十吉のどこかに金の切れ目が縁の切れ目だという思いがあった。家の中で羽根を切られた鳥のようにいて、十吉の相手をして、十吉を訪ねて来た遊び仲間らに混り、酒を飲んで陽気にころころ笑う。

その若い者らの声も女の声も、家から洩れ出て路地の中に不吉な響きで流れた。

十吉も女も、日が経つにつれ、破局がすぐ傍《そば》に来ていると分かっていた。遊び仲間を入れて酒盛りしてそれで飯場の金も博奕の金も使い切り、十吉は次の日から女を家に置いて昼間、材木かつぎに貯木場へ出かけるようになった。

そうやって昼に家を空ける日が続いた。

路地の者らは、女が一人で水を汲みに出かけ、水をまき散らしながら、井戸から家へ運ぶ姿をみたし、路地の者らが井戸の周りに隙間なくそれぞれ店を張るほどの汚れ物を置いて洗濯しているところに、馬穴を持って来て洗濯を始めるのを見ていた。

女は先に場所を取っている者が空けてやった事も知らなければ、汲み出した水が馬穴にまっすぐ入らない為に飛沫《しぶき》が人にはね返えっているのも知らない。

路地の女らは黙って見ていた。

同情の声も非難の声もかけてはならないと戒めていた。盲いた女が生れ在所でもない土地で、普通の女のように振る舞おうとするのは無理な事だった。

十吉は夕方に戻ると、女が苦労して水を張ったが火は恐いから手つかずにしたという風呂を沸かして入り、女を入れ、まるで新世帯のような気分になる。

だが十吉は洗いざらした衣服も飯も、女の並み大抵でない苦労のたまものだと知っていた。朝出かけて夜帰るという仕事をしていれば金に困る事はないが、その新世帯は長く続くものでないと気づいていた。

十吉は女の苦労が痛かった。光りのない家の中で、女の歓喜の声を耳にし、女を伏し拝むように愛撫しながら、十吉の中の男もまた盲いている事、光りのない闇の中をぐるぐる渦巻き、かたまりとなってつきあがり、闇の中で熱となって溶けると知り、いっそ自分も、指のように、肌のように、股間の物のように盲いていればよいものを、と思った。

女は闇の中で、やっと自由になったように十吉を包み込み、声をあげる。

ほどなくして十吉の居ない間に、女の笑い声が聞こえるようになった。

路地の者らはいぶかったが、どんな難題をふっかけられるかもしれないと、遠くから見守るだけで近寄りもしなかった。

朝出かけ、夕方になると戻る十吉に変りはあらわれなかった。そのうち、十吉の留守に遊び仲間が女の許《もと》に出入りしているのを見た者があらわれた。

ころころした笑い声が洩れ出てくる日、耳をすまし、その笑い声が、女の歓びの声だと気づき、女が十吉のいない間に、遊び仲間を相手にしているのだと知れた。

路地の者らは不吉な想像をした。というのも、女が間男したなら男は女をきつく責めるのが常だが、盲いた女の場合、たとえ合意の上であろうと男の方が強いた事は確かだった。追いつめて押えつけるのも簡単だし、刃物で刺す紐《ひも》で締めると脅《おど》かせば逃げる事も出来ない身では、言葉一つで身を任せる。間男を気づいた十吉はそう考えるだろうし、その分だけ朋輩《ほうばい》を裏切ったと遊び仲間を憎み、手ひどい報復をする。

路地の者らは息を殺して、不吉な事を待ちつづけた。

その頃から十吉はいなくなった。金の良い仕事を見つけて、しばらく家をあけたと、路地の者らは思った。

昼下りに決って女の笑い声は家の中から洩れ出た。

その頃、女は家の脇にどこで手に入れたのか小菊を何本も植えた。

本当は十吉のいない間に遊び仲間などと乳繰りあっていると手ひどい目にあうぞ、と言いたかったのに、路地の者らは、「花やねえ。花植えたらええねェ」と声を掛けた。

たぶんそれが十吉と女を見ている者が女に声を掛けた最初の言葉だった。

「色見えへんけどな、匂いがきれいなんよ」女は最初あらぬ方を見てから、声を掛けた者に、正確に顔を向けて言う。

十吉は戻ってこなかった。女は笑い声をあげ続けた。

小菊が花を開き、家の方から路地に匂い立つと、老婆らも、路地の者らも、十吉と女のなまなました性の匂いをかがされているようで、頭が痛くなってくると苦情をこぼした。

ハチハニー

吉本ばなな

私は特になんという感情も持たずに、大統領府の前の広場にすわっていた。明らかに泥棒とわかるあやしい挙動の人が何人かいた。驚いたことに、泥棒というのは「あなた泥棒ね？」というまなざしでこちらが了解をしていることを知らせれば、決して近づいてこなかった。むしろ目が合う度にまるで知り合いのような表情でこちらを見つめた。せちがらいのか、のどかなのかわかりゃしない、この街、ブエノスアイレス。

私は花壇のふちにこしかけて、鳩や鳩のえさを売るおばあさんを見ていた。おばあさんは特になにも考えていないように見えた。今日一日を鳩のえさを売ってここで過ごすという事実があるだけだった。私ととても似た気持ちだったと思う。

広場の奥にはピンク色の壁をした大統領府が見える。映画「エビータ」ではマドンナがあそこで歌っていたっけ。どうしてあの映画を私は観たのだろう……と思った時、私は、また思い出してしまった。私の部屋のリビングで、その映画のビデオを借りてきて観た、あの雨の夜のことを。そのつまらない映画の途中で彼が帰ってきた。傘が風でこわれたと言って、体の右側がびしょ濡れだった。私はバスタオルを持ってきて、犬や猫を拭くように、彼の頭や体を無造作に拭いて、またソファに寝転がった。彼が部屋に入っただけで、雨の匂いが広がった。窓には透明な水滴がどんどん流れていた。道が静かに真っ黒に濡れていた。平凡ないつもの夜だった。彼は熱いコーヒーを淹《い》れて、私にカップを手渡した。そのカップは二人である日曜日に近所の骨董屋で買ったものだった。その骨董屋までの道は入り組んでいて、色とりどりの小さな花が咲いていたっけ、太陽の光にさらされて、道が白かったので、天国にいるような気がした。オレンジや黄色や、ピンクの花。緑の草が風に揺れていた。あまりにも思い出が多すぎて、合わせ鏡をのぞき込んでいるようだった。二人の歴史というほとんど無限に近い小さな世界の広がりがあって、今、そこから切り離された世界にいる。

私はこちらに住んでいる友達を訪ねてこの街に来ていた。

友達は、タンゴのダンスを習っているうちに、その先生であったアルゼンチンの男性と恋におちて結婚した。今では日本から来た人を案内する仕事もしている。公式にガイドになったわけではないが、けっこう忙しいらしい。案内すると、最後にチップという感じでお金がもらえるそうだ。だんなさんが生徒たちの公演につきそってツアーに出ていて留守なので、私は彼女の家に滞在していた。彼女は昼間は他の人を案内しているので、夜にならないと帰ってこなかった。私は昼間、毎日ぶらぶらしていた。気ままで楽しく、ずっとこういうふうにしていられたらいいな、と思った。特に彼女の家があるレコレータ地区は緑が多く、ただ歩いているだけで気分がよかった。私は考えないようにするために、ただ歩いた。足がだるくなって、頭がぼうっとしてくると、やっと自分に戻ったような気がした。夜は少しのワインを飲んだだけでベッドに倒れ込んだ。

これでいい、今はこれでいいのだ。見知らぬ街の見知らぬ物音を聞きながら、他人の家の居心地の悪いソファベッドの中で毎晩私は思った。時間をかせぐのだ、それしかできないのだから。野生動物がじっと傷をなめて、熱をもった体中を癒すために暗がりでただ待っているように、精神がじょじょに回復して、うまく空気が吸えて、まともなことを考えられるようになるまでこうしているのがいちばんいい。そう思った。

「今日は五月広場で二時から白いスカーフのお母さんたちの行進があるわよ。」

今朝友達が出がけに言った。

「あまり愉快な気持ちになるものではないけれど、私はそれを見る度にいろいろなことを考えるわ。本当にいろいろ。だって、それが起こったのはつい最近のことなのだもの。見ればわかるわ。くにの親のことも考えるわ。」

それで私はこうしてだらだらとここへそれを見に来たのだった。そしてやがて、白いスカーフを頭にかぶったお母さん……というよりももはやおばあさんたちが、ちらほらと集いはじめた。取材をしようとするジャーナリストや、警官の姿も見えた。曇り空に大統領府のピンクの壁がぼやけて見えた。牛の血を混ぜて作った色。そしておびただしい数の鳩が飛び立ち、その十数人の白いスカーフをかぶったおばあさんたちがだらだらと広場を回りはじめた。おじいさんも、親戚らしい人も、一緒に歩いていた。そしておばあさんたちの胸には古い写真がかかげられている。若い青年の笑顔の写真、着飾った若い娘の写真。とてもそんな恐ろしいことに巻き込まれたとは思えない、平凡なかわいらしい表情。

「あなたは日本から来たの？」

ととなりにいた日本人らしきおばさんが日本語で話しかけてきた。

「そうです。」

「私は移民としてこちらの国に来て、郊外に住んでいるんだけれど、当時は本当に恐ろしかったのよ。突然軍事政権になってね。それまで少しでも左翼がかった行動をした学生やペロン派の人たちがたくさん消えたの。ちょっとデモに出たことがある程度でもね。ほとんどは帰ってこなかったわ。」

おばさんは明らかに日本人なのだけれど、服装や表情やお化粧のちょっとした感じが、もう長く日本に住んでいないのだと感じさせた。

「ええ、映画で観たことがあります。」

私はなんであんなものすごい映画を観たのだろう。さらわれた学生たちは半裸でひとまとめにされたり、犯されたり、ホースで水をかけられたり、目隠しをされて放置されたりしていた。その時、今、目の前の広場を歩いている親たちは、やきもきし、眠れぬ夜を過ごしながらも、いつもの家で生活をしていた。その期間にこの人たちの中で永久に、なにか大切な感覚がひとつ失われたのだろう。死んでいった子供たちが人生を失ったのと等しく、内面のなにかを失っただろう。

「うちの近所の森の中に、夜中、軍用トラックが来て、私たち家族はこわくて家から出なかったの。やがてすごい銃声が聞こえてきて、叫び声やうめき声が聞こえ、その後また大きな車が来て、静かになった。翌朝森に行ってみたら、たくさんの血のあとがあったわ。そうやって三万人もが消えていったのよ。」

おばさんは言った。

私は黙ってうなずき、行進を見ていた。

鳩も、泥棒も、移民のおばさんも、旅行者も、みんななんとなくそこにいるという気がした。広場を歩いて回る白いスカーフのお母さんたちも、もはや子供が帰ってくるとは思っていないように見えた。ただ、人生の時間を、どうしようもなくもどかしい心を、こういうふうにして表したり、なにがあったかをこのなんとなくの時間にまぎれさせるのを拒みたいのかもしれなかった。

もうおばあさんたちになったその人たちは、娘や息子たちの写真を胸にかかげながらも、お互いに世間話をしていた。そこがかえってリアルだった。そういうものだろうと思った。それが時の経過であり、悲しみそのものの色彩だった。

悲しみは決して癒えることはない。薄まっていくかのような印象を与えて慰められるだけだ。私の悲しみはこの親たちに比べてなんとひ弱なのだろう。根拠もなく、このような不条理さに支えられてもいない。ただぼんやりと過ぎていく。ただしどちらがえらいことも深いこともない。皆等しくこういう広場にいる。私は想像した。

ある朝、いつものようになまいきざかりの息子がコーヒーにちょっとだけ口をつけて、やせっぽちの体で、お気に入りのジーンズで、学校に出かけていく。母の目には小さい頃からの彼と同じに見える。思い出が全部その姿にあたりまえのようにつまっている。デモにちょっと出たことがあるなんて知らされていないし、彼自身も友達にくっついていっただけだったかもしれない。そして彼が二度と帰ってこない。それはどういう気持ちなのだろう。クーデター後の嵐のような政変が収まるまでは、誰にも確かなことは言えない。誰もこわいから助けてはくれない。恐ろしいうわさに右往左往しても、いいうわさはひとつも聞くことがない。幸運にも収容所から戻ってきた人はおびえきっていて、口から出る情報は身の毛もよだつようなものばかり……ほとんど同じ頃に高校生くらいだった私からあまりにも遠すぎる。それはインカ帝国の話とかではなく、大戦中でもなく、日本で私がまだ実家にいて、親に逆らったり朝帰りしたりしていたまさにその時にこの地球の上で起こっていたことなのだ。あまりにも広く、あまりにも大きすぎて、私はくらくらした。

そして、と私は思った。

そんな私たちのある午後が、なぜ、今、このけだるい曇り空の下、このなんの変哲もない広場で交差しているのだろう。

何回も回ってくるお母さんたちの中に、私の母にそっくりな太ったおばさんがいるのを見つけた。目の色以外、見れば見るほどそっくりだった。じっと見ていたら、仕草も似ている気がしてきた。

風邪をひくと、母はいつもはちみつをお湯で溶いたものに、ウィスキーを少し入れて、レモン汁をしぼったものを作ってくれた。高校生になってもそうだった。この子供たちが血を流したり拷問されているある夕方にも、私は母に甘えていた。それこそが世界というものなのだろうか。

母はなぜかそれを「ハチハニー」と呼んだ。はちみつレモンなんじゃないの？　と何回言っても、この名のほうがいいと変えなかった。あの熱い甘い味が口に広がる気がした。世界中同じだ。母の匂い。少し生臭く、重く、甘く、どこまでも深い。それが今この広場で行き場をなくして充満してぐるぐる回っている。


「あんた、別れちゃだめよ。そんなことで。」

母は電話の向こうでそう言った。

「長い結婚生活にはいろいろある。別れるにしてももう二、三年待ちなさい。」

私は答えた。

「今より歳とったら後がないわ。」

「その歳でもう二、三年変わりゃしないわよ。」

母は言った。

しかしその時、私の頭に浮かんだのは、飼っていた猫が死んだ時、ソファに突っ伏して泣いていた私の髪の毛を、乱暴に、しかし指先は優しくなでまわしていた母の姿だった。

ああ、夫が私のことなどもう全然好きじゃなければいいのに。愛情が跡形もなくなっていたらよかったのに。夫の彼女がいやな奴だったらよかったのに。全部がわりきれないのが現実だ。夫の愛は、ここに来てからも毎日かかってくる電話からも伝わってくる。母の手のように無造作にではなく、自信なさげに、それが他人ということだろうか。家族を作ったと思っていたら、他人が気を使い合っていただけだった。でも私も気がゆるんで、共に過ごした長い年月に後押しされて、つい、今夜、このお母さんたちを見てしまった心のもやもやを夫に電話で言いたくなってしまいそうだ。混乱……。この混乱を抱えて、今夜も私は友達の家のあのベッドに横たわる。それでもなにか、このお母さんたちを見たことが、映画でも本でもなくこの目で、その声やスカートのすそが風に揺れる様や、世間話をして笑う様子を見たことが、なにか小さく私を変える核になったように思った。私はその時、私自身という人間の成り立ちを遠い、遠いところから見つめたのだ。

他のお母さんたちが広場の反対側、やはり黒い服に白いスカーフで、売店を開いていた。私はそこに歩いて行った。ビデオやパンフレットや絵ハガキやTシャツを売っていた。売り上げはこの運動の資金になると書いてあった。私がTシャツでも買おうか、と思って手にとっていると、白いスカーフのお母さんのひとりがなにか話しかけてきた。スペイン語がわからなくて困っていると、近くにいたジャーナリストらしい若い人が、英語に訳してくれた。

「最近は小さいTシャツが流行りだから、サイズSがいいんじゃないの、と言っています。」

私は思わず笑ってしまった。たくましさ、それから、若い子供が、いたことがあるということ……やはりお母さんはどの国でもお母さんで、それはとても悲しいことだ。私はお母さんになることがあるだろうか。いつか、また別の目でこの人たちを思うことがあるだろうか。なにもかも未定のまま、妙にすがすがしく、私はTシャツを買って、お礼を言って、広場を後にした。

山姥の微笑

大庭みな子

山姥の話をしよう。

昔語りの山姥は、山の中の一軒家で、白髪のざんばら髪を縄で結い、里から迷いこむ者をとって食おうと待ちかまえている。それと知らずに山姥の棲家《すみか》に迷いこんで一夜の宿を乞うた若い男が、まばらに歯のぬけ落ちた櫛《くし》をくわえてにっと笑う宿の主の奇怪な形相におびえると、ゆらぐ灯にその歯を黄色く光らせてこう言う。「お前さんは、今こう思ったね、〈薄気味の悪い、まるで老いさらばえた化け猫みたいな女だな〉と」

男はぎくりとして、更《さら》に思う。〈まさか、夜半におれをとって食うつもりではあるまいな〉

すると山姥はすかさず、彼女を上眼遣いに盗み見ながら粟粥《あわがゆ》をかきこんでいる男にこう言う。「お前さんは今、心の中で、〈まさか、夜半におれをとって食うつもりではあるまいな〉と思ったね」

男は蒼ざめ、「わたしはただ、この暖かな粥でやっと人心地ついて、急に疲れがでたなと思っていただけですよ」と言うが、心の中では〈さっきから、あんな大きな鍋に湯を煮立てているのは、やっぱりこのおれを、夜半に煮て食うための準備に違いない〉とからだを氷のように硬《こわ》ばらせて思うのである。

山姥はにやりと笑い、「お前さんは今心の中で、〈さっきから、あんな大きな鍋に湯を煮立てているのは、やっぱりこのおれを、夜半に煮て食うための準備に違いない〉と思っただろう」と言うのである。

男はますます怯《おび》え、「何を、あなたはへんな言いがかりを。——わたしはただ、一日歩いてすっかりくたびれたので、この暖かな粥であたたまったからだが冷えないうちに、横にならせていただき、あすは朝早く出立したいものだと考えていたのです」と言う。

だが、心の中では〈全く気味の悪い女だ。やっぱりこの化け猫のような女は、あの噂にきく山姥に違いない。他人の心の中の言葉をこんなにはっきり読むんだからな〉と思う。

すかさず山姥は「お前さんは今こう思ったのさ。〈全く気味の悪い女だ。やっぱりこの化け猫のような女は、あの噂にきく山姥に違いない。他人の心の中の言葉をこんなにはっきり読むんだからな〉」

男はもう歯の根が合わないほどだったが、がくがくした膝頭で辛うじてからだをいざらせながらこう答える。「では、ひとまずお先に失礼して——」

そして這うようにして次の間にひっこみ、旅装をとかずに筵《むしろ》の上にからだを横たえると、山姥は男を流し眼に追って、「お前さんは今、すきを見て逃げ出せるとでも思っているのさ」と言うのである。

全《まった》く、男は山姥の言う通り、すきを見て逃げ出せるように、山姥を油断させようとして横になったのだった。

ともかく、山姥というのは次から次に相手の心の中を読み、遂《つい》に相手は命からがら山姥の棲家から逃げ出す。山姥はどこまでもそのあとを追ってきて、男はただ一目散に逃げるというのが、昔から語り伝えられた山姥の物語である。

しかし、山姥といえど、生まれたときから皺くちゃの婆さんであったわけではなく、つきたての餅のような肌の、甘酸っぱい匂いのする赤児であったことも、ねり絹のように輝く肌をぬめらせて男を誘う乙女の時代もあったであろう。桜貝のように光る爪を男の肩の肉に喰いこませて、むっちりとした乳房の間で恋人を窒息させたこともあっただろう。

だが、どういうわけか、うら若い山姥の物語は伝わっていない。どうやらうら若い山姥は山に籠っていることはできず、いろんな動物に、たとえば鶴とか狐とか鷺などに宿って、美しい女房になり、人里に棲むといった話につくり変えられるらしい。そして、そういう動物の化身の女は、みんな頭がよくて、情にこまやかなのに、なぜか末路は哀れで、さんざん男に尽くしたあげく、物語の終末では無残に毛の脱け落ちた痩せ細った動物のからだに戻り、山に逃げ帰ると相場がきまっている。もしかしたらその哀れな動物たちが、恨みつらみをこめて山姥になるのではなかろうか。それにまあ、食うというのは極度の愛情の表現でもある。よく感極まった母親は赤ん坊をぎゅっと抱きしめて、

「食べちゃいたいくらい可愛いわ」と言うではないか。

さて、彼女は、正真正銘の山姥だった。

彼女は六十二歳で死んだ。

六十二歳の、魂が飛んで行ったあとの彼女の裸体は、アルコールで拭き清めると、つややかで若々しく、蠟《ろう》でつくった女神の像のようであった。髪は半白で、なだらかな腹部の終りの丘には銀色の薄《すすき》の幾筋かがなびいていたが、そのおだやかに閉じた瞼《まぶた》と、いくらかほころばせた口元のあたりには、不思議な、あどけなさと、泣き出しそうなのをこらえて笑っている少女のようなはにかみがあった。

彼女は全く山姥の中の山姥だったが、山の棲家を想いながら、ついぞ一度もそこに棲《す》むこともなく、里の仮住いで人間の女としての一生を終えたのである。

彼女は物心ついたときに、すでに山姥だった。

まだときどきおしっこの失敗をする幼い頃、彼女は遊びに夢中になってついおもらしをしてしまったとき、とんできた母親に向ってこう言うのである。「マタ、チッパイ、チチャッタノ。マニアウヨウニ、イウンデチュヨ。モウ、キョウハ、カワリノパンツガナイノニ、ホントニコマッタコネ」

母親がつい笑い出すと、「アーアー、コノコニハ、カナワナイワ、ホントニイヤニナッチャウ」

夜、父親の帰りが遅くて、母親が時計を見上げると、「ホントニ、マイバン、マイバン、イッタイ、ナニチテルノカチラネエ。チゴトチゴトダッテ、ホントハ、ウチニカエッタッテオモチロクナイカラ、ナルベクソトニイタインダワ、ミンナ、ダレダッテ、ソウチタイノハ、ヤマヤマナノニネエ、アーアー」

母親が苦笑して睨《にら》みつけると、「オバカサン、コドモハ、モウネナチャイ。イツマデモオキテルコハ、イツマデタッテモ、オオキクナラズニ、イツマデモコビトサンデイルシカアリマチェンヨ」

次から次に他人の心を読む子供に母親はあきれ果てて、「この子は頭がいいけれど、全くひとを疲れさせちゃうわね」と辟易《へきえき》した。

少し大きくなって、母親が新しい玩具を買い与えると、「サア、コレデ、シバラクハシズカデ、ホットスルワ」と言い、母親がいくらかむっとして彼女を見つめると、「ナンダッテ、コノコハ、ナニカラナニマデヒトノキヲ、ヨムノカシラ。ヤマウバミタイ。ヤマウバミタイニ、ヒトニキラワレルンジャナイカシラ」

もちろん、そういうことを、母親が常日頃述懐していたので、彼女は単に復誦《ふくしょう》しただけのことなのである。

やっと彼女が学校に行くようになると、母親は子供から離れた時間を持ってほっとしたが、いつの間にか娘が人の心を復誦する癖をやめ、だんだん無口になったことに気づいて、ある日こう訊ねた。「学校に行くようになったら、あんたは急におとなしくなっちゃったのね」

すると、娘はこう答えた。「思っていることをそのまま言うと、みんながいやな顔をするから、黙っていることにしたの。大人は子供がバカなフリをして、なんにも気づかないと喜んでいるもの。これからは大人たちを喜ばせることにしたのよ」

母親もまた山姥を生んだ母親だけのことはあって、きっとしてこう言い返した。「思っていることをなんでも言いなさい。フリなんかしなくてもいいのよ。子供の癖に」

しかし、子供は母親の顔をじっと見て、軽蔑した笑いを浮かべた。

子供は学校ではおおむねよい成績をとった。ときどきあまりよい点をとらなかったときは、答案用紙を破って母親に見せなかった。お弁当を食べ残すと母親が文句を言うので、食欲がなくて食べられなかったときは、家へ帰る前にごみ箱に捨てて帰った。しかし疑われないように、ときどきはほんの少し残し、「今日は先生のお話が長くなって、時間が足りなかったの」と言いわけした。

やがて娘は年頃になったが、彼女の家はそれほど豊かではなかったから、娘に高価な衣裳を買い与えることはできなかった。母娘で一緒に買物に行くと、娘は母親がこれぐらいが相応だと思ってみつくろっているものを、自分が殊更《ことさら》に気に入っているふりをして選んだ。

「これが可愛らしくていいわ。若い癖にあんまり豪華なものを着たりするのは、お金持のおじいさんに囲われている女の人みたいだもの」娘は母親の代りに言ってやった。

そういうとき、母親はいくらか哀しげな顔をして娘の顔をみつめ、その帰りに、突然、分不相応なものを理由もなく娘に買い与えたりした。すると娘はそうした母親の衝動に気づかないふりをして、すなおに喜んでみせた。

娘は身内の者に対してばかりでなく、気に入られたい相手に対しては、相手が自分に欲しているいることを、自分が欲しているようにしかふるまわなかった。相手が笑って欲しいと思っているときは笑い、黙っていて欲しいと思っているときは沈黙し、おしゃべりをのぞんでいるときは、ぺちゃくちゃとしゃべった。自分を頭がよいと思っている人間には、それよりもほんのいくらかバカなふりをし、――あまりひどくバカではいけない。そういう人間はあまりバカを相手にするのは時間の無駄遣いだと思うものである。――バカな人間に対してはその素朴さを尊んだ。

多分彼女はあまりに強欲で、あまりに多くの人間に気に入られたいため、おそろしい精力の浪費をしなければならなかったのである。そして、気がついたとき、娘はだんだん人嫌いになり、一日中部屋に閉じこもって本を読み、他人と一緒にいることを避けるようになった。

「どうして外でみんなと遊ばないの」と母親が訊ねると、娘はただ「疲れるから――」と言葉少なに答えた。

母親もまた、娘と一緒にいると、疲労を感ずるようになり、娘がそばにいないとほっとし、いっそのこと一日も早く娘が適当なよい相手を選んで、自分のもとから離れて行ってくれることを夢みるようになった。つまり、母と娘は自然に別離する時期に達したのである。

娘のほうもまた、自分が母親にとって重荷であることを知り――実のところ、彼女はもの心ついて以来、自分が母親にとって重荷であることをいやというほど知っていた――母親を一日も早く解放してやりたいと思うと同時に、自分も解放されたかった。しかし、そう思うかたわら、そんな母親を心のどこかで憎み、その憎しみはときに跳躍するはげしさでもんどり打ち、娘はわけのわからない怒りにかられた。つまり短い思春期の反抗である。だが、その憎しみと怒りが、今や同性の競争者となった母親のずるがしこいやり方、つまり母親の権威をふりかざして、実力を競うことを避ける卑劣さに向けられているものだとわかると、突然娘は母親の老いに気づいて、自分が成熟したのを知った。

成熟した娘は当然のことながら、男を得た。

その男はごく普通の、ありふれた男であった。母親に溺愛《できあい》されて育ち、母親が異性であるということで、あらゆる理屈を越えて、息子の自分は自由な表現を赦《ゆる》されているという自信を持っている典型的な男である。そういう男は肉体的に成熟すると、同衾《どうきん》する女は母親の代用であり、女というものは母親のように寛容で、女神のように威厳があり、阿呆のように際限もなく溺愛してくれ、なおかつ邪悪な動物のように悪に憑かれた魂をも兼ねそなえているものでなくてはならなかったのである。しかし、まあ、幸いなことに、男は女が好きであるという男性の特質だけは備えていた。

女は男によって歓びを得たので、その代償にあらゆることをして男の機嫌をとってやってもよいと思うようになった。何しろ、男の心のすみずみまで、女には手にとるように透けて見えるのだから、女にとって、それは大層な重労働だった。相手の心が見えさえしなければ、人は疲れもしなければ、幸せなのだが。

まず第一に、男は女に常に嫉妬されたがっていたので、女は努力して嫉妬してやらなければならなかった。男のそばに、だれか他の女の影が近づいたときは、その女を意識して競争的に振まうと男はよい気分なのである。

「どこへも行っちゃいや。あなたがいなければ、あたしは生きられないのよ。あたしは無能で、独りじゃなにひとつできないんだもの」女は男にすがりついてすすり泣きながら、呟《つぶや》いているうちに、自分が芯《しん》から無能な、弱い生きものになったような錯覚を起した。

また男は、女が他の男たちを真実以下に評価することを常にのぞんでいたので、女は他の男の美点に眼をつぶって、欠点だけを拾いあげてみせなければならなかった。もっとも男は極端にバカではなかったから、女が他人に対して見当はずれな評価を下すのも赦さず、正当な評価の上に立って、なお他の男の欠点をよく認識し、かりに多少の美点はあったにしてもそれは結局自分の好みではないと女が判断を下すのを一番快く思っていたので、女はすべての表現にいろいろと気を遣わなければならなかった。

その上、奇妙なことに男は女を他の男たちが常に欲しがっていて、それを自分だけが独り占めにしていることに快感を持つ性向を持っていた。だから、女が真実性のない媚《こび》を他の男に売ることは許容するどころかむしろすすめる向きさえある。男というものはどうやら、ヒモと呼ばれる種族に心の底では憧れているらしい。

あれやこれや、例をあげればきりがないが、ときには女も嫉妬することを忘れたり、男に媚を売ることを忘れたり、ついうっかり、他の魅力的な男に対する女としての正直で真実味のある感想を述べてしまうこともあった。すると男は退屈し、女を怠け者だと思い、神経が太くて、繊細さに欠けていると思うのである。その上、かりに女が何から何まで男の気に入るように振舞ったとすると、男は何もかもわかっている賢者のような尊大な口調で、「全く女というものは、嫉妬深くて、浅知恵しか働かず、小さな嘘はつくが遠大な嘘はつけず、結局はバカで小心で、手に負えない代物だ。英語でマンというのは男であると同時に人間だが、女というのはまあその男にくっつくことによってしか人間たり得ないね」と述懐するのである。

この理屈に合わない不平等条約のお陰で、二人はどうやら幸福な半生を送り、やがて、男も女も年をとり、男は年中からだのどこかしらが悪いとぶつぶつ言う年齢になった。そして、それを女が案じてくれることを強要し、もしものことがあって自分が先に死んでしまうようなことがあったら、後に残す女のことが気になってとても死にきれないだろうと言った。女はおろおろして見せているうちに、だんだんほんとうにおろおろとし、しまいには男が大変な重病人であるかもしれないと思いこむようになった。なぜなら、そう思いこむ以外に男に平安を与えることはできなかったし、男が平安でなければ、結局は自分もまた平安が得られなかったからである。そして、女は看護婦にだけは死んでもなるまいと思うほどそれが嫌いな職業であったにもかかわらず、切羽詰ったものが操《みさお》を売るような気分で看護婦になった。男は看護婦に転職した女をみて、看護婦こそは全く女の本能に向いた職業であり、女というものは少なくとも看護に関してだけは天賦《てんぷ》の才に恵まれていて、到底男には及びもつかないと賛《たた》えた。

その頃、女は異様に肥り始め、少し歩くとはあはあと妊婦のように肩で息をするようになっていた。もちろんそのもっとも大きな原因は、彼女がすぐれた消化器官を持っていて、常に旺盛な食欲にかられていることだったが、それにつけ加えて、彼女が他人の気分をよくしたいという哀れな性格を持っているためであった。彼女は他人がすすめる食べものを、それほど好まなくても、相手をがっかりさせないために食べてしまうのである。彼らはみんな彼女が食べるのが大好きな喰いしん坊だと思っていたので、その彼女が自分の供した食べものを拒絶したりしようものなら、ひどく侮辱されたように感ずるのである。一方、強固な意志を持っていると誇っている彼女の夫は、「ああ、また食べちゃうわ」と言いながら食べる彼女を見て、「全くお前は意志の弱い女だ」と嘲笑した。彼はその料理が彼を饗応《きょうおう》するために精魂を傾けてしつらえられたものでも、それが自分の健康によくないものであれば、断固として拒絶するだけの強い意志力、つまり相手の心を無視しても恥じない強靭な神経の持主であった。

彼女は、意志力、無神経、怠慢などの言葉遣いに対して、夫と自分の使用法があまりにも違うので、ときにはひどい孤独に追いこまれた。夫に限らず、世間の多くのひとびとに対して、彼女は言葉の通じない外国人にとり囲まれているような恐怖を感じ、かつて少女の頃誰とも遊ばず、部屋に閉じこもってしまったように、いっそのこと山にでも入って、独りでひっそりと暮したいと夢みることもあった。

山では誰も彼女を悩ます者はなく、彼女は好き勝手な妄想ができる。里でさんざん彼女を苦しめた者を、頭の足りない、勘の鈍い、他人の心を読めないばっかりに、いつものほほんと幸福な英雄の顔附きをしていられる者たちを、いたぶってみる空想は彼女をわくわくさせた。あの昔語りの山姥のように、「〈お前は今、——と思っていたな〉」と口に出して言ったら、何と頭がすっきりすることだろう。こめかみの脇でうずいている、生えようとして生えられない角を、頭の皮を切って、にょきにょきと生えさせてやる快感だろう。

彼女は独りきりの、その山の暮しを想像するとき、木や草や動物たちに囲まれ、太陽のふりそそぐ草原に裸で寝そべっている美しい妖精に自分をなぞらえてみた。だが、ひとたび里で見覚えのある人間の誰かが目の前にあらわれると、彼女の形相は鬼婆になる。人間は阿呆のように口をあけて、とんちんかんなひとりよがりの下品な言葉を喋《しゃべ》り、彼女をかっとさせた。

そういうとき、夫は必ずみすぼらしい乞食のなりで、姿を変えた女の棲家のまわりをうろついた。そして喧嘩に敗けた悪童のようにこう喚《わめ》いていた。「理屈に合わないおれの欲望を何とかごまかしてくれるあいつがいなければ、もうダメだ」

彼女はその声を聞き、自分の顔を泉にうつしてみる。すると、顔半面は慈母の微笑を浮かべ、半面は悪鬼の忿怒をたぎらせている。口半分は血をしたたらせて、男の肉をひき裂いて食い、唇の半分は片側の乳房の陰に、赤児のようにからだを丸めて乳首をしゃぶる男を愛撫していた。

さて、彼女は肥満のため、だんだん血管が圧迫され、動脈硬化を起し始めた。からだの方々がしびれ始め、頭痛がして耳鳴りがするようになり、医者にかかると、医者は更年期障害だと診断した。彼女は四十過ぎて間もなく更年期障害だと言われ、それ以後、実に二十年間に亘って同じ病名を着せられた。

男は、女というものは概して男に比べると耐久力があり、心身共に強健で、人生を長く生き伸びることになっていると、統計をもって示し、二人のうち先に死ぬのは自分のほうであるのは間違いないと断言した。女は、男の寿命が統計的に女より短いのは、もしかしたら、男が若い頃戦争その他のさまざまな暴力的な行為によって勝手に自分の命を断つのが原因かもしれないとも思ったが、そういうことを統計的に証明するのが面倒なので黙っていた。

「そうよ、男のひとはからだばかり大きくても、心は繊細で、優しく弱いものなのね。だから女はみんな男が好きなのよ」女はそう言い、たとえ、それが嘘にしたって、男がいなければ世の中は闇になってしまうだろうと思い、やれあそこが痛い、ここが痛いという男のからだをさすったり、繊細な小鳥に与えるすり餌のような食事を男のためにつくって食べさせるために、一日数時間も費した。

肥満して動脈硬化を起した彼女は、自分のからだがいつまでつづくかわからないのを、自分でも悟っていたが、繊細だと信じている男という小鳥に餌を与えつづける以外に、やはり自分の生きつづける道はないと思うのであった。

女は或《あ》る朝、鏡の中にしげしげと自分の顔をみつめた。その顔は山姥のように深い皺で覆われ、黄ばんだ歯が老いた猫のようにまばらに醜かった。髪には白く霜《しも》が降り、からだのすみずみから音を立てて霜柱が起きあがってくるような冷たい痛みを彼女は覚えた。

彼女は自分のからだが他人のものでもあるようなかすかな麻痺を感じた。それは遠いはるかな、ずっと昔に死んだ母親の記憶につながる硬ばりであった。流れる血がどこかで停滞し、彼女はもうろうとした。突然ほんのわずかなまどろみが彼女を襲い、ふとわれにかえると、彼女は手足がきつくしびれ、意識が薄れ、からだのそこここがじょじょに冷えていくのを感じたのである。

いつもの朝なら、とっくに起きて食事の仕度をしている筈の女が、いつまでも起きず、自分のかたわらで（――彼らは四十年間よりそって寝ていた）硬直した蛙のようにうつ伏せになって動かなくなっているのを見つけた男は、さすがにあわて、いままでどこが悪い、ここが悪いと言っていたからだを急にしゃんとさせ、女房を病院にかつぎこんだが、驚いたことについ昨日までは彼女を更年期障害だと診断を下していた医者は別人のような顔つきで、これは脳血栓の症状で、運が悪ければもう今日か明日の運命ということも考えられると宣言したのである。男はすっかり頭が混乱してしまったが、とにかく気をとり直して、遠くにいる息子と娘を呼び寄せることこそ急務であると判断した。二人の子供たちはすぐにとんで来て、もはや言語障害を起して舌のまわらなくなっている母親のまわりに父親と三人でうずくまった。

それからの二晩がおそらく彼女にとって生涯で最良の日だったかもしれない。彼らはかわるがわる母親の足をさすったり、腕をさすったりして、下の始末さえ看護婦には任せなかった。

だが、二晩たっても母親の状態が急変もせず、決して芳《かんば》しい方向にも向わず、ただ意識がだんだんと混濁して周囲の者たちを認めることさえできなくなると、医者は首をかしげ、「この方は肥っているにもかかわらず、非常に確かな心臓を持っておられるから、あるいはもっと長く持つかもしれない」と言い、ある同じ症状の脳血栓の患者は意識不明のまま二年間も点滴だけで生きのびたという例をあげると、三人の家族は病人を囲んですっかり黙りこんでしまったのである。

やがて、息子は勤務を休むのは限度があるからと言いわけし、今すぐどうこうということもないらしいからひとまず帰ることにすると言い、娘は憂鬱《ゆううつ》な顔つきで夫や子供たちのことを心配し始めた。

哀れな男は娘に帰られてしまったのではどうしようもないと不安で、「どうか、お前だけでももうしばらく様子を見てくれないか」と心細げに懇願するので、娘は主婦が留守の家族のことを案じながらも、しぶしぶと居残った。

娘はそのむかし、自分が大病をして、母親の幾晩もの寝ずの看護でやっと命をとりとめたことなど思い起し、自分が今あるのは、今ここにこうして意識不明のまま生と死の谷間をさまよっている母親のお陰だとあらためて思い直し、もしかしたらこれが最後になるかもしれない母親の床のそばに侍《はべ》っていた。しかし二日もすると、話しかけても返事があるわけでもない母親の、ただ呼吸をしているにすぎない生きた屍《しかばね》を眺めながら、いったいこの状態がいつまで続くのであろうと思い、母親の六十二歳という年齢を考え、それが現代の平均寿命から言っても、此《こ》の世に別れを告げるにしてはまだ早すぎるとは言え、人間というものは遅かれ早かれ死ぬのだから、ここで母親がこのまま逝ってしまったとしても、こうして夫と娘に看とられながら昇天できるのなら、感謝すべきことかもしれないとも考えた。

娘は点滴だけで意識不明のまま二年も生き長らえたという医者の話を妙な不安の中で思い浮かべ、もし母親がそんなことになったとしたら、いったい父親にはそれだけの医療費をまかなうだけの用意があるのであろうかと心配になった。そして、費用のことはともかくとしても、そんなに長い間、兄にしても自分にしても、それぞれの家族を放り出して、母親のそばにつききりでいるわけにはいかないと思うのであった。

彼女はふと、姑《しゅうとめ》に任せてきた五つになる幼い娘のことを考え、自分が丁度その年頃、ひどい高熱が続いて脳膜炎を起しかけたとき、半狂乱になった母親が無残に荒れ果てた家の中で、自分の枕元にうずくまって動かなかったさまを、妙にはっきり思い出した。そして、こともあろうに、その記憶は、目の前で瀕死の呻《うめ》きをあげている母親をさておいて、幼い娘がもし自分の留守中に病気になったりしたら、というありもしない想像につながり、おそろしい不安にかられた。

そうした娘の不安をよそに、母親はときどきうつろな眼を宙に据えて、わけのわからない獣のような呻きを発するだけで、更に二日を生きのびた。三日目の朝は花曇りの鬱陶しい日で、娘は母の病床に馳《か》けつけて以来、おおかた一週間の疲れがでて、朝起きるのもけだるく、同じように平穏な呼吸を続けながら、意識を失っている母親の、いくらか頬の肉がそげ落ちて、かえってすっきりと美しく若返った横顔をぼんやりとみつめた。

午前中の医師の回診があったあとで、娘は汚れている母のからだを思い出し、病人のからだを拭いてやりたいと言うと、医師は看護婦にその旨を指示して立ち去った。間もなく指示を受けた看護婦がやってきて、非常に事務的に、意識のない病人のからだをまるで丸太のようにひっくり返し始めた。

娘はこわごわとそれを手伝ったが、病人は汗と排泄物で汚れた寝巻をひきはがれてころがされた拍子に、かっと眼を見開き、丁度その真向いで自分のからだを支えている娘の顔を真っ直ぐにじっと見つめ、甦った光のあふれる眼で微かに笑った。それは、ほんのわずかな、線香花火にも似た華やかで寂しい輝きであった。やがて、花火は消え、病人の眼は再び光を失い、途端に唇の脇から口の中に溜っていた唾液をしたたらせ、咽喉をぎくりと痙攣《けいれん》させ、瞳の動きをはたと停止し、硬直したのである。それは、ほんの一瞬のことであった。

この異変に、看護婦は慌てふためき、大急ぎで病人の急変を医師に通報すると、担当の医師が馳けつけて人工呼吸をほどこし、更に太い針を心臓に突き立てて強心剤を打った。それは生きている人間をとり扱うというよりは、実験に成功しなかった実験中の動物をゆり動かすという感じに似ていたが、ともかく、周囲の者たちはあらゆることをして、その停止した心臓の鼓動を再びとり戻そうと努力したことだけは確かである。

女は死んだ。

というよりも、咽喉にたまった唾液を気管に流しこみ、われとわが身を窒息させる行為を、彼女は最後の渾身の力をふりしぼって遂行したのである。

娘とかわした最後の微笑の中で、女ははっきりと娘の心の中を読みとったのである。娘の眼は、母親にこれ以上縛りつけられていたくないと語っていた。「あたしはもう、お母さんに保護される必要はないのよ。あなたはもう御用済みよ。あなたが誰の迷惑にもならず、自分だけで自分のことをやっていけるならともかく、あたしの世話にならなければならないなら、どうかすうっと消えて頂戴。もし、これ以上あたしを苦しめたくないのなら。あたしだって、いずれ、自分の娘に今あたしがあなたのそばで味わっているような苦しみを味わわせないために、どうにかあっさりと身の始末をつけることを、今から覚悟して、いろいろと心の準備をしているわよ。そうよ、そうすべきなんだわ。そういう覚悟をするのがいやなばっかりに、親切の押売りをする親には絶対なりたくないと思っているの」女と夫との合作である娘はどうやら二重の意味で強い意志を持っていた。どんな誘惑にも負けず、節度のある生活をして、百歳で死ぬ瞬間まで頑健に生きるか、あるいは八十歳でも自殺するほどのエネルギイを持って、傲慢に、自己中心的に最後の最後まで生きのびるか、どちらかだろう。——女は自分が生み、自分が育てた娘に満足した。

彼女は更に、娘の顔に重ねて、そこには姿の見えない息子の顔を遠い都会の雑踏の中に浮かべた。彼はゆがんだ笑いを浮かべてこう言った。「お母さん、ぼくにはひっきりなしにぴいぴいと鳴きたてる、雛《ひな》がいるんだよ。どうして、ぼくが、そいつらに餌を運ばなければならないのか、ぼく自身にだってわからないよ。気がつくと、いつだって、餌をくわえて巣をめがけて飛んでいるのさ。考える前にそうしている。もしぼくが、あいつらに餌を運ぶのをやめて、お母さんのそばにべったりくっついているようなら、人類はとっくに亡《ほろ》びていたのさ。つまりあいつらにそうしてやることこそ、お母さんに貰った血を少しでも先まで暖かくひきのばして保っておく唯一の方法なんだからね」

次に彼女は傍《かたわ》らに放心したような表情で突っ立っている老いた夫を見た。この幸福な瘋癲《ふうてん》老人は妻の裸体の美しさに感動し、最後までその妻をみとった自分の誠実さにうっとりしてうなだれていた。人間の最も大きな幸福は他人を幸福にすることである。彼女はこの与えられたどんな状況をも幸福に変え得る能力を持った男の姿にも満足し、自分と別れた夫の幸福な第二の人生への門出を祝った。同時に彼女は自分の野辺送りの鉦《かね》の音を聞いたように思った。

彼女は白い経帷子《きょうかたびら》を自分の手で左前に合わせた。風がさあっと渡る河原で、彼女がふとふり向くと、髪をふり乱して逃げていく者がある。いつの間にか道連れになった見知らぬ亡者にわけを訊くと、「山姥に追われているのさ」と答えた。

彼女は自分の合わせた経帷子の下で不意に暖かな山姥の心臓の鼓動が甦ってくるのを感じて、微笑んだ。山姥の心臓は健全に脈搏《みゃくう》っていた。ただその、力強い鼓動を伝える血管はすっかり閉じていたのである。固く、冷酷に塞がれていた。

山姥の霊は今や静かな山に帰るときが来た。風の吹きすさぶ山の岩角に、白髪をなびかせ、金色の炎のような眼をかっと見開き、その永遠の哄笑《こうしょう》を山間に響かせる日が来た。動物の姿を借りて山を下って里に棲んだ、つかの間の夢はすぎ去ったのである。

山の中に棲むことを夢みた過ぎ去った日々の暮しや、ずっと昔、初めて、人が嫌いになった少女の頃の哀しみが甦ってきて、彼女は首を振った。もし、あのとき、山に棲んでいたら、自分は里から迷いこんだ人間を追いかけて、とって食う山姥になっていたのであろう。

山に棲んで人を食う山姥になるのと、山姥の心を持ちながら里に棲むのと、どちらが幸せであっただろうかと、思ったりもしたが、今となってはどちらでも同じだったように思う。山に棲めば山姥と名附けられ、里に棲めば狐の化身と言われるか、心身共に壮健な天寿を全うした平凡な女と言われるかの違いだが、中身は結局同じなのである。

多分、死んだ母親も、正真正銘の山姥であったのだろうと、息をひきとる前に女はちらと思った。

不思議なことに、彼女は死んだとき、妙にあどけない顔に、赤児のような無邪気な笑いを浮かべていた。この大往生を遂げた女にとりすがってむせびながら、娘は泣き腫らした眼にえも言われぬ解放感を浮かべて「——きれいな死顔、お母さんはほんとうに幸せだったのね」と呟き、夫は泪《なみだ》のあふれた魚のような眼を見開いたまま、声を立てずに慟哭《どうこく》した。

二世の縁　拾遺

円地文子

縁側に膝をついて、ところどころ色の変った切張りの障子の中へ、

「先生、入ってもよろしゅうございますか」

と私は声をかけた。「ああ」とも「いや」ともとれる曖昧な濁った音《おん》が内から聞えて、寝たまま向きを変えるらしく夜着のずれる鈍い気配がした。それが返事であるのが毎度のことで解っているので、私はそっと障子をあけてオーバーのまま部屋へ入った。

布川先生は、案の定うす汚れた枕から白髪の乱れた頭を少しもたげて、床の横にある薄い大型の校訂本を手探っているところだった。布団の衿《えり》にかけてある白キャラコの布《きれ》や敷布のうす汚れてけば立っているのを筆記に来る度に私は気にして眺めるのだが、先生の世話をしている女中のみね子は何日経っても一向とりかえる様子がない。若いものでも病人の寝床の汚れているのはわびしいものだが、老人の場合には一層である。気の毒とかあわれとかいう感じがいつか実感ではみじめさへの嫌悪にすり替っている。私は黴《かび》を蒸したような病室の臭いに一層その嫌悪を強く感じながら、口ではものやさしく先生の病気の容態をたずね、買物に出る前にみね子が準備して行ったらしく床のすぐ傍《そば》に凭《よ》せてある古びて艶《つや》の全く失われた紫檀《したん》の机の上に筆記のノートをひろげた。先生の床の中に湯たんぽが入っているだけで、小さい瀬戸火鉢には申しわけばかりの堅炭《かたずみ》がいつも立ち消えているこの部屋は、今日のような雪もよいの時雨日《しぐれび》はしんしんと冷えるので、

はじめの日に、外套をぬがないようにすすめられたのをいいことにして、私はそのまま坐り通すことにしていた。

「今日は二世《にせ》の縁だったかな」

先生は自分で病気の話を余りしたくないらしく、薄い本を仰向《あおむ》いた胸の上でひらき、右手に赤鉛筆を持ち、太い縁の老眼鏡をかけた下から眼だけ動かして、私の方を見た。私も先生のと同じ校訂本「春雨《はるさめ》物語」を机の上でひらいて、

「五十九ページ、二世の縁……はじめからでございます」

と言った。上田秋成《うえだあきなり》の「雨月《うげつ》物語」と「春雨物語」の口語訳を私のつとめている書肆《しょし》の江戸文学叢書《そうしょ》の一冊に入れるので、病気で原稿を自筆することの出来そうもない旧師の布川先生のために口述筆記の役を私はひき受けているのである。生活の必要もあって先生は病気にもかかわらずこの口語訳には熱心であった。既に「雨月」の九篇の怪異譚を写し終って、私は先生の歯のぬけ落ちてゆるんだ唇から蚕《かいこ》が糸を吐くようにゆるゆるとではあるが、殆《ほとん》ど渋滞することなく述べつづけられる「春雨物語」の第五話まで筆記の筆を進めて来ていた。

「春雨物語」は秋成の晩年の作品である。その序に、

はる雨けふいく（幾）か（日）、しづかにておもしろ。れい（例）の筆研《ふですずり》とう（取）出たれど、思ひめぐらすに、いふべきこともなし。物がたりざまのまねび（学）はうひ（初）事也。されどおのが世の山がつ（賤）めきたれば何をか語り出でん。むかしこのごろの事どもゝ人に欺かれしはわがいつはり（偽）となれる乎。よしやよし、寓《そら》ごと語りつゞけておし戴かする人もありとて、物云ひつゞくれば、猶春さめはふる〳〵。

とあるように、「雨月」流の精巧に織り上げた小説の経緯を「物語風の書き方は初歩」のものであるとうち捨てた老年の作者がなお、内心に鬱屈《うっくつ》する馴致《じゅんち》しがたい激情を或《あ》るいは歴史上の人物にあるいは口碑、俗話に託して想の行くまま縦横無礙《むげ》に書き流したもので、封建時代の道徳からはみ出している作品が多く、なるほど「雨月」のように世に行われず、写本としてさえ多く伝わらなかったのも尤《もっと》もに思われる。秋成の晩年は老妻に死なれ、子もなく左眼を失って殆ど薄明の世界に衣食住に恵まれぬ生活を可成《かな》り長く生き耐えていたらしい。布川先生も江戸文学の研究家として一家をなした学者であるが、長男は戦死し、夫人にはさき立たれ、嫁に行っている只《ただ》一人の令嬢も先生の狷介《けんかい》な性格と、みね子の傍にいるのを嫌って、殆どよりつかない。僅《わず》かに二、三の弟子達の世話で、校訂やこんな口述をつづけているのも、恩給や年金もない先生の老後を援助する意味に他ならないのである。「雨月」を訳している中、それほど気にならなかったのが、「春雨」にかかってから、私は頻《しき》りに秋成の晩年と布川先生の現在の生活との間に共通したものを感じて、先生の口述が殆ど自分の内心から滲み出す本来の声のような自然な響きにききとれることがある。

先生は本を胸の上に立て、仰臥《ぎょうが》した姿勢のままで、読経のはじめのような低い声でゆるやかに語りはじめた。

山城《やましろ》の国の秋、高槻《たかつき》の樹の葉は皆散りはてて山里は木枯しさむく、わびしさも大方ではない。古曽部《こそべ》という村に年久しく住みついている豪農があった。山田を多く持って、豊年よ凶作よと騒ぎまわる心配もなく豊かに暮しているので、主人も自然書物に親しむのを趣味とし、田舎人の

中に殊更《ことさら》友を求めるでもなく、夜は更けるまで灯火に書見するのが毎日であった。母親はそれを案じて、

「さあさあ早くお寝《やす》み、子《ね》の刻（十二時）の鐘ももう疾《と》うに鳴ったではないか。真夜中まで本をよむと芯《しん》が疲れて、さきへゆくときっと病気に罹《かか》るものとお父さんがよくお話しなされた。好きな道というものは兎《と》角《かく》、自分では気づかぬ内に深入りして後悔するものだよ」

と意見をするので、それも親なればこその情けと有難いことに思って、亥《い》の刻（十時）すぎれば枕につくように心がけていた。

ある夜雨がしとしとと降って、宵の中《うち》からひっそり他の音といってはつゆばかりも聞えない静かさに、思わず書物によみふけって時を過してしまった。今夜は母上の御意見も忘れて、大方丑《うし》の刻（午前二時）にもなったであろうかと窓をあけてみると、宵の中の雨はあがって、風もなく、晩《おそ》い月が中空に上《かか》っていた。「ああ静寂な深夜の眺めだ。この情趣を和歌にでも」と墨をすり流し筆をとって一句二句、思いよって首をかしげ考えている中、ふと虫の音とのみ思っていた中に、鉦《かね》の音らしい響きの交って聞えるのに気づいた。はて、そう言ってみればこの鉦の音をきくのは今宵ばかりではないようだ。夜毎こうして本をよんでいる時に聞えていたのを今はじめて気づいたのも思えば不思議である。庭に降り立ってあちらこちら鉦の音の聞える方角をたずね歩く中、ここから聞えて来るらしいと思われる所は、普段、草も刈らず叢《むぐら》になっている庭の片隅の石の下らしかった。主人はそれをたしかに聞き定めて、寝間に帰った。

さてその翌日、下男どもを呼び集めて、その石の下を掘るようにいいつけた。皆よって三尺ばかり掘り下げると鍬《くわ》が大きな石に当ったので、それを取り除《の》けると、その下に又石の蓋をした棺らしいものがあった。重い蓋を大勢して持上げて中をみると何やら得体の知れぬものがいて、そ

れが手に持った鉦を時々うち鳴らしているのだった。主人をはじめ近くによってこわごわさしのぞくと、人に似て人のようにも見えない……乾鮭《からざけ》のようにからからに乾固《ひかた》まって骨立っているが、髪の毛は長く生いのびて膝までもたれている。大力の下男を中に入れてそっと取出させることにしたが、その男は手をかけてみて、

「軽い、軽い、まるでただのようだ。じじむさいことも何にもない」

と気味悪半分大声に言った。こんなにして人々がかつぎ出す間も、鉦を叩いている手もとばかりは変らず動かしていた。主人はこの様子を見ていて尊げに合掌し、さて一同に言った。

「これは仏教に説く大往生の一つに『定《じょう》に入る』といって、生きながら棺の中に坐り、坐禅しつづけて死ぬ作法がある。正しくこの人もこれであろう。わが家はここに百年余も住んでいるが、そのようなことのあったのを曽《かつ》てきいたことがないところを見ると、これはわが祖先のこの土地に来たより以前のことであろう。魂はすでに仏の国に入って骸《むくろ》だけ腐らずこうしているものか。それにしても鉦を叩いている手だけが昔のまま動くのが執念深い。ともかくもこう掘り出した上は生命を再び甦らせて見よう」

主人も下男どもに手を添えて、木像のように乾し固まったそのものを家の中へかつぎ込んだ。

「危いぞ、柱の角《かど》にぶち当てて毀《こわ》すな」

などとまるで毀れものを持ち歩くようにしてやっと一間に置いた。そっと布団など着せかけて主人がぬるま湯を入れた茶椀をもって傍へゆき乾からびた唇を湿《うる》おしてやると、その間から舌らしい黒いものがむすむす動いて、唇を舐《な》め、やがて綿に染ませた水をもしきりに吸うようである。

これを見て女子供ははじめて、きゃっと声を上げ「こわい、こわい、化物だ」と逃げ退いて傍へよりつかなくなった。しかし、主人はこの様子に力を得て、この乾物を大事に扱うので、母な

る人も一緒になって、湯水を与える毎《ごと》に念仏を称《とな》えるのを怠らなかった。

こうして五十日ばかり経つ中に、乾鮭のようだった顔も手足も、少しずつ湿おって来て、いくらか体温も戻って来たようである。

「そりゃこそ、正気づくぞ」

といよいよ気を入れて世話する中にはじめて眼を見開いた。明るい方へ瞳を動かすようであるが、まだはっきりとは見えない様子である。おも湯や薄い粥《かゆ》などを唇から注ぎ入れると、舌を動かして味わう様子は、何のこともない只の人間であった。古樹の皮のようだった皮膚の皺が浅くなり少しずつ肉づいて来て手足も自由に動き、耳もどうやら聞えるのか、北風の吹きたてる気配に、裸のままの身体を寒げに慄《ふる》わしている。

古い布子《ぬのこ》を持って来て渡すと、手を出して戴く様子はうれしそうで、物もよく食べるようになった。初めの中は尊い上人の甦りであろうと主人も礼を厚くして魚肉も与えなかったが、他人の食べるのを見て鼻をひくひくさせ欲しがるので、膳に添えると、骨のままかじって、頭まで食い尽すには主人も興ざめる思いがした。

「あなたは一度定に入って又甦って来た珍しい宿世《すくせ》の方なのですから、私どもの発心《ほっしん》のしるべに、この長い間どういう風にして土の下で生きていられたか覚えていられることを話して下さい」

と懇《ねんご》ろにたずねて見ても、首を振って、

「何にも知らない」

といってぼんやり主人の顔をみているばかり、

「それにしてもこの穴へ入った時のことぐらいでも思い出せませんか、さても、昔の世には何という名で呼ばれた人か」

といっても、一向に何も知らぬらしく、うじうじあとじさりして、指をなめたりしているさまが、全くこの辺りの百姓の愚鈍に生れついたものの有様そっくりである。

折角数ヵ月骨折ってあたら高徳の聖《ひじり》を再生させたと喜んだのに、この有様には主人もすっかり気を腐らせ、後には下男同様に庭を掃かせたり、水を撒かせたり召使うようになったが、そういう仕事は別に厭《いと》いもせず、怠けずに立ち働いた。

「さても仏の教えとは馬鹿馬鹿しいものだ。禅定《ぜんじょう》に入って百余年も土中にあり、鉦を鳴らしつづけるほどの道心はどこへ消え失せたものか。尊げな性根はさらになく、いたずらに形骸ばかり甦ったとは何たることとか」

と主人をはじめ村の中でも少しこころある者は眉をひそめて話しあった。


「はい、そこで一時《いっとき》やめて置きましょう」

先生はいつの間にか横寝の姿勢になって、それまで持っていた本をだるそうに下に置いた。

「お疲れになりましたでしょう。お茶をさし上げましょうか」

「いや」

と渋いように口をすぼめて、

「みねは帰ったかな、用を足すので……呼んで下さらんか」

と言った。私は大いそぎで立って襖《ふすま》をあけ、もう買物から帰って来て台所にいるらしいみね子に、

「みね子さん、みね子さん、お小用です」

と高い声でよんだ。膀胱《ぼうこう》のわるい先生は尿の出がわるく、常はカテーテルを使って用を足すの

であるが、いつかはやっぱり筆記中に急に催して粗相してしまったことがあったので、私は少し慌てたのである。

「うすめの尊《みこと》」と先生が渾名《あだな》をつけているという噂の眼の細いぶよぶよ白く肉づいたみね子が台所から走って来るのと、私は入れ替って次の茶の間へ出た。そこにはみね子がさっきまで、編物でもしていたらしく、よごれた更紗《さらさ》木綿の炬燵《こたつ》布団の上に真赤なスウェーターの編みかけが編棒を二、三本角《つの》にして載っていた。何ぶん寒いので、私はそっとその炬燵に手をさし入れて、部屋の中の様子に気を配っていると、みね子は先生の腰の下へ便器をさし込むらしく、

「ええッと……もう少し、も少し腰を上げて……はい！　よオし！」

と号令のような懸け声をはずませる間に、

「先生、則武さんもう帰って貰ってもいいんでしょう」

とあけすけな口のきき方で問うている。

「え、いいんでしょう？　もう帰って貰っても……」

「いや、まだ、中休みなのだ……ま、ここを済ませてしまってくれ」

「御ゆっくり……こちらで筆記の整理しておりますから……」

と私は声をかけた。

先生はそれには返事をしなかったが、カテーテルの細いゴム管をさし込むのが痛いらしく、

「痛い！」「手荒にするな」などと叱る声が呻《うめ》きのようにいく度か聞えて、やっと静かになったと思うとゴム管から便器に伝い落ちる尿のしょろしょろかぼそい音《ね》が、先生の生命の余り尠《すく》なさを示すようにさむざむと私にも伝わって来た。もう十年以上になる。私が女子大学を出たての頃、母校の教授だった布川先生は、書物を貸してくれたり、研究の手伝いをさせたりして可成り眼を

かけてくれたが、その合間には呆れるほどの大胆さで身体を擦りよせて来たり手を握ったりしてそれ以上の接触を無遠慮に私にいどんだものだ。私はその頃、戦争中に死んだ夫と婚約の仲で結婚も眼の前に迫っていたから、先生のそういう求愛を中年男の厚かましさとして、一途にいやらしく軽蔑し通してしまったが、今にして思えばあの頃の先生は教育者にあるまじき好色漢などとスキャンダルを飛ばされただけ、男盛りのエネルギーをたっぷり心身に湛《たた》えていた。その頃、玉《たま》鬘《かずら》の尚侍と先生に愛称された私自身も、結婚後僅か一年余りで海軍の技術将校だった夫を内地の軍港の空襲で失い、戦後の十年を幼い男の子一人を抱えてかつかつ生きているわびしい戦争未亡人である。女一人、戦後の荒くれた職場に働いている生活では色々な男から布川先生どころではない露骨な求愛にも幾度となく出逢ったが、二十後家《はたちごけ》は立て通せるという言葉の通り、一年数ヵ月しか結ばれることなかった夫との接触が自然に自分を湿おし花咲かせているようで、私は幸か不幸か第二の男と結ばれる機会なしにこの年月を経て来た。三十を過ぎて職場での毎日を送る私は、他目《よそめ》には身体も心も湿おいの失せた、それこそこの物語の中の乾鮭のような女になりかかっているかも知れないが、私の中には死んだ夫と夢に抱きあったり、小さい息子の顔に父の顔をまざまざ見出す奇蹟は始終おとずれている。それだけに世の中の男というものの持つ是非ない性の攻勢をも私はこのごろでは憂いをわかつような眼で眺めているので、昔、私に頻りに言いよったあくの強い布川先生が今隣の病室で、生きていることが精一ぱいの弱々しい排泄の努力を懸命につづけているのを見ると、危く涙ぐむほど心を揺ぶられるのであった。

再びよび入れられて私が部屋へ入った時、便器をもったみね子の姿は障子の外に隠れていた。思いなしか先生は気力の増した顔色で片肘を枕の上についていた。

「この物語はどうだね。面白いだろう」

先生は調子づいて言った。

「本当に……私、こんな話が『春雨』にあるのを知りませんでした。何かもとのある話なのでしょうか」

「左様さ」

と言って、博学の先生は秋成のこの物語の原話らしい、「老媼茶話《ろうおうさわ》」の中の「入定《にゅうじょう》の執念」という話をしてくれた。それは承応元年に大和郡山妙通山清閑寺の恵達という僧が入定の際、参詣の美女にふと執心して成仏しかね、五十五年の後の宝永三年になっても未《いま》だ魂魄《こんぱく》散ぜず鉦鼓《しょうこ》を叩いていたという話である。

「『老媼茶話』という本は寛保のはじめの序がついているから秋成の子供の頃に書かれたものだろう。しかし何ぶんあの時分のことだから秋成のよんだのは何十年も経ったあとのことかも知れない。『雨月』を書いたころの秋成なら、この物語の美女に執心の残る件をもっと丁寧に描いただろうと思う……」

これも先生の実感かも知れないと私は眼を伏せてきいていた。

「いやもう一つ別の話も伝わっているのだ。明治になってから坪内逍遥《つぼうちしょうよう》と水谷不倒《みずたにふとう》の共著で『列伝体小説史』というのがある。その中に饗庭篁村《あえばこうそん》の談として秋成の『雨夜物語』という写本を見たという人の話が載っている。それがこの『二世の縁』と似た話で終りは大分違っているのだ。つまり、土の下に鉦のなっているまでは同じなのだが、その音をきいた男が自分で穴を掘って見ると、いつ入定したのか一人の老法師が一心不乱に仏を念じていたので、救い出して月の照る下で、心の隈もなく互いに物語ったというのだがね。そういう宗教問答みたいな形も秋成なら生み出せないことはないな」

「でも、それよりこの話の方がずっと秋成らしくありません？　先生」

と私は抗議するように言った。入定して一心不乱に仏を念じつづけながら、何十年も形骸をとどめているのもファナチックな信仰の一形式として議論好きな秋成の反噬《はんぜい》の対象になり得るかも知れないが、私にはやっぱり今先生の口訳している物語の後段の方が遥かに身に沁みる鬼気もあわれも深いのである。

「はははは」と先生は何を感じたのか、飛び出たのど仏をふるわせて力のない声で笑った。

「いや、あんたはそうだろう……そりゃもっともだ、あんたも、二世の縁を結びたい方だものなあ」

少し元気になると余り上品でない冗談を言出すのが先生の癖である。私は机の方へにじりよって、

「まだ時間はあるのですけれど……お疲れにならなければ、この話だけお終《しま》いまでやってしまいましょうか」

と言った。

「そうさね……やってしまうかな、そうして置けば、あとが楽だから……」

先生は又仰向けにねて、胸の上で本を開いた。

「さても仏の教はあだあだしきことのみぞかし、かく土の下に入りて、鉦うち鳴らすこと凡《およ》そ百余年なるべし。何のしるしもなくて骨のみ留りしはあさましき有様也、とここまでやったんだね」

「ええそうです」

この男の呆《ほお》けた様子を見ている中に、主人の母なる人も何となく考えが変って来た。

「この年月、死んで後の世の苦患《くげん》を免れようと思うばかりにお寺のお布施やほどこしにも随分入用を惜しまず朝夕にお念仏をかかさなかったが、この様子を眼の前にみていると、何だか狐か狸に化かされていたような気がする……」

と言って息子にもその話をし、親や夫の命日に墓詣でする他は、月花につけても誰にも気を措《お》かず野山に遊山に行き、嫁や孫と手を引き連れて陽気専一に遊び歩いた。

「一族のものともよくつき合い、召使いたちにも眼をかけて、折々につけて物をやったりしていると、御念仏を申し、御説教をきいて有難いなど思ったことも忘れてのんびり暮せる安気《あんき》さ」

と母は時々人にも語って、窮屈な束縛から解き放されたように若やいでいきいきと立ちふるまった。

さて、この掘り出された男は、常にぼんやりしている癖に食うものが足りなかったり、人から叱言《こごと》を言われたりすると、結構、腹を立て、眼を三角にしてぶつぶつ言った。下男仲間も近所のものも尊げに扱う風は微塵《みじん》もなくなって、ただ名前だけは一度定《じょう》に入って甦ったのだからと、入定《にゅうじょう》の定助《じょうすけ》とつけて、五年ほどの間この家に召使われていた。

この村に夫にさき立たれて貧しく暮している孀《やもめ》があった。これも少し足りない方に数えられている女であったが、いつの頃か、かの入定の定助と親しくなって、女の家の猫の額ほどの畠を定助がせっせと耕したり鍋釜を裏の流れで洗っているのを見るようになった。もとより主人の家でも是非なく飼いごろしていただけのことなので、このわけが知れると、その家の聟《むこ》になるがよいと誰も誰も苦笑いしながらすすめ立てて、定助はついにこの女の夫になった。

「齢はいくつとも自分でわからないと言っていたが、結構男女の道だけは覚えているものと見える」

「なるほど、こうして見ると定助がこの世に甦って来たのも謂《いわれ》あることだ。あの穴の中で昼夜をわかたず鉦をうち鳴らしていたのは一途に仏縁を願う尊い志とばかり思っていたが、さては浮世に今一度生れ変って男女の交わりを果したい執念であったのか、さてさて気うとい願《がん》だ」

と人々は噂しあった。

村の若ものなどは、定助とあの後家と抱きあうさまはどんなであろうと、わざわざ出かけて行って、あばら家の板戸の隙間からのぞいて見ることもあったが、別に化物が女と戯れている様子もなく、力ぬけして帰って来た。

「お寺で説教する因果の理《ことわ》りなどもこういう例を眼《ま》のあたりにみると信心する気が出ない」

と噂し合いこの里人ばかりか、近隣の村の者まで檀那《だんな》寺への布施を怠《おこた》るようになった。

それを誰よりも気にしたのはこの村でも由緒のある某《なにがし》の院の住持である。

仏の方便の融通無礙の相はもとより末世の凡夫の推し量る由もないが、眼前の出来事のために仏徳の損われるのは見過しには出来ぬ。ともかくもかの定助の定に入った時の様子を調べて、せめて愚夫愚婦の迷いを解かねばと思い立って、寺の「過去帳」を繰ったり、近隣の故老を洩れなく訪《おとの》うたりして、仏前のつとめ業も怠るまでこの埋もれた事実を探り出そうと骨折ったが、生憎《あいにく》、この里は百五十年ほど前の大水害に人家も住民も皆おし流されたあと新たに枝川が生じて地形が変り、水利の便もよくなってあらためて人の住みついたところなので、その災害以前の村は今は川中になっているという。古曽部の部落のある辺りは昔は人家もない川辺の洲《す》であったと解って見れば、一層入定の僧の棺がどうしてそこに埋められたのかなど調べる道は絶え果てる次第であった。

「しかし水害にあったとすれば、高徳の上人もその折耳や口に水がしみ入り、それが又乾し固まって、今の定助に見るような愚痴にかえられたものであろうか」

と真顔につぶやくものもあり、それを又あざわらうものもあって、定助の過去についての不審は一向に晴れないのであった。

この村の村長《むらおさ》の母なる人は八十まで長生きしたが重い病にかかり、臨終近い際に、かかりつけの医師《くすし》を呼んでこんなことを言った。

「今度こそ無い生命と覚悟しましたけれど、今まではいつ死ぬとも気づかず、御薬の力でこれまで生きのびました。先生には長い年月よく面倒をみていただきましたが、この後ともに一族の身の上を気をつけてやって下さいまし。息子はもう六十に手の届くというに、しっかりしたところがなくてまことに心もとのうございます。時々には先生から意見して、家運を衰えさせぬようお諭し下さい」

きいている息子の村長は苦笑いして、

「私ももう白髪になった歳です。生来愚鈍ではありますが、お教訓は身にしみて忘れず家業に精出しましょう。お母さんも浮世のことは心配なさらずに、お念仏を唱えてよい往生を遂げて下さい」

というと、病人は苦々しげに医師をみて、

「あれお聞きなされたか、先生。あの通りの馬鹿者で困りきります。私は今更、仏さまを祈ってまで極楽に生れようとも思わず、不信心から来世は畜生道に落ちて苦しむともさして恐ろしいとも思いません。この年まで娑婆《しゃば》の生きものを見ていますと、牛も馬も例えにひかれるほど苦しそうなことばかりではなくて、結構、うれしいたのしいこともありそうです。人間は十界の中でも牛馬よりはるかに優った生きものの筈《はず》ですけれども、楽しいと思う時は数えるほどで、その日その日に逐立《おいた》てられる有様は牛馬よりも暇なく、一年中明けても暮れても着るものを染め替えたり、洗ったり、立働く上に年の暮ともなればお上《かみ》へ納める年貢を怠れば手の背後《うしろ》にまわる格別の一大事……胸につかえているところへわが家へ米を納める筈の小作のものが来ては、又貧乏の愚痴をくどくどのべ立てる……ああ何処《どこ》へ行っても、いつになっても極楽などあろうか。只、臨終の一つの頼みには棺のまま土に埋めてだけは下さるな。山へ持ってゆき、さっぱり火で焼いて下され。先生もそのことだけは立会人になってしっかりきいておいて下さいまし。あの入定の定助のようにだけはなりたくないのが私の遺言です。もう何もかも面倒! 口もきくまい」

といって眼をつぶり間もなく息絶えた。

遺言に従って、遺骸は山へ運んで荼毘《だび》に附したが、入定の定助は小作人や日雇にまじって柩《ひつぎ》を担って山へ登り、棺に火をかけて骸《むくろ》は燃えつき、灰の中に白い枝のように細々残る骨を親族がかきあつめて骨壺に納めるまで、隠亡代りに立働いていた。これも仏の供養に分け与える黒豆入りのこわ飯を少しでも余ぶんに貰って帰ろうとの一心と思えば、あさましく、

「仏を願って浄土へ生れ変ろうなど、ゆめにも思うな、あのざまを見ては……」

と村のものはつばを吐きあい、子供達にも教えさとした。

「それでも定助は生れかわって、妻を貰ったではないか、二世の縁を果そうとの仏の御思召しかも知れぬ」

とある人々は言ったが、定助の妻の例の後家は、時々犬も食わぬ夫婦喧嘩をしては近所にかけ込み、

「何で、あんな甲斐性なしを亭主にしたものか。落穂を拾って、かつかつ孀ぐらししていた時が今更恋しい。前の夫があのようにしてもう一度甦ってくれたならどんなによかったろう。あの男なら米や麦にも事欠かさず、肌をかくす布きれにも、今のように苦労はしまいものを」

と手放しに泣き恨んでいたという。

さても、不思議なことのみ多い世の中ではある……


筆記を終ったころには、短い冬の日はもう暮れはてていた。先生は流石《さすが》に疲れたらしく、本を胸の上に伏せたまま、黄ばんだ弱い電灯の光の下で眼をつぶっている。この物語を語り終ったあとで当然出なければすまぬ批評や感慨は全くきかれなかった。私もうちへ帰るまでの一時間余りの道中を思うと気がせいて、挨拶もそこそこ先生の家を出た。

布川先生の家は練馬のはずれにあるので、秋はあたりの雑木が紅葉をふるい落すのが多く東京の都内から来ると武蔵野らしいなつかしさを覚えるけれども、バス道にはずれているので、ところどころ竹藪《たけやぶ》や雑木林の交っている細い畑土の道を可成り歩いて駅に出るまでが、夏冬は可成り難儀するのである。道を逆にとって大通りへ出れば、次の駅まで距離は遠くても明るい町なみを歩いて行かれるのだけれども、私は馴《な》れているので暗くても大方畑中の細い道を歩くことにしている。

今日も、二、三日前に来た時よりも又めっきり日あしのつまったのに気がせかれて、私は小雨のそぼ降りはじめた暗い道をオーバーの襟《えり》に頤《あご》を埋め傘を低くしてとぼとぼ歩いて行った。

布川先生と話さずに来ただけに、先刻まで筆記して来た「二世の縁」の定助という不思議な男のことがつい眼のさきに生きている人のように生々しく心に浮び上っていた。この物語では定助の定に入る前の生きていた姿にはついに照明が与えられないままであるが、魯鈍な田舎人と変ってしまった後《のち》の生で定助を夫に死に別れた孀《やもめ》のもとに入夫させ、所謂《いわゆる》「二世《にせ》の縁」を結ばせているのは何か典拠があるのか、それとも老年の秋成自身の作為によるものであろうか、布川先生の言っていたように「雨月物語」の怪異を描いた三十代の秋成であったら、恐らくこの物語を描いても、入定の前に道心の法師が珍しい美色の女を一眼みて心乱れ、その妄執が鉦を叩きつづける手に残って輪廻からぬけ出せないさまを凄艶《せいえん》な物語に仕上げたであろう。それに較べるとこの「二世の縁」の定助はいかにもじじむさく間がぬけていて、一つ間違えば落語の種に使われそうである。それにしても、恐らくこれを書いたころの秋成は左眼の明を失い、老妻の瑚璉尼《これんに》にも死別していたのではないかと思われるが、孤独窮迫の生活の中に猶《なお》創作の衝動に劣らず性の欲望の埋《うず》み火のように消えがたく残っているのを、なかば嘲り、なかば怖れて、この「二世の縁」を書いたのではあるまいか。曽ては高徳の聖で死生の一大事について諦悟《ていご》したかも知れない男が、眼に一丁字も解せぬ痴鈍な男に成り変りながら、前の生活で果せなかった性への執着だけをともかくも一人の女の身体をかりて果すという結末に作者は老耄《ろうもう》した性欲の蛆《うじ》のようにうごめく怪しさを暗示しているのではあるまいか。作中二度までも後生願いの老女にこの事件を機会にして仏教の因果律を嘲笑させているスケプティシズムも昇華のない性の堂々めぐりを憎んでいるように思われる。そう言えば、布川先生があんなに年の違うみね子を手に入れて、みね子も先生の生命の長くないことを勘定に入れてあの古びた家を既に自分の名に変えているなどという話も、どうやら定助と後家の関係に縁のないことでもなさそうである。

こんなことを考えている中、私はふと思いがけなく、死んだ夫の爆死する前の夜、彼と最後に抱擁したことを思い出した。彼の逞しい胸の中で、仔犬のじゃれるようにもがき、あえぎ、やがて、身も心も消え失せるような官能の快さに萎《な》えしびれた思いが、思い出ではなく、ふと自分の身体に戻って来た。子宮がどきりと鳴った。あっと思った途端私は靴を滑らして二、三歩よろけ、危く膝をつこうとした。

「危いですよ」

という男の声と一緒に、私は傘を持ったままの腕をかいこまれて、危くもとの姿勢をとり戻した。

「どうもありがとうございました」

と私は息をはずませながら言った。

「ここらは竹の根が時々道まで出ているから……」

男は低い声でぼそぼそ言ってから、

「何か落したものはありませんか」

ときき、自分も探す風にうつむき込んだ。なるほどそこは、先生の家と駅の恰度《ちょうど》まん中どころにある竹藪の切通しで、奥にある地主の家の灯が茂った竹の間にちらちらするのが見えた。

暗いので相手の顔はよく解らないが、傘はささず外套も雨に湿っている様子なので、私は、

「お入りになったら……」

といって傘をさしかけると、彼は遠慮もせず、私の横にぴったり身体をよせて来た。

「寒いですね。雨が降るから猶更《なおさら》……」

と言いながら、手袋もしない冷えきった手で傘を持ち添える風に私の手を上から握った。顔はよく見えないが声の感じや身体つきはうらぶれた中老の人らしく見えるのに、手袋越しに重なった手は軟かく女のようであった。私は骨立った握力の強い手の男が好きで、死んだ夫もそうであ

ったから、彼の手の軟かいのが気に入らなかったが、不思議にふり払おうとも思わず、手袋の上からじわじわ緊《し》めつける彼の掌の軟かい冷たさにうしろぐらい快ささえ感じた。男は外側の手で私の傘をもち添え、片手を私の肩にまわして抱きよせたので、私の身体は彼の両腕の中にすっぽり抱えこまれ、窮屈にもつれながら歩かなければならなかった。くらい中で私はいく度もよろけ、その度に彼は私を人形遣いのように抱え直しては胸や脇腹や私の身体のあちこちに触れ、喜んでいるのか悲しんでいるのかわからない笑い方で笑ってみせた。

　この男は狂人ではあるまいかと私はふと思ってみたが、そのことは少しも彼に抱きかかえられている異様な快さを減らしはしなかった。

「私がさっき滑った時何を考えていたか御存じ？」

　と私は酒にでも酔ったように媚《なま》めいた声でいった。男は首をふり、私をいよいよ歩きにくく抱きしめた。

「私はね、死んだ夫のことを考えていましたの……私の夫は呉《くれ》で軍隊の防空壕にいて爆死しましたの、私はほんの四、五丁離れた官舎に子供といて助かりましたの、でもね、夫は死ぬ前に私のことを考えていたかしら、私、いま何故だかあの人の死ぬ前の気持が知りたくてたまりませんの。夫は私を愛していましたけれど、軍人でしたから愛することと自分が一人で死ぬこととは別のことに考えていました。私も夫のそういう生き方を美しいと思ってほれぼれ眺めていたのですけれど、ほんとうにあの人は死ぬ瞬間まで女を愛することと死ぬことを矛盾なしに感じていたのかしら……」

　男は私の問いに答えないで、私の話している言葉をふさぐように冷たい唇を私の口におしつけて来た。そうして、悲しそうに私の腕を、揉みゆすりながら、長い接吻をした。

冷たい舌がぬめぬめと口の中でからみ合う中にふと尖った犬歯が私の舌に触れた。それは、まぎれもない夫の歯であった。

「あ、あなたね、あなただったのね……」

と叫んだ時、彼はゆるしを求めるように、私を竹の根の固くふれる藪の中におし倒して、自分も私の上に重なって倒れた。でも彼の手はやっぱり軟かく冷たくて、夫の手とは違っていた。その手が、倒れた私の上にのしかかって、オーバーのボタンをはずそうとするのを私は拒みながら、力弱く叫んだ。

「ちがう、あなたじゃないわ……あなたは私のあの人ではありません」

相手は相変らず何も言わず、もがく私の手を捕えて、指を自分の口の中に入れた。冷たい唇の裏にさっきの犬歯が昔私の舌にいく度も痛く触れた通りに鋭く錐《きり》のように尖っていた。でも手は違う、夫の手はこんなにぶよぶよ女のように軟かくはなかった……それに身体つきも……そう思った時私は、ふと、さっき、布川先生の部屋へ入った時の蒸した黴のような病人の臭いを思い出した。

布川先生がこの人？　と思った瞬間私の声はまるで違った言葉を、叫んで、身体は野犬のように猛烈にはね上っていた。「定助！　定助だ！　これは……」そうつぶやきながら私は一目散にくらい中を走っていた。

駅前の通りの灯の多い中に歩み出た時、私はくらい道の中で自分を捕えた幻覚のなまなましさにまだ胸がどきどき鳴っていた。駅は恰度電車がついたところだった。狭い改札口を勤め帰りらしい黒い外套の男の群れが一人一人鋳型でうち出されているように押し出されて来た。

その一群れの出終るのを改札口の横に立ってみていると、どの男もが私にはいかにも間違いのない男に見えた。それは女である私には、羨ましいと同時に胸を締めつけられるような切なさでもあった。

入定の定助がこの男たちの中に生きているのを私はたしかめた。それはさっきのくらい道での恥かしい幻覚以上に、私の血を湧き立たせ、心を暖ためる不安なざわめきであった。

自然と記憶

Nature and Memory

桃

阿部昭

阿部 昭

人間の記憶があてにならぬものだとは、つねづね痛感してもいるし、聞かされてもいるはずだ。ところが、その当てにならなさ加減が、いかに度外れなものか、あらためて愕然とさせられる瞬間が絶えないところをみると、われわれはまだまだ記憶なんていうものにいくらでもたぶらかされているのであろう。つい最近も、そんな驚きの一つを経験したばかりなのだ。

冬。真夜中。月が照っている。

子供の自分が、母と桃の実を満載した乳母車《うばぐるま》を押している。

この町から西隣の町に通ずる畑中の一本道は、なにがし台と呼ばれる小高い砂山の岡をこえて、ゆるやかな坂道で登り降りする。これは、当時も現在も同じだ。ただ、その頃は、道もせまく、舗装されていず、石ころだらけの山道で、両側は深い松林、人家もしばらくはとぎれた。

その坂道を、いま、母と静かに下ってくるところだ。やがて、この坂を降りきれば、川にさしかかり、川のゆくては海、木橋のむこうは一面の田圃で、食用蛙の牛のような啼《な》き声や、ふつふつ言う田螺《たにし》のつぶやきがあたりの空気をふるわせている。もうすぐ、家に着く。

三十何年後の今日まで、わたしは毎年のようにその晩のことを思い出した。すっかり仕上った一枚の絵のように、とまでは行かなくとも、露出の足りないムービー・フィルムの何コマ分かのちらつく画面かなにかのように、わたしが脳裡にえがく影像は、いつもきまりきったものだった。

大人になってからも、ことに寒い冬の夜ふけなど、オーバーの襟《えり》を立てて一人暗がりを歩いている時などに、三十年以上も昔の、その夜道の記憶の断片がよみがえった。

するとわたしは自分にいったものだ。——ああ、あんなことがあったな、あの晩のことはふしぎによく覚えているもんだな、などと。そのつぶやきまでもが、毎年毎年、同じセリフのくりかえしだ。下手な役者の思い入れそっくりなのだ。そして、自分の演技にいささかの満足をおぼえると、記憶そのものの真偽に関しては、べつに何の疑念も抱かずに、また忘れてしまうということをくりかえしてきた。

それはともかく、この描写には、もう少し注釈が必要だろう。母は、その晩、子供のわたしをつれて、隣の町のどこかへ桃の買い出しに行ったのである。そこに大きな桃の栽培場か果樹園があったのだろう。この辺の八百屋で買うよりも新鮮な上質の桃が手に入るので、わざわざ出向き、出向いたついでに乳母車一杯も買い込んだというわけなのであろう。

桃の実。とりわけ水蜜桃《すいみつとう》というのは、全部が甘い汁で出来ているようなものだ。それは、傷つきやすく、いたみやすい。そして、——何よりも、不気味なくらいずっしりと重たいものである。その重い実を数十個も積んだ乳母車は、きっと人間の赤ん坊をのせた以上に押しでのあるものであったろう。そしてまた、一個一個が、金色の産毛のはえた赤ん坊の肌のように擦《こす》れて傷つきやすいので、乳母車はあくまでそろそろと押さなくてはならないのだ。

夜道にしても、長い道のりだった。なにしろ、寒い晩のことだった。子供のわたしは、ふだんの就寝時刻をとうに過ぎて、ずいぶん眠くもあったにちがいない。母は、坂の途中で立ちどまって、自分の肩からラクダの毛のショールを外すと、わたしの首に巻きつけた。

しかし、それは寒さのせいばかりでもなかったにちがいないのだ。母は、幼いわたしが、月光に染まった夜道に入れかわり立ちかわり現われるさまざまな物体の影におびえるので、ショールで目かくしをして、脇に抱きかかえるようにして歩かなくてはならなかったのだろう。

しかしまた、わたしが、そうでなくても怯《おび》えやすくなっていたのは、母が最初は冗談のつもりでうっかり狐のことを口にしたからかもしれないのである。わたしは、母から昔の狐の話を聞かされたことが何度かあったから。母は、明治の三十年代に大阪の街なかで生まれて育った女だったが、それでも、娘時代にちょっと人家のない所へ行くと、狐が出た。啼く声を聞いた。通りかかる人に悪さをするという噂もよく立った。

わたしは、そんな母の昔話がつぎつぎと思い出されて、ショールで頭をくるまれても、まだ気もそぞろだったにちがいない。母が、よりによってこんな場所で狐のことなんか持ち出さないでくれればよかったのにと悔み、一刻も早くこの坂道をくぐり抜けて、人家のある通りへ出たいと思っていたにちがいない。

だが、これ以上早く歩くわけには行かない。急げば、乳母車が石ころ道をはねて、積んである桃が駄目になってしまう……。その乳母車は、ついこないだまで、このわたしが乗せられていたものだ。いまはもう荷車の役にしか立たないので、ふだんは庭の隅の物置小屋にしまってあった。

そんなふうに、久しぶりに出した古い乳母車を押しながら、若い母親と小さな男の子が、昼間でもあまり人通りのないこの田舎道の、ちょうど坂の中腹あたりを、ぼそぼそと言葉をかわしながら、寄りそうようにしてゆっくり降りてくる。月の光をあびて、一人は下駄の、もう一人は運動靴の足音をさせて、さびかかった乳母車の車輪を軋《きし》らせて。

わたしが長いこと慣れしたしんでいた記憶の中の光景は、ざっとこのようなものだ。わたしは、この夜の情景のデテールに何のおかしなところも、一度だって発見したことはなかった。

ある日、といってもほんの二、三日前のことだが、わたしは、部屋の窓からぼんやり外の景色を眺めているうちに、あっ！　という声にならない驚きにつかまえられた。息をのんだようになった。冬の桃とは一体なにごとか！　冬啼く蛙とは、田螺とは！　なんということだろう？　なぜまた、わたしは、そのことにいまのいままで気がつかなかったのだろう？　それにまた、もっと奇怪なことには、なぜいまこの瞬間に、魔がさすようにして、永の年月自分をたぶらかしてきた記憶のペテンを突きとめる手がかりが摑めたのだろう？——わたしは、冬の寒い晩に大量の桃の実を運ぶという——現代ならともかく——当時としてはおよそあり得ないような奇妙な記憶の結びつきに、はじめて気がついたのだ。

　すると、わたしは、つぎからつぎへと別の疑念にとりつかれはじめた。一から考え直さなければならなくなった。では、あれは一体いつのことだ？　母と子供のわたしは、一体何のためにそんな夜ふけにその坂道を通ったのだ？　それにまた、乳母車に積んでいたのが桃でないとしたら、何を隣の町から運んできたのだ？

　そうなると、確実なのは、わたしが、ある年のある晩に、隣の町とこの町とをむすぶあのなにがし台の坂道を、母と二人で降りてきたことがある、という漠然たる事実に尽きそうだった。それが桃の季節だったのか、ショールの季節だったのかが判らない。いずれにしろ、子供のわたしが一人で、ということはあり得ない。はっきりしているのは、それだけだということになる。

　乳母車は、とにかくそれがまだ家にあったということから、少くともわたしの国民学校低学年までのことにはちがいない。同じ乳母車に、顔に真っ白にシッカロールを塗り、ゆかたを着せられたわたしが乗っている唯一の写真は、満一年と十一ヵ月の時のものだ。それが荷車として使われているところを見ると、もう幌《ほろ》の部分もこわれ、本体の防水布で出来た袋なども、表面が剝げて、やぶれかかっていただろう。わたしがさんざん乗ったためにそうなったのか、こわれたから物置きに放りこんだのか。わたしの年齢も、いま大人の足で歩いても相当の道のりがある隣町との往復の距離を、そんなふうに、母に負ぶわれてでもなく、せっせと歩き通したらしいということから、まず幼稚園ではなく学校にあがってからだろう、と思われる程度のことだ。

それはまた、その晩、母とわたしが帰宅すると、中学生の兄が二人の帰りが遅すぎるので、ふくれっ面《つら》をしていた（ような気がする）ことからも察しがつく。つまり、すでに戦争がはじまっていて、もう軍人の父は家にいなかった。その晩、仮りに月が出ていたとしても、道が暗かったのは、だから、灯火管制のせいでもあったにちがいないのだ。

だが、その戦争もまだごく初期で、むろん空襲も本格的にははじまっていなかった。たぶん、昭和十七年の夏か、冬なのだ。なぜなら、その晩、母と弟のわたしを不機嫌な様子で迎えた兄は、つぎの年にはもう家にいないからだった。その頃、兄はたぶん兵学校の受験勉強の真っ最中だった。母の帰りが遅いので、空腹にもかかわらず夜食にありつけなくて不機嫌になっていたのだろう。

しかし、こんなふうにもっともらしく推測を並べながら、わたしは、その裏づけたるや例の記憶のペテン同様にあやふやきわまるものであることに気がついている。いま並べたような事柄は、少しも確実でないどころか、一つ一つあっさりと否定できもするようなものばかりだからだ。

第一、その古い乳母車がいつごろまで家にあったのか、いつどう処分したのか――例えば、近所の原っぱに棄《す》てるとか、屑屋に持って行かせるとか――わたしにはもう確かなことは言えない。戦争中はずっと物置きにあり、戦後もまだしばらくはそのままになっていたかもしれないではないか？　そうだとすると、ペテンのからくりはまことに簡単で、その晩の光景は、おそらく戦後の買い出しの記憶の一コマと区別がつかなくなっているだけなのだ。

　わたしは、母に手を引かれてついて行くどころか、母が女一人では夜道が不用心なので、わたしをお供に連れて行ったのだ、といったほうがよさそうだ。わたしは、もう小学校の六年か、中学一年だった。そして、乳母車の中身は、水蜜どころか、闇米か、サツマイモか、ジャガイモか、――なお冬の寒い晩という記憶にこだわるとしても――せいぜい正月の餅ぐらいだったのであろう。ひょっとして、それは食糧と同じく入手困難だった燃料、薪《たきぎ》や木炭や屑石炭のたぐいだったのではあるまいか？　わたしの家は、五右衛門風呂だったから。

　そうして眺め直すと、月夜の晩にそろそろと乳母車を押して坂道を降りてくる母と子のうるわしい影絵は、たちまち闇物資運搬のあやしげな二人連れということになるのだ。夜陰に乗じて行動したのには、われわれにもそれ相応の事情があったのだということになる。

　だが、もしもそうだったとすれば、さて家に着いてみると、仏頂面をした兄貴が待ちかまえていたという場面はおかしいのだ。戦後、復員した兄は、ほとんど家を明けていることが多かったし、その日たまたま家にいたとしても、食糧の買い出しに行ってきた母とわたしに不機嫌な顔を見せる理由はない。感謝こそすれ、だ。家で待っていたのは、だから、兄ではなくて父のほうだったのだろう。留守番をするのは、いつも父だった。というより、元軍人の父には留守番をするぐらいしか仕事がなかった。

　だがしかし、やはりそれはそうではなかったにちがいない。あれは、やっぱり桃を運んできたのだ。あの冬の寒い晩というのを、夏の夜というふうに訂正するだけで、わたしの記憶の辻褄《つじつま》は合うのだ。ただ、そうなると、母がわたしの首に自分のショールを巻いてくれたことと、歩きながら昔の狐の話をしたような気がすることだけが、あやしくなるのだ。いや、夏だからといって狐の話題がふさわしくないとは言いきれないのだから、ショールのことだけが誤りということになるのだ。

そして、その種の文学的ペテンの最たるものは、わたしの記憶と称するものの中に射しこんでいる月光というやつではないだろうか？　冬の寒い晩にコンコンと啼いたという古狐の話から、たぶん同じ頃母がしてくれたもう一つの物語にみちびかれるのは、わたしとしては造作もないことだったろう。

母の娘時代に、遠い親戚に一人の娘がいた。その娘は、生まれつき足が悪くて、同じ年頃の少女たちが嫁に行く頃、尼寺へやられた。ところが、その寺で、他の尼さんの持ち物を盗んだ嫌疑をかけられて、年長の尼たちにひどい折檻《せっかん》をうけた。その日か、そのつぎの日だったか、それともしばらく経ってからだったか、その娘は池に身を投げて死んでしまった。月の明るい冬の晩に、と母はいって、投身の場面の月光の描写を幼いわたしの前にくりひろげてみせた。

その尼寺——京都のほうだったか、奈良のほうだったか——には、大きな池があり、そのほとりに一本の梅の巨樹があった。その曲りくねった太い枝が、水面すれすれに低く伸びて、池の中ほどにまで達しているさまは、まるで橋を架けたようであった、というのが、母の見てきたような描写だった。その梅の枝の上を、白い衣をまとった不幸な若い尼が、不自由な足をひきずって、月の光に照らされながら、静かに這って行って、落ちて、水面から消える。彼女が盗んだといわれた品物は、後日、別の尼のところから発見された。

たぶんかなりの程度まで母が潤色したにちがいないその自殺した娘の話は、それでも子供のわたしの心を打った。彼女の運命のむごたらしさがというより、自分のはるか遠い血縁の末端に、そんな冬の夜ばなしめいた数奇な挿話がかくされていたという事実が。まるで奈良か平安の昔のことのような、なんとも古めかしい道具立てと、影絵でも見るようなぼんやりした書割りのゆえに。

では、母の夜ばなしと同じ伝で、わたしのあのイメージも、よくあるといわれるように、わたしが頭の中で一つの記憶と別のもう一つの記憶とをいつのまにか癒着させて、あたかも一夜の出来事のごとくに創作していたにすぎないのか？　つまり、あの「ちょっとした小説のようなもの」、感傷の気分で染めあげた嘘八百の「美しい追憶」というやつなのか？　それは十分あり得ることだ。

なにがし台の坂道を、母と乳母車を押して下ってきた（ような）記憶は、たしかに、わたしにはまたとない記憶ではあるが、母が外出先でわたしの首に自分のショールを巻いてくれたようなことは、日常茶飯の光景だったし、昔話なら、なにも夜道をとぼとぼ歩きながらではなく、食卓でも子供部屋でもした。むしろ、裁縫でもしながらのほうが多かったはずだ。

それに、その年齢のわたしが、夏といわず冬といわず、母に連れられて夜道を歩くことが多かったのは、むしろ、なにがし台とは正反対の方角、つまり東隣の町にある伯母の家へ行った帰りだった。そっちのほうには、もう一本別の川が流れていたが、これは渡るのではなしに、それに沿ってしばらく歩くのであった。そして、わたしは、この川の暗い水面をひどくおそれた。というのも、いつか、その川のふちで、ちょうどわたしぐらいの男の子がカニを取ろうとして水に落ち、泥に埋まって死んだ、という話をいとこたちに聞かされていたからである。彼女たちの話には、風のつよい夜など、その川のふちから死んだ子の泣きじゃくる声がするという怪談じみたオマケまでついていたものだ。

川のそばを通りかかるとき、わたしは闇にほのかに光る水面を見まいとして、母の袂《たもと》に顔をかくしたりした。道は、やはり松林にかこまれた、人家の少ない、さびしい道だったが、川から遠ざかると、わたしは安心した。母は、ときどき足をとめて、大きなマツボックリをいくつか拾い、買物籠に入れた。ある晩、母は不意に立ちどまると、わたしにその場で待っているようにといって、おそるおそる草むらに入った。わたしは、母がしゃがむのを見届けてから、道のどちらからも人が来ないようにと祈りながら、待った。

そんなふうにわたしには早くからなじみ深かった東隣の町への道にくらべて、あのなにがし台の坂道を深夜に通行したことは、あとにも先にもその一回きりだった。そして、もしも桃を運んだという記憶が正しければ、それはやはり戦争がはじまってまもなくの時期までのことだった。なぜなら、母は、父の留守に、庭の芝生の一部分を削って、そこに水蜜桃を三本と、白桃《はくとう》を一本、植えさせたからである。それらは、苗木というより、もうかなり成熟した立木で、つぎの年にはちゃんと実がなった。その数は何百という数で、母は、青い実にかぶせる袋を用意するために、古い婦人雑誌のたぐいを何冊もつぶして、夜なべに糊で貼り合わせた。以後、戦中戦後の何年間か、母は毎夏たべきれぬほどの桃を親戚や隣近所にくばるのに忙しく、よそで買う必要は全然なかったのだから。

してみると、あれはどうしても昭和十七年のこととしか思えない。母は、あのたくさんの桃を買って帰ったのがきっかけで、自分でも桃の木を植えようという気になったのかもしれない。あるいは、もうそのつもりで、隣町の果樹園を見学に行ったのかもしれない。しかし、その辺の記憶は、わたしにはまるで残っていないのだ。

わたしの記憶にあるのは、それらの桃の木と切り離せない一人の男の顔と、声だ。母にそれを植えることを熱心にすすめ、実際に苗木を持ってきて植えた男。毎年、施肥や剪定《せんてい》にやってきては、木のぐあいを調べ、母と話し込んで行った男。その男は、この土地に代々たくさんの家作を持ち、自分でも百姓をやっている、地主のせがれだった。せがれといっても、ほぼわたしの母と同年輩で、いまは家督も彼の代になっていた。男は、戦前からわたしの家に出入りしていたが、そもそもは父が彼のおやじから現在の土地を買ったという因縁だった。わたしの家の敷地は、もと男の家のスイカ畑だったようだ。

母は、その男をけっして家に上げることはなかったが、彼がシュンの野菜でもさげてご機嫌伺いにぶらっとたずねてくると、食堂の濡れ縁のところでお茶を出し、自分もそばに坐って相手になっていた。桃のことは男にまかせっきりだし、いずれは防空壕も掘ってもらうことになるだろう。男は、たのめば、便所の汲みとりも引きうけるし、何でも引きうけた。鳥打帽に、ドンブリのついた腹掛けをした、赭《あか》ら顔の、でっぷり太った男だった。笑うときは、野ぶとい声で、からからとあたりはばからずに笑った。

その濡れ縁は、いわば、わたしの領分だった。下のたたきには、薪の束や炭俵がしまってあり、干からびたチューリップやヒヤシンスの球根や、蜘蛛《くも》の巣のまつわりついた植木鉢やジョーロが置いてあった。日あたりがよいので、よくよその猫が来て、ねそべっていた。病気らしい猫が、コンクリートの割れ目から生えた草をたべるのも見られた。金米糖《コンペイトー》みたいな実をつけた、すんなりした草。——これらのものを、子供のわたしは、濡れ縁に寝そべって、桟《さん》と桟のすきまから眺めたのである。

ある日、午後の日ざしがかげりだしたその濡れ縁に、男が腰を下ろして、母と話しこんでいた。ちょうど、わたしは国民学校から退《ひ》けて帰った時刻だったのだろう。

母と男は、大した用件もないらしく、冗談をかわしていた。

「……あなたなんか、もうさんざんしたい放題のことをしたんでしょう？　いろんな女のひととと……」

そんなことを母がいったのが聞えた。

「いや、いや、とても……」

男は、てれかくしに例の野ぶとい声でからからと笑ったが、母のほうは見ないで、自分が植えた桃の木のほうにじっと視線をやっていた。

すぐ近くでおやつをたべていたわたしの耳を、ふっと二人の会話がとらえたようだった。二人はしばらくそのつづきで冗談をいい合っていたが、やがて、母がふっと息をひそめて、

「まあ、女のほうからそんなことをしたりするんですの？……」

といったのを、わたしは聞いた。

わたしは、勿論《もちろん》房事《ぼうじ》のことが分る年齢ではなかった。しかし、二人がおおよそ何のことを話しているのかは察しがついた。二人の会話の内容のあやうさを感じとるには、おおよそのところでも十分だったのだ。

やがて桃の匂いが暑気にむせ返るような夏の日に、わたしは、子供部屋で母と終戦のラジオ放送を聞いた。父が帰ってきたのは、九月になってからで、もう桃はたべさせられなかったはずだ。しかし、熟れて落ちた桃が、地上で蒸れて腐りながら放つ甘ったるい芳香は、まだ庭にも家の中にも充満していて、父にも遠くからでもわかったにちがいない。

それにしても、あの時、母はあの男と何を話していたのだろう？　二人のどこか不自然なやりとりが、ずっと後年わたしの記憶の中で白く燃え上って、その一点だけが輝くばかりに感じられだした。放蕩《ほうとう》者だという評判の地主の男のほうは、なにかみだらな話を出し惜しみするように、

へらへらと笑いながらしかけるのに、母はますます気まじめに応じて、息をのんだようにさえなった。しかも、そんな話を積極的に聞き出そうとしていたのは、孤閨《こけい》を守っている女ざかりの母のほうだったのだ。二人の態度のきわだった対照が、何度もわたしの心を打った。女に飽きたような男と、戦争で何年も夫から遠ざけられている女と。母の身の上になにごとも起こったとは見えなかっただけに、わたしは、危険な綱渡りのシーンでも見るように、その日の場面を思いかえした。

わたしは、たぶん子供ながらに思っていた——自分の母は軍人の妻だ、父以外の男とそんなはしたない話題をもてあそぶような女ではない、というふうに。だが、わたしは自分の肌では、もう少し別のことも感じていたにちがいない。わたしは、その頃、まだ夜は母の寝床に入りたがった。ことに冬には、そのチャンスがいくらもあった。寝る時は自分の蒲団に入るのだが、夜中に、オシッコに起きたのをしおに母の蒲団にもぐりこんだ。母も、ねむいので、叱る気力もなく、仕方なしに躰《からだ》をずらして、わたしのスペースをこしらえた。そして、夢うつつでか、わたしを胸に抱きすくめたり、寝巻からはだけた脚をわたしの脚にからませてきたりした。その裸の部分は、どこも熱病にでもかかったように熱かった。

こんなことが、いつのまにか、わたしの毎夜の快楽になっていたのだ。そして、しまいには、本当にオシッコがしたくて目をさますのか、母に抱かれる口実を作るために、オシッコに行くのか、自分でもわからなくなっていたにちがいない。抱かれながら、わたしが肌で感じていたのは、自分の快楽ばかりではなく、母の肉体のいらだちや、父の不在につけこんでいつまでもそんなふうに母をむさぼっている罪障感のようなものでもあっただろう。

そうだ。もしかすると、あの冬の夜の坂道のシーンには、その場にいない第三者が介在していたのではないだろうか？　とすると、それはやはり、父なのだろうか？　母があんな時刻に、あんな場所を、わたしをつれて通りかかったというのには、よほど特別な事情があったのにちがいない。

ひょっとすると、わたしは、父と母の不和のとばっちりを受けただけだったかもしれない。わたしが覚えているのは、戦争直前の二人のこんな場面だ。

「行ってこい！」

父が、茶の間で、火鉢に片手をかざしながら、母に強要していたような気がする。銅壺《どうこ》で沸いている湯がチンチンと鳴る音が、父と母との無言の対座を、おそろしく長く、息苦しいものに感じさせた。

「どうしても行ってこい！　行って、ちゃんとそのように話をつけてこい！」

黙って下を向いている母に、父はおっかぶせるようにまた言って、横を向いた。

「こんな夜中に……」

母が困りはてたようにつぶやくのを、父は、

「構わん。行け。」

といって、またむこうを向いてしまう。

「でも、今夜はもう遅いですから、明朝まいります。きっと、まいります。」

「いや、ならぬ。」

二人の押し問答がつづいた。

それから、とうとう母が泣きだしたようだった。

「堪忍して、あなた！」

そういって、母が火鉢にかざした父の手にすがろうとすると、父は母のその手をけがらわしいもののように振りはらった。立てかけてあった火箸が灰の中に倒れ、母の姿勢も崩れて、父の着物の膝にしがみつくような恰好になった。

父が、たとえよけた拍子にせよ、母の手を打ったので、子供のわたしは恐怖におそわれた。今度は、わたしが、火がついたように泣きだしたのではないか？　そして、母はあきらめて、泣きじゃくるわたしの手を引いて、暗い戸外へ出たのではないか？

その時、母が責められていたあやまちは、べつに大したことではなかったのかもしれない。頑迷な軍人の父は、よくそんなふうに振舞って、忍従している母を苦しめた。

その場面も、そこでぷっつり切れて、どこへつづくのかわからない。結果がどうなったのかも知るよしがない。わたしがいまも闇に聞く思いがするのは、「堪忍して、あなた！」といって父の膝もとに泣き伏した母の、どこかしなだれかかるような、媚《こ》びを含んだ、澄んだ悲鳴だけだ。上方育ちの母の言葉は、まつわりつくような柔かい発声と抑揚のために、よけい場違いなほどエロチックに父の耳にもひびいたにちがいない。父が、この母の性的な奇襲にも折れようとしなかったのは、きっと子供のわたしが見ている前だったからだ。

その晩こそ、あの冬の寒い晩ではなかったのか？　だとしたら、母は隣の町へ何を買いに行ったのでもなく、なにかもっと重大な、とまではいわなくても、もっと心苦しい用向きのために、幼いわたしを連れて出かけたのであったろう。こんなふうに考えてきて、わたしはいよいよ判らなくなる一方なのだ。そして、もう一人のわたしは、依然として、吐く息も白い冬の月あかりの中を、母と二人、古い乳母車を押して、あのなにがし台の坂を下ってきた記憶に固執する。

長い堂々めぐりのあとで、わたしは、ふたたび隣町とこの町をむすぶ——結ぶことにおいていまでも変らないあの坂道の中腹にほうり出されるように感ずる。

では、はっきりしているのは、いつかそこを母とわたしが乳母車を押して通ったことがある、ということに尽きるのだろうか？

百歩をゆずって、もしやわたしは、その乳母車に乗っていただけではないのだろうか？　あるいは、さらにもう百歩をゆずって、わたしは、その後何年も経ってから自分一人で通りかかったなにがし台の闇に、――たぶん子供の自分にとって他のどの場所よりも気疎《けうと》く想像されていたその坂道の一角に、――奇怪な回想の操作によって、乳母車の中で母のショールにすっぽり包まれた自分を、あるいはどこか別の夜道を、その時は眠っていて、あとで通ってきたと教えられた自分を、あるいはまた、乳母車を押して何かを運ぶ母とわたしの別のある情景を、気ままに投げこんで眺めているのにすぎないのだろうか？

それはまるで、少年のわたしが、ずっと年下の幼児のわたし自身を、乳母車に乗せて押しているような、不可解な光景だ。

『物理の館物語』

小川洋子

小川洋子

書籍編集者として三十二年間勤めた出版社を定年退職した日、私は自分が手がけた本のタイトルと著者名を書き出してみた。ああ、我ながらよくやったものだ、と自己満足に浸りたかった訳ではない。ほんの出来心から、会社の茶封筒（中には年金や健康保険にまつわるややこしい書類、退職者で作る親睦グループ〝空耳会〟への入会案内書などが入っていた）を裏返し、遠い記憶を思い出すままに走り書きしていっただけのことである。しかしもちろん、無事会社を勤め上げた日の夜、一人書斎の机に座り、本棚からはみ出した本の山々に囲まれ、多少感傷的な気分に陥っていたのは否定できない。

実際作業をはじめてみれば、意外にもするすると一冊一冊がよみがえってきて、自分でも驚くほどだった。多少あいまいなところも、手帳を開けばすぐさま明らかになった。不思議なことに、ちょっとした誤解から二度と会えない関係になったり、行方不明で連絡が取れなくなったり、もう随分前に死んでしまった作家や詩人たちの方が、より生々しく思い出された。彼らと交わした言葉、仕草、酒の飲み方、電話の声、ゲラに書き込まれた赤い文字。そういうさまざまなものたちと共に、彼らの本の姿が、判型から帯の文句、花布の色まで、茶封筒に映し出された。

私は、名物、花形、敏腕、などの形容とは無関係の編集者だった。ベストセラー作家を数多く抱え、若き天才を華々しくデビューさせるようなタイプとは程遠かった。地道さと粘り強さだけが取り柄で、他には何も誇れる点などなかった。

私が担当した書き手たちの多くはベストセラーとは無縁だったが、皆、高い志を持っていた。しかもその志の高さが世間ではなかなか報われず、立ち往生したり、やけを起こしかけたり、沈黙の沼に沈んだりしていた。そんな彼らの傍らにあり、「大丈夫です。あなたが向かおうとしている場所は正しいのです。何の心配もいりません。もしあなたが途中であきらめたら、あなたが書こうとしているそれは、永遠に置き去りにされたままなんですよ」と、声にならない声で耳打ちするのが私の役目だった。

編集者の中には道を先回りし、自らが灯台となって作家が行くべき方向を照らす人もいる。互いの手首を紐で結び合った、盲人ランナーと伴走者のような関係を築く人もいる。それに比べれば私の果した役目は、ずっと控えめなものだったと言わざるを得ない。私が最も恐れたのは、書き手たちの邪魔になることだった。それは時に、本の表紙に誤植を出す失敗よりも重大な恐れであった。

〝邪魔者になるな。〟この一行を私は、編集者人生を貫く警句とした。尊敬し惚れ抜いた作家であればあるほど、無闇に近づきすぎないよう細心の注意を払い、彼らの視界の最も目立たない片隅に居場所を定めた。ただしその一隅は秘密の通路で鼓膜とつながっていなければならなかった。役目の大半は耳打ちであったからだ。地下からくみ上げられた一滴の水が維管束《いかんそく》を伝って雌しべへと養分を運ぶような、ささやきが書き手へと伝わる通路、それを探り当てることが最も大事な務めだった。その通路さえ確保しておけば、書き手たちは「大丈夫です」の言葉を、編集者からの声ではなく、自分の心の内から響いてきたもののように聞き取り、一行めを書き付けるためにペンを握ることができるのだった。

リストはすぐさま百冊を超え、茶封筒の裏一面では足りない気配になってきた。部屋を取り囲む本たちはいっそう静けさを増し、カーテンを引き忘れた窓の向こうは闇に満たされていた。机の上は手帳からこぼれ落ちた名刺や、意味不明のメモ用紙や、色見本帳のチップなどが散らばっていた。

書き手たちと会って別れる際、タクシーであろうとエレベーターホールであろうと駅のホームであろうと、私は彼らの後ろ姿が完全に見えなくなるまで見送った。社会人のマナーとしてというより、そうしないではいられない自らの欲求に従った結果、という方が正しかった。ほんのわずか力を入れればたちまち折れてしまうほどのペン一本を頼りに生きている彼らは、一本のペンと同じくらい弱く、その弱さは後ろ姿にのみ表れ出た。大御所も新人も関係なかった。

降り出した雨に肩を濡らしながら、あるいは夜明け前の薄ぼんやりした明かりの下で疲れきった体を持て余しながら、彼らの後ろ姿を眺めるのが私は好きだった。そこに浮かぶ深い弱さを感じ取り、掌にすくい上げ、じっと見つめることは、一冊の尊い本を読むのと同じだった。

私は見送っていたのではなく、祈っていたのだろうと思う。おぶったものの重みに押し潰《つぶ》され、ばったり両膝をついた拍子に、握ったペンを手放してしまわないよう願っていたのだ。

ただ、正直に言えば、祈るよりは悪態をつきたくなるような人柄の書き手も、いるにはいた。こんなにも素晴らしい小説を生み出せる人がなぜ、と打ちのめされる思いを抱いたことは、一度や二度ではなかった。しかし編集者にとって書き手の人柄は守備範囲外の問題だ。少なくとも自分はその方針を通した。どんな悪人であろうと、その手が書き上げた一冊が至上の喜びをもたらすのであれば、私は彼の本を無条件で愛することができた。彼の背中に向かい、祈りを捧げることができた。

いつしかリストは茶封筒を埋め尽くしていた。タイトル、著者名、タイトル、著者名、タイトル、著者名の連なりは、他人からすれば単なる記号に過ぎないだろうが、私にとっては多くの書き手たちから贈られた一続きの抒情詩だった。

最後の一冊までたどり着くと、もう一度読み返して漏れがないかチェックし、誤字脱字を直し、全体を眺めてちょっとしたアクセントを加えるつもりで、タイトルの前に全部小さな黒丸を打っていった。そしてすべての作業を終えたあと、そこだけ残してあった先頭、生まれて初めて自分が作った本という名称を与えられるたった一つの空欄に、そっと一行記入した。

・『物理の館物語』(作者名　不明)

子供の頃住んでいた家の、路地を挟んで向かい側に、『素粒子物理高能研究所情報管理室』という名称を持つ古めかしい建物があった。焼きすぎ煉瓦の門柱に掛かった看板は物々しく立派だったが、管理室としての機能はとうの昔に失っている様子だった。看板の文字は黴《かび》と苔によって独自の変形をきたしており、判読するのはほとんど不可能になっていた。近所の人々は誰も、そこが何をする場所だったのか知らなかった。

コロニアル風とでも呼ぶのだろうか、当時としては珍しい洋風のデザインは明らかに周囲とは馴染まず、更に荒れ放題の庭を覆う絡み合った木々の緑が、いっそう異質な雰囲気をまき散らしていた。スレート葺《ぶ》きの腰折屋根は、軒下にまで続く優美なカーブを描き、白ペンキで塗られた板張りの外壁は緑に映え、玄関ポーチを縁取るラウンドアーチの連なりは、テラスに静かな影を生み出し……と細部を観察すれば見事な建物であるのは間違いないはずなのに、長年放置され続けてきた報いが取り返しのつかない痛手となって、すべてを台無しにしてしまっていた。屋根の曲線は蔓《つる》植物に侵食され、はげたペンキは不気味な模様を描き出し、日暮れ時になると、玄関アーチの内側に巣を作っている蝙蝠《こうもり》たちが「チッ、チッ」と舌打ちするような鳴き声を漏らしながら、庭を飛び回った。藤棚に突如、風が吹いてもそよげないほど密集して藤の花が垂れ下がり、その重みで棚が崩れ落ちたこともあれば、夏の盛り、沼と化した池の藻が腐り、醱酵《はっこう》して怪しげな気体を発生させ、消防隊が出動する騒ぎになったこともあった。

近所の人々はそれを、物理の館、と呼び、恐れ、毛嫌いし、気味悪がりつつも、駅から自宅への道順を説明する際の便利な目印とした。

物理の館には、一人、女が住み着いていた。誰も彼女がそこの正式な住人だとは思っていなかったが、のんびりした昔のことゆえ、あえて役所に告げ口する人もおらず、建物の持ち主が現れてどうこうする訳でもなく、事態はあいまいなままにされていた。

女は痩せて手足が長く、三つ編みにした黒髪を二本腰まで垂らし、分厚いレンズの眼鏡をかけていた。夏でも冬でも薄手の生地のワンピースを着て、素足にサンダル姿だった。極端な人嫌いの性格らしく、駅前の市場へ買い物に行く時は、道の一番端、ほとんど溝にはまりそうな縁を、平均台の上を移動するかのごとく危うげに歩いた。背中で二本の三つ編みがパタパタと跳ね、まるで手が四本生えているかのように見えた。

近所の人たちから彼女が敬遠された一番の理由は、訳の分からない独り言を絶え間なくつぶやき続ける点にあった。買い物の時は欲しい品物をただ指差すだけで、たまに誰かが親切心から話し掛けたとしても、返ってくるのは無意味な独り言ばかりだった。眼鏡の奥の瞳は落ち着きなくおどおどとし、他人の視線と交わらない方向を常に探っていた。当時、どこの町内にも一人はいた鼻つまみ者の変人、それがまさに彼女だった。

女が何者で名前が何でどこから来たか、知っている人はいなかった。ただ、噂はいろいろとあり、元々は情報管理室の雑用係だった、研究所を運営していた大学の理事長の娘だ、いや単なる浮浪者だ、と皆、無責任な推理を打ちたて、井戸端会議の種にしていた。

しかし物理の館の女には、大人たちには見せないもう一つの顔があった。私たち子供と一緒の時だけ、自慢話をするのだった。それは子供でも法螺《ほら》だと見抜けるほど荒唐無稽な自慢だったが、訳の分からない独り言とは違い、一応文章として意味は通っていた。

「あたしは昔作家だったんだ」

始終独り言をつぶやいているせいで、女の声はかすれていた。

「作家って何さ」

私たち近所の少年グループにとって、物理の館ほど魅惑的な遊び場所はなかった。私たちはしょっちゅう庭に忍び込んで戦闘ごっこをし、疲れると玄関ポーチに腰掛けて暇を潰した。そうしているとたいてい、館の中から女が姿を見せ、話の輪に加わろうとして自慢話をはじめた。

「本を書く人だよ。そんなことも知らないのかい」

「知ってるよ」

「当然さ」

「学校でちゃんと習うもん」

私たちは口々に言い返した。

庭が格好の遊び場であったのと同じく、彼女は子供にうってつけの遊び相手、残酷な言い方を許してもらえば、遊び道具だった。奇妙で予測不可能で愉快であと腐れのない、玩具だった。

「いいかい、よくお聞き。小説を書く人だ。小説だよ。それを書く人が作家、つまりはこのあたしだ」

女は平べったい自分の胸を叩いて言った。ただそんな時にも視線は誰とも交わっていなかった。たるんだ襟元《えりもと》から鎖骨のくぼみがのぞいて見えていた。ポーチのステップに投げ出された両足は、かさぶただらけだった。

「作家って偉い人のことだろう？　おばさんのどこが偉いのさ」

「そうだ、そうだ」

「ただの嘘つきじゃないか」

私たちはアーチにぶら下がる蝙蝠を枝でつつき落とし、雨樋《あまどい》によじ登り、池の藻をつかんで振り回した。どんぐりを投げて屋根にぶつける者もいれば、女の三つ編みを引っ張る者もいた。油と垢で糊付けされたような三つ編みは、乱暴に引っ張っても解けなかった。物理の館ではどんな無礼も許されるかのごとく振る舞った。女が決して怒らないことを、私たちは知っていた。それは怒るより自慢する方に忙しいからだと思っていた。

「偉い人が作家になるんじゃない。立派な小説を書くから偉いんだ。ほら、こんなふうに何にもない宙をすくって……」

そう言って女は額の前で、両手をお椀のように合わせた。

「そこにじっと隠れたままでいる物語を聞き取る。お前たち凡人には何にも見えないし、聞こえないだろう？　だけど作家は違う。ちゃんと分かるんだ、ここに物語が隠れてるってね。物語ってやつは恥ずかしがり屋で控えめだからね、この人ならと信頼できる作家に出会うまでは正体を現さないんだ」

「そんな格好をして小説が書けるなんて、変だよ。作家なら机に向かって、万年筆を持って座ってるはずだ」

「もし本当の作家なら、本を見せてみろよ」

「おばさんが書いた本を、ここに持って来いよ」

「持って来い、持って来い」

私たちは声を合わせて囃《はや》し立てた。

「戦争で、全部焼けたんだ……本当に、全部……」

宙をすくう格好のまま、女は言った。

「自分の書いた本が、本屋の棚に並んでいるのを初めて見つけた時、どれほどうれしかったか。言ってみればほんの二センチ幅ほどの、ただの紙の集まりが、たった今目覚めたばかりの鉱石のように、宇宙線の結晶のように、光っていたよ。遠くに住む見ず知らずの読者からたくさん手紙が送られてきた。これは私のための物語です、書いて下さってどうもありがとうございます、っていうお礼状がね。でも全部、焼けてなくなってしまった。一体、どこに消えてしまったんだろう……」

その時、女の両手の中に、蝙蝠の糞が一滴落ちてきた。

「ばい菌がついたぞ」

「罰が当たったんだ」

「やーい、やーい」

あまりのタイミングのよさに私たちは大喜びだった。ポーチを踊り回り、地面を踏み鳴らし、滅茶苦茶な歌をわめきながら、物理の館を後にした。門柱のところで振り返ると、女はまだ糞のついた手の器を宙に掲げていた。

家に帰って母親に、物理の館の女はちゃんと喋るんだ、と言っても信用されなかった。昔作家だったという話はもっと信用されなかった。

「あの人と口をきいちゃいけません」

物理の館の女が話題に上るといつも、母親はその一言で話を打ち切った。

ある日、市場へのお使いの帰り、大通りから一本奥まった路地で女を見掛けた。いつものように溝の縁をこそこそと、なぜか笹を一本引きずって歩いていた。その日は七夕だった。そういえば市場で笹と短冊を配っていた、あいつ、ただなら何でももらって帰るんだな、と私は思った。

シャリシャリという笹の葉のこすれる音と女の独り言が、混ざり合って聞こえた。普段なら縁のギリギリで絶妙のバランスを保つのに、その日は慣れないものを引きずっていたからだろうか、笹と変わらないくらい細い足は、どこか心もとない感じに見えた。ワンピースの裾《すそ》が、枝のたわみに合わせて揺らめいていた。

追い抜こうとして私は、短冊が一枚、また一枚と笹から外れ、女の後ろに取り残されているのに気付いた。

『あたしの本、本やさんに並びますように』

私は足元の一枚を拾った。

女の体つきをなぞったような、ひょろひょろとした字だった。どの一画も自信なく小刻みに震え、すべての字が一個一個孤立し、うな垂れていた。特に本の字は、二本の三つ編みが手のように伸びているところが、彼女の後ろ姿そのものだった。短冊と言っても単に色紙を細長く切っただけのそれは、地面との摩擦に耐え切れず、ぐったりとし、ほとんど破れかけていた。

『あたしの書いた小説、本になりますように』

路地には私たち二人きりだった。追い抜くに追い抜けず、私は歩調をゆるめた。西日に染まった空に、白く濁った月が浮かんでいた。二人の影が彼女の足元でつながって、路地の向こうまで一直線に伸びていた。

『あたしの本、だれかが読んでくれますように』

女は長い笹を引きずるのに精一杯で、短冊が外れてゆくのに気付いてはいなかった。本当なら天の川を流れて天まで届くはずの願い事は、風にひらめく間もなく地に落ち、取り残されていた。

『いい小説が、書けますように』

一枚一枚拾ったそれを、捨てることもできず、呼び止めて女に手渡すこともできず、私は黙ってズボンのポケットにしまった。そうするより他に、仕様がなかった。


夏休みに入り、私たち少年グループの活動はいっそう精力的になっていった。物理の館では蟬が鳴き狂い、カブトムシが決闘をし、カゲロウが交尾する一年中で最もにぎやかな季節を迎えていた。どこからか飛んできた種が葉を茂らせ、花を咲かせ、蔓を伸ばし、わずかなスペースも見逃さず侵略を続けていた。彼らもまた、物理の館では何でも許されると思い込んでいるかのようだった。

事の起こりは、川原の茂みで発見した鼬《いたち》の死骸だった。ススキの根元に横たわったそれは、どこにも傷らしいものは見当たらなかったが、息絶えるまでの間苦しんだ気配がうかがえた。毛は逆立ち、尾は硬直し、脚は変な角度に折れ曲がっていた。小さな眼球は、一点を見つめすぎて今にもこぼれ落ちてしまうのではないか、という様子で黒々と濡れていた。蛆《うじ》が数匹、その眼球の縁から奥へ潜り込もうとしてうごめいていた。

私たちはしばらく、言葉をなくして鼬を眺めた。大きさは猫と変わらないほどしかないのに、ただそれが死んでいるというだけで、なぜかとても大きなものに見えた。

「物理の館に埋めよう」

そう言ったのが誰だったか、今ではもう思い出せない。私たちはすぐさまその提案に賛成を表明した。誰もが死骸を前にしてそれ以上黙っていることに耐えられず、何でもいいから事態をにぎやかな方向へ転換したいと願っていた。そのために、物理の館は最適な舞台だと思われた。

私たちは普段のにぎやかさを取り戻し、計画を実行に移すべく行動を開始した。鼬を運ぶ担架代わりの板切れを探す者、小枝の先で蛆を払い落とす者、家からシャベルを調達してくる者、皆それぞれ自分たちのアイデアの素晴らしさに興奮し、必要以上に張り切り、そうすることで死骸が発する沈黙を振り払おうとした。

一歩物理の館の敷地に入ると、太陽のきらめきが遮られ、空気が緑に覆われて、ほんの一瞬汗が引いてゆくのを感じた。外の音は遠のき、その代わり庭にこもるさまざまな動植物の気配が、重なり合い押し寄せてきた。私たちは女に気付かれないよう足音を忍ばせ、木々の幹に身を潜めながら塀沿いに奥へと進んだ。特に鼬を載せた板切れを運ぶ二人は、万が一にも死骸を下へ落とす訳にはいかないという決意で、全身に緊張をみなぎらせていた。板に載せる時、誰一人直接死骸に触る勇気がある者はおらず、結局棒切れで押したり挟んだりして、かなり苦心をしたからだった。館の窓はどれも鎧戸《よろいど》が閉まっているか、破れたカーテンが引かれているかしていて、女の姿は見えなかった。

埋葬場所として、崩れ落ちた藤棚の下が選ばれた。わずかに残る藤の枝が枯れ果てながらもまだ執念で絡み合っている様が、死骸を埋めるのにふさわしい雰囲気を醸し出していた。

土は柔らかく湿っていた。リーダー格の子が大きなシャベルを使い、他の者はめいめいスコップで手助けした。枯葉の堆積が掘り返されると、粘りのある鉛色の層に突き当たり、少しずつ力が必要になってきた。ミミズ、ナメクジ、ムカデ、何かの蛹《さなぎ》、卵、蝸牛《かたつむり》の殻、木の根、貝殻、歯、骨、釘、ネジ、ボタン……。ありとあらゆるものが出てきた。しかし私たちは口をきかなかった。どんどん荒くなってゆく自分の息遣いと、土の音だけに耳を澄ませていた。相変わらず太陽は高く、風はなく、あたりには木漏れ日がまだらな模様を浮かび上がらせていた。梢とその模様が揺れるのは、どこかで鳥が飛び立った時だけだった。苔の上で腹ばいになった野良猫が、時折薄目を開けて、私たちの様子をうかがっていた。

目の前の土をかき出し、少しでも深い穴を掘ることに集中しているうち、いつしか、何のためにこんなことをしているのか、よく分からなくなってきた。誰も傍らの死骸に目をやろうとしなかった。鼬はそのこぼれ落ちそうな眼球でじっと一点を見つめたまま、大人しく待っていた。

「よし、いいだろう」

シャベルの子が言った時、皆心から安堵し、ようやく本来の目的を思い出し、汗まみれの体に再び興奮がよみがえってくるのを感じた。死骸に触るのはあれほど嫌がったのに、いざそれを穴の中に滑り落とす段になると皆がやりたがり、結局全員で板切れを持つことになった。

「ワン、ツー、スリー」

自分たちの払った労力とは比べものにならないあっけなさで、鼬は穴に落ちていった。とうとう耐え切れなくなった眼球が二個、ドロンとこぼれた。空洞になった目が空を見上げていた。


夏休みが終わり新学期に入ると、雨の日が多くなった。ひっそりと、しかし切れ目なく降る雨だった。物理の館での戦闘ごっこはしばらく休戦となった。

その日、学校からの帰り、何気なく物理の館を見やって感じた違和感について、私は自分でも上手く説明できない。とにかく何かが引っ掛かったのだ、としか言いようがない。私は自分の家に背を向けたまま立ち止まり、ランドセルを濡らしながら庭の中を見つめた。珍しくいつもの仲間はおらず、一人きりだった。門柱の看板もポーチのステップも池も雨に濡れていた。雨の音しか聞こえなかった。

今までそんなことは一度としてなかったのに、門を入る時、微かなためらいを感じた。一歩踏み出すごとに長靴がぬかるみに埋まり、頭上を覆う葉から落ちてくる水滴のために、急に雨が激しくなったようで、思わず傘の柄をきつく握り直した。いつも女が座るステップは、蝙蝠の糞のせいか彼女の垢のせいか黒ずみ、ささくれ立っていた。

そうだ、蝙蝠だと私は不意に気付いた。いつもこの時間ならアーチの縁にぶら下がり、日が暮れるのを待っているはずの蝙蝠たちが、全部姿を消していたのだ。

「どこへ行ったんだろう」

ステップを踏むと、長靴の底に黒ずみがぬるぬるとまとわりついた。玄関の脇にある開いたままの窓から、カーテンがだらしなくはみ出ていた。そのカーテンを持ち上げた瞬間、部屋の中にいる女の姿が目に飛び込んできた。

　薄い毛布一枚にくるまり、パイプのベッドに横たわる女の姿は、子供の目から見ても明らかに具合が悪そうだった。顔は血の気がなく、額には脂汗が浮かび、毛布の下で足先が小刻みに震えていた。目を閉じたらおしまいだ、とでもいうかのように、両目は瞬《まばた》きさえ忘れて宙をにらんでいた。外された眼鏡は、シーツの皺の間に埋もれていた。頰を伝うよだれの白い筋と、ひび割れた唇ににじむ血の色だけが、どうにか彼女の生命がまだ絶えていないことを証明しているようだった。

「どうかしたの？」

　自分が声を掛けた途端、女の心臓がキュッと止まってしまったらどうしようという不安に怯《おび》えながら、私は尋ねた。返事はなかった。ただ一つ救いなのは、こんな状態にもかかわらず、毛布の上に伸びた二本の三つ編みが、乱れることなくきちんとした姿を保っていることだった。

「病気なの？」

　ようやく女は一度瞬きをしたが、その視線は相変わらず私のいる方には向けられなかった。勇気を出し、ほんの指先だけで額に触れると、べっとりした感触の次に、普通ではない熱さが伝わってきた。

　部屋は天井が高く、薄暗かった。考えてみれば、あれほど庭で散々遊んでいたにもかかわらず、館の中へ入るのは初めてだった。ドアノブやマントルピースや格子模様の入った窓ガラスなどに外国の雰囲気があるのと同時に、バインダーの並ぶキャビネットや、大きな事務机や、その上に置かれたタイプライターなどは、そこが確かに『素粒子物理高能研究所情報管理室』だった頃の名残りを留めていた。しかしそれらがすべて打ち捨てられ、うらぶれてしまっているのは外観と同じだった。女のベッドはそうしたものたちを押しのけるようにして、部屋の真ん中に置かれていた。

とにかく体を冷やさなければならない。私はランドセルを下ろし、タオルでもないかとあたりを見回した。ベッドの手すりに、雑巾ともハンカチともつかない薄汚れた布が一枚掛かっていた。よし、これにしよう。そう思って手を伸ばした時、事務机のタイプライターの向こう側にある食器がふと目に入った。

皿の上に、脂の浮いた、どろどろとした何かの料理が残っていた。変な臭いがした。平べったい、傘の大きな茸《きのこ》のようだった。本来がそうなのか、調理して時間がたったからなのか、傘の表面には臙脂色《えんじいろ》の斑点が浮かび上がっていた。

「これを食べたの？」

思わず私は大きな声を上げた。

「どう見たって毒茸じゃないか」

私は大急ぎで部屋を飛び出した。手にしていた布を放り投げ、ランドセルもそこに残したまま、ステップを飛び降りた。これはタオルで頭を冷やすくらいじゃすまない、誰か助けを呼ばなくちゃ。早くだ、とにかく早く。私はそれしか考えていなかった。そして急ぎすぎて、木の根に足を取られ、長靴が脱げるほど激しく転んだ。口の中に泥が入り、嫌な味がした。自分まであの茸を食べたかのような気分だった。

ちょうどそこは、夏休み、鼬を埋めた藤棚の下だった。あの時はこんもり盛り上がっていたはずなのに、いつしか土は、腐った死骸がのぞいて見えるのではないかと心配になるくらい沈み込んでいた。その窪みに身を寄せ合うようにして、茸が生えていた。傘に臙脂色の斑点が浮かび上がった茸だった。

毎晩、母親の作った野菜スープを魔法瓶に入れて物理の館へ届けることになったのは、やはり私の心のどこかに巣くう罪悪感のためだったと思われる。町内会長さんの車で病院に運ばれた女は、大事には至らず、その日のうちに物理の館へ戻ってきた。結局騒動は食中毒程度ということで収まり、私の予想よりもずっとこぢんまりとした形で決着した。

茸の秘密を私は誰にも言わなかった。大人たちに怒られるのが怖かったからではない。庭に埋めた鼬の死骸がどういう事態を招いたか、その結末を自分一人で引き受けることが、せめてもの罪滅ぼしになるような、あるいは、女との間に自分だけの秘密を持つことで、彼女の孤独の慰めになるような、そんな気がしたからだった。

「スープ、ここに置くよ」

私は魔法瓶とマグカップとスプーンを事務机の上に置いた。他にも町内の人が差し入れたらしい林檎《りんご》や肝油や湯たんぽが並んでいた。

「一口でもお腹に入れた方がいいよ」

日に日に女は回復していった。一段と痩せた体は毛布の上からでも痛々しいほどだったが、表情には生気が戻り、瞬きも普通にできるようになっていた。

「熱は下がったかなあ……」

私はベッドの上に体をかがめ、女の額に手を当てた。女は独り言をつぶやいていた。

「独り言が言えるようになったら、だいぶ元気が出てきた証拠だ」

脂汗は引き、額はかさかさとして熱はもうなかった。

「よかった。下がってる」

ほんのわずか開いた唇の隙間から、吐息と変わらないか弱さで、しかし途切れることなく独り言はこぼれ出ていた。どこか遠くの誰かに聞いてもらうためには、大きな声より小さな独り言の方がずっと適切なのだ、とでも信じているように、その小ささをかたくなに守り続けていた。

「これは、訳の分からない独り言なんかじゃない」

その時私は初めて気付いた。

「ちゃんと意味がある。声が小さすぎてよく聞こえなかっただけだ。今まで誰も、真剣に耳を澄ませなかっただけだ」

私は事務机の引き出しから、管理室時代の書類と鉛筆を引っ張り出し、女の口元に耳を近付けた。それこそ訳の分からない数式や記号が並ぶ書類を裏返すと、そこにちびた鉛筆で、女の言葉を書き留めていった。

それは私がかつて一度も出会ったことのない種類の物語だった。何しろ主人公は、ある時宇宙のどこかで寿命を終え、爆発した星から飛び散った欠片《かけら》、素粒子なのだ。彼（女は素粒子をそう表現した）は重力波に乗り、暗黒の世界をさ迷うが、宇宙で一番小さな粒である彼は、どんな恒星も惑星も流星もあっという間にすり抜けてしまうので、誰にも気付いてもらえない。彼はただ一人、世界の隙間を通り過ぎてゆくだけだ。何かとぶつかってみたい、それが素粒子のささやかな願いである。彼はその何かとぶつかった時の感触をうっとり思い浮かべることで、長い夜をやり過ごす。女は暗黒を描写してゆく。すぐ目の前にそれが広がっているように、かつて行ったことがある場所のように、ありありと再現する。素粒子の言葉を語る。素粒子のような小さな声で。

正直、意味の分からない言葉も多かったが、とにかく聞き取ったままを私は書き写した。湧き出てくる言葉を一つでも逃さないよう、ひたすら女の唇に神経を集中させた。これほどたくさんの字を一度に書いたのは初めてだった。途中、鉛筆の芯がなくなってしまうのではと心配になるほどだった。私が耳を澄ませていても女の口調に変わりはなかった。短冊を落としながら、笹を引きずって歩いていた時と同じだった。不用意に咳払いをしたり、鼻をすったりして彼女のリズムを狂わせないよう、私は注意を払った。この物語を聞き取るためには、決して邪魔者になってはならない、と私は本能的に悟っていた。

他の何かとぶつかった時、自分が光となることを素粒子は知っている。その光は宇宙で最も美しい形を描き出し、誰にも感嘆の声を上げてもらえないまま消えてゆく。空中のそこにも、ここにも、素粒子は降ってくる。誰かを求めて通り過ぎる。女の話は渦を巻き、環《わ》を作り、うねってゆく。始まりもなく終わりもなく、素粒子の旅は続く。時折、痰《たん》が絡んで喉が苦しそうに震える。私は声にならない声で、「大丈夫です」と耳打ちする。それから以降の人生で、幾度となく繰り返すことになる言葉を口にする。

日は沈み、庭の木々は息を殺して私たち二人を見つめている。枕元に置かれた眼鏡のレンズに、歪《ゆが》んで小さくなった庭の暗闇が映っている。耳たぶが、微かな女の息を感じ取る。


女の回復と共に以前と同じ生活が戻ってきた。女は三つ編みを揺らして溝の縁を歩き、独り言で皆を気味悪がらせた。私たちは戦闘ごっこを再開し、女の自慢話をからかった。夢中になって庭を走り回っている最中でも、鼬の死骸を埋めた場所が視界に入ると、私は立ち止まってじっと見つめないではいられなかった。いつの間にか茸は姿を消していた。蝙蝠も戻ってはこなかった。

私はあの夜、書類の裏に聞き取った物語を清書し、厚紙で表紙を付け、糸で綴《と》じた。タイトルは『物理の館物語』とし、表紙の中央にバランスよく収めるため定規で計算し、太めの油性マジックで、間違えないようどきどきしながらその六文字を書き付けた。不格好で、薄っぺらではあったが、それは確かに一冊の本だった。私が生涯で初めて作った本だった。

女に直接手渡す勇気のなかった私は、彼女が市場へ出掛けた隙にこっそり館へ忍び込み、バインダーが並ぶキャビネットの真ん中、一番目立つ場所にそれを立てかけた。重々しく分厚いバインダーに挟まれ、その本は堂々と自分の居場所を確保していた。


女が物理の館を出て行ったのは、私が小学校を卒業した春だった。いよいよ不法に住み着くことが難しくなったからなのか、単なる彼女の都合なのか、そしてどこへ行ったのか、誰に尋ねても知っている人はいなかった。そう言えば最近、姿を見ないなという噂が流れ、すぐにひょっこり戻ってくるだろうと、皆、根拠もなく思い込んでいるうち、いつしか誰もが女の不在に慣れ、そんな女がいたことなど忘れてしまった。

彼女が消えてから一度だけ、私は物理の館に足を踏み入れた。その時分にはもう、あれほど熱狂的だった戦闘ごっこの季節は過ぎ去っていた。パイプのベッドも事務机もタイプライターも以前のまま、埃《ほこり》をかぶって同じ位置にあった。私はキャビネットに目をやった。『物理の館物語』

が挟まっていた場所に、細い空洞ができていた。

素粒子のように、人知れず世界の隙間をすり抜けてゆく女の後ろ姿を私は思い浮かべた。素粒子を受け止めようとするように、両手を合わせて宙に掲げていた姿をよみがえらせた。そうしながらいつか宇宙で一番美しい光を見ようとしている、彼女の願いについて考えた。

彼女の傍らには『物理の館物語』が置かれている。ただその本一冊だけが、彼女に寄り添っている。私は彼女の後ろ姿に向かって祈りを捧げる。

忘れえぬ人々

国木田独歩

国木田独歩

多摩川の二子《ふたこ》の渡《わたし》をわたって少しばかり行くと溝口《みぞのくち》という宿場がある。その中程に亀屋という旅人宿《はたごや》がある。恰度《ちょうど》三月の初めの頃であった、この日は大空かき曇り北風強く吹いて、さなきだに淋しいこの町が一段と物淋しい陰鬱《いんうつ》な寒むそうな光景を呈して居た。昨日《きのう》降った雪が未だ残って居て高低定《さだま》らぬ茅屋根《わらやね》の南の軒先からは雨滴《あまだれ》が風に吹かれて舞うて落ちて居る。草鞋《わらじ》の足痕《あしあと》に溜った泥水にすら寒むそうな漣《さざなみ》が立《たっ》て居る。日が暮れると間もなく大概の店は戸を閉めて了《しま》った。闇《くら》い一筋町《ひとすじまち》が寂然《ひっそり》として了った。旅人宿《はたごや》だけに亀屋の店の障子には燈火《あかり》が明《あか》く射して居たが、今宵は客も余りないと見えて内もひっそりとして、おりおり雁頸《がんくび》の太そうな煙管《きせる》で火鉢の縁を敲《たた》く音がするばかりである。

突然《だしぬけ》に障子をあけて一人の男がのっそり入ッて来た。長火鉢に寄《よっ》かかッて胸算用に余念も無かった主人《あるじ》が驚《おどろい》て此方《こちら》を向く暇もなく、広い土間を三歩《みあし》ばかりに大股に歩いて、主人の鼻先に突ッ《つった》た男は年頃三十には未《ま》だ二ツ三ツ足らざるべく、洋服、脚絆《きゃはん》、草鞋の旅装《なり》で鳥打帽をかぶり、右の手に蝙蝠傘《こうもり》を携え、左に小さな革包《かばん》を持《もっ》てそれを脇に抱て居た。

「一晩厄介になりたい」

主人《あるじ》は客の風采《みなり》を視《み》て居て未《ま》だ何とも言わない、その時奥で手の鳴る音がした。

「六番でお手が鳴るよ」

哮《ほ》える様な声で主人《あるじ》は叫んだ。

「何方《どちら》さまで御座います」

主人《あるじ》は火鉢に寄《よっ》かかったままで問うた。客は肩を聳《そびや》かして一寸《ちょっ》と顔をしがめたが、忽《たちま》ち口の辺《ほとり》に微笑《ほほえみ》をもらして、

「僕か、僕は東京」

「それで何方《どちら》へお越しで御座いますナ」

「八王子へ行くのだ」

と答えて客は其処《そこ》に腰を掛け脚絆の緒《ひも》を解きにかかった。

「旦那、東京から八王子なら道が変で御座いますねエ」

主人《あるじ》は不審そうに客の様子を今更のように睎《なが》めて、何か言いたげな口つきをした。客は直《す》ぐ気が付いた。

「いや僕は東京だが、今日東京から来たのじゃアない、今日は晩《おそ》くなって川崎を出発《たっ》て来たからこんなに暮れて了ったのさ、一寸と湯をお呉《く》れ」

「早くお湯を持《もっ》て来ないか。へエ随分今日はお寒むかったでしょう、八王子の方はまだまだ寒う御座います」

という主人《あるじ》の言葉はあいそが有っても一体《たい》の風《ふう》つきは極めて無愛嬌である。年は六十ばかり、肥《ふ》満《と》った体軀《からだ》の上に綿の多い半纏《はんてん》を着て居るので肩から直に太い頭が出て、幅の広い福々しい顔の目眦《まなじり》が下がって居る。それで何処《どこ》かに気懊《きむずか》しいところが見えて居る。しかし正直なお爺《やじ》さんだなと客は直ぐ思った。

客が足を洗ッて了ッて、未だ拭ききらぬうち、主人《あるじ》は、

「七番へ御案内申しな！」

と怒鳴ッた。それぎりで客へは何の挨拶もしない、その後姿を見送りもしなかった。真黒な猫が厨房《くりや》の方から来て、そッと主人《あるじ》の高い膝の上に這い上がって丸くなった。主人《あるじ》はこれを知て居《しっ》るのか居ないのか、じっと眼をふさいで居る。暫時《しばらく》すると、右の手が煙草箱《たばこいれ》の方へ動いてその太い指が煙草を丸めだした。

「六番さんのお浴湯《ゆ》がすんだら七番のお客さんを御案内申しな！」

膝の猫が喫驚《びっくり》して飛下りた。

「馬鹿！　貴様に言ったのじゃないわ」

猫は驚惶《あわ》てて厨房《くりや》の方へ駈けて往って了った。柱時計がゆるやかに八時を打った。

「お婆さん、吉蔵が眠むそうにして居るじゃあないか、早く被中炉《あんか》を入れてやってお寝かしな、可愛そうに」

主人《あるじ》の声の方が眠むそうである、厨房《くりや》の方で、

「吉蔵は此処《ここ》で本を復習《さらっ》て居ますじゃないかね」

お婆さんの声らしかった。

「そうかな。吉蔵最《も》うお寝よ、朝早く起きてお復習《さら》いな。お婆さん早く被中炉《あんか》を入れておやんな」

「今すぐ入れてやりますよ」

勝手の方で下婢《かひ》とお婆さんと顔を見合わしてくすくすと笑った。店の方で大きな欠伸《あくび》の声がした。

「自分が眠いのだよ」

五十を五つ六つ越えたらしい小さな老母が煤《くす》ぶった被中炉《あんか》に火を入れながら呟《つぶ》やいた。

店の障子が風に吹かれてがたがたすると思うとパラパラと雨を吹きつける音が微かにした。

「もう店の戸を引き寄せて置きな」と主人《あるじ》は怒鳴って、舌打をして、

「又た降《ふっ》て来やあがった」

と独言《ひとりごと》のようにつぶやいた。成程風が大分強くなって雨さえ降りだしたようである。

春先とはいえ、寒い寒い霙《みぞれ》まじりの風が広い武蔵野を荒れに荒れて終夜《よもすがら》、真闇《まっくら》な溝口の町の上を哮え狂った。

七番の座敷では十二時過ぎても未だ洋燈《らんぷ》が耿々《こうこう》と輝いて居る。亀屋で起きて居る者といえばこの坐敷の真中《まんなか》で、差向かいで話して居る二人の客ばかりである。戸外《そと》は風雨の声いかにも凄まじく、雨戸が絶えず鳴って居た。

「この模様では明日《あした》のお立《たち》は無理ですぜ」

と一人が相手の顔を見て言った。これは六番の客である。

「何《な》に、別に用事はないのだから明日《あした》一日位此処《ここ》で暮らしても可《い》いんです」

二人とも顔を赤くして鼻の先を光《ひ》からして居る。傍《そば》の膳の上には燗陶《かんびん》が三本乗って居て、盃《さかずき》には酒が残《のこっ》て居る。二人とも心地よさそうに体をくつろげて、胡坐《あぐら》をかいて、火鉢を中にして煙草を吹かして居る、六番の客は袍巻《かいまき》の袖《そで》から白い腕を臂《ひじ》まで出して巻煙草の灰を落しては、喫煙《すっ》て居る。二人の話しぶりは極めて卒直であるものの今宵初めてこの宿舎《やど》で出合って、何かの口緒《いとぐち》から、二口三口襖越《ふすまご》しの話があって、余りの淋しさに六番の客から押しかけて来て、名刺の交換が済むや、酒を命じ、談話《はなし》に実が入て来るや、何時《いつ》しか丁寧な言葉とぞんざいな言葉とを半混《はんまぜ》に使うように成ったものに違いない。

七番の客の名刺には大津弁二郎とある、別に何の肩書もない。六番の客の名刺には秋山松之助とあって、これも肩書がない。

大津とは即ち日が暮れて着《つい》た洋服の男である。瘦形《やせがた》な、すらりとして色の白い処《ところ》は相手の秋山とはまるで違って居る。秋山は二十五か六という年輩で、丸く肥満《こえ》て赤ら顔で、眼元に愛嬌があって、いつもにこにこして居るらしい。大津は無名の文学者で、秋山は無名の画家で不思議にも同種類の青年がこの田舎の旅宿《はたごや》で落合ったのであった。

「もう寝ようかねエ。随分悪口《あっこう》も言いつくしたようだ」

美術論から文学論から宗教論まで二人は可なり勝手に饒舌《しゃべ》って、現今《いま》の文学者や画家の大家を手ひどく批評して十一時が打ったのに気が付かなかったのである。

「まだ可《い》いさ。どうせ明日《あした》は駄目でしょうから夜通し話ししたってかまわないさ」

画家の秋山はにこにこしながら言った。

「しかし何時《いくじ》でしょう」

と大津は投げ出してあった時計を見て、

「おやもう十一時過ぎだ」

「どうせ徹夜でさあ」

秋山は一向平気である。盃を見つめて、

「しかし君が眠むけりゃあ寝てもいい」

「眠くは少《ちっ》ともない、君が疲《つ》かれて居るだろうと思ってさ。僕は今日晩《おそ》く川崎を立《たっ》て三里半ばかしの道を歩るいただけだから何ともないけれど」

「何《な》に僕だって何ともないさ、君が寝るならこれを借りて去《い》って読《よん》で見ようと思うだけです」

秋山は半紙十枚ばかりの原稿らしいものを取上げた。その表紙には「忘れ得ぬ人々」と書《かい》てある。

「それは真実《ほんと》に駄目ですよ。つまり君の方でいうと鉛筆で書いたスケッチと同《おんな》じことで他人《ひと》にはわからないのだから」

といっても大津は秋山の手からその原稿を取《とろ》うとは為《し》なかった。秋山は一枚二枚開けて見て所々読んで見て、

「スケッチにはスケッチだけの面白味があるから少《す》こし拝見したいねエ」

「まア一寸借《か》して見たまえ」

と大津は秋山の手から原稿を取《とっ》て、処々あけて見て居たが、二人は暫時《しばらく》無言であった。戸外《そと》の風雨の声がこの時今更《いまさ》らのように二人の耳に入った。大津は自分の書た原稿を見つめたままじっと耳を傾けて夢心地になった。

「こんな晩は君の領分だねエ」

秋山の声は大津の耳に入《い》らないらしい。返事もしないで居る。風雨の音を聞《きい》て居るのか、原稿を見て居るのか、将《は》た遠く百里の彼方《かなた》の人を憶《おも》って居るのか、秋山は心のうちで、大津の今の顔、今の眼元は我が領分だなと思った。

「君がこれを読むよりか、僕がこの題で話した方が可《よ》さそうだ。どうです、君は聴きますか。この原稿はほんの大要《あらまし》を書き止めて置《おい》たのだから読んだって解らないからねエ」

夢から寤《さ》めたような目つきをして大津は眼を秋山の方に転じた。

「詳細《くわし》く話して聞かされるなら尚《なお》のことさ」

と秋山が大津の眼を見ると、大津の眼は少し涙にうるんで居て、異様な光を放《はなっ》て居た。

「僕はなるべく詳しく話すよ、面白《おもし》ろくないと思ったら、遠慮なく注意して呉れたまえ。その代り僕も遠慮なく話すよ。なんだか僕の方で聞いてもらいたい様な心持に成って来たから妙じゃあないか」

秋山は火鉢に炭をついで、鉄瓶の中へ冷めた煖陶《かんびん》を突込んだ。

「忘れ得ぬ人は必ずしも忘れて叶《かな》うまじき人にあらず、見たまえ僕のこの原稿の劈頭《へきとう》第一に書いてあるのはこの句である」

大津は一寸と秋山の前にその原稿を差しいだした。

「ね。それで僕は先《ま》ずこの句の説明をしようと思う。そうすれば自《おのず》からこの文の題意が解るだろうから。しかし君には大概わかって居ると思うけれど」

「そんなことを言わないで、ずんずん遣《や》りたまえよ。僕は世間の読者の積りで聴《きい》て居るから。失敬、横になって聴くよ」

秋山は煙草を啣《くわ》えて横になった。右の手で頭を支えて大津の顔を見ながら眼元に微笑を湛《たた》えて居る。

「親とか子とか又は朋友知己《ほうゆうちき》そのほか自分の世話になった教師先輩の如《ごと》きは、つまり単に忘れ得ぬ人とのみはいえない。忘れて叶うまじき人といわなければならない、そこで此処《ここ》に恩愛の契《ちぎり》もなければ義理もない、ほんの赤の他人であって、本来をいうと忘れて了ったところで人情をも義理をも欠かないで、而《しか》も終《つい》に忘れて了うことの出来ない人がある。世間一般の者にそういう人があるとは言わないが少くとも僕には有る。恐らくは君にも有るだろう」

秋山は黙然《だまっ》て首肯《うなず》いた。

「僕が十九の歳の春の半頃《なかごろ》と記憶して居るが、少し体軀《からだ》の具合が悪いので暫時《しばら》く保養する気で東京の学校を退《ひ》いて国へ帰える、その帰途《かえりみち》のことであった。大阪から例の瀬戸内通いの汽船に乗って春海《しゅんかい》波平らかな内海《うちうみ》を航するのであるが、殆《ほと》んど一昔も前の事であるから、僕のその時の乗合の客がどんな人であったやら、船長がどんな男であったやら、茶菓《ちゃか》を運ぶ船奴《ボオイ》の顔がどんなであったやら、そんなことは少しも憶えて居ない。多分僕に茶を注《つ》いで呉れた客もあったろうし、甲板の上で色々と話しかけた人もあったろうが、何《なん》にも記憶に止《と》まって居ない。

「ただその時は健康が思わしくないから余り浮き浮きしないで物思に沈んで居たに違いない。絶えず甲板の上に出《い》で将来《ゆくすえ》の夢を描《えが》いてはこの世に於ける人の身の上のことなどを思いつづけていたことだけは記憶している。勿論《もちろん》若いものの癖でそれも不思議はないが。其処《そこ》で僕は、春の日の閑《のど》かな光が油のような海面に融《と》け殆んど漣《さざなみ》も立たぬ中を船の船首《へさき》が心地よい音をさせて水を切《きっ》て進行するにつれて、霞《かすみ》たなびく島々を迎えては送り、右舷左舷《うげんさげん》の景色を眺めていた。菜の花と麦の青葉とで錦を敷《し》いたような島々がまるで霞の奥に浮いているように見える。そのうち船が或《あ》る小さな島を右舷に見てその磯から十町とは離れない処を通るので僕は欄《らん》に寄り何心《なにげ》なくその島を眺めていた。山の根がたの彼処此処《かしこここ》に脊《せ》の低い松が小杜《こもり》を作っているばかりで、見たところ畑《はた》もなく家らしいものも見えない。寂《しん》として淋《さ》びしい磯の退潮《ひきしお》の痕が日に輝《ひか》って、小さな波が水際《みぎわ》を弄《もてあそ》んでいるらしく長い線《すじ》が白刃《しらは》のように光っては消えて居る。無人島《むにんとう》でない事はその山よりも高い空で雲雀《ひばり》が啼《な》いているのが微かに聞えるのでわかる。田畑《たばた》ある島と知れけりあげ雲雀、これは僕の老父《おやじ》の句であるが、山の彼方《むこう》には人家があるに相違ないと僕は思うた。と見るうち退潮《ひきしお》の痕の日に輝《ひか》っている処に一人の人がいるのが目についた。たしかに男である、又た小供《こども》でもない。何か頻《しき》りに拾っては籠か桶かに入れているらしい。二三歩《ふたあしみあし》あるいてはしゃがみ、そして何か拾ろっている。自分はこの淋しい島かげの小さな磯を漁《あさ》っているこの人をじっと眺めていた。船が進むにつれて人影が黒い点のようになって了って、そのうち磯も山も島全体が霞の彼方に消えて了った。その後《ご》今日が日まで殆ど十年の間、僕は何度この島かげの顔も知らないこの人を憶《おも》い起したろう。これが僕の『忘れ得ぬ人々』の一人である。

「その次は今から五年ばかり以前、正月元旦を父母の膝下《ひざもと》で祝って直ぐ九州旅行に出かけて、熊本から大分へと九州を横断した時のことであった。

「僕は朝早く弟と共に草鞋脚絆で元気よく熊本を出発《た》った。その日は未《ま》だ日が高い中に立野《たての》という宿場まで歩いて其処に一泊した。次ぎの日の未だ登らないうち立野を立って、兼《かね》ての願《ねがい》で、阿蘇山の白煙を目がけて霜を蹈《ふ》み桟橋を渡り、路《みち》を間違えたりして漸《ようや》く日中《おひる》時分に絶頂近くまで登り、噴火口に達したのは一時過ぎでもあッただろうか。熊本地方は温暖であるがうえに、風のない好《よ》く晴れた日だから、冬ながら六千尺の高山も左《さ》までは寒く感じない。高嶽《たかたけ》の絶頂《いただき》は噴火口から吐き出す水蒸気が凝《こ》って白くなって居たがその外は満山ほとんど雪を見ないで、ただ枯草白く風にそよぎ、焼土《やけつち》の或《あるい》は赤き或は黒きが旧噴火口の名残を彼処此処に止めて断崖《だんがい》をなし、その荒涼たる、光景は、筆も口も叶《かな》わない、これを描くのは先ず君の領分だと思う。

「僕等は一度噴火口の縁《ふち》まで登て、暫時《しばら》くは凄まじい穴を覗き込んだり四方の大観を恣《ほしいまま》にしたりしていたが、さすがに頂は風が寒くって堪《たま》らないので、穴から少し下りると阿蘇神社があるその傍に小さな小屋があって番茶位は呑ませて呉れる、其処へ逃げ込んで団飯《むすび》を齧《かじ》って元気をつけて、又た噴火口まで登った。

「その時は日がもう余程傾いて肥後《ひご》の平野を立籠《たてこ》めている霧靄《もや》が焦げて赤くなって恰度《ちょうど》其処に見える旧噴火口の断崖と同じような色に染った。円錐形《えんすいけい》に聳《そび》えて高く群峰を抜く九重嶺の裾野《すその》の高原数里の枯草が一面に夕陽《せきよう》を帯び、空気が水のように澄んでいるので人馬の行くのも見えそうである。天地寥廓《りょうかく》、而《しか》も足もとでは凄じい響をして白煙濛々《もうもう》と立騰《たちのぼ》り真直ぐに空を衝き急に折れて高嶽を掠《かす》め天の一方に消えて了う。壮《そう》といわんか美といわんか惨《さん》といわんか、僕等は黙然《だまっ》たまま一言《ごん》も出さないで暫時《しばら》く石像のように立《たっ》て居た。この時天地悠々の感、人間存在の不思議の念などが心の底から湧て来るのは自然のことだろうと思う。

「ところで尤《もっと》も僕等の感を惹いたものは九重嶺と阿蘇山との間の一大窪地《くぼち》であった。これは兼ねて世界最大の噴火口の旧跡と聞《きい》て居たが成程、九重嶺の高原が急に頽《おち》こんで居て数里に亘る絶壁がこの窪地の西を廻《めぐ》っているのが眼下によく見える。男体山麓《なんたいさんろく》の噴火口は明媚《めいび》幽邃《ゆうすい》の中禅寺湖と変っているがこの大噴火口はいつしか五穀実る数千町歩の田園とかわって村落幾個の樹林や麦畑が今しも斜陽静かに輝やいている。僕等がその夜、疲れた足を蹈みのばして罪のない夢を結ぶを楽しんでいる宮地《みやじ》という宿駅もこの窪地にあるのである。

「いっそのこと山上の小屋に一泊して噴火の夜の光景を見ようかという説も二人の間に出たが、先きが急がれるので愈々《いよいよ》山を下ることに決めて宮地を指して下りた。下りは登りよりかずっと勾配が緩《ゆ》るやかで、山の尾や谷間の枯草の間を蛇のように蜿蜒《うね》っている路を辿って急ぐと、村に近づくに連れて枯草を着けた馬を幾個《いくつ》か逐《おい》こした。あたりを見ると彼処此処の山尾《やまのお》の小路《こみち》をのどかな鈴の音《ね》夕陽《せきよう》を帯びて人馬幾個《いくつ》となく麓をさして帰りゆくのが数えられる、馬はどれも皆な枯草を着けている。麓は直《じ》きそこに見えていても容易には村へ出ないので、日は暮れかかるし僕等は大急ぎに急いで終《しま》いには走って下りた。

「村に出た時は最早《もう》日が暮れて夕闇ほのぐらい頃であった。村の夕暮のにぎわいは格別で、壮年男女《なんにょ》は一日の仕事のしまいに忙がしく子供は薄暗い垣根の蔭や竈《かまど》の火の見える軒先に集まって笑ったり歌ったり泣いたりしている、これは何処の田舎も同じことであるが、僕は荒涼たる阿蘇の草原から駈け下りて突然、この人寰《じんかん》に投じた時ほど、これらの光景に搏《う》たれたことはない。二人は疲れた足を曳《ひ》きずって、日暮れて路遠きを感じながらも、懐かしいような心持で宮地を今宵の当《あて》に歩るいた。

「一村《むら》離れて林や畑《はた》の間を暫らく行くと日はとっぷり暮れて二人の影が明白《はっきり》と地上に印《いん》するようになった。振向いて西の空を仰ぐと阿蘇の分派の一峰《ぽう》の右に新月がこの窪地一帯の村落を我物顔に澄んで蒼味がかった水のような光を放《はなっ》ている。二人は気がついて直ぐ頭の上を仰ぐと、昼間は真白に立《たち》のぼる噴煙が月の光を受《うけ》て灰色に染って碧瑠璃《へきるり》の大空を衝《つい》て居るさまが、いかにも凄じく又た美しかった。長さよりも幅の方が長い橋にさしかかったから、幸《さいわい》とその欄に倚《よ》っかかって疲れきった足を休めながら二人は噴煙のさまの様々に変化するを眺めたり、聞くともなしに村落の人語の遠くに聞こゆるを聞いたりしていた。すると二人が今来た道の方から空車《からぐるま》らしい荷車の音が林などに反響して虚空に響き渡って次第に近《ちかづ》いて来るのが手に取るように聞こえだした。

「暫くすると朗々《ほがらか》な澄んだ声で流して歩るく馬子唄《まごうた》が空車《からぐるま》の音につれて漸々《ぜんぜん》と近づいて来た。僕は噴煙を眺めたままで耳を傾けて、この声の近づくのを待つともなしに待っていた。

「人影が見えたと思うと『宮地やよいところじゃ阿蘇山ふもと』という俗謡《うた》を長く引いて丁度僕等が立《たっ》ている橋の少し手前まで流して来たその俗謡《うた》の意《こころ》と悲壮な声とがどんなに僕の情《こころ》を動かしたろう。二十四五かと思われる屈強な壮漢《わかもの》が手綱を牽《ひ》いて僕等の方を見向きもしないで通ってゆくのを僕はじっと睇視《みつ》めていた。夕月の光を背にしていたからその横顔も明毫《はっきり》とは知れなかったがその逞しげな体軀《からだ》の黒い輪廓が今も僕の目の底に残っている。

「僕は壮漢《わかもの》の後影《うしろかげ》をじっと見送って、そして阿蘇の噴煙を見あげた。『忘れ得ぬ人々』の一人は則《すなわ》ちこの壮漢《わかもの》である。

「その次は四国の三津ヶ浜に一泊して汽船便を待った時のことであった。夏の初めと記憶しているが僕は朝早く旅宿《やど》を出て汽船の来るのは午後と聞《きい》たのでこの港の浜や町を散歩した。奥に松山を控えているだけこの港の繁盛は格別で、分けても朝は魚市《うおいち》が立つので魚市場の近傍の雑沓は非常なものであった。大空は名残なく晴れて朝日麗《うら》らかに輝き、光る物には反射を与え、色あるものには光を添えて雑沓の光景を更らに殷々《にぎにぎ》しくしていた。叫ぶもの呼ぶもの、笑声《しょうせい》嬉々《きき》として此処に起れば、歓呼怒罵《どば》乱れて彼方《かしこ》に湧くという有様で、売るもの買うもの、老若男女、何れも忙しそうに面白そうに嬉しそうに、駈けたり追ったりしている。露店が並んで立食《たちぐい》の客を待っている。売っている品《もの》は言わずもがなで、喰ってる人は大概船頭船方《ふなかた》の類にきまっている。鯛や比良目《ひらめ》や海鰻《あなご》や章魚《たこ》が、其処らに投げ出してある。腥《なまぐさ》い臭《におい》が人々の立騒ぐ袖や裾に煽られて鼻を打つ。

「僕は全くの旅客でこの土地には縁もゆかりも無い身だから、知る顔も無ければ見覚えの禿頭《はげあたま》もない。其処で何となくこれらの光景が異様な感を起させて、世の様を一段鮮かに眺めるような心地がした。僕は殆《ほと》んど自己《おのれ》を忘れてこの雑沓の中《うち》をぶらぶらと歩るき、やや物静《ものしずか》なる街《ちまた》の一端《はし》に出た。

「すると直ぐ僕の耳に入ったのは琵琶《びわ》の音《ね》であった。其処の店先に一人の琵琶僧が立っていた。歳の頃四十を五ツ六ツも越《こえ》たらしく、幅の広い四角な顔の丈の低い肥《こえ》満た漢子《おとこ》であった。その顔の色、その眼の光は恰度悲しげな琵琶の音に相応《ふさわ》しく、あの咽《むせ》ぶような糸の音《ね》につれて謡《うた》う声が沈んで濁って淀んでいた。巷の人は一人もこの僧を顧みない、家々の者は誰《たれ》もこの琵琶に耳を傾ける風も見せない。朝日は輝く浮世は忙《せ》わしい。

「しかし僕はじっとこの琵琶僧を眺めて、その琵琶の音に耳を傾けた。この道幅の狭い軒端《のきば》の揃わない、而も忙《せわ》しそうな巷の光景がこの琵琶僧とこの琵琶の音《ね》とに調和しない様で而も何処《どこか》に深い約束があるように感じられた。あの嗚咽する琵琶の音が巷の軒から軒へと漂うて勇ましげな売声や、かしましい鉄砧《かなしき》の音と雑《ま》ざって、別に一道《どう》の清泉が濁波《だくは》の間を潜《く》ぐって流れるようなのを聞いていると、嬉れしそうな、浮き浮きした、面白ろそうな、忙《いそが》しそうな顔つきをしている巷の人々の心の底の糸が自然の調《しらべ》をかなでているように思われた、『忘れえぬ人々』の一人は則ちこの琵琶僧である」

此処まで話して来て大津は静かにその原稿を下に置て暫時《しばら》く考え込んでいた。戸外《そと》の雨風の響は少しも衰えない。秋山は起き直って、

「それから」

「もう止《よ》そう、余り更けるから。未だ幾らもある。北海道歌志内《うたしない》の鉱夫、大連湾頭《だいれんわんとう》の青年漁夫、番匠川《ばんしょうがわ》の瘤《こぶ》ある舟子《ふなこ》など僕が一々この原稿にあるだけを詳わしく話すなら夜が明けて了《し》まうよ。兎《と》に角《かく》、僕がなぜこれらの人々を忘るることが出来ないかという、それは憶い起すからである。なぜ僕が憶い起すだろうか。僕はそれを君に話して見たいがね。

「要するに僕は絶えず人生の問題に苦しんでいながら又た自己将来の大望《たいもう》に圧せられて自分で苦しんでいる不幸《ふしあわせ》な男である。

「そこで僕は今夜《こよい》のような晩に独り夜更《よふけ》て燈《ともしび》に向っているとこの生《せい》の孤立を感じて堪え難いほどの哀情を催おして来る。その時僕の主我の角《つの》がぼきり折れて了って、何んだか人懐かしくなって来る。色々の古い事や友の上を考えだす。その時油然《ゆぜん》として僕の心に浮んで来るのは則ちこれらの人々である。そうでない、これらの人々を見た時の周囲の光景の裡に立つこれらの人々である。

我れと他と何の相違があるか、皆な是れこの生を天の一方地の一角《かく》に享けて悠々たる行路を辿り、相携えて無窮の天に帰る者ではないか、というような感が心の底から起って来て我知らず涙が頰をつたうことがある。その時は実に我もなければ他《ひと》もない、ただ誰れも彼《か》れも懐かしくって、忍ばれて来る、

「僕はその時ほど心の平穏を感ずることはない、その時ほど自由を感ずることはない、その時ほど名利競争の俗念消えて総《すべ》ての物に対する同情の念の深い時はない。

「僕はどうにかしてこの題目で僕の思う存分に書いて見たいと思うている。僕は天下必ず同感の士あることと信ずる」

その後二年経過《た》った。

大津は故あって東北の或《ある》地方に住《すま》っていた。溝口の旅宿《やど》で初めて遇《あ》った秋山との交際は全く絶えた。恰度、大津が溝口に泊った時の時候であったが、雨の降る晩のこと。大津は独り机に向って瞑想に沈んでいた。机の上には二年前秋山に示した原稿と同じの「忘れ得ぬ人々」が置いてあって、その最後に書き加えてあったのは「亀屋の主人《あるじ》」であった。

「秋山」では無かった。

1963/1982年のイパネマ娘

村上春樹

村上春樹

すらりとして、日に焼けた
若くて綺麗なイパネマ娘が
歩いていく。
歩き方はサンバのリズム
クールに揺れて
やさしく振れる。
好きだと言いたいんだけれど
僕のハートをあげたいんだけれど
彼女は僕に気づきもしない。
ただ、海を見ているだけ。

1963年、イパネマの娘はこんな具合に海を見つめていた。そしていま、1982年のイパネマ娘もやはり同じように海を見つめている。彼女はあれから年をとらないのだ。彼女はイメージの中に封じ込められたまま、時の海の中をひっそりと漂っている。もし年をとっていたとしたら、彼女はもうかれこれ四十に近いはずだ。もちろんそうじゃないということもあり得るだろうけれど、彼女はもはやすらりとしてもいないだろうし、それほど日焼けもしてはいないだろう。彼女にはもう三人も子供がいるし、日焼けは肌を傷めるのだ。まだそこそこに綺麗かもしれないけれど、二十年前ほど若くはない——ということだ。

しかしレコードの中では彼女はもちろん年をとらない。スタン・ゲッツのヴェルヴェットのごときテナー・サクソフォンの上では、彼女はいつも十八で、クールでやさしいイパネマ娘だ。僕がターン・テーブルにレコードを載せ、針を落とせば彼女はすぐに姿を現わす。

好きだと言いたいんだけれど、
僕のハートをあげたいんだけれど……

この曲を聴くたびに僕は高校の廊下を思い出す。暗くて、少し湿った、高校の廊下だ。天井は高く、コンクリートの床を歩いていくとコツコツと音が反響する。北側にはいくつか窓があるのだが、すぐそばまで山がせまっているものだから、廊下はいつも暗い。そして大抵いつもしんとしている。少なくとも僕の記憶の中では廊下は大抵いつもしんとしている。

なぜ「イパネマの娘」を耳にするたびに高校の廊下を思い出すことになるのか、僕にはよくわからない。脈絡なんてまるでないのだ。いったい1963年のイパネマ娘は、僕の意識の井戸にどんな小石を放り込んでいったのだろう？

高校の廊下といえば、僕はコンビネーション・サラダを思い出す。レタスとトマトとキュウリとピーマンとアスパラガス、輪切りたまねぎ、そしてピンク色のサザン・アイランド・ドレッシング。もちろん高校の廊下のつきあたりにサラダ専門店があるわけじゃない。高校の廊下のつきあたりにはドアがあって、ドアの外にはあまりぱっとしない25メートル・プールがあるだけだ。

どうして高校の廊下が僕にコンビネーション・サラダを思い出させるのだろうか？　ここにもやはり脈絡なんてない。そのふたつはたまたま何かの加減で結びついてしまったのだ。ペンキ塗りたてのベンチに知らずに腰をおろしてしまった不運な御婦人のように。

コンビネーション・サラダが僕に思い出させるのは昔ちょっと知っていた女の子である。この連想はとても筋がとおっている。なぜなら彼女はいつも野菜サラダばかり食べていたからだ。

「もう、バリバリ、英語のレポート、バリバリ、済ませた？」

「バリバリ、いやまだ、バリバリ、少し、バリバリバリ、残ってるな」

僕も野菜はけっこう好きな方だったから、彼女と顔を合わせればそんな風に野菜ばかり食べていた。彼女はいわゆる信念の人で、野菜をバランスよく食べてさえいれば全てはうまくいくものと信じ切っていた。人々が野菜を食べつづける限り世界は美しく平和であり、健康で愛に満ちあふれているであろう、と。なんだか「いちご白書」みたいな話だ。

「昔むかし」とある哲学者が書いている。「物質と記憶とが形而上学的深淵によって分かたれていた時代があった」

1963／1982年のイパネマ娘は形而上学的な熱い砂浜を音もなく歩きつづけている。とても長い砂浜で、そこには穏やかな白い波が打ちよせている。風はまるでない。水平線の上には何も見えない。潮の匂いがする。太陽はひどく暑い。

僕はビーチ・パラソルの下に寝転んでクーラー・ボックスから缶ビールを取り出し、ふたをあける。彼女はまだ歩きつづけている。彼女の日焼けした長身には原色のビキニがぴたりとはりついている。

「やあ」と僕は思い切って声をかけてみる。

「こんちは」と彼女は言う。

「ビールでも飲まない？」と僕は誘ってみる。

彼女は少し迷う。でも彼女だって歩き疲れている。喉だって渇いている。「いいわね」と彼女は言う。

そして我々はビーチ・パラソルの下で一緒にビールを飲む。

「ところで」と僕は言う。「たしか1963年にも君をみかけたよ。同じ場所で、同じ時間にね」

「ずいぶん古い話じゃないこと？」と言って彼女は少し首をかしげる。

「そうだね」と僕は言う。「たしかにずいぶん古い話だ」

彼女は一息でビールを半分飲み、缶にぽっかりと開いた穴を眺める。それはごく普通の缶ビールの穴だ。でも彼女がじっと見ていると、それはすごく意味のあるもののように思える。世界じゅうがすっぽりとそこに入ってしまいそうに思える。

「でも会ったかもしれないわね。1963年でしょ？　えーと、1963年……うん、会ったかもしれない」

「君は年をとらないんだね？」

「だって私は形而上学的な女の子なんだもの」

僕は肯《うなず》く。「あの頃の君は僕の存在になんて気づきもしなかったよ。君はいつもいつも海ばかり見てた」

「あり得るわね」と彼女は言った。そして笑った。素敵な笑顔だった。でも彼女はたしかに少し悲しげに見えた。「たしかに海ばっかり見ていたかもしれない。その他には何も見ていなかったかもしれない」

僕は自分のためにビールを開け、彼女にも勧めてみた。でも彼女は首を振った。それほどたくさんビールは飲めないのだと彼女は言った。「ありがとう。でもこれからまだずっと歩いていなくちゃならないから」と彼女は言った。

「そんなにずっと歩いていて、足の裏が熱くならないの？」と僕は訊いた。

「大丈夫よ。私の足の裏はとても形而上学的にできているから。見てみる？」

「うん」

彼女はすらりとした足を伸ばして、足の裏を僕に見せてくれた。それはたしかに素晴しく形而上学的な足の裏だった。僕はそこにそっと指を触れてみた。熱くもないし、冷たくもない。彼女の足の裏に指を触れると、微かな波の音がした。波の音までもが、とても形而上学的だ。

僕はしばらく目を閉じていた。それから目を開けて、冷えたビールをひとくち飲んだ。太陽はぴくりとも動かなかった。時間さえもが止まっていた。まるで鏡の中に吸いこまれてしまったようだ。

「君のことを考えるたびに、僕は高校の廊下を思い出すんだ」と僕は思い切って言う。「どうしてだろうね？」

「人間の本質は複合性にあるのよ」と彼女は言う。「人間科学の対象は客体にではなく、身体のうちにとりこまれた主体にあるのよ」

「ふうん」と僕は言う。

「とにかく生きなさい。生きる、生きる、生きる。それだけ。生きつづけるのが大事なことなのよ。私にはそれだけしか言えない。本当にそれだけしか言えないの。私はただの——形而上学的な足の裏を持った女の子なの」

そして1963／1982年のイパネマ娘はももについた砂を払い、立ちあがる。「ビールをどうもありがとう」

「どういたしまして」

時々、ほんのたまにだけれど、地下鉄の車両の中で彼女の姿をみかけることがある。僕は彼女を知っているし、彼女は僕を知っている。そのたびに彼女は〈あの時はビールをどうもありがとう〉式の微笑を僕に送ってくれる。あれ以来我々はもうことばは交わさないけれど、それでも僕らの心はどこかでつながっているんだという気はする。どこでつながっているのかは僕にはわからない。きっとどこか遠い世界にある奇妙な場所にその結び目はあるのだろう。

僕はその結び目を想像してみる。誰も通らない暗い廊下にひっそりと横たわっている僕の意識の結び目。そんな風に考えていると、いろんなことが、いろんなものが少しずつ懐かしく思えてくる。どこかにきっと僕と僕自身をつなぐ結び目だってあるはずなのだ。きっといつか、僕は遠い世界にある奇妙な場所で僕自身に出会うだろう、という気がする。そしてそれはできることなら暖かい場所であってほしいと思う。もしそこに冷えたビールが何本かあるなら、もう言うことはない。そこでは僕は僕自身であり、僕自身は僕である。主体は客体であり、客体は主体である。そのふたつのあいだにはどのような種類のすきまもない。ぴたっと見事にくっついている。そういう奇妙な場所がきっと世界のどこかにあるはずなのだ。

*

1963／1982年のイパネマ娘は今も熱い砂浜を歩きつづける。レコードの最後の一枚が擦り切れるまで、彼女は休むことなく歩きつづける。

ケンブリッジ・サーカス

柴田元幸

三十年前、二十歳のころに、君は大学を休学してロンドンに半年住んでいた。ホテルでアルバイトをしながら、語学学校に通っていた。半年住んだ時点で、母親が癌《がん》の手術を受けることになったので、日本に帰り、大学に復学した。

ロンドンに住んでいるあいだ、君はよくバスに乗った。地下鉄より時間はかかるし、なかなか時刻表どおりに来ないし、来るときは同じ路線のバスが数珠つなぎに来てしまったりもするけれど、二階建てバスの二階の一番前に座って街を眺めるのは楽しかった。時間ならいくらでもあったから、バスに乗って仕事に通い、学校に通い、その他どこへ行くにも、四ポンドの一か月パスを目いっぱい活用した。

伝統的な型の二階建てバスは、後方の乗降口にドアがなく、バスが停まってさえいれば、停留所でなくても乗り降りできる。渋滞している通りで、ほかのロンドンっ子たちと一緒にバス停の手前でひょいと降りるのが君は好きだった。

ある真冬の日の午後、仕事の前にチャリング・クロスの古本屋街に寄ろうと、君はケンブリッジ・サーカスでバスを降りようとした。バスがカーブを曲がるなか、劇場の真ん前を、いっぱしのロンドンっ子気どりで君はひょいと飛び降りる。ところが、折しも道はそれほど混んでいなくてバスのスピードもそんなに落ちていない。地面に片足が着いたとたん、君はバランスを失ってドテッと横に倒れ、でこぼこの石畳の上をゴロゴロ三度転がった。

幸い、あまりの寒さに有り金はたいて買った、君にしては相当上等なダッフルコートがクッションになってくれて、膝も肩も痛いけれどたぶん怪我はしていない。それにとにかく恥ずかしいので――周りの通行人たちが笑いをこらえて見ているのがよくわかる――コートを軽くはたいただけで、君はすたすたと古本屋街へ向かって歩き出す。


あれから三十年が経って、僕は仕事でロンドンに来ていて、ふたたびケンブリッジ・サーカスに立つ。道のカーブは少し変えられているが（まさか石畳を転がるバス利用者が続出したわけじゃないだろうけど）、街の雰囲気はそんなに変わっていない。円形広場《サーカス》に立つ僕のかたわらを、依然残っている伝統的な型の二階建てバスが、さほどスピードを落とさずに通っていく。

そして僕の目の前で、乗降口に立ったかつての僕が、ポールを握った手を離し、得意顔で劇場の真ん前に飛び降りる。僕はバランスを失い、ぶざまに倒れてゴロゴロ三回転する。

精一杯何気なさを装って、かつての僕は立ち上がり、コートを軽くはたいて、古本屋街に向かって、これから三十年の人生に向かって、歩き出す。

おぉい待てよシバタ、そんなにあわてるなよ、と僕は、かつての僕に声をかけたい気持ちに駆られる。そこらへんでお茶でも飲んで、気を落ち着けろよ。

もちろん、かつての僕には、そんな未来からの幽霊の心の呟《つぶや》きなど聞こえはしない。彼はただすたすたと、全然痛くなんかないふりをして歩いていくだけだ。でも幽霊の方で、勝手に想像することはできる。

幽霊の想像のなか、君はふと思い直して、体勢を立て直そうと、目の前の安食堂に入って紅茶を注文する。

その安食堂にいた十五分のあいだに、君の人生が決定的に変わる。

べつにそこで誰かと出会って恋に落ちたとか、読んでいた本にとてつもない啓示を受けたとかいった話ではない。君はただ、ペプシコーラの色あせた看板と睨《にら》めっこしながら紅茶をすすり、こっそり膝をさすっていただけだ。でもそうするなかで、君の内の何かが微妙に、しかし決定的に——と幽霊は想像する——変わってしまう。二か月後、母親が癌になった知らせが届いても、君は日本に帰らない。大学にも戻らない。

三十年後、君はまだロンドンにいる。あれからずいぶんいろんなことがあった、と言いたいところだが全然そうじゃない。ホテルの皿洗い、ビルの掃除人、スーパーや安売り雑貨店の店員等々の半端仕事を転々としているうちにずるずる時間が経って、気がついたら三十年が過ぎていたというだけの話だ。いまは語学学校の事務をしていて、ケンブリッジ・サーカスも毎日のように通るがべつに何の感慨もない。

それが今日はたまたま、待ち合わせまでに時間が空いて、冬の陽射しを背中に浴びられるのが嬉しくて、君はぼんやりケンブリッジ・サーカスに立っている。二階建てバスの赤い車体が四つ角の向こうから視界に入ってくる。君はバスの乗降口に目を向ける。茶色いダッフルコートを着た、間抜けなニタニタ笑いを浮かべてポールを握って立っているチビの日本人の若者を君は知っている。

若者は飛び降り、倒れ、回転する。そして何食わぬ顔を装って立ち上がり、古本屋街の方へ歩き出すが、ふと思い直して安食堂に入ろうとする。

入っちゃ駄目だ、とあの食堂での十五分で何かが取り返しようもなく変わってしまったことがいまはわかる未来からの幽霊は胸の内で叫ぶ。そして想像する。若者がもう一度思い直して食堂に入るのをやめ、古本屋街へ向かって、別の人生へ向かって歩いていく姿を。

その若者の三十年後が、つまりはいまの僕だということになるのだろう。今日僕は仕事でロンドンに来ていて、大学時代の友人と待ち合わせてケンブリッジ・サーカスに立っている。いまは夏、みんな半袖姿で、二階建てバスは相変わらず走っているけれどこれならダッフルコートを着たチビの日本人を見かける心配はない。今日の僕は、誰にとっての未来の幽霊になる恐れもない。僕は現実の世界に生きていて、大学で教師をしていて、かたわらに現代アメリカ文学の翻訳をしている。僕には妻がいて友人がいて、同僚がいて学生がいる。僕はいま、僕自身だ。

まあそう思うのは君の自由さ、と誰かの声がする。誰だって自分を自分自身だと思う権利はあるし、君がそう思う権利が、ほかの人に較べて著しく劣るわけでもない。だけどひとつ忘れちゃいないかい――とその声は言う――三十年前のあの日、君はバスから飛び降りて倒れて四回転して車道に落ちて、そこへ数珠つなぎにつながった次のバスが通っていったことを?

近代的生活、その他のナンセンス

Modern Life and Other Nonsense

屋根裏の法学士

宇野浩二

法学士乙骨三作《おっこつさんさく》は、大学を出てからもう五年になるが、いまだに一定の職業をもたない。東京に来てから足かけ九年になるが、彼ははじめて来た時に住居《すまい》ときめたままの同じ下宿屋（その間《あいだ》にそこの主人の代が十三度も変った）の同じ部屋に起き伏ししている。

彼は、それでも、高等学校時代には、校規がゆるさなかったからでもあろうが、とにかく、授業日数の三分の二ぐらいは学校に出た。そうして、成績も上の部であった。が、大学に来てからは、一年に平均十日ぐらいの割り合いで、四年間に四十日程しか学校の門をくぐらなかった。したがって、卒業の時の成績は最下等から二番目であった。

そもそも、彼は、尋常小学校の三四年時分から、少年雑誌やお伽話の本を耽読《たんどく》し出して、その頃から、おぼろ気ながら、将来は巌谷小波《いわやさざなみ》になろうと志したのであった。

彼の父は彼が三歳の年になくなった。しかし、後《あと》には彼の母と彼とが一生を送り得る程の財産が残された。ところが、母が、大事をとって、これを或《あ》る有力な親類に托《たく》したのが、かえって不幸をまねく元になった。というのは、ふとした失敗からその親類が破産すると共に、彼等の財産もまた失われてしまったからであった。それは三作が中学にはいった年のことである。

そこで、大池という別の親類があらわれて、三作に学資を支給することになった。大池は、彼の父の従弟にあたる者で、嘗《かつ》て彼の父から、金銭上のことは、もとより、さまざまの世話を受けた事があったが、その後、ふとした事業にあたって、この頃は百万にちかい財産家になっていたのであった。三作は、この大池の意見で、中学一年をおえるとともに、大池の家にひきとられ、甲種商業学校の編入試験をうけることを余儀なくされた。しかし、彼は、なんと思ってもその気になれなかったので、試験の二日前に大池の家をとびだして、自分の家（といっても、破産後は、母もろ共、彼の母の生家に同居していたから、その家）に逃げて帰った。

それで、大池も、遂に我をおって、仕様事なく学資だけは元のとおり出すことにして、そのまま彼に中学をつづけることを許した。元来、彼は小学校も中学校もことごとく優等の成績をつづけて来た。といって、中学にはいってからも、特別に学課を勉強したわけではない。それどころか、その頃は、雑誌や小説類を耽読していた。それに、幼年時代の巌谷小波からの志望はすこしずつ変って、雑誌記者となり、やがて、中学の三年頃からは、小説家が動かすべからざる将来の目的となった。そうして、それがずっと近頃までつづいて来たのである。要するに、少年の頃の彼はいわゆる秀才であった。

さて、彼が中学を卒業した時、また一つの問題がおこった。というのは、大池がこんどこそはぜひ彼に高等商業に入学をせまったのに対して、彼はあくまで文科に志すことを主張したからである。その間《あいだ》にいろいろな悶著《もんちゃく》があったすえ、それでは、と（別に他から口をきく者があって、）中を取って法科にという事になったのである。商科と文科との中を取って、いかにして法科という計算になるか。――これは秀才乙骨三作にもわからなかったが、とにかく、学資を出してくれる親類のいうことを、それ以上まげることの不可能と不利とをさとったので、彼は終にそうして止むを得ず法科にはいる事になったのであった。かくて、彼は、高等学校から大学への長い年月《としつき》のあいだ、いわば法科という椅子にすわって、文学書ばかりに読みふけって過ごした。そうして、辛うじて法科の試験だけをとおり抜けて、五年前に名目だけの法学士となったのである。

彼の卒業と前後して保護者である親類の大池が死んだ。もちろん、そのまま大池の家は絶えたわけではなく、りっぱに跡継《あとつぎ》の者はあったが、彼の卒業と共に、あたかも負債をかえしおおせたかの如く、大池から彼への送金はとめられた。前にものべたように、彼は、法学士ではあるが、法律はほとんど知らない。彼に反感をいだいている親類の者たちは、彼の就職の口を世話しようという者もない。妙に高慢な彼は、といって、先輩をたずねて口をさがしもしない。また先輩のほうでも、一人として彼にあまり好意を持つような人はなかった。

そこで、あわれな法学士はたちまち餬口《ここう》の途《みち》に窮さねばならなくなった。彼は、大学在学ちゅうにも、むしろ、法科の人々より、文科の人々に多くの友だちを持っていたので、ときどき、それらの友だちを通じて、安飜訳をしたり、お伽話を書いたり、して、貧乏な日をくらしつづけて来たが、今や、下宿屋にはすくなからぬ借金もたまっている。その上、卒業とともに、故郷にいる年とった母に月々十五円の金を送らねばならぬことになっている。

ところが、この一両年来、彼は一そう貧乏におちいった。飜訳の仕事も思うようにない。お伽話も種がつきた。といって、文学のほうの先輩をたずねて、頭をさげて仕事をたのむことは彼にとって法律のほうの先輩を訪問するのと同じくらい苦手であった。(つまり、彼は、そんなに高慢でありながら、そんなに内気な男でもあったのだ。)そんな訳で、いつとなく母におくる金もとどこおりがちになった。一度とどこおらせると、ついかまうものかという気になって、しだいに送らなくなった。ついには催促の手紙を握りつぶすこともそれほど気がとがめなくなった。

すると、つい一ヶ月程前、国の方から一通の手紙が来た。まえに述べたごとく、その頃、彼は、国から来た手紙を、ともすると、二日も三日もよまずにおいて、そのまま読まずじまいになるものまであるが、これは運よくすぐに開封して読んだ。「運よく」というのは、偶然にもこれが非常な吉報をもたらした手紙であったからである。それは、彼が余りしばしば母に送金をおこたった結果、それがだんだん親類たちの耳に聞こえていって、かつて彼の亡父の在世ちゅうに亡父から多少とも世話をうけて目下《もっか》は一人前以上になっている人々（例えば大池のごとき）が申し合わせて、一万円ばかりの金をあつめて、それで母に簡単で確実な商店をひらかせることになったという報告なのであった。

その報告をうけてからというものは、彼は、ひどく、がっかりするほど、毎日の生活というものに対して安心してしまった。

「何だって、……」と彼は母からの手紙の終りのほうに書いてあった事を思い出しながら独り言をいった、「彼等は、三作が当然やしなわねばならぬ母を、三作がろくに養わないから、そのために醵金《きょきん》して母に商店をひらかしたのだ。したがって夢にも今後母にねだって――そんな事のいわれる義理でもないが、と来やがったな、――借金などを申しこんではならないって。へん、誰が借金など申しこむものか。だが、待てよ、」と彼は頸《くび》をひねりながら独り言をつづけた。「母がもらったら既に母のものだ。それに、おれは何も放蕩三昧《ほうとうざんまい》に金をねだろうなどという考えはない。おれは、これを機会に一つ真面目な仕事をしようというのだ。してみれば……だから……

「さあ、これから一つ、おもむろに、金の事なぞ念頭からとりのぞいて、真面目に大人の小説（彼は、長らくお伽話を書きつづけて来たので、普通の小説を、こう呼んでいた）を書こうかな。……

「今までたとい毎月金十五円でも送らねばならなかったために、おれは、心ならずも、くだらない、このまない、気にいらない、仕事をして来たが、今はもうそうして母が生活の安定を得たのであるから……。」

こう思うと、彼は、あたかも道をいそぐ旅のあいだは何の疲れをも知らなかった旅人が、やれやれ目的地についたかと思うと、一度に忘れていた疲れが出て、そこでばったり倒れたという話のように、（その実、さきに述べたように、彼は、ずっと、月々正確に母に仕送りしていたわけではなかったのであるが、）とにかく、急にがっかりしたように安心してしまった。もう何もしなくてもいいような気がし出した。また、何をする気もなくなった。しかし、また、ときどき、一たん学校まで蔑《ないがしろ》にして志を立てた事であるから、どうかして『大人の小説』だけは書きはじめようとはげむ心はおこったが、さて書き上げても、これが、お伽話のように、おいそれと金にかえてくれるどころか、採用してもらうだけにも一《ひ》と苦労をしなければならぬか、と思うと、たちまち筆を投げてしまうのであった。

以来、彼は、毎日を、友人の訪問か、でなければ、睡眠に過ごした。睡眠といえば、彼は、いつ頃の事からであったか、いちいち蒲団を出し入れする面倒をはぶくために、上と下とにしきられた下宿屋の押し入れの上の段を片づけて、そこに万年床をしいておいた。

「これなる哉《かな》、これなる哉、」と彼はひとり悦にいった。「おれは、うまれこそ田舎者だが、百姓や商人の悴《せがれ》とちがって、極《きわ》めて体が花車《きゃしゃ》に出来ているから、人のように、所かまわずごろりと横になって、雑誌のつみかさねや、座蒲団の二つおりを枕の代用にしてはどうも眠れない。これなる哉、これなる哉。」

なまけ者のくせに、彼は、いつも、朝だけは、一度かならず早く目をさまし、起きて顔をあらって食事をすました。しかし、一二時間すると又のそのそと押し入れの寝床にはいるのが常であった。そうして、昼頃になるとたいてい昼飯の膳を持ってはいってくる女中に起こされた。そうして、昼飯をくうと、すぐ又のそのそと押し入れの中の寝床にもぐった。そうして、また、夕方になると、夕飯の膳を持ってはいってくる女中に起こされるのであった。これを要するに、寝ているあいだは無意識の世界であるから、彼にとって、彼の三度の食事は、なんの事はない、ちょうど西洋料理の作法の時にボオイが後から後からと皿をはこんでくる。あんな風に、まるで朝昼晩と三つの膳が立てつづけにはこばれるような気がするのであった。そうして、夜はたいてい散歩か友だちを訪問して無駄話にくらした。そうして、いつも夜ねるのはたいてい二時頃になる。それにしても、まあよくもこんなに眠れたものだ、と三作自身がまず誰よりも驚かれるのであった。

「しかし、おれは寝ていて夢を見ないことがない、」とこんな事をときどき彼は考える。「してみると、おれは真に眠っている間はすくない事になるかもしれぬ。普通の人が寝ている間に若干の夢を見るとすると、おれのは夢を見ているあいだに少し眠るというようなわけだからな。」

さて、法学士乙骨三作の下宿は、ある坂の中腹であって、しかもそれが往来の面よりも二尺ほど低い地面にたっていた。だから、彼の部屋は、往来（すなわち坂）に面した二階にありながら、道をとおる人の顔と、室内にすわっている彼の顔とが殆《ほと》んど同じくらいの高さになるので、窓をあけはなして、押し入れの戸をもあけておいて、そこの寝床の上に横臥しながら、往来のほうを見わたすと、往来の人は、まさか押し入れの中に人がいるとは思わないから、誰も見ている者のない空《から》の部屋のつもりで、無関心な態度で通って行くので、彼は通って行く人々を手に取るように眺めることができるのであった。

そこで、彼は、朝寝あるいは昼寝の床の中から、雑誌にも読みあきた目で、眠り入る前の五分か十分のあいだを、芝居でも見るようなつもりで、坂を往来する人々を眺めた。ついには、それが近所の人なら、「ははあ、今どこそこの誰が通っているな、」と、そのくせ、物をいいかわしたこともない人を、こんな風に物色できるようにさえなった。「あそこの家の病人は、大分《だいぶ》よくなったとみえて、近頃はちょくちょく散歩に出るな、結構結構。おや、おや、今日はあの娘がばかにめかして通るな、」と、こんな風に、彼は、寝ながら、眺めながら、独り言をいいながら、やがて夢に入るのが常であった。

　法科の学生であった頃、彼は、法律という学問にひどく不満をいだいた。今、肩書だけは法学士となっているが、文学書生のような生活をおくりつつある彼にとって、この頃の文学および文学家というものが、ひどく物たりない、軽蔑すべきものに見え出して来た。むかし、文学家という者は（もっとも、これは彼のみにそう見えたのかもしれないが、）この世のあらゆる物にりっぱな鑑賞眼を持っていると彼は思っていた。ところが、今、彼の見、彼の知る文学家の有様《ありさま》はどうだ。

「ちかい譬《たと》えが、」と法学士乙骨三作は例のごとく押し入れの寝床から往来を眺めながら考えた。「今、あそこをとおる女の顔についてだ。おれの知っている文学家のなかで、（事実、彼の法学生時代に文科にいた彼の友だちの多くは既に知名な文学家になっている、）一人として、あの女の顔が、いかに美しいか、また如何《いか》に美しくないか、あるいは、あの女の体の恰好について、あの女の、著物《きもの》の著方なり、全体の扮装なりについて、相当の批評をし得る者があるだろうか。」

　いったい、彼は、少年の頃から、どちらかというと、ひとりよがりの、すこし物の出来るのを鼻にかける、高慢な子であった。一と口にいうと、彼は何となしに浮き世を軽蔑し切った。その傾向が年とともに増長して、今では自分ながらすこし病的だなと思われるくらいになっていた。とにかく、この二三年来、彼にとって、小説は、もとより、評論、戯曲、演劇、絵画、すべて芸術と名のつくものが、ことごとく、不満で、欠点だらけであった。そうして、それらの欠点や長所（もしあらば）は彼にだけしか知られていない、いいかえると、それらの真にわかる者は彼のほかにないとしか思われないのであった。それで、ときどき、模範をしめそうとか、それらを指導するような文章を書こうとか、とまでは考えるのであるが、いざとなると、それが一こう出来あがらないのであった。

たとえば、料理を食いに行く、義太夫を聞きに行く、その他、落語、講談、浪花節《なにわぶし》、さては、音曲、舞踊、くだっては、コミック手踊、新派悲劇、何一つとして彼の鑑賞の対象とならぬものはない。彼は、どんなつまらないといわれているものにも、その中に美点を見いだすことが出来るように思うと共に、又どんなに面白いといわれているものにもその中に面白くないところを見いだして、ひとり悦に入るのであった。

「おれは、力士になっても、決してそう弱い者にはなっていない筈だ、」ある時は又その押し入れの中に横たわりながら、彼はこういう突飛なことを考えはじめた。「今、日《ひ》の下開山《したかいざん》の大力士とうたわれている大嵐辰五郎は、おれとおなじ中学で、はじめはおれと同級であったが、いわゆる劣等生であったから、二年に二度ずつ落第して、とうとうおれより二年下になった。それが、今では、新聞の相撲評などを見ると、彼はめずらしく頭のいい力士だといわれている。それはとにかくとして、おれは彼とよく柔道をやりあったものだ。おれは、元来、力はなかったが、体が蒟蒻《こんにゃく》のようにへなへなしていたので、相手が如何に力瘤《ちからこぶ》をいれておれを倒そうとかかって来ても、風に柳――そうだ、ふるい形容だが、風に柳とうけながして、決して負かされたことがない。そのうちに、きっとおれの方で、相手があせってかかってくる隙を見て、相手の力を利用して、いつも、けっきょく、おれの勝ちになったものだ。大嵐のやつ、あの時分から相当に（決して非凡ではなかったが、）力はあったが、しかし、唯《ただ》の一度だっておれに勝ったことはない。してみると、おれも、大嵐だけの修業をしていたら、今頃は、すばらしい、すくなくとも、奇妙な一廉《いっかど》の力士になっていたにちがいない。」

　こう思うと、乙骨三作は、今でも大嵐と相撲を取っても決して負けないような気がしてきた。それから、彼は、当代の各々の力士と自分とが相撲を取る事を空想しながら、押し入れの中でにやりと微笑んだ。

「おれはなぜもっと法律を身に入れてやっておかなかったろう、」と、ある時は、又こんな事を考えた。「あの、頭の融通のきかない、弁舌の下手な、風采の上がらない、同級の柿井のやつ、何だ、今日の新聞で見ると、つまらない事件をあつかって、若手の名弁護士という虚名を博しているぞ。要するに、この世の中ほど与《くみ》しやすいところはないと見える。(三作は、人の身の上ばかり考えて、彼自身にとってこの世の中が、いかに与しがたく、また与しにくかったかを忘れていた。)このおれの頭脳をもって、このおれの弁舌をもって……」こう考えて、彼は、さっそく法律の本を買いこんで、ぜひ判検事を志願しようと思い立ったことも、(但しその考えは一時間以上つづいた事はなかったが、)一度や二度ではなかった。

　しかし、要するに、この世に処して行くための最大の要素である根気と勇気とそれから常識とが彼に欠けていた。何も彼《か》もが彼にはつまらなかった。何も彼もが味気なく、何を見ても、何を聞いても、彼には、不快で、時には腹立たしくさえなった。黒塗の針金製の束髪型を入れて、その上に薄くなった少ない髪の毛を一本一本ならべるようにして、鬢附《びんつけ》でたたき固めたような束髪にゆっている、下宿屋のお上《かみ》などは彼にもっとも不愉快な対象であった。彼女は、一週間に一度か二度かよってくる、老田舎紳士の妾《めかけ》である身分をかくして、女中どもはおろか、止宿人である客たちにまで『奥さん』と呼ばれることに、毎日を楽しみ且つ焦心しているように見える。

「おかみさん。」けれども三作だけはいつでもわざとこう呼んでいたが、彼女は決してそれに対して返事をしたことがない。しかし、三作は、返事をしないお上にむかって、いつもこういうのが常であった。「浮き世が君にはどのくらいおもしろいかね。……」

『浮き世が君にはどのくらい面白いかね、』というのは三作の口癖であった。

「どうだい、君に人生はおもしろいかい。」ある時、彼は又ある友だちにこんな事を聞いてみた。

「う、う、」と不得要領《ふとく》にいったままその友だちは答えなかった。

おなじ問いを他の友だちにしたら、「おもしろくないね、」とその友だちはきっぱり答えた。

そこで、三作は彼の第二の口癖である第二の問いを別の友だちに放った。

「死にたくないかい。」

「知らぬまに殺されたいね、」というのがその友だちの答えであった。

「ああ、ああ、たまらない。ひとつ飛行機にでも乗るかな。おれは中学時代には全校ちゅうでも指折りの機械体操の上手であったから、きっと飛行機の操縦などは巧みにちがいない、」と又そろそろ彼は独得の誇大妄想をはじめた。「唯すこし惜しいことには、肝心の、もっとも肝心の、度胸というやつがね……」その中《うち》に、うとうとと押し入れの寝床の上で、彼は例のごとく夢の世界にはいっていった。

乙骨三作は中学時代に幅とびの名手であった。三間《げん》ばかり走って来て、とんと一つ左足で踏み切りをつけて、両足をそろえないで、泳ぐような恰好で飛びあがる。やがて、彼方《かなた》に波形をえがいて落ちかかる時分に、ひょいと体を浮かすようにする。と、その波が二つになる、したがって飛ぶ幅が長くなる、そうして、また体が落ちかかる時分にひょいと体を浮かすようにしてひねる。そうして、大体三つぐらいの波をえがいて彼方に落ちるので、普通一つの波よりえがき得ない飛手にくらべると、比較にならないほど彼は遠くまで飛び得たものであった。今、彼は、それから考えて、あの飛んでいる最中に体を浮かすことを更に更にとつとめていると、機械なしに彼の体は空を飛んで行くのであった。

「これはおもしろい、そうして、これはおれには実に容易な業《わざ》だ。おやおや、おれはもう松の木より高く飛んでいるぞ。大ぜいの人間がおれの下に見える。しかし、ただ不思議なことに、あまり人がこのおれの離れ業に感嘆していないことだ。が、今にわかる、今に見ろ、今にこのおれの仕事が大したものだということがわかるから。おや、川の岸に出たな。なあに、川だって、海だって、おなじことだ。かまわず行け行け。そら、何でもない、川も越えてしまった。」――しかし、これは、もとより、夢であった。夢はどの辺でさめたのか覚えていない。が、夢によくある失敗の結末をもって覚めたのでないことだけはたしかであった。

夢がさめても、乙骨三作は、すこしも驚かなかった。彼は、中学時代に、まったく幅とびの名手で、飛んでいる最中に体を浮かしたことも、はっきりと覚えていた。

「おれは今まで何故《なぜ》あれを試みてみなかったのだろう。幅とびの前に駈けるのはすなわち飛行機の滑走というやつだ。踏み切りはすなわち離陸のことか。そうだ、そうだ、たしかに出来る筈だ。しかし……」彼は、こうは思いながらも、さすがにまさかと思いなおした。「しかし……」とまた思いかえした。

彼は、押し入れを出て、せまい六畳の部屋の中でそっとやってみた。が、体は、一尺と畳をはなれないで、かえって今までよりも目方がふえたかと思われるほど要領わるく、どしんと重々しく落ちた。

「いや、こんな筈はない。」彼はその失敗のために更にむきになった。そうして、廊下に出た。

さいわい廊下には人の影はなかった。そこには、ちょうど一ヶ月ばかり前の大掃除の時に、体裁と南京虫《なんきんむし》の予防とのために、あたらしく何かの薬品とニスとを塗った、油紙の敷き物がはりつめてあった。それで、つるつるとよくすべるので、彼は、退屈な時、よくその上でスリッパをはいたままスケエティングをやることがある。

今、彼は、夢に暗示された飛行術をもって、われを忘れて、その上を駈けまわっては飛んでみた。しかし、もはや中学時代の十分の一も飛べなかった。そうして、四度目に廊下を走った時、踏切りをする拍子に、彼はすべってころんだ。ころんだ拍子に、彼は梯子段の欄干に向脛《むこうずね》をしたたか打ちつけた。あまりの痛さに、彼が、尻もちをついたまま、顔をしかめている時、おりから、鬢附でたたきかためたような束髪にゆって下宿のお上《かみ》が下から上《あが》って来た。

「まあ、」とおかみは目を見はって叫んだ、「乙骨さん。」

「や、奥さん。」彼はめずらしく『奥さん』と呼んだ。それは、ある事を思い出して、向脛の痛さも忘れて、こう呼ばなければならぬ必要を見いだしたからであった。

「奥さん、明日《あした》、明日はたぶん少し金がはいるから、そしたら……」

彼は、こういってから、その出鱈目《でたらめ》の結果の予想と、足の痛さとに溜め息をつきながら、猶《なお》もう少してれかくしの言葉の必要を感じたので、さらに例の口癖の言葉をいった。

「奥さん、浮き世はおもしろくないね。」

「おたがい様ね、」と、はっきり答えて、お上は、笑顔もしないで、そのまま下へおりて行った。

「おたがい様ねカ。……なるほど、なるほどね。」

法学士、乙骨三作は、尻もちをついたままで、お上の後姿を見送りながら、独り言をいった。

工場のある街

別役　実

その街のはずれに、いつの間にか小さな工場が一つ出来て、煙突から黒い煙をモクモクと吐き出しはじめました。

「おや、変なものが出来ましたね？」

通りかかった街の人が気づいてそう言いました。

「どうやら工場みたいですよ、煙突からあんなに煙が出ています」

「でも何を作っているんでしょう？」

「さあ……」

そこで街の人たちは、コッソリ工場に近づいて節穴から中の様子をのぞきこみました。

「何かゴトゴト音がしますね？」

「きっとそれは機械ですよ、黒い大きな機械がゆっくり動いています。でも、いったいあれは何を作る機械でしょうね？」

「どれどれ、私にも見せて下さい。ははあ、確かに機械ですね、大きなものですなあ、おや、誰か働いています」

「どんな人です？」

「三人いますね。年をとったのはお父さんでしょう。若い二人は息子たちです、きっと」

「親子でやっているんですね」

「三人とも、油だらけになって、良く働いています」

「何を作っているか、わかりますか？」

「さあ……」

でも、その街に工場が出来たという話は、人から人に伝わってその日のうちに街中に知れわたってしまいました。買物帰りのお母さんたちも、公園をお散歩するお父さんたちも、喫茶店でお茶を飲むお姉さんやお兄さんたちもみんなその話をしました。

「いったい何を作っているんでしょうね」

「私は、オナベかオカマだと思うわ、この街では、オナベもオカマもひどく品不足ですからね」

「私はクワかカマだと思うよ。ああしたものは、すぐ駄目になるし、次から次に必要になるものだからね」

「もしかしたら、パンじゃないかしら、この街にもパン屋さんはいるけど、焼き上りがいつも遅いし……」

しかし、パン屋さんはそうは思わないのでした。

「私はパンではなく、タドンだと思うよ。パンを焼く時にはあんな黒い煙は出さない。あれはタドンを作る煙さ」

もちろん、タドン屋さんはそうは思っていません。

「タドンじゃないさ。匂いでわかる。あれはね、レンガ工場だよ。レンガを作っているのさ」

「レンガだって？　とんでもない」

今度はレンガ屋さんが顔を真赤にして怒鳴りました。

「レンガなんか作られてたまるもんか。あれはね、何か別のものさ。きっとガラスだね、コップだとかビンを作ってるに違いないよ」

人々のうわさは毎日続きましたが、工場の製品はなかなか出来上ってきません。もちろん、工場がさぼってるわけではないのです。煙突は毎日、真黒い煙をモクモクと吐いておりましたし、節穴からのぞくとお父さんも二人の息子も、真黒になって忙しそうに働いているのです。工場のそばを通っただけで、機械の動くゴトゴトという音が、休みなく聞こえてきます。

「あの人たち、いったいいつ休むのかしら?」

節穴からのぞく度に、街の人々はいつもそう考えました。

「本当によく働くわね」

「あんなに勤勉な人たち、私、見たことないわ」

「うちの息子に今度、見せてやりましょう」

「私、主人に話して聞かせるわ」

街の人たちは、どちらかというと働くよりものんびりしている方が好きな人ばかりでした。それというのも、畑の作物は放っておいても育ちましたし、海のお魚は食べきれないほどとれましたし、一所懸命働いてお金をためても、使いみちがなかったからです。

しかしその工場が出来てからは、人々の考えも少し変りました。誰でも、その小さな工場の煙突から真黒い煙がモクモクと勇ましく出てくるのを見ると、ひどく感激してしまうのです。丘の上から見ると、緑に囲まれたのんびりした街の中で、工場だけが田んぼの中を走る蒸気機関車のように力強く見えます。

「何て勇ましいんだろう」

「何て男らしいんだろう」

若い男の子たちは、丘の上から工場を見下して、そう言いかわしました。その上お母さんたちや、お姉さんたちがしきりにそそのかします。

「工場の人たちはね、朝の七時から仕事を始めてるわよ」

「工場の人たちはね、お昼休みも十分しか休まないの」

「工場の人たちはね、暗くなるまで電気をつけて働いているわ」

そこで若い男の子たちも、決心して朝早く起きてみたり、夜遅くまで起きていたりしてみましたが、肝心の仕事がありません、街中を何となく忙しそうにウロウロ歩きまわって、結局工場のまわりにみんな集まってしまうのでした。節穴から代りばんこに中の様子をうかがって、うらやましそうにため息をつくのです。

「目がいきいきとしているね」

「あの汗を見ろよ、ふこうともしないんだぜ」

「たくましい腕だなあ、あの重そうなハンマーを片手で持ち上げたよ」

ところで、工場は相変らず忙しそうに活動しておりましたが、その製品はまだいっこうに出来上ってこないのでした。

「あれだけ一所懸命作っているんだもの、きっと凄いものが出来るよ」

「そうね、そうに違いないわ。あんなに大きな機械があるんですものね」

街の人たちは、出来上ってくる製品をあれこれ想像しながら、それが市場で売り出される日を楽しみに、そんな話をしておりました。

「でも、どうなんでしょう。あの煙突の煙はちょっと、物凄すぎますわねえ」

「そう言えば、そうです。空が何となくいつも曇っているような感じがしますね」

とにかく、毎日毎日、真黒い煙があとからあとから吹き上げてくるのです。青く澄んでいたその街の空も、どんよりと曇っているような日が続きました。

「あれだけ大きな機械を動かしているんだから、しようがないでしょう」

「きっと、一日も早く新製品を作りたいと思って、がんばっているんですわ」

「いいものが出来るんでしょうね」

「出来ますとも……」

或《あ》る日の事です。朝早く起きた若い男の子の一人が、家の前でビックリして大声を出しました。

「おい、見ろよ、工場の煙突が二本になったぞ」

聞いた街の人々が起きたばかりの目をこすりながら出てみますと、何という勇ましさでしょう。小さな工場に、のしかかるような大きな煙突が二本立ち、夜が明けたばかりの空に、もう太い真黒な煙を、モクモクと吐いているのです。煙は、重々しくゆっくりと街の方へ流れ、よく見ると、黒い小さなものが、チラチラと舞い落ちてきております。

「勇ましいもんですね」

「あの煙を見ていると、何か腹の底から、力が湧いてくるような気がします」

「きっと、最後の仕上げにはいったのでしょう。だから煙突を二本にしたんです。私たちが待ちこがれているのを知って、工場の人たちも急いで作ろうとしているのですよ」

「何が出来るのでしょう?」

「きっと素晴しいものですよ、そして私たちの役に立つものです」

「そうですね」

二本の煙突は、それから毎日二本の煙を吐き出しました。街の人たちは、落ちてくるススで目を開けて歩けないほどでしたし、喉はガラガラで一分おきにゴホンゴホンとセキをしましたし、洗濯物も着ているものも顔も真黒になりましたが、それでもきっと素晴しいものが出来るのだろうと考えて、じっと我慢しました。

でもとうとう或る日、街の人々はやり切れなくなって市長さんに相談しました。

「どうでしょう。煙がかなりひどくなりましたし、一所懸命働いている工場の人たちには悪いのですが、せめて、いつどんなものが出来るのかだけでも教えてもらったら……？」

「そうだね、もし本当にいいものが出来るのなら、私たちも、もう少し我慢してもいい、とにかく、行って聞いてみよう」

市長さんと街の人たちは、すすをはらいながら、ゴホンゴホンとセキをしながら、ゾロゾロと工場までやってきました。

「こんにちは、工場のみなさん」

「やあ、市長さんですか。それにみなさんおそろいで、どうなさいました？」

働きものの工場長さんが、真黒い顔をニコニコさせながら出てきました。

「実はね、街の人たちがみんな、お宅の製品がいつ出来るのか聞きたいと言うんだよ」

「ああ、そのことですか、それなら喜んで下さい。とうとう出来上りました」

「何、出来上った？」

「ええ、まあどうぞ。お入り下さい。これからお見せしましょう。みなさんに、きっとよろこんでもらえると思いますよ」

街の人々は、ワッと歓声をあげながら、案内されて工場の中に入りました。工場長も二人の息子さんも、ニコニコしながら、みんなをむかえます。

「さあ、これを見て下さい」

工場長の指さす方を見ると、節穴から見えた大きな機械の隣に、キラキラ光る小さな機械があって、その先の方から真珠のようなものが、ポトリポトリと落ちております。

「何ですか、これは？」

市長さんは、渡されたその真珠のようなものを手にとって眺めながら言いました。

「飲んでみて下さい。それはつまり、セキ止めの薬なんです」

「セキ止めの薬ですって？」

街の人々は、もう一度大きな歓声をあげました。何故って街の人々はその時、息がつけないほどゴホンゴホンやっていたからです。

「そうです。みなさん、私たちはセキ止めの薬を作っていたんです。これは少し高価《たか》いものですが、とても良く効きます」

「何ていいものを作ってくれたんだろう」

「私たち、ちょうど今、それが欲しかったんですの」

「早速、いただきますわ」

ニコニコした工場長と二人の息子さんの手から、人々が薬を買ってその工場で飲み始めると、市長さんはどうしても聞いてみたかったことを聞いてみました。

「ねえ、工場長さん。その小さい方の機械は薬を作るためのものだったんでしょうけど、この大きな機械は何を作ってるんです？」

そう言って街の人々が節穴から眺めた大きな機械を指さしました。

「煙突が二本もついているんですから、きっと、もっと素晴しいものを作っているんでしょうね」

「あ、それですか」

工場長さんは相変らずニコニコしながら答えました。

「それは、何も作りません」

「何も作らないんですって?」

「ええ、それは煙を出すだけです。これに煙突を二本つける仕事には苦心しましたよ。でも、何といっても、一本より二本の方が煙を沢山出しますからね」

愛の夢とか

川上未映子

川上未映子

ばらの花には何百という種類があるから、このばらの、ほんとうの名前はわからない。でもこれが、ばらだということはわかる。六月の曇り空の下で左右に伸び広がってゆく新しいみどりの茎のさきざきについた、固いのやすぐにでも咲こうとしているつぼみを見ていると、どこをみて、これがばらだとわかるのだろうと、ときどき不思議な気持ちになる。とげがみえるし、花びらも、やっぱりどこかしらがばらだから、見るだけでそれはばらということがわかってしまう。でもきっと、世界には、あたりまえだけどわたしの想像もつかないかたちと色とふさをもったばらの花というのは存在していて、たとえば思いがけない旅先で――エジンバラとかマケドニアとか？――それらに遭遇したら、どうなんだろう。でも、それがどんなにはじめてみるばらであっても、それがばらであるなら、それはばらであることを、わたしはただちに知るだろう――なんちって。持ち手のところが破れているのか腐っているのかわからないけど、とにかく水が漏れつづけていていやになる馬鹿みたいにくるくると長いホースで水をやりながら、今朝もぼーっとそんなことを考えた。

駅前にはひとつだけまともな花屋がある。まともっていうのは、ぱっと入って値段をいって花束をまかせられそうかどうかが基準。深いみどりの小さな葉に白い花を咲かせているのが目に留まって、その日はわりにすばらしいような天気だったからそのことを何となく記念して、このばら、みっつくださいなといってみた。代金を払うとき、切り花じゃないのを買うのははじめてなんですよとつけくわえると、この子、丁寧に世話をすると一年中咲いてくれますよ、なんてものすごい笑顔ですごく太った店の女の子が笑うので、わたしもそのヴォリュームの余韻をかりて笑顔をつくって、大事にしますと手をふった。

川の近くに家を買って、二ヵ月したらとても大きな地震がきて、しばらくはゆううつでぐったりしていた。夫はわざとそう思いこんでいるのか、ほんとうにそういう感想なのか、東京は何の心配もないと最初から今まで一貫してそういうスタンス。そして地震の日から一ヵ月もたてば、緊張も心配もゆううつもたしかにどんどん薄まりはじめて、気がつけばぼんやりした春を通過していて、ばらなんかを買ってみたというわけだ。そういえば、あの日の花屋はそのあたりの主婦というか母親というかそういった人たちでなんだかずいぶん混みあっていた。アイビーとかオリーブとかふさふさしたのに顔をうんと近づけて、それから冷えたガラス戸の奥にある色つきの花を指さして、これもっといただける、おなじのが入ったら連絡して、やっぱりこれもいただくわ、なんて口々に言ってまるで競いあうように植物を抱えて狭いところをいったりきたりしているんだった。わたしは、そのとき目に入った財布の色なんかを覚えてる。灰色のぶつぶつのオーストリッチの長財布なんて、すごく趣味がわるいなと思ったことも覚えてる。

それでその夜、帰ってきた夫にちょっと話してみたんだった。みんな花でも買って、なんか日常っぽい感じを演出して安心とかしたいのかな。そういうのはあるだろうね。話はそこで終わってしまった。そうだ、そういえばさ、こんな話きいたよ。っていうか、読んだよ。国際結婚の夫婦とかでさ、日本を離れるか離れないかですごくもめるらしいんだよ。なにがあっても逃げたくないっていう日本人の倫理と、こんな非常時に出国しないなんて信じられないっていう外国人の常識があって、そのお互いの気持ちをうまく言葉にすることができなくって、けっきょく別れた人たちけっこういるってそういう話、読んだ。まあ、いろんなことが試されてるのは間違いないねと夫は言って、いつものようにそそくさとわたしからは見えない場所へ行ってしまった。でもわたしの話にはつづきがあって、わたしたちは最低でもおなじ日本人だから、なんていうのかな、どうなるかはわからないけど、もしかしたら何かが爆発して死んでしまうかもしれないけれど、むずかしいことはよくわからないけど、彼らよりはまだましなんじゃないのかな。なんていうか、先天的な一致の部分で。あきらめっていうか、そういう部分で。そしてそれはちょっといいことなんじゃないのかなって、そういう話だったんだけど。

夫の帰りはおそい。わたしはひとりで過ごす一日をいったい何で埋めているのか、ふだん考えることはないけれど、だからときどき考えてみようとすると気がめいるから、ほとんどしない。仕事もしていないし、妊娠しているわけでもないし、ふたりぶんの家事なんて洗濯とか掃除とか、まあ一軒家になって多少広くなったとはいっても、そんなの二時間あれば済んでしまうし、テレビもみないし本も読まない。考えてみれば何もしない。習い事もしていないし、凝った料理をつくる根気も技もないし、ほんとうに何もしていない。ソファで横になってると、毎日どこからかぽーんぽーんっていうピアノの音が聴こえてくる。けっこう上手くてはじめは録音した曲なのかと思ったけれど、途中で切れたりやりなおしたりしてるから誰かの練習だってことがわかった。あるいは表現？　いずれにせよ時間はばらばら。朝九時に聴こえてくることもあれば、夕方のときもあるし、最高におそくて夜の十時のときもある。そんなふうに誰かはピアノを弾いているけど、わたしはピアノを弾いていない。わたしの何もしていなさについて考えはじめると、どういうわけか、おでこのうらに真っ白なふすまみたいなのがぱたんぱたんと広がっていくのがみえて、いつだったかそのまま昼寝をしたときにとても無駄な夢をみたから、ああいうの、かかわりたくないなって思ってしまう。だけどやっぱりときどきは考えてしまうときもあるから、このあいだはダイニングテーブルにむかってとりあえず、何って字を書いてみた。まったく意味のない時間だったけど、それはそれで発見したこともあって、よくよく見ると何って字はわたしの顔にそっくりなのだ。

そんなふうに何もしていないわたしだけれど、ばらの花をきっかけに、気がむいたら植物の鉢植えなんかをぽつぽつ買うようになっていって、今ではけっこうな数になった。庭はないから玄関のポーチみたいなところ。郵便受けといっしょになってる外灯のてっぺんにはアイビーの鉢をおいて髪の毛みたいにだらりと垂らして、わきにはオリーブの鉢植え、その下にはアジアンタム、すみれ、ユーカリ、あと何度きいても覚えられない小さな青い花のこちょこちょした、でもすごく丈夫なやつに、それからチョコレートコスモスをそれっぽく並べたりなんかした。それっぽくっていうのは、カフェの入り口みたいなああいう感じ。最初のばらは大きな鉢に植えかえてやると、恥ずかしいくらいに盛りあがって、気がつけば倍ぐらいにひろがってるから驚いた。うさぎみたいにあとからあとからつぼみがふえる。ほかには寄せ植えのやりかたもネットの掲示板でおしえてもらって、スコップとか肥料とか、鉢の底にしく小さい石ころとか、そういうのもネットでそろえた。あと、専用のはさみなんかも買って、黄色くなったり黒くなったりしてだめになった葉っぱとかをざくざく切って、それこそ散髪するような感じがあって、それはすこし気分がよかった。

そんなふうにやりはじめると、よそのうちの庭というか花壇事情も気になりだして、朝はそのためにかかさず散歩にでかけるようになった。手入れをしている植物とそうでない植物は一目瞭然。放っておかれてだんだんだめになっていく花とか木とかを見つけると子どものころを思いだす。それから、花のことなんか何も知らないわたしがかろうじて知っている花のひとつ、つばきはこのあたりじゃとても人気があるみたいで、すごく実直な感じで生えているのを数えきれないくらい見た。油っぽい壁みたいなつばきをみると、いつも無理矢理っていう言葉がうかんだ。どの家もどの家も、どうしてつばきで建物をくるんでるんだろうって思っていたらそれは火をふせぐ効果があるからで、たしかに簡単には燃えてくれないような顔してる、とそれはそれで感心したりもするんだった。

もし強盗かなにかに入られたら、とわたしはときどき夢想する。もちろん盗まれるだけじゃすまなくって、けっこう派手に――ずたずたに切り裂かれたり、そのほかの手口でわかりやすく惨殺なんかされたりしたら、きっと暇なやつらがわらわらと家のまわりにやってきて近所の人にマイクをむけて、殺されたかたはどんな人だったんですかっていうあのお決まりのコメントを求めるはずだった。そのときわたしはきっと「ええ、お話をしたことはないんですけど、とにかく土いじりのだいすきなかたという感じでしたね。朝も昼も、それから夜もとても熱心に、いつもお手入れされていて。ええ」みたいな感じで語られることになるんだろう。うねりながらからまって、どんどんふえようとするアイビーを指先でほぐしながらこれもすこし気分がよかった。

ある日の昼すぎに、根っこが伸びすぎたワイルドストロベリーをじゃきじゃきやってると隣の家の車庫のシャッターのまきあがる気だるい音がして、そこからベンツが鼻をだした。大きな車。

まるい鈍さ。見送りにでてきた女の人は胸のあたりで腕を組んで、運転席は陰になっててよくみえなかったけれど、車はすぐにいきおいよく走り去った。彼女はわたしに気がつくと、こんにちは、とすごく感じよく笑っていつもきれいにされてますね、とさらににっこり笑ってみせた。

買ってきたのを並べているだけで、ぜんぜんなんです。

わたしもおなじくらいににっこり笑ってみせた。彼女の年齢は、顔は六十代前半、そのほかの部分は七十歳前後って感じだった。なにしろ髪のほとんどが白くなっていて染めるとかそういうことは考えたこともない感じだった。化粧っけのない肌はもちろんもう張りはないけど妙な透明感があって、それはいつだったかサウナか温泉かどこかで見た色素がもう抜けきって子どもみたいになってるおばあちゃんの乳首なんかを思いださせた。

ここに越してきたときに、いちおうの挨拶として菓子折りなんかを持って近所の何軒かの呼び鈴を鳴らしたけれど、彼女の家は何度行っても誰も出てこなかったから、けっきょくまともに口をきくのはこれがはじめてだった。

すごくお花のセンスがよくて、いつも楽しませてもらってるの。

うれしいです。ひょっとして、おうちのどなたか、ピアノを弾かれていませんか？　すごく上手なピアノ。

えっ、上手だなんて。あれ、わたしなんです。わたしが弾いてるのよ。

そうだったんですか。なんか感激。わたしこそいつも楽しませてもらってます。とってもお上手なんですね。

ぜんぜんなのよ。子どものころ、十年くらいやってたんだけど、もうまったく弾いていなかったの。それでこの歳になってまたゆるゆる弾くようになってしまって。

いいですね。なんていうか、自分自身のために演奏できるなんてうらやましいです。すばらしいですよね。そういうのって。

さっきの車、調律のかたなんだけど、ちょっと聴いてみてって座ってもらってね、聴いてもらったの。じゃあもうだめね、ぜんぜん弾けないの。ひとりのときならいちおう最後まで弾けるのに、誰かの耳があると必ず間違えちゃうのよ。

でもわたし、最初、ＣＤかと思っちゃいましたよ。

何の曲かしら?

わたしぜんぜん知らないんですけど、わたしでも聴いたことあるからきっと有名な曲だと思います。たーん、たん、たんっておなじ音が最初のほうで鳴って。

リストね、リスト。愛の夢だわ。

そうなんですか、ああ、そうかもしれない。いわれてみればそんな感じのメロディ。すてきですよね。

じゃあ今度、ぜひ遊びにいらして。ピアノは聴かせられるようなものじゃないけど、お茶ぐらい飲みにいらしてね。


つぎのつぎの、そのまたつぎの日、わたしは駅前のマカロン専門店でカラフルなマカロンをどっさり買って、それから並びのデパートの地下で二番目に高い値段のついたさくらんぼの箱を買って、呼び鈴を鳴らした。午後の二時。洗濯物をとりこんで掃除機のコードをぬいて買い物にでるまでのみんながいちばん暇な時間。あんたにだけは用がないと離れたところからひそひそと笑われているようなそんな時間。思い出とか想像とかうわさ話とかありとあらゆる手持ちの材料を総動員して妄想をふくらましても、それがうまくふくらんでいるのかどうかもわからないそんな時間。あほみたいな出来事待ちのそんな時間に呼び鈴を一度鳴らして、しばらくすると彼女の声がした。こんにちは。こんにちは。さくらんぼ、たくさんいただいちゃって、もしよかったら。今あけるわ、ちょっと待って。

彼女の家はわたしの家よりずいぶん広いように感じた。きれいに掃除がゆきとどいていて、家具には統一感がばっちりあって、ぜんぶのカーブには重そうな艶がのっていて、何もかもがいちいち高そうだった。人の家に独特の、きらいじゃないあの匂いがふわんとしていた。リビングにとおされて革なのにやけにふかふかした大きなソファは太もものうらに触れたとき冷たかったけど、数秒後には体温としっとりなじんで、わたしはテーブルのうえにさくらんぼの箱とマカロンの包を置いてどうぞと言った。彼女はありがとうとにっこり笑ってそのふたつをもってキッチンへゆき、しばらくしてコーヒーとマカロンを感じよく盛った皿と一緒にもどってきた。お手伝いさんが出てきてもおかしくない雰囲気だったけどさすがにそれはないみたいで、わたしはコーヒーを一口飲んでマカロンをつまんで前歯でちいさく齧《かじ》った。ところでマカロンを買うときのあの気分っていったい何だろうといつも思う。自分が掛け値なしの馬鹿になったみたいな気持ちになってていっそ清々しくなるあの感じ。ただ甘いだけで蓋みたいなのも上顎にべったりくっついてうっとうしいし、そもそも名前がすごく間抜けだし、中身がないのにそれっぽいってだけで重宝されてみんなほいほい買っていくから値段が高いのもむかつくし、第一おいしいと思ったことなんてこれまでただの一度もないことを思いださせる、あの感じ。

じゃあわたし、ピンクのをいただくわ。

どうぞ、この黄色のもおいしいですよ。

しばらくすると彼女は自分とピアノの歴史について語りだした。はじめてついた先生のこと。はじめての発表会のこと。バッハのインベンションなんとかのこととか、年齢における指と耳の限界についてとか、そのほかいろいろ。わたしはもっと、たとえば彼女の旦那が何をして稼いでるのかとか、家族構成はどうなってるのかとか、近所の誰それがどうだとか、地震のせいでこのへんの土地が値下がりしたってきいたけどじっさいのところはどうなのかとか、どうでもいいけどこういう場合にはお誂《あつら》えむきの軽い話題で時間をつぶしたかったんだけど、彼女はそういう話にはまったく興味がないみたいでわたしにもいっさいそういう感じの質問をしなかった。仕方がないのでうんうんと肯《うなず》いて彼女の話に耳を傾けていたけれど、そのうち、彼女のしゃべりかたなのか声のトーンなのか、どこかに見覚えのあるものがなんとなくひそんでいることに気がついた。でもそれが何なのかはもちろんわからなかった。布のはしっこが視界のはしっこでちょっと揺れてみせるようなそんな感じだった。色もおおきさもわからない。ただ揺れてたってことだけが目に残るようなそんな感じ。それに知らない家の知らない女の人のまえに座って知らないソファにもたれて知らない話をきいていると、喉からへそにかけての何かがゆるやかになっていく感じもした。それは誰かにとっては自分だってただの知らない人なのだというそんなあたりまえのことを、手のひらをやさしくにぎってそこを指でなぞってそっと教えてくれるような、そんなあてのないゆるやかさだった。でもそれは安心して身をゆだねられる種類のゆるやかさではぜんぜんなかった。それはかつて、わたしやわたしにかかわった数人の人たちをほとんど理不尽にくるしめた不安とか嫉妬とか衝動とか情熱とか――こうして書いてみると馬鹿みたいだけど、そういったものはすでにあとかたもなくわたしを去ってしまって、いま見えているもの、これから触れることができるもの、かぐことのできるものはすべてそれらの残りかすにすぎないんだってことをどうじに教えてくれるからだった。

ひととおりのことを話して、ひととおりのあいづちを打って、それからひととおりの時間がすぎてしまうと、お互いにもう——というか最初から、何も渡しあうものがないことに気がついた。そろそろおいとましますね、今日は楽しかったです、とにっこり笑って腰をあげようとしたときに、彼女がすこし言いにくそうにして、ピアノを一曲だけ聴いていってくれないかとたのんできた。もちろん、と答えてわたしはさらににっこり笑ってみせて、彼女のあとについてピアノのある部屋に入っていった。

そこは十五畳ぐらいある彼女の寝室で、ここにもまた高級家具が並んでいて、その重くてまっすぐな感じは禁欲的な一生を送ることに成功した立派な熊のための棺桶を思わせた。オットマンに腰をおろして、すごくすてきな寝室ですねと言った。あなたの趣味って、といいかけて、あなた、というのは何となく面倒な距離を感じさせてよくないと思いなおし、それからわたしは彼女の苗字が思いだせないことに気がついた。なんだったたっけ。目のまえのこの女の人って、いったい何さんだったたっけ？　どれだけ架空の布で架空の頭の中をぬぐってみてもその架空の布には何のあともつかなかった。べつに家を出るまで名前を呼ばないでいれば済む話だったんだけれど、苗字をど忘れしてしまったことに動揺していたせいか、わたしは思わず、何とお呼びしたらいいですか、と口走ってしまった。

テリーって呼んで。

彼女はわたしの目をまっすぐに見つめてからもう一度言った。

テリーって呼んで。

テリー、ですか。

そう。テリーって呼ばれたいの。

ほんとうの名前が照子とか照代とかなのかと一瞬思ったけれど、それはきかないでおいた。テリーって、それは呼び捨てでいいんですか。いいのよ。わかりました。笑顔のまま何とかわたしは答えたけれど、そのあとちょっとだけ気まずい空気が流れた。こういうときは、なんというのか流れ的に、じゃあテリー、何か弾いてみせて、とかさらりと言ってみせるべきなのかなと迷ったけれど、当然ながらそんなことをうまく言える自信はなかった。わたしはかろうじて笑顔を顔にのせたまま彼女に両方の手のひらをみせてそれをすこしあげてから、どうぞ、という仕草をしてみせた。すると彼女は、わたしをじっと見たまま、あなたのことは何て呼べばいい？　とにっこり笑ってきいてくるのだった。わたしですか。わたしは自分の名前を思いだして、それをただ言えば済む話だったのだけれど、なぜだかすぐに答えることができなかった。彼女は黙ったままのわたしをしんぼう強く待った。わたしは焦りはじめ、ええと、ええと、と頭の中にあるこれまで見聞きした名前を適当につかまえてそれを言ってしまおうとしたけれど、当然のことながらそれはわたしの名前ではないので、それを口にする決定に、なんだかいまいち欠けるのだった。どれでもいいけど、どれでもよくない。頭に浮かぶどの名前も、何かがどこかが、嘘のような気がする。もちろんそれは嘘に違いないんだし、嘘でまったくかまわないはずなんだけれど。

ビアンカ、でお願いします。

ビアンカ。すてきね。

わたしは自分の顔がものすごい勢いで赤くなるのを感じていた。なぜビアンカ。よくわからないけれど、口から出た名前はビアンカだった。どこの国の名前だろう。たぶん子どものころに読んだ漫画か何かの主人公の名前とか、きっとそういうことなんだろうけど。それでもビアンカ、と頭の中でもう一度、自分のことを呼んでみると、おかしなことにどこかが妙な開放感めいたものに包まれて、またどこかがしっかりとしたまどろみにむかって漏れだしていく感触がするのだった。

ビアンカ、聴いてくれる？

もちろんです。

わたしが返事をしてもピアノのほうをみようとしないので、あわててテリー、とつけくわえた。するとテリーは満足そうに微笑んでみせて、聴き覚えのあるあのたーん、たん、たんの曲を弾きはじめた。しかし出だしですぐにつまずいて、そのあとも何度もおなじところでつまずいた。それを何度も繰りかえして、しばらくするとテリーは首を左右に動かして深い深いため息をついてから、わたしのほうをふりかえった。

ビアンカ。ね、言ったでしょう。わたし、誰かに聴かれているとだめなのよ。

でも、すごくいい音ですよ。音にまず引きこまれちゃうっていうか、一瞬で景色が変わっちゃうっていうか。それにこういうのって慣れだと思いますよ——ってすみません、よくわからないのに適当なこといって。

ううん。そういうことだと思う。でもね、わたしすごくうれしかったの。ビアンカがこのあいだ、わたしのピアノをとてもいいって言ってくれて、それから感激だなんて言ってくれて、わたしそれがすごくうれしかったの。そして今日、ほんとうにこんなふうに来てくれて。わたし、ピアノにはすごくいやな思いがあるから、そういう思いだけが残ってるから、それとさよならするための、再開でもあったの。リストの愛の夢はわたしにとってちょっとした苦い……というのでもないわね、かなりつらいメモリーとともにある曲なの。これをビアンカのまえで失敗せずに、つまずかずに弾ききることができたら、わたしすごく、なんていうのか、すごく変われるような気がするの。

そういうのって、わかります。

このあいだ話してみて、直感したの。

直感の感じ、わかります。

テリーはそのあと、たっぷり二時間——壁にかかったアンティークのぼんぼん時計を見ていたから間違いないけど、休憩も何もなしでその愛の夢っていう曲をひたすらに弾きつづけた。わたしは背もたれのないオットマンにずうっとおなじ姿勢で座ったまま、テリーの後ろ姿とぴかぴかに磨きあげられた家具と、ときおり甦ってくる記憶のなかのごちゃごちゃした風景や誰かと交わした言葉なんかを行き来し、そしてときどきはっとしてピアノの旋律に耳をやると決まってテリーはつまずいているのだった。二時間をやるだけやったテリーは、今日はもうこれくらいにするわと言って立ちあがった。わたしもこれまで見たことも触ったこともないぐらいの巨大な息を胸の中で心ゆくまで吐いてから立ちあがり、ちからをこめて肯いた。腰は鉄板を横から挿しこまれたみたいにこわばって、目の奥には古い綿をいっぱいにつめられたようなだるさがあった。ふたりとも黙ったまま階段を降りて、玄関で靴を履いているわたしにテリーが言った。

週に二度、ビアンカの都合のいいときにきてくれないかしら。わたしの愛の夢が完成するまで。

火曜日と木曜日に、しましょうか。

そうしてわたしは火曜日と木曜日の午後をテリーのピアノを聴いて過ごすことになった。

毎日かならず練習して、しかもかつてはべらべらと弾くことのできた曲を、いくらブランクがあるといってもこんなにまで弾けないことってあるんだろうか。あるんだろう。楽器を演奏するということはそれぐらいむずかしくて奥深くて繊細なことなんだろうけれど、でもテリーの上達のしなさっぷりといったらちょっとなかった。わざとなのかと思うくらい、テリーはかならず出だしでつまずき、間違え、そのあとちょっとうまく流れにのったように思えても、またすぐによく似たところで止まってしまう。愛の夢という、なんだかおしりの割れ目がむずむずするようなタイトルのこの曲はとどこおりなく弾いてしまうと四分ちょっとの長さなのに、その四分をテリーは弾き抜くことができなかった。初心者向けの曲なのか、そうでないのか、もしかしたらすっごく上級者のための曲なのかわからなかったけど、途中の盛りあがりのところとかとにかくすごく大げさで、駆けあがってゆくのか駆けおりてゆくのかその両方なのかわからないけど、過剰に劇的な雰囲気がちょっとこそばゆくって大変だった。もう終わりと見せかけて無駄にヒステリックな高い音でつながって、そしたらあらヒステリックに聴こえたかしら？　わたしただ気位が高いだけなんだけど、みたいな言い訳までが聴こえる始末。そのあとすかさず低音で説得力を響かせて、まだまだつづくと思わせておいてぷつんと切れて、これまでかかわったいろいろをいっさいがっさい置き去りにするこの感じって、なんだかいったいどうなんだろう。

それでもテリーはこの曲にたっぷりの思い入れがあるみたいだから、火曜日と木曜日はやっぱりたっぷり二時間を休憩もなしに弾きつづけた。ちらっと横顔を見てみると、いつだったかあるときなんて粒の汗をよだれみたいにいっぱい垂らして、見ていて思わず笑ってしまうくらいに愛の夢にのめりこんでいるんだった。帰るとき、テリーはいつも謝った。ビアンカごめんなさい。今度こそ、次回こそ、一発で決めてみせるから。わたしは六十歳と七十歳が同居しているテリーの口から一発で決める、なんて言葉が出るといつもちょっとだけ愉快な気持ちになった。

何度か顔をあわせるうちに、そうはいっても個人的な話とか世間話とか、そういう話題もいつかはでるだろうと思っていたけど、テリーとわたしのあいだにそういう話はいっさいなかった。テリーはわたしの夫が何をしているのかを知らないままだったし、わたしもテリーの夫が何をしているのか知らないままだった。家族はどんななのか、生まれはどこなのか。何歳なのか。毎日、何をして過ごしてるのか。ここにどれぐらい住んでいるのか。そもそも夫はいるのかどうか。テリーに子どもはいるのかどうか。わたしに子どもをつくる気はあるのかどうか。いったいどういう暮らしをしているのか。わたしたちはお互いのことについて、何も話さなかった。

テリーはただ黙ってピアノを弾き、弾きはじめるまえのお茶のひとときには前回の反省をとうとうと述べて、それから今日の抱負めいたものを真面目な顔でつぶやくのだった。わたしからみて、テリーは不幸な女性なのか、そうでないのか、わからなかった。わたしは女の人をみるたびに、かならずその人がどれくらい不幸かどうかを想像してみる癖がある。それであなたは不幸なんですか、どうなんですか、とちょくせつ本人に聞くわけにもいかないから、その想像はそれきりで何の役にも立たないのだけど。テリーは真剣そのものだった。けれどおなじくらい、いつも自信のない顔をしてわたしを見た。わたしはそのたびに、今日はきっとだいじょうぶですよと言い、なんだかそんな気がするんです、そしてあわてて、テリー、とつけくわえた。そう、ビアンカ。そう言ってくれるのが、なにより。それでもテリーはなかなか最後まで弾きとおすことができなかった。二週間が、三週間が、誰もいない長い廊下をゆっくり歩くみたいに過ぎていった。

家でぼうっとしていると、テリーがあいかわらず愛の夢を練習しているのが聴こえてきた。わたしはもうほとんど覚えてしまったメロディを鼻で追いかけ、なぞりながら洗濯物をとりこみ、食器をふいた。たまたま家にいた夫が鼻歌なんてきいたことない、どうしたのかときいてきたけど、夫にはテリーのピアノの音は聴こえないみたいだった。ねえ、それよりビアンカって名前、どう思う？ ビアンカ？ 何だ、それ。ビアンカって、いい名前だと思わない？ そうかな。イタリア語？ いいんじゃない。まあいい名前っていうのが、どういうのかわからないけど。

たまに原発関連のニュースなんかをみているときにかすかにピアノの音が聴こえると、わたしはすぐにテレビを消して壁にそっとちかづいた。掃除機をかけているときに気がつけば、すぐにスイッチを切って窓をあけた。それからときどき、ダイニングテーブルにむかって深呼吸をひとつして背筋をぴんと伸ばし、それから両手をそっと置き、テリーの鳴らす音にあわせてでたらめに指を動かしてみることもあった。それはまるっきりのでたらめで、ただ指をテーブルのうえでぱたぱたさせているだけなのに、ピアノにさわったのなんて小学校の音楽室が最後なのに、曲が終わって指が止まると、これまで経験したことのない高揚感が喉の奥とか頭のずっとうえのほうから光のまじった雨みたいに降ってきて、それには胸がすこし痛いくらいだった。そして、こんなふうに自分の指と目とからだを使って、こんなふうなことができるということは、いいことなんだなとそんなことをぼんやり思った。それからふと不安になった。こんなふうなことというのは、何だろう。ただピアノにさわることなんだろうか。それとも音符を読んで、あるいはそらんじて、ほんとうのピアノで一曲を満足に弾いてみることなんだろうか。どうなんだろうか。それとも、そのことが連れてくる、それ以外のことなんだろうか。考えてもよくわからなかった。けれど、誰かが時間をかけて自分のものにしたピアノの音にあわせてでたらめに指をうごかしていい気分になってみることではないということだけは、何となくわかるのだった。

わたしが通いだして十三度目に、テリーはやっと愛の夢を間違えずに弾き切ることができた。それはとつぜんやってきた。どうせ今日もだめだろうと、それすらとくに思うことももうなくなっていたわたしが言うのもなんだけど、テリーのその演奏は、すばらしいものだった。ものすごい集中力で、一度きりの何かを一度きりの何かにかけがえのないしるしをつけてゆくように、すべての鍵盤をふだんはふれることのできないこころのやわらかい場所にやさしく沈め、ときには激しくひっぱりあげ、すべての呼吸はテリーの指と腕と、それからテリー自身にぴったりと寄りそった。音のひとつひとつは見えない糸でしっかりとつながれ、しかしそれらはあまりに自由で、真ん中あたりの、あのまるで世界そのものがまぶしさをこらえきれずに瞬きをしているようなあのきらきらしい連打に――思わずわたしは胸をおさえた。終わらないで、ともうすこしで、声にしてしまいそうだった。

最後の一音の余韻が部屋からうしなわれてしまうと、テリーはしずかにこっちをむいて、小さな声でやったわ、と言った。それからすこし、おおきな声で、ビアンカ、やった、ビアンカ、ちゃんと聴いていてくれた？　聴いてたテリー、やったわ、とわたしは言った。わたしは立ちあがって、顔の高さまで手をあげて思いきり拍手した。テリーは口をとじたまま、ふうふうと鼻の穴をふくらませて興奮しているようだった。頭のうえでも拍手をした。手の感覚がなくなるまで拍手をした。テリーも負けじと拍手をした。部屋はふたりの手をうつ音でいっぱいになり、そのことがまたふたりをしあわせな気持ちにさせた。ふたりともずっと拍手を送りあっていた。わたしたちは、はたからみれば老人に近い白髪女と顔色の悪い痩せぎすの四十女だったけど、そのときわたしはビアンカで、テリーはテリーだった。それから——わたしたちはどうしてそんなことになったのか、いまもまったく思いだせないのだけれど、どちらからともなく、くちづけをした。ただくちびるをあわせるだけのそれはくちづけだったけど、わたしたちはとてもこころのこもったくちづけをした。

それからわたしはもうテリーの家へゆくことはなかった。これまでもそうだったように、テリーの姿をみかけることもなかった。隣に住んでいても、そういうものだ。ときどき車庫のシャッターの音がして、二階のキッチンの窓から車が出てゆくのが見えたけど、誰が乗っているのかまではわからなかった。わたしもこれまでとおなじようにポーチのまわりのアイビーやらチョコレートコスモスやらすみれやらに水をやり、いらなくなった葉をじゃきじゃきと切り、虫除けのスプレーをしたり栄養剤を土に埋めたりなんかして、ほかには何もすることのない毎日を過ごした。ピアノの音はあれからぴたりと聴こえなくなって、気がつくと八月になっていた。梅雨のころには恥ずかしいほどにつぼみをつけて、これからどうなってしまうのだろう、家のまわりがばらぐるいみたいになるんじゃないのと心配までしたばらの花はほとんど枯れて、すこしまえに花をすべて落としてしまうとあとは葉っぱだけになってしまった。それでも深いみどりの葉っぱのかげには小さく散った白い花びらが残っていて、わたしはそれを一枚二枚と手にうけて、何を記念するわけでもなかったけれど、何となく、日のあたる窓辺にならべてみた。

肩の上の秘書

星　新一

プラスチックで舗装した道路の上を、自動ローラースケートで走りながら、ゼーム氏は腕時計に目をやった。

四時半。会社にもどる前に、このへんでもう一軒よってみるとするか。ゼーム氏はこう考えて、ローラースケートの速力を落し、一軒の家の前でとまった。

ゼーム氏はセールスマン。左手に大きなカバンを下げている。このなかには、商品がつまっているのだ。そして、右の肩の上には、美しい翼を持ったインコがとまっている。もっとも、このようなインコは、この時代のすべての人の肩にとまっている。

彼は玄関のベルを押し、しばらく待った。やがてドアが開き、この家の主婦が姿をあらわした。

「こんにちは」

と、ゼーム氏は、口のなかで小さくつぶやいた。すると、つづいて肩の上のインコがはっきりした口調でしゃべりはじめた。

「おいそがしいところを、とつぜんおじゃまして、申し訳ございません。お許しいただきたいと思います」

このインコはロボットなのだ。なかには精巧な電子装置と、発声器と、スピーカーをそなえている。そして、持ち主のつぶやいたことを、さらにくわしくして相手に伝える働きを持っている。

しばらくすると、主婦の肩にとまっているロボット・インコが答えてきた。

「よくいらっしゃいました。だけど、失礼ですけど、あたくし、もの覚えがよくございませんので、お名前を思いだせなくて……」

ゼーム氏の肩のインコは首をかしげ、彼の耳にこうささやいた。

「だれか、と聞いているよ」

このロボット・インコは、相手の話を要約して報告する働きもするのだ。

「ニュー・エレクトロ会社のものだ。電気グモを買え」

彼のつぶやきに応じて、インコは礼儀正しく話した。

「じつは、わたしはニュー・エレクトロ会社の販売員でございます。もちろん、ご存知のこととぞんじますが、長い伝統と信用を誇る会社でございます。ところで、きょうおうかがいしたのは、ほかでもございません。このたび、当社の研究部が、やっと完成いたしました新製品をお目にかけようと思ったわけでございます。それは、この電気グモでございます……」

ここでゼーム氏はカバンをあけ、なかから金色に光る昆虫のクモのような、小さな金属の機械をとりだした。肩のインコは、しゃべりつづけた。

「……これでございます。背中などかゆくなった時に、下着のなかにそっとしのばせますと、かゆい部分にひとりでたどりつき、この手で快くかいてくれます。便利なものでございましょう。おたくのような上品なご家庭には、ぜひ一個おそなえになられたらよろしいとぞんじまして、とくにお持ちいたしたわけでございます」

ゼーム氏のインコの話が終ると、主婦の肩のインコが、ゼーム氏に聞こえない小声で彼女の耳にささやいた。

「自動式の孫の手を買え、と言っています」

主婦が「いらないわ」とつぶやいたので、インコはそれをくわしくしゃべった。

「すばらしいわ。おたくの社は、つぎつぎと新製品をお作りになられるのね。だけどうちでは、とてもそんな高級品をそなえるほどの余裕が、ございませんもの」

ゼーム氏のインコは「いらないそうだ」と要約し報告したが「そこをなんとか」という彼のつぶやきで、インコの声は、一段と熱をおびた。

「でもございましょうが、こんな便利な品はございません。手のとどかない背中もかけますし、お客さまの前でも、気づかれません。それに、仕事を中断しての、つまらない労力がはぶけます。お値段もぐっとお安くいたしてあります」

「ぜひ買え、と言っていますよ」

「うるさいわね」

主婦の肩のインコは、彼女とささやきあってから、こう答えた。

「でも、あたくしは、品物を買う時には、すべて主人と相談してから、買うことにしておりますの。あいにく、主人がまだ帰ってまいりませんので、いまはちょっと、きめかねるんですの。今晩でも、よく話してみますから、また、おついでの時にでも、お寄りになっていただけません。あたくしは欲しいんですけれど、それがだめなのよ。本当に残念ですわ」

ゼーム氏のインコは、それを彼に要約した。

「帰れとさ」

ゼーム氏はあきらめ、電気グモをカバンにしまいながら、つぶやいた。

「あばよ」

肩のインコは別れのあいさつを、ていねいにつげた。

「さようでございますか。ほんとに残念でございます。では、近いうちに、またおうかがいさせていただくことにいたしましょう。どうも、おじゃまいたしました。どうか、ご主人さまにも、くれぐれもよろしく」

玄関を出たゼーム氏は、インコを肩にとまらせたまま、ふたたびローラースケートのエンジンを強め、会社にもどった。

机にむかって、電子計算機のボタンを押し、きょうの売上げの集計をしていると、

「おい、ゼーム君」

と、部長の肩のインコが呼んだ。

「やれやれ、また、お説教か」

ゼーム氏がつぶやくと、肩のインコは部長に答えた。

「はい。すぐにまいります。ちょっと、机の上の整理をすませまして……」

やがて、ゼーム氏は部長の机の前に立った。コーヒーのかおりがした。噴霧器で口のなかにシュッとやったのだろう。部長の肩のインコが、もっともらしくしゃべった。

「いいかね、ゼーム君。わが社の現状は、いまや一大飛躍をせねばならない、重大な時だ。それは、きみもよく知っていることと思う。しかるにだ、このところ君の成績を見るに、もう少し上昇してもいいのではないか、と考えたくなる。はなはだ遺憾なことと、言わざるをえない。ぜひ、この点を認識して、大いに活動してもらいたい」

ゼーム氏のインコは「もっと売れとさ」とささやき「そう簡単に行くものか」と、ゼーム氏はささやきかえした。肩のインコは、神妙な口調で部長に言った。

「よくわかっております。わたくしも、さらに売上げを増進いたす決心でございます。しかしこのごろは他社も手をかえ、品をかえ、新しいことをやっております。販売も、以前ほど楽ではございません。もちろん、わたくしもさらに努力いたしますが、部長からも、研究生産部門に、もっとぞくぞく新製品を作るよう、お伝えいただけると、さらにありがたいとぞんじます」

ベルが鳴り、退社の時刻となった。やれやれ、やっときょうの仕事がすんだ。肩のインコを、ロッカーにしまう。だが、一日じゅう売りあるくと、まったく疲れる。

帰りにバーにでも寄らなくては、気分が晴れない。ゼーム氏は、ときどき寄るバー・ジョーカーのドアを押した。それをみつけたマダムの肩のインコが、なまめかしい声でむかえた。

「あら、ゼームさん。いらっしゃいませ。このところ、お見えになりませんでしたのね。ゼームさんのような、すてきなかたがいらっしゃらないと、お店のムードがなんとなくさびしくて……」

ゼーム氏にとっては、このひとときが、いちばんたのしい。

恐怖

Dread

砂糖で満ちてゆく

澤西祐典

母の体で、初めに砂糖に変わったのは膣だった。最初ということは、それは彼女の体にとって、もはや必要のない器官だったのだろう。面と向かって聞いたわけではなかったが、由希子が高校へ進学してすぐに父が亡くなって以来、母に男の気配を感じたことはなかった。閉経もとうに訪れていたに違いない。子宮とそこから伸びる陰道はひっそりと枯れて、砂糖へと姿を変えていったのだ。

体の細胞が砂糖に変わっていく病があると初めて知ったとき、砂糖で満ちて死ねるなんて、何とすてきな死に方があるのだろうと由希子はぼんやり子供のような考えを抱いただけだった。

ある休日、由希子は母と待ち合わせて街へ出かけた。母はいつもはなかなか休もうとせず何店舗も見て廻るのに、その日はなんだか下腹部が気持ち悪いと言うので、早々に喫茶店に入って休んだ。

そのとき、母の体の奥底で起こっていた変化に、二人は気が付くことが出来なかった。しかしそれが不治の病である以上、気付いたところで、迫りくる死の脅威に向き合うのが早くなったに過ぎなかっただろうけれど。

それから半年以上経って、お菓子の家を見つけたヘンゼルとグレーテルの喜びと、それから二人を待ち受けていたお婆さんの愉悦を混ぜたような気持ちになるのだろうと思っていた病に、母自身が冒されていると告白された。そのときは、ピントのずれた映画を見ているように、伝わる情報をうまく像として心のなかに結べなかった。病院で、この病は子宮、耳道といった使用されない箇所から徐々に進行すると説明を受けた際に初めて、買い物のときの母の姿がよみがえって、ピントのずれに気がついた撮影技師が慌てて仕事をし出したようにすべてが鮮やかに呑み込めはじめた。

母を看取ろうと決めて、由希子は短大を出てから七年勤めた観光案内の営業所に退職願を出した。センチメンタルな情に浸ったわけでも、自己犠牲に身を投じた決断でもなかった。正職員昇格試験に落ちた直後でもあったし、父が遺《のこ》した保険金と、このまま仕事を続けて得られる実入りを秤《はかり》にかけたとき、天秤はどちらに大きく傾くこともなかったのだ。何より、母の余命がおおよそ二年とわかっていたことが大きかった。父が遺した保険金は、母の老後を支え続けるには心もとなかったが、二年余りの間、女二人が生きていくには十分だった。何もそんな急に、と上司からは引き留められたが、母の病のことを言うべきか迷っていた矢先、昇格試験で落としたのはそういう意味ではなかったと言われて、職場への未練はあっさりと切れた。と同時に、母のことを告げなくてよかったと心の底から思った。

部屋を引き払い、街から単線の電車を乗り継いで実家のある田舎町に辿りつくと、電車の時間は伝えていなかったが、母は途中まで迎えに来てくれた。母は黒いコートを羽織り、一人ぽっちで電柱に寄り添うようにじっと立っていた。二人がお互いの姿を認めてから顔をつきあわせるまでの不可解な間のあと、「おかえり」と母は娘を抱きしめた。その言葉は揺るぎなく由希子を迎えた。ただいまと言いながら由希子は母の背に手をまわした。繊細な砂糖細工に触れるように、そっと引き寄せた母の首筋から匂った酸い体臭はほのかに甘かった。

どうしたの、こんな道端で？　という問いは、答えを求めたものではなく、もう一人で抱え込まなくていいんだよ。私が来たよ、と母を慰めるために掛けた言葉だった。母の方でも、迎えに行こうと思ってと言ったきり何もあとには続けなかった。二人はどちらからともなく、家へ向かってゆっくり歩きはじめた。

家の中は驚くほど片づいていた。まるで引っ越してきたばかりで、まだろくに物が揃っていない新居のように閑散としていた。由希子が驚きをそのまま口にすると、動けるうちにと思って少しずつ処分したのと言い訳めいた口調で母はこたえた。改築を繰り返しながら、祖父の代から受け継がれてきた小さな家までが、ひっそりと息を引き取ろうとしているかのようだった。趣味でやっていた水彩画や好きだったミステリー作家のサイン色紙も姿を消していた。代わりに、以前はアルバムに収められていた家族の写真があちこちの壁に貼られていた。賑やかでいいでしょう。今度は自慢げだった。写真だったら、のちのち皆で分けるのも楽だし。

ほとんどが由希子になじみのある写真だったが、寝室に見慣れない写真が置いてあった。父と母の結婚式の写真だ。綺麗な白い額縁に入った二葉の写真の左には、親族一同が、右には白無垢姿の母と羽織袴《はおりはかま》の父が写っていた。幸せそうな笑顔を浮かべる母とやや緊張した面持ちの父が対照的だった。父は由希子の記憶にある父と変わらなかった。

「色んなことがあったけど、わたしの幸せはあそこから始まったのよ」

母の恥ずかしそうな声に、堪えきれなくなりそうで由希子は思わず写真から目を逸らした。前は布団暮らしだったはずなのに、いつのまにか電動のリクライニングベッドが和室の真ん中に置かれていた。

間もなく母が懸念していた通り、寝たきりの生活が始まった。もしかすると、由希子が来るまで無理をして踏ん張っていただけで、すでに限界だったのかもしれない。

全身性糖化症、一般に糖皮病と呼ばれるこの進行性の病では、まず、使用されない内臓部分が、続いて表皮（正確にはその真下にある真皮が、それからじきに表皮）が糖化してゆく。糖化した皮膚の下には、細胞が露わになっているので、何かの拍子に糖皮が剝けたり、ものにぶつかったりするとひどい痛みが患者を襲うのだ。特に入浴のあとは、砂糖が溶けだし、白い傷口が剝き出しになってしまうので、由希子はお風呂も直《じき》にやめて母の体をやさしく拭くだけになった。

表皮がすっかり砂糖になる頃には、糖化は下半身に及んでいる。ほとんどの患者はベッドに寝たきりになり、死が訪れるのを待つ。唯一の救いは、病が神経にまで至るため、痛みが少しずつ引いていくことだ。

どれほどそばにいても、由希子には母の苦痛を替わってあげることも、その一部を引き受けることもできなかった。母の体は次々に機能を失い、スクロースに変わっていくというのに、その苦痛に触れることすらできずにいる自分が口惜しかった。

けれど由希子の前で、母は愚痴をこぼさなかった。そばにいたのが父ならもっと素直に痛みを訴えただろうに。代わりに、由希子がいてくれて助かるわと感謝を述べた。その言葉に含まれるすまなそうな調子に、由希子は気付かないふりをした。

由希子の二人の姉はなかなか見舞いに来なかったが、母はあまり気にしていない素振りを見せた。姉は二人とも東京の近郊に住んでいて、仕事と育児、それから夫の世話に追われていた。ようやく見舞いに来たときも、父が亡くなってから引っ越してきた祖父の小さな家は、当時すでに家を出ていた姉らにはなじみが薄いためか、そそくさと帰っていった。もともと、二人は母親より父親に懐いていた。それでも週末になると、姉たちは由希子に電話をし、母の具合を訊ねてきた。

もっと交通の便が良いところで、どこか施設に入ることはできないのかと訊いてきたが、由希子は黙って聞き流した。「何か入り用だったら遠慮せずに言ってね、うちにも多少の蓄えはあるから」と打ち合わせたように二人から同じ口調で言われたときには、由希子は堪り兼ねて、無言で受話器を置いた。姉たちは何から何までよく似ていた。母親譲りのもちっとした白い肌と隙のありそうな顔立ち、険のある喋り方。

母は孫に会いたがったが、もろく砕けそうな砂糖の体をうっかり傷つけてしまうのを懸念したのか、姉らは子供たちを連れてこなかった。子供がひょんな拍子に、何か酷《むご》いことを口に出すのではないかという心配もあったようだ。長女が帰ったあとで一度だけ、薄情なものねと母がぼそりと言ったのを由希子は聞き洩らさなかった。

由希子は時折、母の寝顔をじっと見つめて物思いにふけった。母のみずみずしい眼球は、まだきれいな肌色を留めている瞼《まぶた》の裏で、記憶の残滓《ざんし》を追いかけているのだろうか。由希子は、わずかな間でも、母が美しい思い出に魅せられてくれたらと小さな祈りを捧げた。

由希子は、この家で母と二人きりで過ごした、高校時代から短大を卒業するまでの期間のことを度々思い起こすようになっていた。姉らはその頃、すでに家を離れていた。母もパートをいくつも掛け持ちしていたため、由希子は誰もいない家に帰るのを常としていた。窓からほのかに差し込んでくる光のほかは薄暗い闇に沈んでいる家のさむざむしい光景と、電気のスイッチを順次押していって、最後に、居間の天井に丸い白熱灯が点るまで安心できなかった心もちを由希子は今でもありありと覚えていた。それは、大学に通っていた姉らを心配して電話を掛ける母のいる居間を後にして、明りの点いていない二階の自分の部屋にあがっていく記憶とも重なっていた。

二人は時折、車椅子で出かけるようになった。医師にアドバイスされた通り、体が動くうちに車椅子に乗れるよう、脚の位置を調整し、砂糖に変わって固定されるのを待ったのだ。由希子は母の体を毛布にくるんで、衝撃が伝わって糖皮にひびが入らないように慎重に持ち運びした。母の体は異様に軽かった。命が少しずつ砂糖に変わっていたのだ。お母さん、小さい子供みたいに軽いよと無邪気に言葉にし、そしてその不用意な発言を悔いた。

由希子は母を誰にも真似できないぐらい丁寧に扱った。毒りんごで眠る白雪姫を引き取った王子でさえ、おそらく到底敵わないほど、そっと優しく、母の体にひびが入らぬよう介助した。

部屋の湿度には万全の注意を払わなければならなかった。部屋が乾燥しすぎると、砂糖の表面にひびが入りやすくなってしまう。亀裂の入った糖皮は二度と元には戻らず、真皮の色を映して紅色に透けていた肌は白く濁った色に変わった。打擲《ちょうちゃく》された跡のようなその傷を見ると、由希子は取り返しのつかないことをしてしまったように感じた。これ以上、与えなくてもよい傷をどうして母に負わせてしまったのか、母の横で布団にくるまったあとまで、時折心が乱れた。

由希子が家を空けるのは、近所へのちょっとした買い物を除くと月に二回、朗読会のある日だけだった。ヘルパーさんが来て母の面倒を見てくれている間に、電車で二時間掛かる街へ薬を取りに行くだけの日だったのを、ヘルパーさんが見かねて、病院で介護の講習や懇親会があるから気分転換に出席してみたらどうかと提案してくれた。初めは渋っていた由希子も、母にまで後押しされてしまったので、病院の受付で詳細を問うことにした。差し出された一枚の紙には介護者向けのイベントのカレンダーが載っていた。

おむつの替え方や簡単なマッサージの仕方などが主で、由希子の目を引くようなものはなかったが、ただ一つ彼女が興味を覚えたのが本の朗読会だった。由希子の母と同じ病の介護者を対象としたその朗読会については、カレンダーの小さな枠に記された本のタイトルと作者と会場しか分からなかったけれど、月に二回開かれているその日程は、ちょうど由希子が病院を訪れる日と重なっていた。

朗読会は二週目と四週目の木曜日、午後二時半から開かれていた。終わる時間は一応午後四時とされていたが、用事のある人は途中で抜けても構わないし、延長も可能だった。大事なのは参加者が満足することであり、心に張りを取り戻すことだった。

朗読会は不思議な会だった。順番に声を出して輪読でもするのだろうかと思ってどきどきしながら訪れると、会場にはひじ掛け付きの椅子が輪のような形で並べられていた。それはお互いの声をしっかり聴くための形で、参加者は発表者が本を読む声に静かに耳を傾けた。必ずしも課題の本を全部読んでくる必要はなかった。参加者は自分のお気に入りの箇所を本のなかから見つけてくるだけで良かった。見つけられなかった場合は、それはそれで良かった。

彼らはその部分を銘々のやり方で読み上げる。ある人は、何度も練習してきたのだろう、力強く、抑揚のある声で自分の見つけてきた箇所を読み上げた。またある人は、思わず応援したくなってしまうぐらい漢字の読みでつかえていた（読み終わると一際大きな拍手が起きた）。絶対、学生時代に演劇部だったのだろうと思わせる張りのある声で本を読み上げる人、反対に気恥ずかしそうにぼそぼそっと声を出し、どこを読んだのかわからない人などもいた。皆、朗読の後に読み上げた箇所の感想を少しだけ述べて着席し、発表が終わると拍手が起こった。朗読を契機に歓談がはじまり、話が途切れた辺りで、また別の人が本を読み上げる。

朗読会で読まれる本は、死にゆく人々の心の変遷を綴《つづ》ったE・キューブラー＝ロスの『死ぬ瞬間』や、自身の介護体験を基にしたレベッカ・ブラウンの『家庭の医学』といった由希子たちにとって差し迫った題材を扱ったもののときもあれば、ブローティガン『西瓜糖の日々』や小川洋子『シュガータイム』、森茉莉『甘い蜜の部屋』といった砂糖に関係のあるタイトルから選ばれることもあった。

初めは皆の真剣な朗読を聴くことを楽しみにしていた由希子も、次第に声を出すことに心地よさを覚えるようになった。自分が決めた範囲の文字を、一音の過不足もなくきちんと読み上げる。そこには、母の指の一本一本を丹念に拭いていくのと同じような心地よさがあった。

由希子が一番気に入った本は、エイミー・ベンダーというアメリカの作家が書いたベストセラー小説『私自身の見えない徴《しるし》』だった。主人公のモナは父親の病をきっかけに、十歳から「止めること」を始めたが、二十歳の誕生日に生まれて初めて、本当に欲しいものを手に入れる。鉄の斧だ。その場面を由希子は何度もなんども声に出して読み上げた。

「これ、見てください！　私は世界にむかって大きな声でいった。私がずうっと欲しかったものはこれです！」

よく切れる斧を掲げる代わりに、由希子は本をしっかりと握りしめて読み上げた。そうすると、気持ちが不思議と落ち着いた（そこから三ページほど先の箇所も由希子のお気に入りだったが、そちらは声に出して読む気にはなれなかった）。

由希子は、母が眠っている間に課題本を読むようにしていた。テレビが付いているときには、ボリュームを少し落としてから、読み止《さ》しの本を出して続きを辿った。取り決めたわけではなかったが、テレビを切らないことは二人の約束事になっていた。眠りは糖皮病という現実から母を解放し、ひと時の安らぎをもたらしてくれたが、そこからはいつか目覚めねばならない。目を覚まし、途切れたはずの世界が変わらずそこにあるのに気が付かなければいけなかった。その残酷な戸惑いをテレビはうまく隠してくれる。母の体が動かなかったことも、どれくらい時間が経ったかも、テレビはそっと彼女たちに教えてくれる。母の息遣いに気付いて、目が覚めた？　と由希子が訊ねるころには、しおりの挟まれた課題本が、母から見えないようベッドの足元にそっと置かれていた。

　寝汗をかいた母のために、汗のにじんだ糖皮を拭く。もうほとんどが糖と化している表皮が割れないよう、また汗をかいた糖皮が溶けて剥がれないよう細心の注意で押さえるようにして体を拭いていく。由希子の手つきは、一分の隙もなく、わずかな汚れも許さなかった。まるでそうすれば、母本来の白く輝く肌がいつかよみがえると信じているかのようだった。一通り拭き終わってからも、由希子はじっと母の肌をにらみ、自分の仕事に落ち度がなかったことを確認しなければ、気がすまなかった。由希子はいつも、さっぱりとした肌触りの手拭いを使うようにしていた。タオルでは繊維が付着してかえって母の体を汚してしまうからだった。

　由希子以外の朗読会の参加者の家族は、みな病院に通っているか入院していた。その病院には全国でも珍しく糖皮病の専門医が集まっていて、十全な治療を受けられることで知られていた。

　朗読会では、ディスカッションも活発だった。参加者は誰もが遠からぬ時期に家族を失うはずだった。話し合いはそのための心の準備を手伝ってくれた。由希子たちは朗読から派生して幾度となく死について語り合ってきた。それは必ずしも家族に訪れる具体的なものでないときも多く、本の登場人物に訪れる出来事のときもあった。

　由希子たちにとって、家族の死を先送りに出来ないのは変えようのない事実だったが、余命がおおよそ判っているからと言って、死がそれにあわせてやってくるかはまた別の問題だった。由希子は参加者の一人が語った交通事故の話を忘れられなかった。事故に遭ったのは、彼女の夫の叔父で、病状はだいぶ進行していた。みんなでお見舞いに行ったとき、車椅子で外を散歩中に、家族の誰かがスロープの上で車椅子を放してしまった。叔父から誰もが目を離した一瞬に、事は起こった。タイヤはスロープを滑らかになぞるまま勢いづき、叔父の体はそのまま道路に投げ出され、家族全員が見つめる中、折悪しく通りかかった車にはねられて粉々に砕けた。バラバラになってしまった砂糖の体は血を吸い、みるみる死の色に染まり、直《じき》に血だまりと一緒になって道路のうえに赤いぬかるみを作った。

由希子は自分が見た訳ではないのに、その光景が目に浮かぶようだった。それからというもの、母と二人で散歩に出かける際には、車椅子を握る手に汗がにじんだ。じきに訪れる死とすぐ傍らに起こり得る死との狭間で、由希子は母の生をしっかり握りしめて離さないようにした。

ある日の朗読会で、糖皮病に罹《かか》った幼子を愛玩用に売買する闇商人《ブローカー》の話が出た。その話にのる者はおらず、まるで被害に遭った子供たちへ黙禱《もくとう》を捧げるかのような気まずい沈黙が続いた。無言の間に子供たちの悲鳴を聞いていた者もいたかもしれない。今まででもっとも緊迫した時間が流れていた。けれども、由希子の脳裏に浮かんでいたのはまったく別の事だった。前の晩、寝入る母のかたわらで、由希子はどうしてもその衝動を抑えることができなかった。そっと母の足元に忍び寄って、拭き終えたばかりの爪先を眺めた。うす緑のカーテンの隙間からこぼれた月明かりを、砂糖と化した指先は静かに吸い込んで、自らの存在をほのめかすようにぼんやりと照っていた。綺麗に生え揃っている五本の指はずっと以前からそこにあって、ドロップのように丸くなっている親指から順に、外へ行くにつれて小さくなっている。前にちらりと見た病室の患者と違って母の足はどこも欠けていない。濁ってもおらず、結晶本来の鈍さで光をまとっていた。

母の寝息を確かめてから、由希子はそっと舌を這わせた。じわりと足の溶ける感触が由希子の赤い舌の上に広がった。舌が熱いのは砂糖のせいか、背徳のためだったろうか。由希子がその甘い官能を思い起こして、恍惚としているうちに話題は逸れたらしく、気が付くといつもの朗読会の風景が戻っていた。

死者の弔いについてのディスカッションは、反対に声を荒らげるように意見が飛び交った。参加者の一人から、ある人は死者を銀紙で包んでゆっくりとあぶり、溶けだした砂糖をかため直して作った結晶を、お守り代わりにしているらしいという話が出た。

死者を傷つけるなんて有り得ない、という非難の声が真っ先に上がったが、火葬だって遺体を傷つけている点においては変わらないのだから、批判されたのはその点ではなかったのだろう。しかし果たして遺体を墓に埋めてしまうのと、結晶にして持ち運ぶのと、どちらが死に向き合おうとしているのだろうか。葬儀は死者の供養なのか、それとも遺された者のための儀式なのか。理路整然と意見を述べる者もいれば、感情で相手の話を薙《な》ぎ払おうとする者もいた。戸惑いは、むしろ死を受け入れる準備が整っていない証のように由希子の目には映った。

「ご家族の弔い方を決めていらっしゃるのですね」

会が終わってから、そう訊ねてきたのは梶浦という名前の男だった。いつも少し大きめの青いジャケットを着ていた。職業は個人経営の配送業らしく、会に参加しているメンバーに男の人は珍しかったので、由希子も自然と顔と名前を覚えていた。由希子は思いがけず話しかけられ、二重に驚いたが、たじろぐことなく微笑み返した。

いいえ、どうしてですか。死者の弔いについて何もおっしゃいませんでしたから。確かにそうでしたが、他にも発言されなかった方がいらっしゃったはずです。でも、貴方だけがまっすぐ皆さまの顔を見て話を聞いていらっしゃいました。……。貴方が何をおっしゃるのか、私は楽しみに待っていたのですが、……いいえ、立ち入ったことをお聞きしてしまいました。梶浦さんは深々とお辞儀して一人そそくさと帰って行った。肩がぶかぶかの後ろ姿は、丁寧な物腰と相俟《あいま》ってどこか愛嬌があった。小さくなっていく梶浦さんの後ろ姿を由希子は最後まで見つめていた。

それ以来、由希子は梶浦さんの向かいを避けて、彼の近くに座るようになった。正面に座るとまた何かを見透かされるのではないかと不安だったからだ。あまり注意を払ったことがなかったが、梶浦さんの朗読は他の人とは違っていた。決してうまいわけではないのだが、テクストを丁寧に読み上げる声は、聴いている場所によってずいぶんと印象が変わった。真向かいに座っていたときには惹かれるものを感じたことはなかったが、そばで聴くと彼の深みのある声が耳に寄り添うように柔らかく響いた。梶浦さんの朗読は彼に近づけば近づくほど心地よく由希子の耳をふるわせた。そばにいる人にきちんと届く梶浦さんの声は、彼の職業によく合っていると由希子は思った。

いつしか梶浦さんの横は由希子の指定席になっていった。会が終わって椅子をしまうときには、自然と声を掛けるようになり、幾度かお茶に誘って話をすることもあった。そんなときには会の感想やお互いの家族の病状、梶浦さんの仕事の話などをするだけで、初めて声を掛けられたときのように込み入った話題が上がることはなかった。

ある日の夕刻、梶浦さんから電話が掛かってきた。近くまで配送があったらしく、話をする時間はないだろうかと言う。由希子は買い物と朗読会以外の用事で、家を空けることがなかったので、少しためらったが、駅で待っていてほしいと頼んだ。夕食の準備に取り掛かるにはまだ間があったし、母の容体も安定していた。ちょっと出掛けてくると母に告げると少し怪訝な顔をされたが、早く帰って来てねといつもの笑顔で送り出してくれた。

顔は軽く化粧して繕《つくろ》ったが、朝から放置した寝癖は頑固に直らず、由希子は母が散歩のときに被ってゆく白いニット帽を借りた。どこか母親に護られている気がして、遊びに出掛ける小さな子供のようなわくわくした気持ちになった。梶浦さんはいつもの青いジャケットを着て駅の前で待っていてくれた。梶浦さんの車で、通っていた高校の近くのジャズリーンという名前の喫茶店へ連れて行ってもらった。町は昔と全然変わっておらず、マスターも健在で、由希子ははしゃぎ気味に高校時代の思い出を語り、梶浦さんも相槌を打つように道中で目にした町の印象について話をした。

帰るのがすっかり遅くなってしまい、家に着いたときには辺りは真っ暗だった。家の中は寒かった。どうやら換気のために開けた台所の小窓を閉め忘れたらしかった。母は寝ているのかひっそりとしていて、電灯のスイッチを入れ真っ暗闇に光の輪を浮かべながらそっとただいまと言うと、由希子の名を呼ぶ声が聞こえた。押し殺したような、震えた声だった。廊下伝いに電気を点けながら寝室に向かい、灯りを点けた途端、由希子は思わず悲鳴を上げた。母の上に蟻《あり》がわらわらと群がっていたのだ。震えることのできない体で、母は必死に助けを求めていた。

由希子は母の体の上の蟻を薙ぎ払い、無我夢中で床の蟻を潰《つぶ》した。夏場には何度も注意され散々気を付けていたのに。もう冬なのに。由希子はこの季節にいるはずのない蟻を手で叩きつぶし、畳に屍骸《しがい》がこびりつくのも厭わずに、半狂乱になって蟻を殺した。あたかも、そうすれば目を離したことを許されるかのように、あるいは死が少しずつ母を運び出していくのを防げるかのように、蟻を一匹ずつ、ぶちぶちと潰していった。

全ての蟻を一匹残らず潰し終えたときには、もう夜更け過ぎになっていた。由希子は母の体の上に散乱した蟻の死骸を丹念に取り除き、その跡を拭いた。鼻の脇、頬、首筋、上腕、足の指の狭間、蟻は至るところにいた。それが冬でも活動するアルゼンチンアリという外来種であることを、あとで病院で知らされた。動けない体で、無数の蟻が這い上ってくるのをただただ耐えているのはどれほど恐かったろうか。母の目尻には、涙の流れた跡が筋になって糖皮をえぐっていた。ごめんねと何度も呟《つぶや》きながら、由希子は母の体に涙を零《こぼ》さないようこらえるので精いっぱいだった。

それから由希子は、朗読会に出るのもやめて、病院からまっすぐに帰るようにした。母はじきに声を失い、表情を失っていった。それは目の前に崖があると知りながら、濃霧のなかを前に進むしかなく、時折り足を滑らせたり、木にぶつかったりしてひやりとしながら、長いながい時間を掛けて断崖に近づいていくような、いつまでも緊張を引き延ばされたような耐えがたい日々だった。

母の目が開かなくなった日、由希子は母がまだ眠っているのだと思って、朝の用事に取り掛かった。しかし朝ごはん代わりのフルーツヨーグルトを食べ、洗濯物を干し終えても母の目は一向に開く気配がなかった。そこでようやく、母のまぶたが開かなくなったのだと、由希子は理解した。まぶたがくっついてからも二、三日は、眼球が真っ白な視界の下をさ迷っているという。それから、糖皮がしめり気を帯び、それが再び枯れだしたら母の命が潰《つい》えた証だと医者に言われていた。その間のどこかで、病は心臓へと至り、体のすべてが糖へと変わってしまう。由希子は、母が苦しまないことを祈るしかできなかった。母のそばにいて、じっとその手を握って離さなかった。

母の体から水が引き、病がすべての経過を終えたのを何度も確かめたあと、由希子は梶浦さんに電話を掛けた。梶浦さんは由希子が朗読会に来なくなったのを自分のせいではないかと気にしていたようだった。

「次は、川端康成の『眠れる……』」

母が亡くなりました。由希子は小さく、しかしはっきりと言った。えっ……。母が亡くなったんです。梶浦さんのお悔やみの言葉が終わる前に、由希子は自分の用事を告げた。持って来てもらいたいものがあるんです。

お通夜の日、大雪で新幹線のダイヤが乱れて姉らの到着が遅れた。今度は子供たちや夫も、皆やって来て白装束に身を包んだ母に対面した。四肢をもがれた母の体は、文字通り白装束に包まれているだけだった。白い砂糖の結晶に変わった母に、その死に装束はよく似合った。姉らは変り果てた母の姿に涙をこぼして、二人で抱き合って泣いていた。子供たちははしゃいではいけないことを理解してはいたようだが、顔は興味津々といった有り様で柩《ひつぎ》を覗き込んでいた。姉の夫たちは葬儀の段取りについて話し合っていた。その中には由希子が呼んだ梶浦さんも混じっている。

由希子はお腹が空いていないかと子供たちを誘い出して、台所に連れて行った。入り口の脇に梶浦さんの持って来てくれた段ボールの空箱が置いてあるのを押しのけ、子供たちを昔、母と二人で晩御飯を食べた食卓に座らせた。由希子は、二つ並んだ鍋のうち、大きな鍋をゆっくりとかき混ぜた。黒い煮汁のなかから小豆がのぞき、熱せられた鍋から甘い匂いが広がった。隣の鍋で茹《ゆ》でていた白玉が浮かんできたので、冷水で引きしめてから小豆のお鍋に移してひと混ぜし、子供たちによそって出してあげた。子供たちは出されたぜんざいを喜んで食べた。

由希子も、家族みんなのために作ったその夜食用のぜんざいを自分の器によそって、席に着いた。母が亡くなってから何も食べていなかったと、ふと気がついた。甘い匂いに胃がきりきりと痛んだ。お椀を持つ手がふるえた。しかし、一雫《ひとしずく》たりとも零すわけにはいかなかった。母が死んだ。堪えていたはずの涙があふれだした。梶浦さんの持って来てくれた小豆が舌の上でざらつき、あたたかい砂糖の味が、由希子の胃のなかに満ちていった。

件《くだん》

内田百閒

黄色い大きな月が向うに懸かっている。色計《ばか》りで光がない。夜かと思うとそうでもないらしい。後《うしろ》の空には蒼白い光が流れている。日がくれたのか、夜が明けるのか解らない。黄色い月の面を蜻蛉《とんぼ》が一匹浮く様に飛んだ。黒い影が月の面から消えたら、蜻蛉はどこへ行ったのか見えなくなってしまった。私は見果てもない広い原の真中に起《た》っている。軀《からだ》がびっしょりぬれて、尻尾の先からぽたぽたと雫《しずく》が垂れている。件《くだん》の話は子供の折に聞いた事はあるけれども、自分がその件になろうとは思いもよらなかった。からだが牛で顔丈《だけ》人間の浅間しい化物に生まれて、こんな所にぼんやり立っている。何の影もない広野の中で、どうしていいか解らない。何故《なぜ》こんなところに置かれたのだか、私を生んだ牛はどこへ行ったのだか、そんな事は丸でわからない。

そのうちに月が青くなって来た。後の空の光りが消えて、地平線にただ一筋の、帯程の光りが残った。その細い光りの筋も、次第次第に幅が狭まって行って、到頭消えてなくなろうとする時、何だか黒い小さな点が、いくつもいくつもその光りの中に現われた。見る見る内に、その数がふえて、明りの流れた地平線一帯にその点が並んだ時、光りの幅がなくなって、空が暗くなった。そうして月が光り出した。その時始めて私はこれから夜になるのだなと思った。今光りの消えた空が西だと云う事もわかった。からだが次第に乾いて来て、背中を風が渡る度に、短かい毛の戦《そよ》ぐのがわかる様になった。月が小さくなるにつれて、青い光りは遠くまで流れた。水の底の様な原の真中で、私は人間でいた折の事を色色と思い出して後悔した。けれども、その仕舞の方はぼんやりしていて、どこで私の人間の一生が切れるのだかわからない。考えて見ようとしても、丸で摑《つか》まえ所のない様な気がした。私は前足を折って寝て見た。すると、毛の生えていない顎に原の砂がついて、気持がわるいから又起きた。そうして、ただそこいらを無暗《むやみ》に歩き廻ったり、ぼんやり起ったりしている内に夜が更けた。月が西の空に傾いて、夜明けが近くなると、西の方から大浪の様な風が吹いて来た。私は風の運んで来る砂のにおいを嗅ぎながら、これから件に生まれて初めての日が来るのだなと思った。すると、今迄《いままで》うっかりして思い出さなかった恐ろしい事を、ふと考えついた。件は生まれて三日にして死し、その間に人間の言葉で、未来の凶福を予言するものだと云う話を聞いている。こんなものに生まれて、何時迄《いつまで》生きていても仕方がないから、三日で死ぬのは構わないけれども、予言するのは困ると思った。第一何を予言するんだか見当もつかない。けれども、幸いこんな野原の真中にいて、辺りに誰も人間がいないから、まあ黙っていて、この儘《まま》死んで仕舞おうと思う途端に西風が吹いて、遠くの方に何だか騒騒しい人声が聞こえた。驚いてその方を見ようとすると、又風が吹いて、今度は「彼所《あすこ》だ、彼所《あすこ》だ」と云う人の声が聞こえた。しかもその声が聞き覚えのある何人かの声に似ている。

それで昨日の日暮れに地平線に現われた黒いものは人間で、私の予言を聞きに夜通しこの広野を渡って来たのだと云う事がわかった。これは大変だと思った。今のうち捕まらない間に逃げるに限ると思って、私は東の方へ一生懸命に走り出した。すると間もなく東の空に蒼白い光が流れて、その光が見る見る内に白けて来た。そうして恐ろしい人の群が、黒雲の影の動く様に、此方へ近づいているのがありありと見えた。その時、風が東に変って、騒騒しい人声が風を伝って聞こえて来た。「彼所だ、彼所だ」と云うのが手に取る様に聞こえて、それが矢っ張り誰かの声に似ている。私は驚いて、今度は北の方へ逃げようとすると、又北風が吹いて、大勢の人の群が「彼所だ、彼所だ」と叫びながら、風に乗って私の方へ近づいて来た。南の方へ逃げようとすると南風に変って、矢っ張り見果てもない程の人の群が私の方に迫っていた。もう逃げられない。あの大勢の人の群は、皆私の口から一言の予言を聞く為に、ああして私に近づいて来るのだ。もし私が件でありながら、何も予言しないと知ったら、彼等はどんなに怒り出すだろう。三日目に死ぬのは構わないけれども、その前にいじめられるのは困る。逃げ度《た》い、逃げ度いと思って地団太をふんだ。西の空に黄色い月がぼんやり懸かって、ふくれている。昨夜の通りの景色だ。私はその月を眺めて、途方に暮れていた。

夜が明け離れた。

人人は広い野原の真中に、私を遠巻きに取り巻いた。恐ろしい人の群れで、何千人だか何万人だかわからない。其中《その》の何十人かが、私の前に出て、忙しそうに働き出した。材木を担ぎ出して来て、私のまわりに広い柵をめぐらした。それから、その後に足代《あしじろ》を組んで、桟敷をこしらえた。段段時間が経って、午頃《ひるごろ》になったらしい。私はどうする事も出来ないから、ただ人人のそんな事をするのを眺めていた。あんな仕構えをして、これから三日の間、じっと私の予言を待つのだろうと思った。なんにも云う事がないのに、みんなからこんなに取り巻かれて、途方に暮れた。どうかして今の内に逃げ出したいと思うけれども、そんな隙もない。人人は出来上がった桟敷の段に上って行って、桟敷の上が、見る見るうちに黒くなった。上り切れない人人は、桟敷の下に立ったり、柵の傍に蹲踞《かが》んだりしている。暫《しば》らくすると、西の方の桟敷の下から、白い衣物《きもの》を著《き》た一人の男が、半挿《はんぞう》の様なものを両手で捧げて、私の前に静静と近づいて来た。辺りは森閑と静まり返っている。その男は勿体《もったい》らしく進んで来て、私の直《す》ぐ傍に立ち止まり、その半挿を地面に置いて、そうして帰って行った。中には綺麗な水が一杯はいっている。飲めと云う事だろうと思うから、私はその方に近づいて行って、その水を飲んだ。

すると辺りが俄《にわか》に騒がしくなった。「そら、飲んだ飲んだ」と云う声が聞こえた。

「愈《いよいよ》飲んだ。これからだ」と云う声も聞こえた。

私はびっくりして、辺りを見廻した。水を飲んでから予言するものと、人人が思ったらしいけれども、私は何も云う事がないのだから、後を向いて、そこいらをただ歩き廻った。もう日暮れが近くなっていらしい。早く夜になって仕舞えばいいと思う。

「おや、そっぽを向いた」とだれかが驚いた様に云った。

「事によると、今日ではないのかも知れない」

「この様子だと余程重大な予言をするんだ」

そんな事を云ってる声のどれにも、私はみんな何所《どこ》となく聞き覚えのある様な気がした。そう思ってぐるりを見ていると、柵の下に蹲踞んで一生懸命に私の方を見ている男の顔に見覚えがあった。始めは、はっきりしなかったけれども、見ているうちに、段段解って来る様な気がした。それから、そこいらを見廻すと、私の友達や、親類や、昔学校で教わった先生や、又学校で教えた生徒などの顔が、ずらりと柵のまわりに並んでいる。それ等が、みんな他を押しのける様にして、一生懸命に私の方を見詰めているのを見て、私は厭《いや》な気持になった。

「おや」と云ったものがある。「この件は、どうも似てるじゃないか」

「そう、どうもはっきり判らんね」と答えた者がある。

「そら、どうも似ている様だが、思い出せない」

私はその話を聞いて、うろたえた。若《も》し私のこんな毛物になっている事が、友達に知れたら、恥ずかしくてこうしてはいられない。あんまり顔を見られない方がいいと思って、そんな声のする方に顔を向けない様にした。

いつの間にか日暮れになった。黄色い月がぼんやり懸かっている。それが段段青くなるに連れて、まわりの桟敷や柵などが、薄暗くぼんやりして来て、夜になった。

夜になると、人人は柵のまわりで篝火《かがりび》をたいた。その燄《ほのお》が夜通し月明りの空に流れた。人人は寝もしないで、私の一言を待ち受けている。月の面を赤黒い色に流れていた篝火の煙の色が次第に黒くなって来て、月の光は褪《あ》せ、夜明の風が吹いて来た。そうして、また夜が明け離れた。夜のうちに又何千人と云う人が、原を渡って来たらしい。柵のまわりが、昨日よりも騒騒しくなった。頻《しき》りに人が列の中を行ったり来たりしている。昨日よりは穏やかならぬ気配なので、私は漸《ようや》く不安になった。

間もなく、また白い衣物を著た男が、半挿を捧げて、私に近づいて来た。半挿の中には、矢張り水がはいっている。白い衣物の男は、うやうやしく私に水をすすめて帰って行った。私は欲しくもないし、又飲むと何か云うかと思われるから、見向きもしなかった。

「飲まない」と云う声がした。

「黙っていろ。こう云う時に口を利いてはわるい」と云ったものがある。

「大した予言をするに違いない。こんなに暇取るのは余程の事だ」と云ったのもある。

そうして後がまた騒騒しくなって、人が頻りに行ったり来たりした。それから白衣の男が、幾度も幾度も水を持って来た。水を持って来る間丈《だけ》は、辺りが森閑と静かになるけれども、その半挿の水を私が飲まないのを見ると、周囲の騒ぎは段段にひどくなって来た。そして益《ます》益《ます》頻繁に水を運んで来た。その水を段段私の鼻先につきつける様に近づけてきた。私はうるさくて、腹が立って来た。その時又一人の男が半挿を持って近づいて来た。私の傍まで来ると暫らく起ち止まって私の顔を見詰めていたが、それから又つかつかと歩いて来て、その半挿を無理矢理に私の顔に押しつけた。私はその男の顔にも見覚えがあった。だれだか解らないけれども、その顔を見ていると、何となく腹が立って来た。

その男は、私が半挿の水を飲みそうにもないのを見て、忌《い》ま忌《い》ましそうに舌打ちをした。

「飲まないか」とその男が云った。

「いらない」と私は怒って云った。

すると辺りに大変な騒ぎが起こった。驚いて見廻すと、桟敷にいたものは桟敷を飛び下り、柵の廻りにいた者は柵を乗り越えて、恐ろしい声をたてて罵《のの》しり合いながら、私の方に走り寄って来た。

「口を利いた」

「到頭口を利いた」

「何と云ったんだろう」

「いやこれからだ」と云う声が入り交じって聞こえた。

気がついて見ると、又黄色い月が空にかかって、辺りが薄暗くなりかけている。いよいよ二日目の日が暮れるんだ。けれども私は何も予言することが出来ない。だが又格別死にそうな気もしない。事によると、予言するから死ぬので、予言をしなければ、三日で死ぬとも限らないのかも知れない、それではまあ死なない方がいい、と俄に命が惜しくなった。その時、馳《か》け出して来た群衆の中の一番早いのは、私の傍迄近づいて来た。すると、その後から来たのが、前にいるのを押しのけた。その後から来たのが、又前にいる者を押しのけた。そうして騒ぎながらお互に「静かに、静かに」と制し合っていた。私はここで捕まったら、群衆の失望と立腹とで、どんな目に合うか知れないから、どうかして逃げ度いと思ったけれども、人垣に取り巻かれてどこにも逃げ出す隙がない。騒ぎは次第にひどくなって、彼方此方《あちこち》に悲鳴が聞こえた。そうして、段段に人垣が狭くなって、私に迫って来た。私は恐ろしさで起ってもいてもいられない。夢中でそこにある半挿の水をのんだ。その途端に、辺りの騒ぎが一時に静まって、森閑として来た。私は、気がついてはっと思ったけれども、もう取り返しがつかない、耳を澄ましているらしい人人の顔を見て、猶《なお》恐ろしくなった。全身に冷汗がにじみ出した。そうして何時迄も私が黙っているから、又少しずつ辺りが騒がしくなり始めた。

「どうしたんだろう、変だね」

「いやこれからだ、驚くべき予言をするに違いない」

そんな声が聞こえた。しかし辺りの騒ぎはそれ丈で余り激しくもならない。気がついて見ると、群衆の間に何となく不安な気配がある。私の心が少し落ちついて、前に人垣を作っている人人の顔を見たら、一番前に食《は》み出しているのは、どれも是《これ》も皆私の知った顔計りであった。そうしてそれ等の顔に皆不思議な不安と恐怖の影がさしている。それを見ているうちに、段段と自分の恐ろしさが薄らいで心が落ちついて来た。急に咽喉が乾いて来たので、私は又前にある半挿の水を一口のんだ。すると又辺りが急に水を打った様になった。今度は何も云う者がない。人人の間の不安の影が益《ますます》濃くなって、皆が呼吸をつまらしているらしい。暫らくそうしているうちに、どこかで不意に、

「ああ、恐ろしい」と云った者がある。低い声だけれども、辺りに響き渡った。

気がついて見ると、何時の間にか、人垣が少し広くなっている。群衆が少しずつ後しさりをし

ているらしい。

「己《おれ》はもう予言を聞くのが恐ろしくなった。この様子では、件はどんな予言をするか知れない」と云った者がある。

「いいにつけ、悪いにつけ、予言は聴かない方がいい。何も云わないうちに、早くあの件を殺してしまえ」

その声を聞いて私は吃驚《びっくり》した。殺されては堪《たま》らないと思うと同時に、その声はたしかに私の生み遺《のこ》した倅《せがれ》の声に違いない。今迄聞いた声は、聞き覚えのある様な気がしても、何人の声だとはっきりは判らなかったが、これ許りは思い出した。群衆の中にいる息子を一目見ようと思って、私は思わず伸び上がった。

「そら、件が前足を上げた」

「今予言するんだ」と云うあわてた声が聞こえた。その途端に、今迄隙間もなく取巻いていた人垣が俄に崩れて、群衆は無言のまま、恐ろしい勢いで、四方八方に逃げ散って行った。柵を越え桟敷をくぐって、東西南北に一生懸命に逃げ走った。人の散ってしまった後に又夕暮れが近づき、月が黄色にぼんやり照らし始めた。私はほっとして、前足を伸ばした。そうして三つ四つ続け様に大きな欠伸《あくび》をした。何だか死にそうもない様な気がして来た。

災厄　天災及び人災

Disasters, Natural and Man-Made

大地震・金将軍

芥川龍之介

大地震

芥川龍之介

それはどこか熟し切った杏《あんず》の匂に近いものだった。彼は焼けあとを歩きながら、かすかにこの匂を感じ、炎天に腐った死骸の匂も存外悪くないと思ったりした。が、死骸の重なり重《かさな》った池の前に立って見ると、「酸鼻」と云う言葉も感覚的に決して誇張でないことを発見した。殊《こと》に彼を動かしたのは十二三歳の子供の死骸だった。彼はこの死骸を眺め、何か羨ましさに近いものを感じた。「神々に愛せらるるものは夭折《ようせつ》す」——こう云う言葉なども思い出した。彼の姉や異母弟はいずれも家を焼かれていた。しかし彼の姉の夫は偽証罪を犯した為に執行猶予中の体だった。……

「誰も彼も死んでしまえば善い」

彼は焼け跡に佇んだまま、しみじみこう思わずにいられなかった。

金将軍

　或夏《ある》の日、笠をかぶった僧が二人、朝鮮平安南道龍岡郡桐隅里《りゅうこうぐんとうぐうり》の田舎道を歩いていた。この二人は唯《ただ》の雲水ではない。実ははるばる日本から朝鮮の国を探りに来た加藤肥後守清正《ひごのかみきよまさ》と小西摂津守行長《せっつのかみゆきなが》とである。

　二人はあたりを眺めながら、青田《あおだ》の間を歩いて行った。すると忽《たちま》ち道ばたに農夫の子らしい童児が一人、円い石を枕にしたまま、すやすや寝ているのを発見した。加藤清正は笠の下から、じっとその童児へ目を落した。

「この小倅《こせがれ》は異相をしている。」

　鬼上官は二言《にごん》と云わずに枕の石を蹴はずした。が、不思議にもその童児は頭を土へ落す所か、石のあった空間を枕にしたなり、不相変《あいかわらず》静かに寝入っている！

「愈《いよいよ》この小倅は唯者ではない。」

　清正は香染めの法衣《ころも》に隠した戒刀の欛《つか》へ手をかけた。倭国《わこく》の禍《わざわい》になるものは芽生えのうちに除こうと思ったのである。しかし行長は嘲笑いながら、清正の手を押しとどめた。

「この小倅に何が出来るものか？　無益《むやく》の殺生をするものではない。」

　二人の僧はもう一度青田の間を歩き出した。が、虎髯《とらひげ》の生えた鬼上官だけはまだ何か不安そうに時々その童児をふり返っていた。……

三十年の後、その時の二人の僧、――加藤清正と小西行長とは八兆八億の兵と共に朝鮮八道へ襲来した。家を焼かれた八道の民は親は子を失い、夫は妻を奪われ、右往左往に逃げ惑った。京城は既に陥った。平壌も今は王土ではない。宣祖王《せんそおう》はやっと義州《ぎしゅう》へ走り、大明《だいみん》の援軍を待ちわびている。もしこのまま手をつかねて倭軍《わぐん》の蹂躙《じゅうりん》に任せていたとすれば、美しい八道の山川《さんせん》も見る見る一望の焼野の原と変化する外はなかったであろう。けれども天は幸にもまだ朝鮮を見捨てなかった。と云うのは昔青田の畔に奇蹟を現した一人の童児、――金応瑞《きんおうずい》に国を救わせたからである。

金応瑞は義州の統軍亭《とうぐんてい》へ駈けつけ、憔悴《しょうすい》した宣祖王の龍顔《りゅうがん》を拝した。

「わたくしのこうして居りますからは、どうかお心をお休めなさりとうございまする。」

宣祖王は悲しそうに微笑した。

「倭将《わしょう》は鬼神よりも強いと云うことじゃ。もしそちに打てるものなら、まず倭将の首を断ってくれい。」

倭将の一人――小西行長はずっと平壌の大同館《だいどうかん》に妓生《ぎせい》桂月香《けいげつこう》を寵愛していた。桂月香は八千の妓生のうちにも並ぶもののない麗人である。が、国を憂うる心は髪に挿した玫瑰《まいかい》の花と共に、一日も忘れたと云うことはない。その明眸《めいぼう》は笑っている時さえ、いつも長い睫毛のかげにもの悲しい光りをやどしている。

或冬の夜、行長は桂月香に酌をさせながら、彼女の兄と酒盛りをしていた。彼女の兄も亦《また》色の白い、風采の立派な男である。桂月香はふだんよりも一層媚《こび》を含みながら、絶えず行長に酒を勧めた。その又酒の中にはいつの間にか、ちゃんと眠り薬が仕こんであった。

少時《しばらく》の後《のち》、桂月香と彼女の兄とは酔《え》い伏した行長を後にしたまま、そっと何処かへ姿を隠した。行長は翠金《すいきん》の帳《ちょう》の外に秘蔵の宝剣をかけたなり、前後も知らずに眠っていた。尤《もっと》もこれは必しも行長の油断したせいばかりではない。この帳は又鈴陣《れいじん》である。誰《たれ》でも帳中に入《い》ろうとすれば、帳をめぐった宝鈴《ほうれい》は忽ちけたたましい響と共に、行長の眠を破ってしまう。唯行長は桂月香のこの宝鈴も鳴らないように、いつの間にか鈴の穴へ綿をつめたのを知らなかったのである。

桂月香と彼女の兄とはもう一度其処《そこ》へ帰って来た。彼女は今夜は繡《ぬい》のある裳《もすそ》に竈《かまど》の灰を包んでいた。彼女の兄も、——いや彼女の兄でない。王命を奉じた金応瑞は高々と袖《そで》をからげた手に、青龍刀を一ふり提げていた。彼等は静かに行長のいる翠金の帳へ近づこうとした。すると行長の宝剣はおのずから鞘《さや》を離れるが早いか、丁度翼の生えたように金将軍の方へ飛びかかって来た。しかし金将軍は少しも騒がず、咄嗟にその宝剣を目がけて一口の唾を吐きかけた。宝剣は唾にまみれると同時に、忽ち神通力を失ったのか、ばたりと床の上へ落ちてしまった。

金応瑞は大いに吼《たけ》りながら、青龍刀の一払いに行長の首を打ち落した。が、この恐しい倭将の首は口惜《くちお》しそうに牙を嚙み嚙み、もとの体へ舞い戻ろうとした。この不思議を見た桂月香は裳の中へ手をやるや否や、行長の首の斬り口へ幾摑みも灰を投げつけた。首は何度飛び上っても、灰だらけになった斬り口へはとうとう一度も据わらなかった。

けれども首のない行長の体は手さぐりに宝剣を拾ったと思うと、金将軍へそれを投げ打ちにした。不意を打たれた金将軍は桂月香を小腋《こわき》に抱えたまま、高い梁の上へ躍り上った。が、行長の投げつけた剣は宙に飛んだ金将軍の足の小指を斬り落した。

その夜も明けないうちである。王命を果した金将軍は桂月香を背負いながら、人気《ひとけ》のない野原を走っていた。野原の涯《はて》には残月が一痕《こん》、丁度暗い丘のかげに沈もうとしている所だった。金将軍はふと桂月香の妊娠していることを思い出した。倭将の子は毒蛇《どくだ》も同じことである。今のうちに殺さなければ、どう云う大害《だいがい》を醸すかも知れない。こう考えた金将軍は三十年前《ぜん》の清正のように、桂月香親子を殺すより外に仕かたはないと覚悟した。

英雄は古来センティメンタリズムを脚下に蹂躙する怪物である。金将軍は忽ち桂月香を殺し、腹の中の子供を引ずり出した。残月の光りに照らされた子供はまだ模糊とした血塊だった。が、その血塊は身震いをすると、突然人間のように大声を挙げた。

「おのれ、もう三月待てば、父の讐《かたき》をとってやるものを！」

声は水牛の吼《ほ》えるように薄暗い野原中に響き渡った。同時に又一痕の残月も見る見る丘のかげに沈んでしまった。………

これは朝鮮に伝えられる小西行長の最後である。行長は勿論征韓の役《えき》の陣中には命を落さなかった。しかし歴史を粉飾するのは必しも朝鮮ばかりではない。日本も亦小児《しょうに》に教える歴史は、——或は又小児と大差のない日本男児に教える歴史はこう云う伝説に充《み》ち満ちている。たとえば日本の歴史教科書は一度もこう云う敗戦の記事を掲げたことはないではないか？

「大唐《もろこし》の軍将、戦艦《いくさぶね》一百七十艘を率いて、白村江（朝鮮忠清道舒川県《じょせん》）に陣列《つらな》れり。戊申《つちのえさる》（天智天皇の二年秋八月二十七日）日本《やまと》の船師《ふないくさ》、始めて至り、大唐《もろこし》の船師《ふないくさ》と合戦《たたか》う。日本《やまと》利あらずして退く。己酉《つちのととり》（二十八日）……更に日本《やまと》の乱伍、中軍の卒を率いて進みて大唐《もろこし》の軍を伐《う》つ。大唐《もろこし》、便《すなわ》ち左右より船を夾《はさ》みて繞《めぐ》り戦う。須臾《とき》の際《ま》に官軍《みいくさ》敗績《やぶ》れぬ。水に赴きて溺死《しぬ》る者衆《おお》し。艫舳《へとも》、廻旋《めぐら》することを得ず。」（日本書紀）

如何なる国の歴史もその国民には必ず光栄ある歴史である。何も金将軍の伝説ばかり一粲《いっさん》に価する次第ではない。

虫

青来有一

青々としたウマオイが、血だらけのふくらはぎをゆっくりと這ってきます。葉っぱのように垂れた足の皮を、ウマオイは四角い口でもしゃもしゃと喰いはじめ、こちらに細長い顔をむけ、「まだ、生きておるね?」と無表情の大きな複眼で見つめて訊ねるのです。わたしは「あわわっ」と声をあげてやっと眼を覚ましました。

しんとしたあたりの気配でまだ真夜中だとわかると、急に誰かにすがりつきたくなり、ぎゅっとまぶたを閉じてみても、もう眠れはせんとです。眼は冴えてばかりで、昔のことばかりがいつ尽きるともなくよみがえってきます。

齢を重ねるとは、こういうことだったのですね。なんと因果なことか、なんと惨《みじ》めなことか。

「まだ、生きておるね?」

そう問われたのは、六十年も前のことで、わたしにはあれが誰の声だったのかわかりませんでした。男の声だったのか、女の声だったのかも、判然とはしないで、ウマオイの声になり、蠅の声になり、地を這う虫たちの声となって、「まだ、生きておるね?」と今でも時々、呼びかけてくるのです。「だいじょうぶか?」とか、「死ぬんじゃないっ!」とか、切羽つまった調子ではなくて、「起きておるね?」と問うような、どこか滑稽でまのぬけた問いかけでした。

瓦礫《がれき》の下からもぞもぞと這い出してきたわたしは、一息をついたところで、どこからか爆風で飛ばされてきたのか、一匹のまったく無傷のウマオイが瓦礫の隙間を這っているのを見て、「ああ、この虫が呼んでくれたのか」とふつうなら想像もしないとんちんかんなことを考えたのでした。そればかりか、「はい、生きております」と無意識に返事さえした気もします。

それからまた気を失って、どれくらいの時間が過ぎたのか、誰かがわたしをふっと持ち上げていて、崩れ残った煉瓦《れんが》の壁の陰に流れるように移動させてくれました。

あの時のことはほとんど覚えてはおらんのですが、瓦礫とガラスの間に飛び散った血の間で、たくさんの黒い蟻《あり》がしきりに走り回っていた記憶があります。わたしを運んでくれたのは、あれらの大群ではなかったか、わたしは蟻にひきずられたのかと奇妙なことを考えたりもしました。

腹のあたりでちぎれている死体を見ました。

誰だったのか、怖くて顔は見ませんでした。うどんのようにぷりぷりした白い腸が溢れていて、破れ目で、もぞもぞと動いておったのは、たぶん、サナダムシだったのでしょう。

看護婦見習いの十五歳のわたしはおののきもしながら、樹木にも、家の軒下にも、地の底にも、ひとのからだの中にまで虫は棲んでいることを実感しました。

傍《かたわ》らには瓦礫で潰《つぶ》された人間の顔もありましたが、これで人は滅びて、これから虫の世界が始まるとやろうとぼんやりと考えたぐらいで、あの時は別にそれほど哀しみは感じませんでした。

ウマオイの夢を見たのは、玲子さんからの葉書のせいかもしれません。

わたしは手を頭の方に伸ばして、枕元の灯のスイッチを探しました。寝巻きの袖《そで》が肩までめくれて、かすかに脇の下から体臭が漂い、遠い昔に嗅いだ祖母の乾いた黴《かび》のような匂いを思い出します。

右手の甲を左の指で撫でると、細いすじのようなこりこりとした骨に触れます。だんだんと肉の下から骸骨《がいこつ》が現れ、肌には点々としみがひろがり、わたしはもうすっかり老婆になっており、死んでしまうまでにそれほど時間はないはずなのですが、まだ先のようにも感じます。つきのものはずっと前に終わりましたが、老いたからだには、あさましい女がひとり巣食っておって、もぞもぞと今にも這い出してこようとしています。

腹ばいになって枕元の灯を点けて、畳に置いたままにしていた玲子さんからの葉書を読み返しました。

前略

先月もまた鉄輪《かんなわ》温泉の湯治場で一週間ほど過ごしました。こちらに越してきて、今では十数年来の顔見知りも多くなり、ついつい話しこんで長風呂になってしまいます。

暑い日にゆっくり温泉につかって汗をかくのはすばらしいですよ。入浴後にいただく一口のビールはほんとうにおいしい。夕日を映して湯は金色に輝いて、まさに天国です。どうですか、一度、訪ねておいでになりませんか。一緒にお風呂につかって、思い出話などをしてくれませんか。あのひとが亡くなってから十五年になり、思い出などを語り合える友だちも少なくなりました。わたしの知らないあのひとの一面など話してください。お待ちしております。かしこ。

なんと穏やかな老後があるのか、どうしてこうも気楽にしておられるのか。

むらむらと怒りがわいてきて、腹這いのまま、水差しの水を、湯吞に注いで飲み干しました。

タイマーにしていたエアコンのスイッチは切れ、家は異様に蒸し暑く、かっと頭に血がのぼり、タオルケットを払いのけて布団の上に座りこみ、「もう、ほっておいてくれんですか」と叫び、頬にこびりついた銀髪を指でめくりました。

わたしにはあのひととのことは終ってはおりません。終らない愛もあります。あのひとが死んでしまって十五年が過ぎても、まだあのひとを愛おしむ炎はわたしの中で燃えております。焼け跡の残骸の熾《お》き火のように赤い小さな炎ですが、それはまったく思いがけないくらいに赤々と燃え上がる夜もあります。

マリアさま、どうして、あの時に瓦礫の下に埋もれてわたしは死んでしまわんやったとでしょうか。同じ病院の部署で働いていた五人の看護婦見習いの中で、わたしだけが生き残ってしまったのはなんででしょうか。父と母と、四人の弟妹はなぜ死んでしまったのでしょうか。あのひとたちは、「まだ、生きておるね?」と問われなかったのでしょうか。ウマオイでも、蟻でも、サナダムシでも、なにかがそう問いかけていたら、あのひとたちも瓦礫の中からむっくりと這い出してきたかもしれません。

耳元に蚊が唸《うな》るかすかな音が聴こえてきました。からだは汗びっしょりで、おそらく、その臭いに誘われるのでしょう。ぶんぶんと頬のあたりで唸る蚊を払いのけはしても、ぱちんと潰したり、蚊取り線香で殺す気にはなりません。

どんないのちも、この世のいのちは、なんとかがんばって生き残ってきたいのちであります。その難儀を思うと、哀れでいじらしくもあり、マリアさま、わたしは蚊のためにでも祈らんではおられん心持になります。でも、マリアさまも、イエスさまも、どうせ蚊なんかにはゆるしはあたえられんでしょうね。

いろいろと考えていると、頭の芯がだんだん痛くなってきて、眼はいよいよ冴えてくるばかりです。エアコンを入れ、流れてくる涼しい風を顔で受けながら、しばらく猫のように背中を丸めて、膝で手を組んで、眼を瞑ってみましたが、やはり眠れそうになく、わたしはマリアさまの祭壇の前に座りました。

カーテンの隙間は黒く、まだ朝までは時間があるようです。わたしは祭壇の二本の大きな蠟燭《ろうそく》にマッチで火を点しました。

蠟燭の静かで柔らかな光が好きです。蛍光灯の光のように冷たくはなく、太陽の光のようにぎらぎらしてはおりません。なんとまろやかな光。この世とあの世のあいだの灯火。なにもかも角が丸うなって優しうなります。マリアさまのふくよかな頰も、髪をおおう青い布地の襞《ひだ》も神秘の光に浮かび上がってきます。

天にまします我らの父よ……、どうかわたしの胸の怒りをしずめてください。玲子さんを憎むさかしまな心を消してしもうてください。

指を組んで祈りをささげると幾世代も前のご先祖たちが過ごした闇が訪れてきて、心が少し穏やかになってきました。

マリアさま、ご先祖の人々もこうしてこっそりと祈りながら、憎しみや、怒りや、さかしまな心と闘っていたのでしょうね。

ひとすじの祈りが、わたしとそのひとびとをしっかりと数珠つなぎにつらぬいて、わたしもまもなくその列の末尾につながる予感がします。

マリアさまに顔を寄せると眼の下の小さな涙袋に、なにか糸くずのようなものがぼんやり見えました。白内障の手術をしてから、わたしの視力は不安定になりました。眼鏡をかけないと水の中のようになにもかもぼんやり霞《かす》んでしまいます。あんまりもう世の中を見たくもなく、テレビもほとんど見ず、新聞も読まないので、家の中では眼鏡をかけないでいることが多いのですが、こんな時にはやはり眼鏡がいります。

祭壇にしている粗末な机のひきだしの中から取り出して、眼鏡をかけて再び顔を近づけると、マリアさまの眼の下に蚊が一匹止まっていました。つるつるの陶磁の表面なのに、すべることもなくじっとしがみついています。さきほど闇で唸っていたのは、この蚊だったのでしょう。蚊は一番後ろの左右の脚を交互に痺れでも感じているかのように伸ばしており、腹が赤く膨らんでいるのがわかります。

血を吸いすぎて自らの重みをこらえきれなくなったのか、蠟燭の炎が発する薄い煙に燻《いぶ》されたのか、蚊はマリアさまの目元からぽとりと祭壇に敷いた白い布に落ち、次の瞬間、さかさまになっていた蚊は脚を激しく動かして、すっと飛んで闇の中に消えてしまいました。

マリアさまに感謝の祈りをささげ、胸で十字を切った時、ようやく右の腕のあたりに小さな痒《かゆ》みを感じ、赤くぷくりと腫れているのにわたしは気がついて、爪を押し当てて十字の痕《あと》を刻んだのです。


あの時、野下さんや、木野さんのように瓦礫に埋もれたままであったなら、六十年過ぎた今、蚊と戯れながら眠れない夜を過ごすことはなかったはずです。しかし、あのひとに会うこともなく、たとえ一瞬であったとしても女として輝いたあの罪深い瞬間を迎えることもなかったはずで、ほんとうのところ、生きてきてよかったのか、あの時、死んでしまったほうがよかったのか、わたしにはようわからんとです。

あの日、瓦礫の下から這い出して、また気を失い、次に目覚めたのは竹林のなかの広場のような場所でした。土地のかたちのおかげで、原子爆弾の熱線や爆風の被害から免れた一帯らしく、青々とした笹はゆらゆらと風に揺れて、破れ目のない蜘蛛《くも》の巣には、黄色と黒の縞目《しまめ》が鮮やかなジョロウグモがじっとしていました。今から考えるとわたしは二昼夜をそこで過ごしたことになります。

竹林には何人もの傷ついた人々が横たえられていましたが、ほとんどの人が最初の夜のうちに息絶え、あたりには死臭も漂い、わたしは枯れた笹の葉になかば埋もれて横たわったまま、滲んだ白い光を眺めていました。

哀しみはなく、ただ疲れ果ててからだが重く、夏の光の中ですべてがなだらかに崩れていくようでした。生きていることと死ぬことの境界が失われ、気だるいばかりで、それ以外にはなにも感じませんでした。

竹林での二日目の朝、傍らに横たわっていた事務員らしい中年女性の頬を這う蠅を見ました。蠅は頬骨の突き出したあたりを這い、こめかみを這い、儀式のように前脚を何度もこすり合わせています。

紺のもんぺが縦にちりちりに裂けていながら、女性の白いふくらはぎばかりは傷ひとつないのが不思議でした。女性はまったく動く気配もなく、もう死んでいるとわたしは思うていました。やがて、蠅が閉じたまぶたに這った時、女性は、ふいに手で蠅を追い払い、まぶたを開き、瞳にはまだ潤んだ光が宿っています。

昔は魚屋の店頭などに、よく蠅捕り紙がぶらさがっていたのは年配の人なら記憶にあるでしょう。なかには黒い棒に思えるほどに、びっしりと蠅がくっついているのを見たこともあります。人間は虫たちにも生かされておりながら、微塵のいのちなどには、まったく考慮しない罪深い生き物にも思えてしかたがありません。

天主堂の白いイエスさまの像の痩せた胸を這いまわる蠅を見た記憶もあります。ゴルゴタの丘では、実際に、「まだ、生きておるね？」と蠅が磔《はりつけ》のイエスさまに問うたことなどがあったかもしれません。力なく頭を垂れていたイエスさまが汚れたまぶたを開いて、足元に群がった人々を眺めた一瞬があったとは考えられんでしょうか。

わたしはノアの箱舟のことも若い頃からよう考えてきました。それには、牛馬や、犬猫ばかりが乗ったのではないでしょう。もしかしたら、神さまの眼をかすめて、多くのいのちが逃れてきたことはなかったでしょうか。牛馬の毛に隠れて蚤《のみ》、虱《しらみ》も乗りこめば、干草には青く美しいウマオイも潜んでいたかもしれません。

牛馬の糞には蠅が卵を産みつけ、泥に汚れたひづめのすきまには野の草花の種子もまぎれこみ、それはたぶん臭くて汚れていて、でも、賑やかな旅だったでしょう。洪水の後で水が退いた世界の復活には、それら小さきものたちのはたらきは大きかったのやろうと思います。人間がひとり生きていくためには、眼には見えん幾億ものいのちが必要と聞いたことがあります。

わたしはそんな虫たちのいのちまでも含めた信仰を、あのひとにだけは話したことがあります。あのひと……、そうです、佐々木さんは、元は禁教時代に外海《そとめ》から五島に逃れた隠れキリシタンの末裔で熱心なクリスチャンでした。

「廣瀬さんはやさしい娘さんだねえ。しかし、それは、もう、われわれの信仰ではなかかもしれんなあ」

佐々木さんはわたしの考えを肯定も否定もしませんでした。

佐々木さんは戦後、いったん帰った五島から長崎に出てきて、印刷所で働きながら教員になる勉強を続けていました。わたしはまだ二十代の初めで、佐々木さんは一つ年長でした。

西洋の宣教師の血が流れているのではなかろうかと疑わせるほどに、佐々木さんは目鼻立ちが整い、あまりに整いすぎているために後から思い出そうとしても、どうしても顔が思い浮かんでこないような、最初の頃は理想的すぎて特徴のない容貌にも思えました。

知覧《ちらん》で特攻の出撃命令を受けながらもエンジンの不調で飛び立てず、次の出撃を待ちながら終戦を迎えたということは少しだけ聞いたことがあります。

「いずれは靖国にまいられるおつもりでしたか?」

わたしは訊ねてみましたが、あのひとはなにも応えず、戦争中のことはそれからいっさい語りませんでした。

おそらくそうした経験があのひとの信仰心から余分ないっさいの贅肉《ぜいにく》を削ぎ落としてしまい、神さまについて深く考えるようになったのだろうと、なんにも知らない若いわたしは尊敬さえしていたのです。恋心はすでに芽生えつつありました。もちろん、あの印刷所でわたしがあのひとに出会った頃は、まだ玲子さんはそこにはいませんでした。

印刷物を佐々木さんは倉庫からクルマに運び、わたしは足をひきずりながら、ちびたエンピツと伝票を持って、聖歌の本や聖書の冊数を数えては確認する、そんな作業を続けていました。藁《わら》半紙《ばんし》と呼ばれる質の悪い紙が、徐々に改善されていく時期で、そうなると十部、百部ではわかりませんが、何千部にもなると冊子もずいぶんと重く、なかなかの重労働だったと思います。夏などは仕事が一段落つくと、佐々木さんはもう汗びっしょりで、倉庫の横の蛇口に口を寄せてごくごくと水を飲みました。

マリアさま、正直に告白しますけん、怒らんでください。

もう、あの頃にはわたしには肉欲の疼《うず》きがありました。男の人の淫らな美しさを、あの瞬間ほど感じたことはありません。剝き出しの歯茎から水は溢れ、喉仏や尖った顎から滴る水の輝きをよう覚えております。タオルで拭う開襟シャツの汗で濡れた首すじに、わたしは抱きつきたい衝動をいつも感じておったのです。原子爆弾でみっともなか姿になり、十代の後半をほとんど家の中で過ごしたわたしにも、溢れるものは溢れていたのです。

佐々木さんと話しているとわたしの声は自分でも知らないうちにうわずっていたようです。そんなわたしたちをいつも恨めしそうに睨《にら》んでいたのが、尾崎さんでした。

尾崎さんは佐々木さんと同じ年齢でしたが、爆風で飛んだ魚雷の金属部品に破砕され、水が滴り落ちるはずの尖った顎がなく、傍目には唇からすぐに首につながっているように見えました。

尾崎さんはそんな容貌を恥じてなのか、きわめて無口な人で、あの人の声の記憶がほとんどありません。ただ、尾崎さんが話したことはなんでかよう覚えておるのです。尾崎さんも両親と兄弟五人を一瞬にして失い、わたしにだけはそのことを涙ぐんで話しました。

「骨はまとまって、台所のあたりから出てきた……親の骨も弟と妹の骨もわけられはせん。みんな一緒にひとつの骨壺に入れて、おれは、時々、骨を手にして夜中に泣くと」

尾崎さんはわたしの足にそれとなく視線を投げ、「同じ原爆で傷を負ったもの同士ではなか か？」と訴えているようでした。尾崎さんの言いたかったことは、わたしにはわかっておりました。原子爆弾で傷ついた人間とそうでなかった人間はもう別々の種類の人間だと言いたかったのでしょう。

マリアさま、確かにわたしの頬にも痣《あざ》があります。若い頃は厚く化粧をして隠そうとしていましたが、それでも蛍光灯の光に青く浮かび上がってくるのです。それからわたしは今でも左足をひきずってしまいます。わたしもあの日の記憶が残るわたしのからだを恥じてきたのです。

でも、わたしは健康で美しい佐々木さんに憧れておりました。マリアさま、それはゆるされんことでしょうか。信仰が深く、まっすぐに理想を求める逞しいあのひとを好きにならない若い女などいなかったと思います。

わたしは尾崎さんにいらだち、冷たくあしらいさえもしました。三十歳になるまでに三度の顎の整形手術の後、尾崎さんは放射線の後障害《こうしょうがい》の苦しみも重なったようで金比羅山の森で首をくくりました。

マリアさま、なんと酷《ひど》かことか。あの方を救うわけにはいかんかったのでしょうか。それともあれが救いであり、尾崎さんは重荷を取り除かれて神さまのもとに召されたということですか。

尾崎さんの視線が今でもふいによみがえることがあるのです。視線がわたしの胸を這い、背中を這い、頬を這い、痣のある横顔を這うようで、むず痒くさえ感じることがあるのです。

尾崎さんがわたしを欲していたことは薄々は感じていました。眼はぎらぎらして、わたしはぞっとしましたが、あれは、一途に欲情する虫の眼であったのですね。カブトムシでも、蟬でも、蝸牛《かたつむり》でも、夏になったら発情して、雌が欲しか、雄はおらんかと互いを探し回ります。

どんな小さな虫だって、沸騰して沸き立つようにざわざわして、それはどうしようもなかことではありませんか。どうしてわたしは尾崎さんにこの身を思う存分に与えてあげなかったのでしょうか、それを思うとわたしは泣きたくなります。

尾崎さんとひっそりと身を寄せ合い、互いの心とからだの傷をいたわりあい生きてきたなら、それはそれで穏やかな老後を迎え、こんなふうに怒りで眠れない夜を過ごすことはなかったかもしれません。

マリアさま、蠟燭の炎はなんと柔らかく心を包んでくれることか。

夜はいよいよ深くなり、虫の声もやんで、なんの物音も響いてきません。正座ができない、投げ出した左足に痛みが走ります。冬になると左足がしんしんと疼くことはよくありますが、夏でも朝方、少し冷んやりした時など小さな氷の塊を落としたようにすっと痛みが走ることがあります。ガラスの微細な破片がまだ神経を傷つけているのでしょうか。

わたしはパジャマのすそをめくり、十五の時から連れ添ってきた変色した足を眺めました。足はあまり重さをささえないので、筋肉が落ちて木切れのように痩せ細っています。もうほとんど傷跡はなく、ただ赤茶けた色に変色しています。

六十年前、あの竹林で、この足を見た瞬間の驚きは今でも忘れることができません。まるで磁力で吸い寄せたようにガラスの破片が左足にびっしり集まっていたのです。わたしを最初に見つけてくれたのは、三ツ山に住む遠縁の小母《おば》さんで、娘さんの家族を探していて、偶然にわたしをみつけたそうです。

それほど面識もなかったのに、小母さんはわたしをわざわざ自分の家にまで運んでくれ、破れたもんぺを剝ぎ、全身の無数の傷口をチンキで消毒して、竹の箸で足のガラス片をひとつひとつ抜いてくれました。

その日の夕方、小母さんの孫娘になる八歳の少女が戸板に乗せられて運ばれてきました。全身を布でくるまれ、頭のとっぺんから玉蜀黍《とうもろこし》の毛のように髪がぱらぱらと飛び出し、眼にふたつ、口にひとつ、ミイラのように穴が穿《うが》たれていました。わたしの傍らに寝かされた娘さんは、ときおり暴れて呻《うめ》き声を発し、そのたびにうつらうつらしていたわたしは眠りを妨げられました。

真夜中、ひときわ大きな男の人の声で目覚めました。

「もう、どげんもならん。息が弱くなってきておる」

「せめて、こん娘にも洗礼を授けてやれんでしょうか」

小母さんの声が聴こえました。

「司祭さまがおらん」

誰か男の人が答えていました。

「こげんときは、信仰があるものは誰が授けてあげてもかまいはせん。昔はずっとそげんしてきたとやから……。新しい水を汲んでこんね。おれが授けてやるけん」

それから呟《つぶや》きのような祈りが聴こえ、額に十字架を記すために指を濡らす水の音もかすかに聴こえて、ご先祖たちが傍らにいるような安堵をわたしは覚えていました。

「われ、父と子と聖霊の御名によりて、汝を洗う」

まもなく、あたりの緊張がゆるんで、「美千代、よかったねえ。安心して天国に行けばよか」と小母さんの涙まじりの声が聴こえましたが、返事はもうありませんでした。あれがほんとうにあったことなのか、それとも熱に惑わされた夢のひとつだったのか、わたしには今でも判然とはしません。

昼前に祖父がリヤカーを引いて、わたしを迎えに来てくれました。

「生きておったか」

祖父は横たわるわたしの傍らでうずくまり、あうあうっと海驢《あしか》のように身を捻《ひね》りこそしませんが、大声でひとしきり泣くのです。わたしの傍らにはすでに息絶えた娘さんが横たわり、祖父は十字を胸で切り、静かに頭を垂れました。

「さあ、帰ろう。ばあさんが待っておる。おまえだけでも元気な姿を見せてくれんば、もう、おれらはどうにもならん」

祖父母の家は浦上川《うらかみ》の源流近くまで遡ったところにあります。山を背にした古い家で、わたしの家の信仰はあの家で守り継がれてきたのでした。

「お父さんは？　お母さんは？」

「……」

「トキは？　真一郎は？　フジちゃんと早苗ちゃんは？」

「……」

祖父はなにも応えてはくれないで、「おれが治してやる。病院に行っても、どうせ薬もなか。まともな治療もできん。家に帰ろうな」と言い、わたしの軽いからだを抱えるのでした。

皮が剝けた左足が痛くて、わたしは呻き、家族の行方もそれ以上は探りはしませんでしたが、祖父の態度でおよその察しはつきました。

松山にあった家は跡形もなく消失して、そこに父も母も幼い四人の弟妹たちもいたはずですが、結局は骨さえも探すことはできないで、白い灰を墓に入れるしかなかったのです。

わたしをリヤカーに乗せて毛布で包むと、祖父は三ツ山の小母さんになんども頭を下げました。

「元気にならんばよ。美千代のぶんも生きてくれんばいけんよ」

小母さんはそう言って泣き崩れ、わたしはリヤカーの荷台に横たわり、小母さんの姿が小さくなっていくのをぼんやり見ていました。それからずっとぐるぐる回る車輪ばかりを眺めていた記憶があります。リヤカーの骨組みの鉄の支柱は赤く錆びていて、うっすらと鉄が匂うのでした。

三ツ山からの長い曲がりくねった下り坂を、祖父はゆっくり注意しながら降りました。

「光子、だいじょうぶか?」

祖父はなんどとなく立ち止まって訊ねてきます。途中で山の方に向かう何人かの人たちとすれちがいましたが、黒く煤《すす》けた影のような人ばかりで、まっとうな姿をした人をほとんど見ることはなかったと思います。

「なんで、こげん目に遭うとやろうか?」

小高い丘の木陰で一息ついた祖父は、腰に結び付けていた手拭いで額の汗を拭いながら呟き、わざわざリヤカーを反対に向け、焦土となった浦上を見せてくれたのです。

「見てみんか。教会も壊れてしもうた……」

わたしの眼には涙が初めて浮かんできました。なーんも、ありません。なーんもなかったとです。家もあったのに、鋳物工場もあれば、豆腐屋もあったのに……。

丘の上の教会はかろうじて壁の一部と土台が残り、虫歯を思わせました。松山の家々もすっかり消滅して、点々と煙がたなびき、瓦礫ばかりが果てしなく続いていました。

青いウマオイが、草むらからひょいとリヤカーの荷台に飛んできて、わたしの血だらけの親指にしがみついたのはその時でした。あっと驚き、同時にわたしは死にはせんのやろうとなぜか理解したのです。虫がわたしの守り神に思えたのです。

ウマオイとはキリギリスのなかまで、すいーちょん、すいーちょんと鳴きます。あの頃はどこの野原でも、普通に見られた虫で、夏の終り頃などの草むらは賑やかで、時にはうるさいくらいでした。亡くなったフジちゃんは、その声を聞くたびに、「誰ば好いとるとね?」と問うのが常で、「なして?」と答は知っていながらも訊くと、「好いちょる、好いちょる」と言いよるやろうがと笑うのでした。

ウマオイは長い脚を静かに動かして、わたしの傷ついた足をゆっくり這っていきます。まったく傷ひとつなく、それだけで清潔な感じがして、あれほど虫を美しいと感じたことはありません。次の瞬間、薄い褐色の内翅《ないし》をひろげて、ウマオイは原子野《げんしや》のかなたに飛び去っていきました。

「なしてこげんことになってしまったとやろうか？」

祖父はなんどとなく嘆きます。木陰には血だらけの人々が横たわり、「水ばください、水ばくれんですか」と誰に呼びかけるでもなく、ため息のようにくりかえし、ときおり細長い黒い腕をあげます。わたしはなにも見たくなくなり、じっと眼を瞑っていました。

祖父はぺっと手のひらに唾を吐いて、「よいしゃ」とカラ元気を出して、再びリヤカーをひいて坂を降り始めます。やがて平地になり、天主堂の裏あたりにさしかかった時、瓦礫の陰で真っ黒に煤けて男か女かもわからない数人の人々が座りこんで祈りをささげている姿を見ました。

そのひとたちの肌はすでに膿《う》み、蠅がたかっています。死の方へすーと消えていこうとしている魂に、「まだ、生きておるね？」と蠅が呼びかけて邪魔をしているように思え、「そのまんまにしてあげてくれんね、そのまま眠らせてあげてくれんね」と心の底で蠅に語りかけてもいたのです。教会の裏手あたりの木造家屋は焼け残り、人気がない蒸し暑いばかりの路地を、祖父は黙ってリヤカーをひいていきました。

祖父母の家は浦上川の源流近くに建っていました。今では造成されて団地になっておりますが、眼を閉じて川の流れの音を聴いていると懐かしい景色はすぐによみがえってきます。

三百年以上も昔の禁教の初めの頃にそこに逃れた先祖が開墾したとつたえられており、夏休みになって幼い弟妹たちは祖父母の家に空腹と空襲を逃れて泊まりこんでいましたが、八月八日に父が赴任していた門司の駅から一時帰宅したことにあわせ、久しぶりに松山の家に帰ってきていました。その頃では滅多に口にはいらなくなっていた白い米を炊き、父の土産の瀬戸内海の干物で久しぶりに賑やかな夕食でした。

父は鷲鼻で大きな眼をしていました。その眼で睨まれて叱られる時などは、わたしも幼い弟や妹も凍りつくようでもあったのですが、あの夜、幼い弟妹たちは父と母と一緒に過ごせるひと時が嬉しく、のびやかに、にこやかに夏の夕方を過ごしました。

家のすぐ前には川が流れ、こんもりとした木立のすきまに刑務支所の赤煉瓦の塀が見えていました。今では平和公園になって祈念像がでんと座っている丘です。もうひとつの隣の丘には浦上教会の天主堂が建ち、よく鐘の音を聴いた記憶があります。

汗ばんだ肌に夕方の心地よい風がふきつける瞬間など、戦時の不自由な生活など、すっかり忘れてしまうような満ち足りた瞬間があり、結局、あれが家族の最後の団欒《だんらん》となりました。

「松山の家はどげんなったの？」

教会も家々も破壊され、その向こうには焦土しかひろがっていない光景をまのあたりにしていながら、わたしは祖父にそう訊ねないではいられませんでした。

「なんもかんも燃えてしもうた」

祖父は一言だけ呟いて、そのまま倒れこむようにからだを折って一歩、一歩、リヤカーを引いていきました。今、思えばなんという酷い問いを発していたのかと胸が痛みます。おそらく、祖父は今にも泣き叫びたくなる衝動をぐっと抑えてリヤカーを引いていたにちがいありません。

焼け跡を逃れて、源流へ、源流へと遡っていくにつれて、あたりの緑は濃くなり、渓流の水音も響いてきました。傷ついていない風景に包まれて心が和み、わたしはいつの間にか眠ってしまいました。今でも、ほんとうはまだあのリヤカーに乗ったまま夢路を辿っているのではないか、という心持になることがわたしにはよくあるのです。

「よいこらっしょ」とつい声を出して、不自由な足を手で抱えて窓際の机の座布団に座りました。

蛍光灯の白い光を点して、葉書を再び読みなおしてみます。「わたしの知らないあのひとの一面……」、そう、そんなに知りたいのなら教えてあげてもかまわんですよ。マリアさま、ご存じですよねえ。玲子さんの知らない、あのひとの姿。ああー、ごめんなさい。わたしはむらむらと滲んでくる怒りをどうにもできません。

玲子さんが印刷所に就職してきたのは、わたしよりも二年ほど遅れてのことでした。あの頃は誰もがまだ多かれ少なかれ戦争の影をひきずっておりました。まじめに教員になるための勉強を続ける美しい顔立ちのあのひとにも疲労感のような戦争の影がさす瞬間があるのです。あのひとが抱えていた虚無感をわたしは薄々、感じはじめていたのかもしれません。

それなのに、わたしよりも七歳年少の玲子さんは、田舎でそれほどのひもじさも知らないで育ち、家族の誰も戦争で傷ついてはいなかったこともあるのでしょうが、鬱屈《うっくつ》した影が微塵《みじん》も感じられませんでした。あるいは戦争の時期を少女の年齢で過ごしたことや、明るくて怯《おび》えをしらない、のびのびした本人の生来の性格など、いくつかのことが重なったのでしょう。玲子さんはその後に次々に現れてくる軽々とした、実にあっけらかんとした娘でした。

佐々木さんが玲子さんを見初めた瞬間のことをわたしはよう覚えておるのです。

玲子さんは愛くるしいばかりの笑顔をふりまきながらお辞儀をして、「よろしくお願いしますけん」と甘い鼻にかかった声で挨拶をしました。その時のあのひとの眼は輝き、わたしは早くも不安で嫉妬心を感じたぐらいです。

おそれていたとおりにふたりはすぐに親密になり、玲子さんはそのままあのひとの心を柔らかな手で摑んでしまいました。わたしは黙って見ているしかなかったのです。

「うらやましかろう?」

ふたりが印刷所の中庭の、ピンクの花が咲くマロニエの木陰で、仲良く弁当を食べている姿を怨めしそうに眺めるわたしに、なにもかも見透かしたかのように、尾崎さんが話しかけてきたことがあります。

「美男美女でお似合いやかね」とわたしは無理に笑いました。

「あんたにはむりさ」

わたしは癪《しゃく》に障ってしかたがなく、尾崎さんをひどく罵《ののし》ってしまいました。歪《ゆが》んだ唇を嚙んで、うなだれている尾崎さんの姿は忘れることができません。どうして、また、あんなにひどいことを言うてしもうたのか。マリアさま、わたしの心はよほど荒《すさ》んでおったのでしょうね。

まもなく、出身の五島の中学から誘いがあり、佐々木さんは印刷所を去りました。わずか二カ月ほど後には玲子さんも後を追って五島に帰りました。ふたりは結婚の約束を交わしていたのです。

あの頃のわたしは夜も昼もなく激しい嫉妬に苦しみ、なぜ、あのひとがわたしではなく玲子さんを選んだのか、あたり前のことでありながら、あまりに理不尽で、不可解でしかたがなく、マリアさまにも夜な夜な問いかけておりましたよね。

「わたしの知らないあのひとの一面など話してください」

マリアさま、こんなことを書く無邪気な玲子さんに、いったいなんと返事をしたためたものでしょうね。玲子さんの知らないあのひとの顔。玲子さんは真実を知って耐えきれるのでしょうか。わたしは玲子さんのようにさらさらと気軽に手紙が書けません。それに誰に読まれるかもわからない葉書に文章を書くのはいやでしかたがないのです。とりあえず便箋《びんせん》をひろげてはみましたが、「前略」と書いてたちまち筆はとどこおってしまいます。わたしの胸には言うに言えない思いがいっぱいに渦巻いて、もう、ほんとうに胸が苦しくなる。半世紀以上の時が流れてしまったのに、わたしの心はまだ嫉妬深い娘のままなのです。

そんなわたしの気持ちも知らないで、玲子さんは月に一度ほど、暢気に近況などを葉書で伝えてきます。あのひとには天性の鈍感さも備わっているのでしょうか。月に一度、なんのあたりさわりもない返信を書かされることが、わたしには陰険な責め苦にも思えます。

あのひとが玲子さんと結婚しても、わたしはずっとあのひとが好きでした。この世の中に、あんなに綺麗で端正な男の人は後にも先にも見たことがありません。あのひとが、わたし以外の女と慎ましく暮らすなんてことは信じられないで、ふたりが結婚して十年が過ぎ、子どもが三人も生まれても、わたしの思いはまったく色褪せはしなかったのです。

わたしも老いて、あのひとも老いましたが、あのひとの老いは衰えでも、枯れることでもなくて、銀杏《ぎんなん》が熟すようでそれは見事なものでした。まっすぐに背は伸ばしたまま、髪の色だけが鮮やかな銀髪になり、目鼻の彫りは険しくなり、それでも穏やかに眼はますます澄んで、ある日突然に古木が雷に撃たれるかのように倒れてしまったのです。脳の中の針ほどの細さの血管が集まるあたりが、破れて頭蓋骨の中が血で溢れたそうで、あれから十五年がまたたくまに過ぎてしまいました。

マリアさま、今でもあのひとはわたしの心の内では生きております。

わたしの年齢はあのひとを超えてしまい、爪は黄色くなり、肌には点々と灰色のしみができて、鼻毛も真っ白なら、腋毛《わきげ》も白く、もう、この身は灰にもひとしく、あのひとに見られたら、なんとも薄汚なくて情けないばかりですが、あのひとのことを思って眼を閉じると、わたしの肌はしみひとつなく白く熟《う》れてふくよかになり、髪も黒々と艶やかに流れおちて、わたしの奥に置かれた熾き火がぱちぱちとはぜて燃え上がるのさえ感じるのです。

だから、わたしの玲子さんへの憎しみも嫉妬も色褪せることがありません。あのひとを独り占めにした玲子さんが憎くてしかたがなかとです。安穏として思い出にひたる玲子さんが、それは、もう、泣き叫びたくなるくらい憎くてしかたがありません。マリアさま、なんとさもしい心なのでしょうか。でも、わたしにはあのひとはまだ完全には死んではおらんのに、玲子さんがすべてを過去として葬ろうとしているのがゆるせんのです。

五島に去って、あのままふたりともわたしの前から消えてくれればまだよかったのでしょう。あのひとたちになにかあやまちがあるとすれば、わたしの前から消えてはくれなかったことにちがいありません。

あの夫婦は五島に帰ってからも、長崎に来るたびに、わたしを訪ねてきました。たいていは食事に誘い、子どもたちが生まれてからも、家族の食事に必ずわたしを誘ったのです。

そのうちに三人の子どもたちも、わたしを「長崎のおばちゃん」と呼んでなついてもくれて、あの家族に混じって談笑していると、わたしは原爆で突然に失った家族の団欒のひとときが、そのまま続いているような安堵を感じたこともあります。

わたしは玲子さんとは姉妹のようなつきあいをしてきました。玲子さんはわたしのあのひとへ抱く恋心を薄々は感づいていたはずで、家族がいないわたしの寂しさを察しての温情であったのかと思うこともあります。あるいは家族の姿を見せることで、わたしのあのひとへの横恋慕に暗黙の断念を求めていたとも考えられないことはありませんが、もしもそうならむしろ逆効果であったわけで、わたしの恋心は失われることはなく、しばしば嫉妬に疼いて、あのひとへの思いはますます重く募りさえしたのです。

そして、あやまちはあらかじめ契約されていたかのようになされました。

あのひとは四十になり、わたしは三十代の終わりにさしかかっていました。夏休み期間を利用した研修で、五島から久しぶりに単身で出てきたあのひとに誘われ、ふたりだけで中華街で食事をしました。

すこしばかり飲んだ氷砂糖を溶かした紹興酒で、あの時のわたしはいささか酔ってしまい、足元がおぼつかないので、あのひとはこの家まで送ってくれました。

マリアさま、それからのことはすべてごらんになりましたね。蠟燭の炎の光で、マリアさま、あなたはなにもかも見ておられたはずです。

わたしは帰宅するとすぐに祭壇に炎を点して、その日の平安をマリアさまに感謝する習慣で、あの時もそうしました。

「酔っぱらっても、蠟燭ば点けるとね？」

「そうです。必ず祈らんとゆっくり眠れんとですよ」

「そりゃ信心深かことだが、蠟燭を倒さんように注意せんといかんな」

背中から話しかけると同時に、あのひとの手は後ろからわたしに伸びてきて首を摑みました。なめらかな指先の感触がわたしの喉を這い、わたしはからだをよじりました。

「だめ、マリアさまが……」

「そげんもんは、ただの白磁の人形でしかなか。中はからっぽやけん」

佐々木さんはぞんざいに呟きました。それは信心深いあのひとの言葉とは思えませんでした。

「神さまが見ておられます」

「そげんもんはおらん」

「なんで、佐々木さんが、なんで、そげんことを……」

「戦争で生き残った人間はみんな知っておる。きみも原子爆弾で生き残ったのならわかるやろう?」

「神さまのおかげで生き残ったと思うております」

「そうじゃなか。偶然に生き残っただけさ」

「偶然?」

「おれらは虫といっしょさ。食べて、交わり、子を残していく……。誰が生き残り、誰が死ぬかは、ただの偶然でしかなか……それだけのことさ……」

「わたしは、家族が全部、死んでしもうて、わたしだけが生き残ったのは、なんか神さまの考えがありなさっとやろうと思います」

「神さまは、われらひとりひとりの顔を見てはおらんよ。人は多すぎる。この地上にはどこにも溢れておるやろうが、虫といっしょさ。虫の一匹、一匹の生き死にには、神さまは眼もくれんやろう。名前もなく、どれも同じ顔をしておるけんね。だから、虫も、つまらん信仰などもちはせん。虫には神さまはおらん。人間が虫よりもどれほど偉かと言うのか」

あのひとは長い腕でわたしを乱暴にだきしめました。ブラウスをめくり、汗ばんだ手が震える乳房を鷲づかみにして、わたしはまるで抵抗できませんでした。

マリアさま、あなたはすべてを見ておられましたね。わたしたちはあなたの眼の前であなたのことなど忘れたように淡々と交わりました。わたしは初めてなのにからだが疼いて、芯まで火照り、あふっ、あふっと隣近所も忘れてあさましい声さえ発しました。

蠟燭の光が、細長い腕をからませて抱き合うわたしたちの影をぼんやりと映していたと思いますが、それは、大きなウマオイのかたちをしておったのではなかったのでしょうか。

それからもわたしたちの関係はなにも変わりませんでした。あのひとはなにごともなかった顔をして、以前と同じように玲子さんも子どもたちも一緒に食事をしました。

あのひとが理解できなかったのは、あんな告白をしていながら、五島では教区の役員もして、布教にも尽力をしていたことです。

あのひとはどんなふうに聖書の神さまの言葉を聞き、若い人々に福音を伝えたのか。わたしはあれほど虚ろで複雑なひとをほかには知りません。あれほど理解しがたい人はおらんと思います。あのひとは日々の習いで祈りをささげ、土地の昔からのしきたりで世話役を務めただけなのでしょうか。

あのことについてはなにも語らないまま、二十年ほどが過ぎて、還暦を目前に突然に亡くなりましたが、最後まですべては胸に秘めたまま、同じあやまちを再びくりかえすそぶりさえ示しはしませんでした。

今でも玲子さんはわたしを訪ねてきて、なんの屈託もなく、あのひとの思い出を語りたがります。玲子さんにとってのあのひとは、映画スターのようなうっとりするほどの二枚目でありながら、信心が深い、生真面目な堅物と映っていたようですが、玲子さんはあまりに浅はかすぎて、自分の姿をあのひとの虚ろさに映しているだけではないでしょうか。

マリアさま、玲子さんはちっともあのひとのことを理解してはおりません。生き残った特攻隊員として過ごしたあのひとの胸の奥の奥の奥底になにがあったのかを……、あのひとはあえて無信仰の一匹の美しい虫として、ひたすらに虚ろに澄んだ青空を羽ばたいていたのではなかったのでしょうか。

マリアさま、なんと人は罪深いあやまちを犯してしまうのでしょうか。

原子爆弾を炸裂させた時、ひとは神さまを捨てて、みんな虫になってしまったのだとわたしは思います。だから、わたしも六十年、虫のようにおろおろと怯えながら、それでもなんも考えない空白を虚ろに生きてしまいました。わたしはあのひととのあやまちを悔いてはいますが、あの一瞬、からだをつらぬいた肉の喜びばかりを反芻《はんすう》してきたのです。

わたしは今でも、祖父が牽《ひ》くリヤカーに横たわり、がたごとと揺れながら夢を見ているようにも感じます。あれから原子野をぬけだして、浦上川の源流へと向かい、白い手ぬぐいを髪に巻いて、わたしを迎えに出てきた祖母の歯を剝き出して泣き叫ぶ口さえも夢の入り口の門に思えるのです。

リヤカーから布団に寝かせたままわたしを奥座敷に抱えこんで、祖母はしばらく泣いていました。泣きながら、「わしが治してあげるけんね。きっと治してやるけんね」と祖母は祖父と同じ言葉をくりかえしたのです。

わたしは焦土で見てきた光景に憑かれてしまったのか、赤茶けた焦土がどんどん肺病のように胸にひろがっていくのを感じていました。

祖母は貴重な白米と卵で粥《かゆ》を拵《こしら》えてくれましたが、吐き気がして、どうしても喉をとおらないで、歯茎から流れ続ける血で卵粥が紫蘇《しそ》にでも染まったようにいつも赤くなりました。

「薬と思うて食べんばいかんよ」

祖母に励まされ、粥を飲み下しはするのですが、鉄の匂いばかりがして、まもなくして吐いてしまいます。それでもからだは熱く火照り、いつも喉が渇いてたまりませんでした。数日は水ばかりを飲んで、わたしは眠ったり起きたりで、心は浮き沈みをくりかえしておりました。そのうちに、祖母はいったいどこから手に入れてきたのか、小玉の西瓜をもってきたのです。

「これなら水をたっぷり含んでおるけん、食べやすかろう。なんでもよかけん、食べんば、からだがもたんよ。ここに置いておくけんね」

まどろみながらぼんやりと祖母の声を聞いていたのだと思います。衰弱すると眼も耳も弱くはなりますが、鼻や、肌の感触は、かえって研ぎ澄まされるということがあります。

わたしは枕元から漂ってくる甘くまろやかな水の匂いに満たされ、それから深い地の底からわいてくるような猛烈な喉の渇きに襲われ、ほとんど意識はしないまま、がばりと身を起こして、枕元の西瓜に顔を押しつけるように吸いついていました。

衰弱の果ての生死のぎりぎりの境目で、わたしの本能はやはり生きることにしがみついたのかもしれません。わたしの生きたいという執念は単純で凄まじいものなのでしょう。ほとんどわたしは覚えていないのですが、なめらかに喉を流れる甘い水の感触に恍惚としていた感じはぼんやりと残っています。

「ウマオイのごたる」

わたしのそんな姿を見つけた祖母は涙ぐんで呟いたといいます。ああ、ウマオイ、ウマオイ、ウマオイ。いったいどういう偶然だったのでしょう。バッタではなく、コガネムシではなく、どうしてわたしの姿を祖母がウマオイに喩《たと》えたのかわかりませんが、あの頃からわたしの本然はだんだんと虫に変わっておったのかもしれません。

「じいちゃん、見てみんね。ウマオイのごたるけん」

祖母は鼻をぐずぐずいわせて泣き笑いをしながら、祖父に語りかけたのだそうです。

あの頃、深夜に、「まだ、生きておるね？」というあの問いかけを聴いた気がして、眼を覚ますことが頻繁にありました。夢の焦土で、散乱した手や、足や、目玉が抉《えぐ》れた頭が、それぞれに脚が生えて、口を開き、羽をひろげて飛んでいく夢を見ました。目覚めてもしばらくはぼんやりしていたわたしの耳には、無数の人の声とも魑魅魍魎《ちみもうりょう》の声ともつかない声が聴こえてくるのです。

浦上川の中流域には軍需工場もあれば、家々も建ちならんでいましたが、あのあたりまで源流を遡れば、あたりには家も少なく、夜は井戸の底のように暗くて静まりかえっていました。それでも家の周りには渓流があり、田んぼもあり、夏は、ヒキガエルもトノサマガエルも頻繁に繁殖をくりかえしていて、畦《あぜ》の水溜りなどには、透明な糞便にも似た卵がどっさり産み落としてありました。

深夜、わたしを目覚めさせたのはその蛙たちの声でした。闇の底で数限りない蛙たちが呼び合っているのです。いったん読経のように高まった声は、やがてぴたりと止み、すると切れ目なく、「すいーちょん、すいーちょん」と別の鳴き声が聞こえてきて、「誰ば好いとるとね？」とわたしは問い返して、眼が霞んでしまうのをどうにもできませんでした。まもなく、一匹、二匹と蛙が鳴く声が響いてきて、すぐに再び大合唱となり、「すいーちょん」は掻き消されてしまいます。

しばらくして髪が抜け始めました。梳《くしけず》るとごっそりと抜け、まもなく髷《まげ》を切ったざんばら髪の野武士のように額から後頭部の髪が抜けてしまいました。祖母は鏡を隠しましたが、手で触れれば自分がどのような姿をしているのかおよそのことはわかります。このままの姿で生きるなら、いっそガマにでも、トカゲにでもなって、なんの信仰もない虫になったほうがどれほどましかとも思いました。

体調はいたって悪く、吐き気がして、御飯はやはり喉を通らないで、祖母がどこからか手に入れてくる西瓜が、わたしのいのちをかろうじて永らえさせてくれました。その年はないと思っていた「くんち」が、今年もあるらしか、町の若い衆が走り回っておるばいと異教徒の祭りなのに祖父は妙に嬉しそうに話してくれたのは九月の終り頃だったでしょうか。

わたしはなんとか死地から脱して、食欲も少しずつかえってきて、ときおりぬるりとした血と脂肪に包まれたガラス片が出てくるものの、足の傷もかなり癒えていました。なんとか起き上がれるようになり、涼しい縁側に座り、日がな一日、ぼんやりと過ごすのが日課でした。時々、悲しみが胸を引き裂いて、父や、母や、トキちゃんや、真一郎や、フジちゃん、早苗ちゃんの面影が、次々に胸に迫ってきます。

早苗ちゃんなどはまだ五つになったばかりで、わたしが帰ってくるとかならず、ねえたんと舌たらずに叫んではしがみついて、ふっくらとしたほっぺたを寄せてすりすりしていました。あの娘はわたしが育てていたのも同然で、わたしは母になる前にマリアさまのように子を失った母の悲哀も知ってしまったのです。

秋には生き残った友だちが、二、三度、わたしを見舞いに来てくれましたが、祖母は玄関先で丁重にお礼を言うばかりで、わたしに会わせようとはしませんでした。

寒さが近づくと侘しさが骨身に沁みて、眠りはいつも苦しくて、裏山のクヌギやミズナラが北風に揺れてごうごうと鳴る山の音にたびたび眼を覚ますことがありました。ひとりで眠ると夜中に恐ろしくて叫ぶので、祖父母が心配してはいつも傍らで眠ってくれたのです。

ある寒い夜、目覚めたわたしは祖母の涙声を聴いたことがあります。

「あん時、孫たちを家に帰さんならよかったですね」

「しかたがなか。あん子たちは久しぶりに親に会えると喜んでおったしなあ」

なおも祖母の悔し泣きの声が聞こえ、鼻水をすする音が聴こえました。

「なしてでしょうか？」

「あっ？」

「なして、あげん目に遭わんばいかんとでしょうか。なんも知らん孫たちが……」

「わからん、おれにはわからん」

祖父の声も湿っていました。

「神さまにはきっと深い考えがあらせられるとやろう」

「どげん思し召しでしょうか」

「だれにもわからんさ」

「教えてほしか……なんで博光の一家が全滅せんばいかんかったとか……どうしても納得できんとです。このままなら、マリアさまも恨みとうなります」

「全滅じゃなか。光子がおるやろうが……」

「あげん姿になってしもうて、もう、縁談もなかでしょう、子も残せんでしょう、わしたちの家は光子で途絶えてしまうとです。わしたちの信仰も尽きてしまうとです」

「もう、やめんか、起きるぞ」

祖父が囁《ささや》き声で叱って、祖母の声はしばらく止んで、わたしの方を探る気配がしました。

「水の流れる音が聴こゆるでしょうが？」とまもなくして祖母がまた呟きました。蛙たちの声はとうに消えた真冬の深夜でした。山の木々の唸りがやむと、一瞬、静寂がひろがって、まもなく浦上川の源流のひとつの渓流の流れの音が聴こえてきます。

「ああ、この家ではどこにいても、いつも水の音が聴こゆる」と祖父が応えました。

「先祖もずっとあの音を聴いてきたとでしょうね。ずっと、ずっと……」

「それがどげんした……」

「わしらの神さまを思う心には、なんの汚れもなく、なんも変わりはしておらんとですよ。わしらの信仰心も清らかに先祖代々、流れてきたとです。なんも悪かことはしておらん。どげん苦しい目に遭うても、虐げられても、清らかな流れは途絶えんかったから、あんなに立派な教会も建てられたとですよ」

「おまえはなんば言いたかとか？」

「わしらは、なんか神さまの怒りに触れることばしたとでしょうか」

「ばかなことを言うな。御国は戦争をしたが、それはわしら信徒だけの責任ではなか」

「ならば、これも試練ですか。まだ、わしらを試してみらんば神さまには、わしらが信じられんとでしょうか。わしらは一心に信じてきたとに……そのために火炙《ひあぶ》りになった先祖もおる。それなのに、また、博光の家族も一族もろとも焼いてしまわんといかんなんて……わしらが神さまば信じるようには、神さまはわしらのことを信じてはくれんとでしょうか」

「おれにはわからん、祈るしかなか……」

祖父はぶっきらぼうに応えましたが、祖母の怒りはなおもおさまらないようでした。

「米英は敵国で、それと戦争をしておったのやから、爆撃をされるのもしかたがなかとでしょう。でも、この浦上の信徒とは、同じ神さまを信仰する信徒らの国ではなかとですか。なんで、あげん酷すぎることをするのか。教会まで燃やしてしもうて……神さまはなんで同じ信徒に、この浦上の信徒を殺させたとでしょうか？」

「神さまの思し召しは奥深いものやけん、わしらに、わかるもんか。おれは、もう考えんことにしておる。考えても、なんもわからんことはいくつもある。ひとは神さまを信じて祈るしかできん……」

「教えてほしか」

「光子の目を覚ますけん、もう、寝んか」

祖父が寝返りをうつ気配があり、わたしは嗚咽をおさえて、掛布団をそっと顔までひきあげて眼を閉じました。祖父母はそれっきり黙りこんで、そのうちに鼾《いびき》と歯軋《はぎし》りが聞こえてくるばかりで、わたしはひとりぼっちでマリアさまにひたすらに祈っていたのです。

それでも春は訪れてきました。年が明けてまもなく、なにげなくてのひらで撫でた頭のとっぺんに、ざらついた感触があるのです。河童のように禿げていた頭に髪が生えてきたのでした。

「ばあちゃん、じいちゃん、髪が生えてきたあ」

祖父母はそれだけで「こんまま禿げて死んでしまうと思とった。よかったなあ」とうなずいて、ふたりとも泣き崩れました。放射能のせいだとは、まだ、ほとんどの人が知らなくて、髪が抜けてそのまま死んでしまう人も多かったので、祖父母は噂を聴いて恐れていたようです。

肌色の頭皮は日に日に灰色になっていき、やがて青みがかり、そのうちに艶やかな黒髪がずんずん伸びてきました。被爆後、あの時ほど嬉しかったことはありません。二ヵ月ほどで禿げていた痕跡もなくなり、わたしの気分にもようやく日が射してきて、左足をひきずりながらも歩くことができるようになりました。

春になって病院に通う途中で、爆心地を流れる川べりでナズナやオオイヌノフグリが群れているのを見つけました。まだ土手はいたるところで崩れ、濃い土の匂いが漂っておりました。瓦礫が混じる川べりの土砂は青々とした草がおおい、白や黄色や、淡い紫の花が点々と咲いています。

大八車の車輪が川の中央に沈んでいましたが、水も澄みきり、車輪の陰にはメダカの群もすいすいと泳いでいるのです。焦土のおもかげは濃く残っていましたが、一面の焼け野原にもバラックがぼつぼつと建ち、風に洗濯物がそよいで、わたしはラジオからよく流れていた流行のリンゴの歌を口ずさんで、歌詞どおりに黙って青く澄んだ空を見つめることがよくありました。

わたしは祖父母の元で養生をしながら家の手伝いをしました。しばらくして忙しくなった農作業も手伝うようになり、おかげで弱っていたからだもすっかり快復して、看護婦養成所に戻る話もいただきましたが、傷ついた人はそれだけで怖かったのです。裂けた爪や、穿たれた頭や、爛《ただ》れた肌をもう見たくはありませんでした。

わたしは人前にはほとんど出ませんでしたが、家に閉じこもっているのもよくなかろうと、同じ信徒の人が心配してくれ、年寄りふたりが農作業で支える家計も厳しかったので、十九歳になってまもなくわたしは印刷会社に就職を世話してもらいました。

そこで出会ったのが、佐々木さんと尾崎さんでした。主に教会の印刷物を扱っていて、六人いた従業員のうち、あのひとを除いた五人は、いずれも被爆者でした。誰もが身体のどこかに傷があり、あのひとたちと共にいると気が安らぎました。同じ境遇で、同じ不幸を分かちもつのは幸いなことで、ただ、なんの傷もないあのひとだけが輝いていました。

わたしもふくめて従業員は、あのひとになにか鬱屈した感情を抱いていましたが、それを抑えられていたのは、案外と尾崎さんがいたからではなかったかと今では思います。

尾崎さんの傷は誰よりも深く、重く、わたしたちは尾崎さんの無残な顎に、もしかしたら残酷な安らぎを覚えていたかもしれません。マリアさま、不幸な人がそばにいるとわたしは安心するのです。なんと卑しいことでしょうか。わたしはまだましだと思う残酷な心がわたしたちの胸のどこかにあるのです……

もしかしたら……、わたしの胸に黒い影がよぎり、祭壇の蠟燭が大きくゆらぎました。マリアさまの微笑が凍りついて見えました。

玲子さんがわたしにあのひとの思い出を語らせたがるのは、もしかしたら同じような、わたしの老いの不幸に、玲子さんが自らの安寧を見出しているのかもしれません。このひとに比べれば、自分はまし、恵まれておる……、そんなことを考えているのかもしれません。葉書は玲子さんのわたしへの残酷な戯れではないでしょうか。

なんも知らない、無邪気で、陽気な顔をしておりながら、玲子さんは黒い腸にサナダムシのように白くて細長い、のっぺらぼうの悪魔を寄生させているのかもしれません。

「どうですか、一度、訪ねておいでになりませんか。一緒にお風呂につかって、思い出話などをしてくれませんか。あのひとが亡くなってから十五年になり、思い出などを語り合える友だちも少なくなりました。……お待ちしております」

わたしは玲子さんの軽快なペンの跡に、もう一度、視線を走らせます。

ほんとうの返事を書かなければなりません。

上っ面な愛想ばかりでやりすごしてしまう返事ではなく、あのひととわたしのあやまちを玲子さんに告白するしかありません。わたしは真新しい便箋に、「前略」と書いて、かすかに震えるペン先を、ゆっくりと便箋のなめらかな表面に圧しつけました。復讐を遂げるのだと思いました。わたしはあのひとを奪った悪魔の玲子にようやく復讐を遂げるのです。

あのひととの思い出をどうしても語ってほしいと言うのなら、わたしにもとりわけ鮮明な記憶がひとつだけあります。ただの一度、ただの一度だけのことですが、わたしはあのひとに抱かれました。わたしたちはあなたを裏切ったのです。もう、三十五年も前の夏の夜のことでした。

このまま死ぬまで黙っていようと思ってもいましたが、そんなあのひともいたことを、あのひとに生涯を連れ添ったあなたに伝えておきたいのです。

あれはわたしたちには罪であり、恥でありましたが、罪も恥も告白がなければ、もしかしたら存在しないのかもしれません。神さまがすべてを知っているとわたしは信じていましたが、もしも、もしも、神さまがいなかったとしたら、いったい誰がわたしたちのあやまちを覚えていてくれるでしょうか……

わたしは静かに息を吐いて、ペンの端を女学生の頃からの癖で頬にあて、熱い吐息をもらしました。あのひととの一夜の感覚が奇襲のようにわたしのからだに迫ってきたのです。

あの時……、彼の唇が頬の痣に触れ、湿った手がざらざらの赤黒い足に触れ、膝をこじあけるあの力……。あれをどうして忘れることができるでしょうか。頰も足もわたしの恥部で、わたしはいやっと身をよじりましたが、あのひとの荒々しさに抵抗できないばかりか、むしろなにごとかを期待さえしていたのです。

マリアさま、蠟燭の炎の向こうからすべてをじっと見つめておられましたね。

あのひとはわたしの醜い足に唇を押し当てて、「マリアさまが……」と呟くわたしの耳元で、「ただの白磁の人形でしかなか。中はからっぽやけん」と不敵に笑い、わたしたちは虫と一緒で、神さまは見てはくれん、虫は信仰などもたん、虫には神さまはおらんと言ったのです。

そして、わたしたちは濡れた尻尾の先で交わる虫になりました。

……玲子さん、あなたがあんまり無邪気にあのひとの思い出を語るものだから、わたしには、あなたの中ではあのひとの面影がだんだんと薄れていくような気がしてなりません。

眼の前にいる人間なら憎しみも抱けば、いらだちもするはずです。あなたにはあのひとは、もう遠くに感じるのかもしれませんが、わたしの中では、あのひとはまだ生きています。あの重さと感触を忘れはしない。

もう、すっかりわたしは老いて、自分を白い灰のようにも感じますが、あのひとのことを思うと心臓だけはどくどくと赤い火花を放つのです。今でもわたしはあのひとをたんと愛している。そして、わたしを一夜だけ自由に弄《もてあそ》んだあのひとを憎んでもいます。あのひとの手も、唇も、肌もわたしに刻印されているのです。

これを読んだ瞬間から、あのひとはあなたの中でも鮮やかによみがえるのではないですか。怒りと憎しみが溢れてきて、あなたはわたしを殺したいとも思い、すでに亡くなったあのひとにさえ仕返しをしたいと思うのではないでしょうか。

ゆったりと金色の湯にはつかってもいられなくなるかもしれませんね。しかし、あのひとのことを語るということはそういうことです。あなたの中でもあのひとがむっくりと瓦礫の下から這い出してくる。ああ、復活とはこういうことであったのかもしれません。

これがあなたの知らないあのひとの一面です。どうですか、あなたは、まだ、あのひとととともに生きておりますか？


いつのまにか青いインクの文字がびっしりと便箋を埋め、最後に「かしこ」とかろうじて曲がった文字で書き加えました。あらためて読みなおして、これはいくらなんでもあんまり、この手紙を送るわけにはいかんと自分でも思い、破り捨てようとしましたが、それもなんとなくできません。

しかたなく、二枚目の新しい便箋をめくり、季節の挨拶やら、近況やら、あたりさわりのない返事を書こうとするのですが、たちまちペンはとどこおってしまいます。

「ただの白磁の人形でしかなか」とあのひとが笑ったあの瞬間。マリアさまは静かに見ておられましたね。

あの瞬間が輝いているのはなぜなのですか。「まだ、生きておるね？」そう問われて瓦礫の中からよみがえった瞬間が、わたしの人生が底をうった瞬間なら、あの時こそが、わたしの人生の頂でした。わたしはまっすぐにあのひととの抱擁のために瓦礫を押しのけて生き返った気さえするのです。

わたしはまた次の新しい便箋に追伸を書きました。

追伸。玲子さん、あなたの知らないあのひとの一面をお知らせします。あのひとがほんとうは何であったのか、あなたには想像もつかないと思いますが、わたしは知っています。あのひとはウマオイなのです。飛びそこねて、爆心地に舞い降りてきたウマオイなのです。ウマオイは神を知りません。

夏を迎えると爆心地一帯は虫たちの鳴き声でいっぱいになります。蟬や、蟻や、蠅や、草むらにはウマオイもいれば、トカゲもちょろちょろ這っています。ノアの箱舟にひそかに乗り込んで、天変地異を生きのびた虫たちです。秋になったら祈るように前脚をよじらせて、あれらはかさかさに乾いて死んでしまいます。ほんとうはあれらも信仰を求めているのかもしれません。

玲子さん、あのひともそんなウマオイだったのです。

なんのことか、ばかな玲子さんにはわかりはせんと思いながらも、白紙を一枚加えて、便箋を封筒に入れて、宛名を書きました。糊で丁寧に封をして切手を貼り、薔薇の浮き彫りが施された祭壇のひきだしに封書をしまいました。

マリアさま、どうしていつも微笑んでおられるのですか。

わたしは蠟燭の炎を消して、再び布団にくるまりました。やがて暗闇に馴れてきた眼に一本の青白い光のすじが浮かび上がってきます。カーテンの隙間から漏れてくる光でした。いつのまにか外は白みはじめているようです。ひと眠りしたら、朝の涼しいうちに手紙を爆心地の古びた赤いポストに投函しようと思います。

まもなく庭のウスバタイサンボクの根元から何匹ものアブラゼミの青白い幼虫が這い上がって

きて、身もだえしながら羽化するでしょう。木には点々と脱殻《ぬけがら》が残されているはずです。虫たちは地の底や、草むらの陰や、古木の洞《うろ》に、どこにもひそんでおって、まもなくいっせいに現れてくるのです。

だって、また夏が来たとですもんね。

わたしはがたがたと祖父がひくリヤカーに伏せって、鉄の匂いを放つ車輪を眺めているのでした。粗末な毛布にくるまれたわたしは、足を燃えるように熱く感じながら、浅い眠りの底であのひとの空虚な化身を見ました。

青々とした大きなウマオイが爆心地の空から降ってきて、私の傷ついた足を這い、尻の方へにじり寄ってくるのです。やがて、ウマオイは「まだ、生きておるね?」と笑いながら、濡れた尻尾をわたしのおなかに挿しいれてきて、濃い草の匂いがする精を、白い無数のガラス片のようにきらきらと放つのでした。

五拾銭銀貨

川端康成

川端康成

一

月始にもらう二円のお小遣は、母が手ずから芳子《よしこ》の蟇口《がまぐち》に五拾銭銀貨で入れてくれる習わしだった。

五拾銭銀貨はそのころ少くなって来ていた。軽いようで重みのあるようなこの銀貨は、赤革の小さい蟇口いっぱいに堂々と威厳にあふれて、芳子には見えた。五拾銭銀貨はお小遣をつかわないようにとの用心で、月末まで手提鞄《てさげかばん》のなかの蟇口に納まっていることが多かった。

勤先きの友達同士で映画を見に行ったり喫茶店へはいったり、そういう娘らしい享楽を芳子は排斥する気持はなかったが、自分の生活の外《ほか》のものと見過していた。経験がないので誘惑を感じなかった。

週に一度会社の帰りに百貨店へ寄って、一本拾銭の塩味のついた大好きな棒パンを買う以外、これと言って自分で金をつかうことのない芳子だった。

それが或《あ》る日、三越の文房具部で硝子《ガラス》製の文鎮が目についた。六角形で、犬を浮彫にしてある。その犬が可愛くてつい手に取ってみると、ひやりとした冷たさと、ふとした重みと、急に快い感触で、こういう利巧な細工物の好きな芳子は、思わず惹きつけられた。芳子はしばらくそれを掌に載せてとみこうみしてから、惜しそうにそっと元の箱のなかに返した。四拾銭だった。

　翌日も来た。同じようにその文鎮に見入った。その翌日もまた来て見た。そうして十日ほど日を重ねてやっと決心がついて、

「これ頂戴。」と言った時は胸がわくわくした。

　家に戻ると母と姉は、

「こんなおもちゃみたいなもの買って。」と笑ったが、手に取って眺めているうちに、

「そうねえ、割に綺麗に出来てるねえ。」

「器用なものだわ。」と言い出した。電燈にかざして見たりした。

　磨きあげた硝子の面とすり硝子のように霞《かす》みかかった浮彫とは微妙に調和し、六角形の切方にも精巧な格調があって、芳子には美しい芸術品だった。

　七日も八日もかかって自分の所有物とする価値があると確めた芳子としては、誰がなんと言おうとよかったのだが、母や姉に認めてもらえるとやはり得意だった。

　高《たか》が四拾銭のものを買うのに十日近くかかるなど、大袈裟なと人に笑われそうでも、それでないと芳子は気がすまない。うっかりいいなと思って気紛れに買ってから後悔するようなことはなかった。これならと見極めがつくまで幾日も眺めて考えてみる、それほどの思慮分別が十七の芳子にあったわけではない。しかし大切なものと頭にしみこんでいるお金を、安っぽく使うことが空恐ろしかったのである。

　三年ばかりたって文鎮の話が出て皆大笑いした時、

「あのころはほんとうに可愛らしいと思ったわ。」と、母がしみじみ言った。

　芳子の持物の一つ一つには、こうした微笑ましい挿話がついていた。

二

上から下へと順に降りながら買物するのが楽だということで、先ずエレヴェタアで五階へ上った。日曜日、芳子は珍らしく母の買物に誘われて三越に来た。

　その日の買物はすんで一階までおりたのに、母は当然のことのように地階の特売場へはいって行く。

「あんなに込んでて、お母さん、いやあね。」と芳子はつぶやいたが、母には聞えなくて、先きを争うような特売場の空気が母にうつって来るらしい。

　特売場は無駄づかいをさせるように出来ているものだけれど、うちのお母さんはどうかしらと、芳子はちょっと眺める気持に離れて後を追った。冷房がきいていてそれほど暑苦しくはない。

　先ず母は三綴《とじ》弐拾五銭の便箋《びんせん》を買って、芳子を振り返ると、二人でにっと笑った。このごろ母が芳子の便箋をちょいちょい使って苦情を言われていたので、まあこれで安心と顔を見合わせたわけだった。

　台所道具の売場だの肌着の売場など、人のよけいたかっているところへ母は吸い寄せられて、しかし人を掻きわける勇気はなく、伸びあがって覗いたり前の人の袖《そで》の隙間から手を出したりしていたが、一つも買わないで、なにか割り切れないような、思い切り悪いような風で出口に足を向けた。その出口のところで、

「おや、これが九拾五銭ですって？　まあ……。」と母は蝙蝠傘《こうもりがさ》を一本つかんだ。そこに積み重なった蝙蝠傘を掘りかえすと、どれもこれも九拾五銭の値札がついているのに、母はさもおどろ

いて、

「安いわねえ、芳子。安いじゃないの。」と言いながら急に元気づいた。もやもや迷った心残りがはけ口を見つけた風だった。

「ねえ、安いと思わないの？」

「ほんとう。」と芳子も一本手に取ってみた。それを母は自分が持ち添えて開いて、

「骨だけとしても安いもんだわ。布はまあ人絹《じんけん》だけどね、結構しっかりしてるじゃないの。」

こんなにちゃんとしたものをどうしてこんな値段で売るのだろう。芳子はふとそう思うと、却《かえ》ってなにか片輪者でも押しつけられるような妙な反感も湧いた。母が自分の年に合いそうなのをと夢中になって引っ掻き廻したり開いてみたりしているのを、しばらく待っていたが、

「お母さん、不断《ふだん》のはうちに持ってるでしょう。」

「ああ、だけどあれはねえ……。」と、ちょっと芳子を見ただけで、

「十年、いやもっと、十五年になるかな、使い古して昔風でね。それに芳子、これは誰かに譲って上げたって喜ばれますよ。」

「そうね。譲って上げるのならいいわね。」

「誰だって、喜ばない人はありませんよ。」

芳子は笑ったが、母はその誰を目当に傘を見立てているのだろう。身近にそんな人はいない。いるのなら誰かにとは言うまい。

「ねえ、芳子、どうかしら。」

「そうねえ。」

芳子はやはり気の進まぬ返事をしてしまったが、母の傍《そば》へ寄ってとにかく母によさそうな傘を

さがしてみた。

人絹の薄物を着た女の人達が安い安いと言って、入れ替り立ち替り無造作に買って行く。

芳子は少し顔をこわばらせて上気したような母が気の毒になり、自分の躊躇《ちゅうちょ》が腹立たしくなって来た。

「どれでも一本、早く買えばいいじゃないの。」と言うつもりで芳子が肩を振り向けると、

「芳子、よしましょう。」

「え？」

母は口のあたりに弱い微笑を浮べて、なにか振り払うかのように、芳子の肩に手をかけてそこを離れた。でもと今度は却って芳子がなにか心残りだったが、五六歩行くうちにせいせいした。

肩にある母の手を取ると、ぎゅっと握って一つ大きく振り、肩を重ねるように身を寄せて出口へ急いだ。

今から七年前、昭和十四年のことだった。

三

焼トタンの掘立小屋に雨が降ったりすると、あの時蝙蝠傘を買っておけばよかったと思い出して、芳子はうっかり実家の母に今は百円か二百円よと笑話してみたくなるが、その母は神田で焼け死んでいた。

あの傘を買っておいたところで焼けただろう。

あの硝子の文鎮は偶然残った。横浜の婚家が焼ける時、そこらにある物を夢中で非常袋へつか

み入れたなかに文鎮がまじっていて、実家のころの唯一の記念になった。

夕方からは横町に近所の娘の奇妙な声がして、一夜に千円稼ぐという噂だった。その娘達の年頃に七八日考え迷って買った四拾銭の文鎮を、芳子はふと手に取って可愛い犬の彫物を見るうちに、まわりの焼跡の町には一匹の犬もいないと気がついて、ぎょっとすることもあった。

ピンク

星野智幸

　九日の間続くことになる四十度超えの日々が始まったのは、その年の八月六日だった。午後一時過ぎに観測史上初めて東京で四十度を記録したのちも、気温は上昇し続け、二時間後には四十二・七度に達した。湿度も八十パーセントを下ることはなく、空は晴れているのに白く霞んでいた。翌週からのお盆を控え、仏さまたちもこう暑いんじゃ、すぐあの世へ戻っちゃうかもしれないね、といった挨拶が高齢者の間でかわされたりした。そう口にする高齢者たちは、年齢のせいで暑さ寒さを感じにくくなっているのか、田中医院に相対している柿ノ池公園の日なたで、いつまでも平然と立ち話を続けていられる。姉の子どもを公園の砂場で遊ばせている七桜海《ナオミ》は、お婆《ばば》たちのおしゃべりを耳にしながら、死者の心配するより自分の心配したほうがいいんじゃね？本当はもう死んでてお盆で帰ってきてるだけなのを気づいてなくて、すっかり生きてるつもりで無駄話してるんじゃないの、だいたいお盆だからって監獄みたいなこの世にわざわざ戻ってくる死者の気が知れないね、私なんかとっとと寿命が尽きてこの世から退場したいって思ってるのに、などと胸の内で毒づいた。無関係のお婆さんたちに苛ついて脈絡なく当たり散らしているのは、もちろんこのクソ暑さ自体のせいもあるし、体に毒に決まってるこのクソ暑さの中、子どもの健康のためと称して必ず一日一回は外で遊ばせると決めている姉の馬鹿さ加減のせいでもあった。姉貴がてめえで行きゃいいんだ、と思いながら、頼まれるまま七桜海が連れてきているのは、千円という報酬のためだった。

二歳半になる姪の品紅《ピンク》(この命名からして馬鹿だ)が、友だちと砂場で土木工事に夢中になっており、その友だちのお母さんも付き添っているのを確認すると、七桜海は遊具場を離れて池のほとりに行き、煙草を吸った。あたりには日光をさえぎる木立はなく、黄色い太陽は硫黄のガスを地上に浴びせてくるかのようだった。ふだんは分厚い音の膜となって公園を覆っている蟬の鳴き声も、この日はまったく聞こえない。熱い空気は湿気をたっぷり含み、しつこい羽虫の大群のように肌にまとわりついてくる。汗を搔いているのではなく、自分の肉体が溶けて垂れているように感じた。風景も液体でできていて、放置したアイスクリームの盛り合わせみたいに、ただの色となって滴り落ちてしまいそうだった。気温が高くなりすぎると景色も溶けるんだな、と七桜海は納得した。

上のほうからばらばらと生き物が降ってきた。小鳥が水浴びに来たのだった。スズメやメジロ、ヒヨドリやムクドリが、池のほとりで自分の体に水を振りかけている。鳥たちはひっきりなしに降ってくる。その何羽かは、じかに水に入った。鴨か何かの水鳥だと思ったが、水面から飛び出てきたのはスズメだった。上空からまた何羽かのスズメが水中にダイビングした。七桜海が一呼吸か二呼吸してから、それらのスズメは空中に飛び出し、そのまま飛んでいく。

スズメだけじゃない。メジロもヒヨドリもムクドリも、スズメを真似るかのように水に飛び込み始めた。ついには巨体のカラスまでが飛び込むと、さすがに他の鳥は逃げていった。ハトだけは飛び込むのが苦手なのか、ほとりで右往左往しながら、他の鳥たちを眺めている。

カラスが飛び出していったあと、またスズメが戻ってきた。スズメは体をきりもみ回転させながら、水に出たり入ったりを繰り返している。目が慣れてきたせいか、昔からスズメは水の中を泳ぐ鳥だったような気がしてくる。水に濡れたスズメは、水面から飛び立つときに陽光にきらめき、しぶきを散らす。群の中に、いつまでも輝いている個体がいる。目を凝らすと、それはスズメではなくて魚だった。色柄も大きさも一見スズメっぽく見える魚が、スズメと一緒に水面を飛んだり跳ねたりしているのだった。

七桜海はしゃがんで、池に指を入れてみた。あんのじょう、ぬるま湯になっている。魚も耐えがたいのだ。鳥が水に飛び込むように、魚は水面から空気中に飛び込んできているのだろう。スズメに倣って、飛び上がると必ず体をきりもみさせたり宙返りしたりする。おそらく自分で自分を扇いでいるのだ。鳥は羽をバタバタさせたりして扇ぐし、人間も手で扇いだりする。魚は空中で自分が回ることで風を当てる。

魚たちは今や、水面のあちらこちらでジャンプしては回転していた。池一面から激しくしぶきが立ち、銀色の霧となり、それが熱風に乗って七桜海の顔にかかる。しぶきに惹かれて人間たちもやってくる。「クエルボ、またカラス?」と妻にうんざりされながら、一心不乱に池を眺める初老の男もいる。

七桜海は急に愉快を感じた。ここは生き地獄だ。まだ死んではいないけれど、実際に死ぬ以上に、死に近い状態にある。皆、責め苦を受けて、自分から逃れたいんだ。鳥は鳥をやめて魚になりたくて、魚は魚をやめて鳥に憧れて、猫は人に、人は人以外の何かになりたいんだ。それでとち狂って、もがいて、あんなふうにくるくる回ってる。でも楽しいじゃん、くるくる回るって。

飛び上がる魚たちを見て人が群がってくる中、七桜海は池を離れ、ゆっくりと回転してみた。体を軸に、上から見て時計回りに。自分の起こすゆるい風が汗に濡れた肌に当たり、涼しい。バレエダンサーのように腕で地面と平行に輪を作り、その輪を回すような感覚で回る。めまいを起こさない速度で、ふんわりのんびりと。回りながら、品紅のいる砂場のほうへ進む。

顔を上向けて空を見る。空が近くなってくるような錯覚がある。まるで、回ると宙に浮いていくみたいだ。ネジとかバドミントンの羽根とかのように、きりもみしながら空気の層に食い込んで上昇する。回転しながら風となって移動するなんて、竜巻と同じじゃないか。いや、竜巻というほど強烈じゃないから、つむじ風。私はつむじ風。自分がつむじ風になっちゃえば、涼しい。軽い。空も飛べる。

どこを歩いているのかわからなくなって、頭を戻し、回転を止めた。砂場まではあと少し、目の前には鉄棒があり、ぶつかるところだった。止まったとたん、熱気が殺到して七桜海を幾重にも縛りあげ、汗が湧き水のように体のいたるところからあふれ出す。体がふらつき、軽い頭痛もする。これは禁断の手段だったんだ、と悟る。一度回り始めたら、二度と止まってはいけない。止まったら、回る前よりも苦しくなる。楽でいたかったら、回り続けるほかない。

品紅のところまで歩くと、「さ、帰るよ」と言って両手を取った。その瞬間、七桜海は微妙な違和を感じた。あたりを注意深く見回し、品紅も頭から爪先までつぶさに検分したけれど、何も違ってはいない。それなのに、七桜海の知らない何かがそこに混ざっているような、どうにも処理できない不協和音感がぬぐえない。場全体が精巧な贋物にすり替えられたような異物感。

気を取り直して、七桜海は品紅と両手をつなぎ大きな輪を作ると、かーごめかごめと口ずさみながら回った。品紅は喜びはしゃぎ、足をもつれかけさせながらも回った。目が回りすぎないよう、少し回っては手を離して歩き、するとたちまち「品紅、かごめする」とせがむので、また手をつないで輪を作っては回り、そんなことを繰り返して家に戻った。暑さと昂揚しすぎで疲れたのか、品紅はたちまち眠りこけてしまった。七桜海もその眠りに引きずられていった。

夕飯を食べながら見ていたテレビのニュースは、酷暑一色で占められていた。東京だけではなく日本列島中で四十度を超えていたので、高齢者を中心に三百九十二人が病院に搬送され、五十六人の死者が出た。さらにギョッとしたのは、福井の県立高校に通う十七歳の高校生女子が、炎天下でぐるぐる自転したあげく熱中症になって死亡した、という事故だった。一緒にいた友だちの証言によると、自分が扇風機になっちゃえば涼しくなるんじゃない、と言って回り出し、あ、涼しい涼しい、やってみなよ、と友だちにも勧め、友だちも応じたところ、酔って気分が悪くなり、地面に寝て休んでいたら、隣にやはり寝転がってきて、しばらくその姿勢でいたけれど、いつまでも動かないので呼びかけてみたら、もうこと切れていたという。専門家は、高層ビルで火事に遭って、火にやられるより飛び降りるほうを選んでしまうような行為であり、本人なりに合理的な判断を下して生き延びようとしているのであって、決して異常な行動ではない、と分析していた。はっきり言やあ、どう転んでも死ぬしかないようなクソみたいな状況だってことだろ、気取らないでそう言えばいいんだよ、と七桜海はぶつくさとケチをつけ、品紅の前でそういう乱暴な言い回しはやめてくれる？　と姉に注意される。ただでさえ、品紅はあんたの真似ばっかりしてるんだから。

「そうだよ、私は父親役だからね、品紅は父親似なんだよ」

「父親役をやってくれなんて頼んでない。むしろ、父親なんていらないんだからね。あんたにはお姉ちゃん役をしてほしいって言ったでしょ」

姉はつきあっていた男の、手の施しようがない子どもっぽさに呆れ、スナック菓子のおまけだけ残して菓子本体を捨てるように、子どもだけ宿すと男は捨てたのだった。介護施設の職員として生計を立てている姉は、大学を出て職に就けずにいた七桜海に、部屋を提供する代わりに品紅の子育てを手伝うよう持ちかけた。友だちの家を渡り歩いて泊めてもらう生活も、友だちのどことなく冷淡な応対からもう限界だと感じていた七桜海は、こうなったら自衛隊に入隊するしかないと思い詰めていたところだったので、一も二もなく応諾した。姉は七桜海の幼いころからの軍隊志向を知っていたので、それを止める意味もあったんだろう、と七桜海は感じた。姉に捨てられた男は、自分を鍛えると言って市民右翼のデモに参加するようになり、一年ほどしてから、唯一のとりえだったセンスのよいストリート系の着崩しではなく、少し肥えた体に安物のくたびれた和服をまとって姉の家に現れ、俺は大人の男になったからもう一度やり直したいと言った。どう大人になったんだと問うと、世間で白い目で見られようが、自分の意見を揺るがずに言えるようになった、どんな逆風でも毅然と落ち着いていられるようになった、さらには体を張るときは体を張って家族を守る覚悟もできている、と答える。姉は虚しくなり、もう無理だから帰るよう頼んだ。しかし男は、女に帰れと言われて帰るほど柔な男ではもはやない、と言って動こうとしない。そこへ品紅を連れて公園に行っていた七桜海が戻ってきた。「自分探し右翼が何しに来たんだよ。ここ来ても自分は見つからねえよ」と男を見るなり言った。七桜海は一度、男が街頭で五族協和を主張するデモをしているところに行き当たったことがあったのだ。七桜海の揶揄に男は激昂し、何やら怒鳴り散らしたが、七桜海が「どこが大人になったんだよ。でかい声出せるようになっただけで、相変わらず、ねえねえぼくの話聞いて、ってママにせがんでるガキンチョのまんまだろうが。大人になったんなら、姉貴が今何を必要としてるのか、まず気遣うのが普通だろ」と言い返すと、仕返しを誓うような捨てゼリフを吐いて帰っていった。姉は、あんな挑発してどんな復讐してくるかわからないじゃない、と不安がったが、品紅はこの出来事以来、七桜海に始終まとわりつくようになった。

「七桜海ちゃん、煙吐いてた」

「チクるんじゃないよ」

七桜海は品紅の頬を挟んで縦につぶした。品紅は面白がって、「煙吐いてた！」と叫んでは、もっと頬をつぶしてくれるよう要求した。そのとき、品紅が散歩に出かける前に跳ね回ってドアノブにこめかみをぶつけてできた傷が、跡形もなく治っていることに気づいた。

翌日以降も姉は、自分が仕事に出ている間も、サボらずに、四十度を免れている午前中と夕刻に品紅を散歩に連れていくよう、七桜海に要求した。品紅は表に出て「かごめ」をしたがった。七桜海は体じゅうに保冷剤をくくりつけて、品紅を連れ出した。

熱せられた車体や石に触れて火傷をする者が後を絶たなかった。あらゆる物体が熱を溜め込み、湿度の高い空気も熱をはらみ、夜になっても気温は三十五度を下らず、エアコンはフル稼働で、室外機からはドライヤーのような熱風が吹き出し続けた。死者は連日、三桁に達し、いたるところに動物の死骸が散らばった。五日目には甲府で、日本の観測史上初めて五十度を超える五十・二度を記録した。七桜海の住む地区でも正午には四十五度を突破し、午後二時の四十五・九度をピークに下がり始め、午後四時半に四十度まで落ちたところで、二人は散歩に出た。道行く人もほとんどなく、ゴーストタウンと化している。作り物のようながらんとした道を、七桜海と品紅はくるくる回りながら歩いた。自分が雨雲となってスコールを降らせたかのように汗を掻き、その分の水分を補給するためポカリスエットを飲みまくる。公園に到着したときには温泉あがりのようなありさまだった。

柿ノ池公園からもひと気が消え、池には悪臭が漂っていた。水位が下がり油膜の浮いた水面は、魚の死骸ででこぼこしている。魚だけではない、小鳥の死骸も混じっている。何かもっと大きな縞模様の生き物の死骸も、その体の一部を盛り上がらせている。それが何であるのか七桜海は知りたくなくて、詳しく見ないようにした。

七桜海と品紅は巨大な欅《けやき》の木陰で、かごめ回りをした。地面が荒れているのは、乾ききってひび割れた土が盛り上がっているせいだけではなく、欅の根が水分を確保しようと猛然と伸びているからでもあった。根に力が入るあまり、土を締め出しているのだ。たいていの草はぐったりと萎れたり枯れたりしているが、強い植物は渾身の力を根に集中させて、水分の奪い合いに勝とうとしているのだった。

対岸の巨大な楠の下で、誰かが回っている姿が目に入った。同じようなこと考える人がいるんだと七桜海は共感し、品紅を連れて近寄ってみる。太い枝からロープで胴体を吊って、回っているのだった。

「苦しくないのかよ」と七桜海は声をかけた。

「涼しい。鳥肌が立つほど」と青年は答えた。

「これも魚の真似?」

「魚? テレビで見て。こうして回ると涼しいし、目が回って何もかも忘れられるって」

「そこの池の魚がさ、飛び上がってくるくるっと回って、涼んでたんだよ」

「魚、死んじゃってるよね」

青年はロープをつかむと器用にするすると登り、枝の上でロープを抜けながら、「でも今は涼んでるだけじゃない」と言った。

「ぼくはね、一心不乱に回ってるうちに、何だか純化されていく自分に気づいたんだよね。最初は鬱屈した気分とかが、回ることで振り飛ばされていくんだと思ってた。自分を脱水機にかけて汚れた気分を飛ばしちゃうというかさ。だから猛スピードで回ったよ。限界に挑戦って。そうするとゲロも吐いちゃう。汗も出る。デトックスだと思ってた。嫌な自分とオサラバって感じで。そのうち汚れが取れてくると、もう気分も悪くならずにいくらでも回れるようになる。そしたら不思議な感覚が芽生えてきてね。自分で回ってるんじゃなくて、何か大きな力がぼくを回しているというか。今まで気がつかなかった、大いなる力に身を任せているようで、とても気持ちがいい。何て言うかな、命の流れに逆らわずに自然でいるというか、無心が実現できて楽を知るというか」

青年はいつの間にか楠を下りて、七桜海と品紅の前に立っていた。

「ふうん。私はずっと回ってるけど、そんな境地に達してないな」

「ぼくだけじゃないよ、いまやそんな気分で回ってる人はたくさんいるよ。みんな、回っているうちに自分で目覚めたんだ。そして気づいた、これはお祈りの一種だって」

瞬間的に七桜海は苛立ちが沸騰するのを感じ、声を高めて「お祈り？」と聞き返した。「誰に祈ってんの？　何を祈るの？　よくわかんねえ」

「それは大いなる力に、何となく、鎮めてくれって。この暑さだとか。あとは雨乞い」

「そんでその大いなる力の主はまるで耳を貸してくれないってわけだ」

「まだ祈る力が足りないんだよ。もっと大勢が気持ちを一つにすれば、何かが起こる予感があるんだ」

「お祈りの次は予感かよ」

「ぼく個人の願望で言ってるんじゃない。手応えがあるんだよ。ぼくだけじゃなくて。回ってると、何というのか、自分が強くなるというか、成長しているというか、そういう実感がある。みんなそう感じているから、この力が集まれば何かが起こせるって信じ始めてるんだ」

「私はそんなもの感じてない」

「こんな言い方しちゃ失礼だってわかってるけど、まだ回り方が少ないんだと思う。もっともっと、一日の大半を捧げるぐらいのつもりで回ってみるといい。はっきり、手応えが感じられてくるから」

「一日中ってわけじゃないけど、私もこの五日間けっこう回り続けて感じたのは、回ってるときは気持ちいいけど、回り終わったらかなり疲れるってことだけ。それが普通じゃね？」

「五日間か。ぼくより先輩だな。極暑が始まった最初の日でしょ。覚醒者の一人っていってもいい。ねえ、不思議に思わない？　その日、回り始めた人があんたの他にも全国にたくさんいるんだよ。誰の真似をしたわけでもなくて、自然に回り始めたんだよ」

「あの死んじゃった子とかか」

「そう。最初の殉死者だよね。ぼくなんかは、あのニュースを知って真似して回ってみたクチだから、偉そうなことは言えないけどさ。あんたなんか、自然に回り始めたわけでしょ。どうしてだと思う？」

「さっきも言ったとおり、魚が回ってるのを見て真似しただけで、回りたい衝動が天から降ってきたとかじゃない」

「魚が回るのを見たからって、普通、自分も回る？　そのとき魚を見ていた人たちがみんな回り始めた？」

　七桜海は首を振った。あのとき自分は、野次馬と離れて、一人、回り始めたのだった。自分が野次馬とは違う行動を取ると知っていたから、離れたのだった。

「でしょ？　きっかけは魚だったかもしれないけど、動かしているのは大いなる力なんだよ」

七桜海は揺らいできた。自分の意思で回ったのかどうか、自信がなくなってきた。でも青年の言うとおり、大いなる力が自分に降りてきたみたいなことを信じる気もなかった。そんな感触はなかった。ただ異常な暑さだったから、ふだんは思いもよらない行動を取らないと対処できなかっただけだと思った。

「じゃあ、竜巻とかつむじ風も、大いなる力が回してんのかよ？　その大いなる力って、重力とか大気とか、そういった自然現象だろ。重力とか大気に祈ったところで、暑さを収めちゃくれねえよ」

「あんたも重力や大気の力で回ったの？」

「いや、違うけどさ」

「あの日、回った人がみんな、重力や大気の力で、つむじ風と同じ原理で回ったと思う？」

「他のやつのことは知らねえよ。私は自分がつむじ風になったら涼しくなるかな、って思っただけだよ」

「あの日回った人の多くが、おんなじ言い方してる。自分が竜巻になれば、風になれば、扇風機になれば、涼しいかもって」

「こんな異常な熱気だったら、同じこと考える人がそれなりにいてもおかしくねえし」

「まあ、ここで議論してても意味ないから、みんなのとこに行ってみよう。あれを体験すれば、納得はしなくても、少しはぼくの言ってることが実感してもらえると思う」

「みんなのとこって、どこよ」

「そこの熊野神社」

むろん、熊野神社までの道でも、青年は回り、七桜海と品紅も回った。青年は途中から二人の輪に入って、三人で大きな円を作って回った。最初は体をこわばらせていた品紅も、回っているうちに次第にうちとけ、青年の微笑みに応えるようになった。

熊野神社の敷地に入る前から、何やら精気がほとばしっているのが感じられた。鳥居の内側は人でぎっしりで、体の発する熱と湿気が内燃機関の蒸気のように噴出している。誰もが陶酔したような表情で回っている。同じ右回りで。押し黙り、首をかすかにかしげ、眠りかけたような薄目は虚空を見つめ、腕を蝶の羽のような形に広げ、脱力したまま、正確なテンポで時計回りに回る。音が神社の中に吸い込まれていくほど静かなのに、回り手たちからは、見る者を圧力で吹き飛ばすような妖気が発せられてくる。

最初に回り出したのは品紅だった。ぎこちなく足もともおぼつかず、すぐに誰かにぶつかってしまう。引きずられるように七桜海も動き始める。青年が神社を去っていくのが、視界の端に映る。

七桜海は完全に目を閉じ、自分の作り出すウェーブをただひたすらに体で感じた。その波に乗っていると、いつまでも回っていられる気分になる。体の力が抜けて、羽ばたく鳥のように自然と腕が上がる。少し速度を上げようとしたところ、体にブレーキがかかるような感触があった。風に逆らって歩くようなその抵抗が、まわりの者たちの作り出す波の力だと思い至るのに、そう時間はかからなかった。七桜海が乗っている波は、自らの作り出す回転のウェーブだけではなかったのだ。個々の人間の回転が作り出す波動が複雑に絡み合い、境内の内側の空気を波立たせ、七桜海は巧みにその波に乗っている。誰もがそうやって複雑な波に逆らわずに揺られることで、陶酔しているのだ。それは音楽にも似ていた。音楽に乗って舞っているようだった。しまいには七桜海の意識は飛びそうになった。ここで気絶したら一次元超えられるんだろうな、それで意識を失ったまま淡々と回り続けるんだろうなと予感した。自分の中身が透明になって、まさしく無我の境地で回るのだ。もしかしたら、ここにいる人たちの大半はそんな状態で回っているのかもしれない。

もう意識、飛んでもいいかも、と思ったところで、人がだいぶ減り、回り手がまばらになっていることに気づいた。波は弱くなっており、七桜海は原動力を失い、回転が止まる。たちまち熱気の塊がヘルメットのようにかぶさり、汗が噴出し、たまらずに七桜海は品紅を連れて神社の外に出た。

「痛いって言ってるでしょ、何で無視すんの」と品紅が叫んで、七桜海の手から自分の手を引き抜いた。七桜海は自分が異様に力んでいたのを知った。

「七桜海ちゃんは私の意思を認めてない」

七桜海は品紅の顔をしげしげと眺めた。何だ、このものの言いようは。もちろん、七桜海の真似だ。七桜海がいつも「私の意思を認めてない」と口癖のように姉に言っているせいだ。けれど、品紅は自分のことを「品紅」と呼んでいたのであり、「私」と言ったことはなかった。

「ごめんごめん。気持ち悪くなったりしてない？」

「足が痛い」

「回りすぎたもんね。あいつに乗せられすぎた」後のセリフは独り言だったが、品紅は「あいつ、イケてたね」と応じた。

品紅がしきりに膝の痛みを訴えるので、休み休み帰ることになり、家に着いたときにはすっかり日が暮れていた。戻った品紅を一目見るなり、姉は目をむいて「品紅、その服、もうつんつるてんだね。新しいの買わないとね」と言って溜息をついた。「たまには成長も一休みしてくれないかな」と首を振る。今朝、服を着せたときにそんな実感のなかった七桜海は不審に思い、品紅の服を引っ張ってみた。確かにぴちぴちだった。

翌日の夕刻、柿ノ池公園に行くと、青年は前日と同じように楠の枝からぶら下がって回っていた。二人を見ると、「今日はここには来ないと思ってたのに」と驚く。

「この子は神社に行きたいって言い張ったんだけどね」七桜海は品紅を指す。

「何で行かないの」

「一人で回りたいんだよ」七桜海は怒ったように答える。

青年は吊り下がったまま、七桜海をじっと見つめた。

「日に日に人が増えてるからね、もう熊野神社は入りきれないだろうから、今日はもっと境内が大きい三品寺《みしなでら》に行ってみようか」

「一人で回りたいって言ってんだろ。おまえはどうして一人で回ってるんだよ?」

「集団が苦手でね」

「はあ?　大勢が心を一つに合わせれば祈りが通じるとか何とか言ってたのは、てめえじゃねえか。言ってることとやってることが違《ちげ》えよ」

「ここで一人で祈りながら、祈ってるすべての人と心合わせることは可能だよ」

「そういうの、思い込みって言うんだよ」

「昨日と同じ。実感があるんだってば。だからぼくはこれでいいんだ。でもあんたたちは違う。ぼくは本当に集団がダメだからね、一人でしかいられない人のことはよくわかる。あんたたちは違うよ。ぼくからすれば、本当は集団の中に溶け込みたくて仕方がないって気持ちが丸見えだよ。昨日の様子を見てるとね」

それは否定できなかった。むしろ、そういう自分が怖いから、神社には行かずにここに来たのだ。この男は、そんなこともわかっているのだろう。だから三品寺に行こうなどと誘うのだ。

「私のことはいいんだよ。それより何でおまえは一人でしかいられないの」

青年はまたするするとロープを登り、枝に立つと体からロープを外し、枝に結ばれたままのロープを伝って地面に下りた。

「東亜親睦会って団体、知ってる?」

「ふん、知ってるよ。五族協和主義だろ」

姉に捨てられた男が参加していた市民右翼団体だった。東アジアの国々がいがみ合うばかりの現状に業を煮やし、EUに倣った東亜共同体EAUを創設し、域内を基本的に自由経済圏とし、北九州に本部を置き、九州か沖縄か北海道に自由貿易地帯を設け、そこだけは人の移動も自由にする、といったビジョンを訴えていた。基軸通貨は円、公用語を日本語とするため参加が想定される国々での日本語教育普及に力を入れる、そのために政府が近隣諸国との融和に努めること、各国が受け入れられるような内容の五族協和の理念を提唱していくこと、加えて強力な国軍を創設する。そんな主張を掲げて毎月デモを行っているのだった。

「ぼくなんか必死で勉強しても、地元の工業高校にしか行けない頭だったし、不良でもないからモテたりもしない。運動は体操部に入ったから、少し鉄棒とか吊り輪とかができるけど、それも誰だって練習すればできる程度。つまり、並み以下の地味な男だよ。もちろん卒業しても就職できるなんて思っちゃいなかったし、実際できなかった。まあ客観的に見てクズだよね。だから、少しでも自分の価値を高めたくて、歴史の勉強をした。その手のサークルに入ってね。ああいう日本の歴史の勉強サークルって、ぼくみたいな人間の集合体なんだよ。頭脳が平均に満たなくて、世渡りや人づきあいも苦手で、ふだん居場所がなくて、自分の無価値を何とかしたいって思ってる、適度に真面目な連中の溜まり場。その流れで自然と東亜親睦会にも入会した。同じサークルの仲のよかった友だちと一緒に」

青年の説明する感覚は、姉の元カレを見ていたから、七桜海にもきわめてリアルに理解できた。三流大学を出て百八つの企業を受けても就職できなかった自分だって、大して変わらない。

「はっきり言って、活動しているときは優越感に浸れていた。何も考えてない危機意識ゼロの一般人に比べて、能力も劣っているぼくたちのほうが真剣に勉強して考えて言論活動しているんだからね、自分を尊敬する気持ちが大きくなっていたことは確かだ。それが傲慢な過信に膨れあがっちゃうのも、二十歳前後じゃ、仕方ないよね。ぼくはその年でデモの小隊長を任されて、デモ申請の際の警察対応なんかも担ってた。自分が日本のために仕事しているって実感で充実してたな」

「小隊長？」

「そう、東亜親睦会の組織は階層化されていて、それぞれの階級には大佐とか中尉とか、軍隊の階級名が取り入れられていた。ぼくは曹長として小隊を率いていた。会の訴えどおり国軍が創設されたら、会員は一定期間の入隊を義務づけられていたからね」

「何で？」

「自分の身は自分で守るというスキルを身につけるため。『自立』が会の標語だし、『頼るより頼られよ』というのも口癖だったな。それでぼくが率いるデモが、あるとき排外主義の連中と衝突したことがあった。あいつらは馬鹿だから、近隣諸国とケンカすれば国が繁栄すると思ってる。一番下っ端のチンピラの発想だよね。東亜親睦会はもっと高いレベルで東亜の主導権を握ることを目指しているから、無用な仲違いは避ける。それがわかんないんだな。それで連中はうちらを敵視していて、あのときも狙い撃ちしてきて、東亜親睦会は売国奴集団だ、じつは半島人だと、罵ってきた。ぼくとの信頼関係があったから、警察も心情的にこちらに荷担してくれたんだよね。そうしたら、ぼくの対応に不満を持っていたうちの会の駆け出しが、うちには官憲の犬がいる、とアジり始めたんだよ。とたんに排外主義の連中もそれに便乗して、大混乱が起こった。あとで会の中でこの問題が総括されたとき、ぼくは自分の立場を冷静に説明した。チンピラの理論より、大局を見据えた大人の理論が会では認められると思っていたから、まさかあんな展開になるなんて信じられなかった。官憲の犬どころか、売国奴の政府に取り込まれた裏切り者だ、会を内部崩壊させる工作員だ、来たるべき日本の敵で、究極の非国民、と徹底的に断罪され、会員資格を剝奪された。それを主導したのが、サークルのときから一緒に勉強を続けてきた友だちだったんだからね。たった今まで仲間だった人たちが、目の前で敵に変わって、しかも百何人といる前で吊し上げられるんだ、あのときにぼくは一回、死んだんだよ」

「それで集団がトラウマになったのか」

「『自立』を謳ってた人たちが、あんなふうに雪崩を打つんだからね。でも今ならわかる。理性的に社会改革運動をしていたつもりだったけど、実際は自分の生き甲斐というか、価値というか、そういうのを感じたかっただけで、言ってみれば集団自分探しをしていただけで、見いだしたのは『自分』じゃなくて『自分たち』だったんだよね。だから、言ってることとやしていることの内容なんて、いかようにも変えることができたんだ。自分たちの価値を感じられることのほうが大事なんだ」

「さっき、私についても、本当は集団の中に溶け込みたくて仕方がないって心が丸見えだって言ってたよな。私には東亜親睦会みたいな場所が必要だって言いたいのかよ？」

「かつてのぼくならそう言ったかもしれない。でも今は違う。なぜなら、この通称『つむじ踊り』は、純粋だからね。自分たちの都合に合わせて、回るという行為を変える、なんてことは起こらない。ただただ、回れば余計な自分が消えて、回ることそのものの喜びに満たされる。そこには、他の踊り手との行き違いなんて存在しない。だから祈りだっていうんだ。主義や主張とは違う。この苦しさを共有し、この苦しさをともに克服したいっていう、奥底からの願い。そのことに差なんかない。もちろん共有しない人もいるでしょう。でもそれは少数の人で、大半の人は安らかになりたいって衝動があふれ始めていると思うんだよ」

　七桜海は初めて魚が跳ね回ったのを見たとき、愉快な気分が炸裂したのを思い出した。この世は生き地獄で、誰もが自分を抜け出したい、他の動物に成り代わりたいと渇望して、まるで回れば生まれ変われるとでもいうように回っている。この青年の言う「純粋」があの愉快の感覚を意味しているとしたら、七桜海にもよく理解できる。

「つむじ踊り、って言った？」

「うん。昨日のニュースで言ってた」

「誰が言いだしたの？」

「北関東の村に、そういう名前の伝統的な踊りがあったらしいよ。何年かごとに竜巻に襲われて死者が出たり作物が壊滅的打撃を受けたりした土地で、竜巻の神様を鎮めておくために、竜巻と逆回りの右回りで村中の人が回るんだ。でも過疎化で廃れちゃって、そのせいで今、関東中で竜巻が猛威を振るうようになったと村では信じられている、って説明してた」

「ふうん。じゃあ、そのつむじ踊りしに行くか、三品寺に。あ、君はどうせすぐ引き返すんだろうからここにいていいよ。私とこの子で行くから」

「それならそうしようかな」青年はまたロープを登って枝に上がる。

「君みたいな一人指向の者も、あちこちにけっこういるのかな」

「かなりいると思うよ。ぼくのような体験をした人なんて、腐るほどいるわけだから」

そう言って青年は心底から嬉しそうに微笑んだ。

「怖ーい」と言ったのは品紅だ。七桜海は改めて青年を眺めた。七桜海たちなどもはや眼中にないといった様子で、自分を吊ることに集中している。行こ、と品紅を促し、手を引いた。


三品寺もすでに回る者たちであふれんばかりだった。蟬すらも鳴かない静寂の中、ただ踊る人たちの体臭だけがむんむんとにおってくる。品紅に先導されなかったら、七桜海だけでは入り込めなかったかもしれない。けれど回り始めれば、迷いも不安も振り切れていく。驚いたことに、品紅はもうふらつくこともなく、一人前の回転をできるようになっていた。休み休みではあったが、しっかりと回り、明らかに陶酔状態に入っている。吐き気を我慢しているふうでもない。一時間も回ると、七桜海は確信せざるを得なかった。品紅は成長が早くなっている。体も大きくなっているし、メンタルも発達していることが目つきからわかる。ということは、自分だって早く年を取っているということになる。早く年食いたくなければ、回るのをやめればいいんだろうか。けれど、回っていないときは時間が遅い、という実感はない。むしろ、回っているときのほうが緩く感じられる。だから回りたくなるぐらいだ。

七桜海は薄ら寒い気持ちになった。大いなる力といっていたけれど、何か得体の知れないものに騙されて、自分たちはとんでもない作業に手を染めているんじゃないか？　何か、時間を早めてしまう行動を。そうとは知らずに。これは陰謀？　じつはみんな、あの吊り下がった男にそそのかされてここに来て、「つむじ踊り」に熱中してたりして。ああいうやつがあちこちにいると言ってた。組織的に私たちは動員されているんじゃないか？　集団に呑み込まれたがってる者たちを、無自覚に隷属させようとしているとか。

何を馬鹿な。私は自分で勝手に回り始めたんだ。何日も回った後であの男に会ったのであって、陰謀など仕掛けられるはずがない。陰謀論っていうのはたいてい、こういう不安な心が作り出す幻影だ。回っている私はきわめて落ち着いている。不安が生まれるなら、振り切るまでもっともっと回ればいい。回れば幻影など振り払える。回っても消えないものだけが、現実だ。真実だ。例えば、品紅の成長が早くなっていること。

七桜海は加速度をつけた。周囲の風景が溶けて、色の混在にしか見えなくなるぐらいに速く回った。自分の心身を損なわずに回るコツはすでに体得しているから、いくら速度を上げて長時間回っても、気分が悪くなったりはしない。七桜海の波にあおられて、周囲の人の回転も速度を増す。これだけ高速で回転すると、本当に上昇してしまいそうだった。また意識が離陸していくような感覚が、後頭部のあたりで始まる。今度こそ飛んでもいいと思う。

回った。飛んだ。一瞬重力が消えて宙に浮き、また重力が戻ってゆっくりと降下していく。体は軽いままだ。灰色の流動体だった視界に、何かが形を取り始めている。じっと目を凝らす。形が浮き上がり始め、灰色は背景となり次第に透明になっていく。浮き上がった形は、品紅だった。

もう十代の色気づく年ごろになっている。品紅は高速回転しているのに、静止した品紅の形を取って、七桜海を見ているのだった。品紅だけではなかった。あたりにいる人間皆が、実体としては回転していながら、高速すぎてその実体は見えず、ふだんのその人物の姿が形をなしている。高速回転すると像が見えるという意味では、ゾーイトロープとか映画のフィルムとかのようだった。けれどそれはただの映像ではなくて、触ることができた。品紅は七桜海に「そろそろ帰らないと日が暮れちゃうよ」と言い、七桜海もうなずき、手をつなごうとして、「子どもじゃないんだから」と払いのけられる。

帰る間も二人は高速で回り続けながら普通に歩いており、あたかも今までと変わらない日常を送っているかのようで、けれど帰宅すると姉が誇らしげに「届いてるよ、いよいよだね」と桜の花びらの透かしが入った封書を差し出し、裏を見れば「防衛省」とあり、徴兵期間の終わりの最後の休暇中についに派兵が決まったわけで、「じゃあ行ってくる」と言うなり、七桜海は洋上艦「さきもり」の人となっていた。島の確保をめぐっての争いなのでほぼ海戦しか行われず、お定まりのように威嚇の撃ち合いが続いていたが、七桜海の部隊はその撃ち合いを囮《おとり》に一人乗りの超小型潜水艇で島に上陸することを任務としていて、七桜海は成功するかに思えたが、罠にはまっていたのであって、狭い湾に入ったところで後方の三方から魚雷を撃たれ、すぐに脱出したが、潜水艇の破片が高速で七桜海の背中に衝突、体が痺れて動かなくなり、沖へ流されたところで巡洋艦に拾われ栄誉の帰還と称えられながら帰宅、しばらくの入院生活ののちリハビリに勤しんだものの、腕や脚に軽い麻痺が残り、介護士の姉の介護を受けながら生かされる無為な日々に絶望し、姉へ嫌味を垂れ流し、破滅すればいい、が口癖となり、島はことごとく奪われ、頼みの同盟国は不介入を宣言、同盟を破棄して孤立し、食糧事情が急速に悪化しても外国に食糧市場をほぼ全面開放してきたツケで自前の農業技術は低く生産量が上がらず、七桜海の家も芋粥のような食事が一日二回のみとなり、七桜海の影響を強く受けながら七桜海の醜態に失望した品紅は家を出て寄宿制の高等工科学校に進学、卒業後には志願兵となって九州沿岸の前線へ赴き、無人ステルス戦闘機の餌食になって戦死したのが十九歳の冬、七桜海は自分が殺したかのような罪悪感にさいなまれ、心の重りが体をも動かなくし、幾度も自らの終焉を思い描いたものの、悲嘆に暮れて廃人になりそうなのを踏みとどまっている姉を置いて逝けるはずもなく、いよいよ本州にも上陸されたとの噂が駆けめぐった八月の初め、太陽は狂ったように熱を降り注ぎ、東京の気温は十九年ぶりに四十度を超えた。極限的な食料不足で体力の衰えた列島の人々は、カゲロウのように次々と息絶えていき、あまりの暑さに耐えきれなくなった姉が畳の上をごろごろ転がり始めたのを見て、七桜海は自分が扇風機になって姉を扇いでやろうと考え、両手に団扇を持ち、動かない体で無理やり回転し始めたところ、十九年前にもこうして暑さをしのぐために回ったことを思い出し、そのころはまだ幼児だった品紅が「かごめしたい」と言っては回りたがり、その話を聞かせて正気を取り戻した姉も一緒になって回り始め、何だか元気が出てきたので食べ物を手に入れに夕暮れ時に外に出て公園を通りがかったら、池のほとりを埋め尽くした人たちがゆっくりと自転しているのが目に入り、七桜海も引き寄せられて回り始め、空を見上げたら天から落ちていくような感覚があり、やがてそれが左回りに回転しているせいだと思い至り、十九年前の時計回りとは逆の回り方であって、こうすれば時間も逆転して十九年間かけて固くこんがらがった過ちもほどけ、品紅もよみがえり、怪しい祈りに身をゆだねたりせずにあの生き地獄から自分を救い出す手が他にもあったはずだと思い当たり、十九年分すっかり巻き戻ったらこの世を自分たちの手に取り戻そうと誓いながら、祈りの逆回転を続けるのだった。

ＵＦＯが釧路に降りる

村上春樹

五日のあいだ彼女は、すべての時間をテレビの前で過ごした。銀行や病院のビルが崩れ、商店街が炎に焼かれ、鉄道や高速道路が切断された風景を、ただ黙ってにらんでいた。ソファに深く沈み込み、唇を固く結び、小村が話しかけても返事をしなかった。首を振ったり、うなずいたりさえしなかった。自分の声が相手の耳に届いているのかいないのか、それもわからない。

妻は山形の出身で、小村の知る限りでは、神戸近郊には親戚も知り合いも一人もいなかった。それでも朝から晩までテレビの前を離れなかった。少なくとも見ている前では、何も食べず、飲まなかった。便所にさえ行かなかった。ときどきリモコンを使ってテレビのチャンネルを変えるほかは、身じろぎひとつしなかった。

小村は自分でパンを焼いてコーヒーを飲み、仕事に出ていった。仕事から帰ると、妻は朝と同じ姿勢のまま、テレビの前に座っていた。仕方なく冷蔵庫の中にあるもので簡単な夕食を作って一人で食べた。彼が眠りにつくときにも彼女はまだ、深夜ニュースの画面をにらんでいた。沈黙の石壁がそのまわりに巡らされている。小村はあきらめて、声をかけることさえやめてしまった。

五日後の日曜日、彼がいつもの時刻に仕事から帰ってきたとき、妻の姿は消えていた。

小村は秋葉原にある老舗のオーディオ機器専門店でセールスの仕事をしている。彼が扱っているのは「ハイエンド」の商品で、売り込むとそのぶんのコミッションが給料に加算された。顧客には医者や、裕福な自営業者や、地方の金持ちが多い。その仕事を八年近く続けていたが、収入は最初から悪くなかった。経済は活況を呈し、土地の値段は上がり、日本中に金があふれていた。誰の財布にも一万円札がぎっしり詰まっていて、みんながそれを片端から使いたがっているように思えた。商品は高価なものから順番に売れていった。

ほっそりとした長身で、着こなしがうまく、人当たりもよい小村は、独身のときにはけっこうたくさんの女とつきあった。しかし26で結婚してからは、性的なスリルに対する欲望は、奇妙なほどあっさりと消えてしまった。結婚してからの五年のあいだ、彼は妻以外の女と寝たことはない。チャンスがなかったというわけではない。しかし彼は、軽いゆきずりの男女関係にはもうまったくといっていいくらい興味が持てなくなっていた。それよりは早く家に帰って、妻と二人でゆっくりと食事をし、ソファの上で語り合い、それからベッドに入って交わりたかった。それが彼の求めていることだった。

小村が結婚したとき、友人や会社の同僚はみんな多少の差こそあれ、一様に首をひねった。小村が端整でさわやかな顔立ちであったのに比べて、妻の容貌はまったくの十人並みだったからだ。容貌だけではなく、性格もとくに魅力的とは言えなかった。口数は少なく、いつも不機嫌そうな顔をしていた。小柄で、腕が太く、いかにも鈍重そうに見えた。

しかし小村は——その理由は本人にも正確にはわからないのだが——ひとつ屋根の下に妻と二人でいると、肩の力が抜けてのびやかな心持ちになることができた。夜には安らかな眠りを楽しむことができた。以前のように奇妙な夢に眠りを乱されることもなくなった。勃起は硬く、セックスは親密だった。死や性病や宇宙の広さについて案じることもなくなった。

でも妻のほうは、東京での狭苦しい都会生活を嫌って、故郷の山形に帰りたがっていた。そこにいる両親と二人の姉をいつも懐かしんでいたし、その気持ちが高まると一人で里帰りした。実家は旅館を経営していて裕福だったし、父親は末娘を溺愛《できあい》していたから、往復の旅費くらいは喜んで出してくれた。小村が仕事から戻ると妻の姿はなく、しばらく実家に戻っているという書き置きがキッチンのテーブルにのこされていることが、これまでにも何度かあった。そんなときにも小村は文句ひとつ言わなかった。ただ黙って彼女の帰りを待っていた。一週間か十日ほどすると、妻は機嫌をなおして戻ってきた。

しかし地震の五日後に彼女が出ていったとき、のこされた手紙には「もう二度とここに戻ってくるつもりはない」と書いてあった。そこにはなぜ彼女が小村と一緒に暮らしたくないかという理由が簡潔に、そして明確に記されていた。

問題は、あなたが私に何も与えてくれないことです、と妻は書いていた。もっとはっきり言えば、あなたの中に私に与えるべきものが何ひとつないことです。あなたは優しくて親切でハンサムだけれど、あなたとの生活は、空気のかたまりと一緒に暮らしているみたいでした。でもそれはもちろんあなた一人の責任ではありません。あなたを好きになる女性はたくさんいると思います。電話もかけてこないでください。残っている私の荷物はぜんぶ処分してください。

そう言われても、あとにはほとんど何も残されていなかった。彼女の洋服も靴も傘もコーヒーマグもヘアドライヤーも、すべてなくなっていた。小村が出勤したあと、宅配便か何かでまとめて荷物を送ったのだろう。「彼女のもの」であとに残されているのは、買い物用の自転車と数冊の本だけだった。ＣＤの棚からはビートルズとビル・エヴァンズのものがあらかた消えていたが、それは小村が独身時代からコレクションしていたものだった。

彼は翌日、山形の妻の実家に電話をかけてみた。母親が出て、娘はあなたと話したくないと言っていると言った。母親は彼に対していくぶん申し訳なさそうなしゃべり方をした。あとで書類を郵送するので、印鑑を押してなるべく早く返送してほしいということでした。なるべく早くと言われても、大事なことなので、少し考えさせてください、と小村は言った。

「でも、あなたがいくら考えても、何も変わらないと思いますよ」と母親は言った。

たぶんそうだろうと小村も思った。いくら待ったところで、いくら考えたところで、ものごとはもう元には戻らないだろう。彼にはそれがよくわかった。


書類に印鑑を押して送り返したあとしばらくしてから、小村は一週間の有給休暇をとった。上司はおおよその事情を聞いて知っていたし、二月はどうせ暇な時期だったから、文句ひとつ言わずに認めてくれた。何かを言いたそうな顔はしたが、言わなかった。

「小村さん、休暇をとるって聞いたけど、何かするんですか？」、同僚の佐々木が昼休みの時間にやってきて、尋ねた。

「さあ、何をしようかな」

佐々木は小村より三歳ほど若く、独身だった。小柄で、髪は短く、金属縁の丸い眼鏡をかけている。口数が多く、鼻っ柱の強いところがあり、嫌う人間も多かったが、どちらかといえばおっとりした性格の小村とは相性は悪くなかった。

「せっかくだから、のんびり旅行でもしてくればいいじゃないですか？」

「うん」と小村は言った。

佐々木はハンカチで眼鏡のレンズを拭き、それから様子をうかがうように小村の顔を見た。「小村さんはこれまで北海道に行ったことはありますか？」

「ないよ」と小村は答えた。

「行く気はありますか？」

「どうして？」

佐々木は目を細めて咳払いをした。「実を言いますとね、釧路まで運びたい小さな荷物がひとつありましてね、もしそれを小村さんが持っていってくれればいいなあということなんです。そうしてもらえれば、恩にきますし、飛行機の往復のチケット代くらいは喜んでもちます。向こうで小村さんが泊まるところも、こっちで手配します」

「小さな荷物？」

「これくらいです」と佐々木は言って、10センチくらいの立方体を両手の指で作った。「重くはありません」

「仕事に関係したもの？」

佐々木は首を振った。「これは仕事とはまったく関係ありません。百パーセント個人的なものです。乱暴に扱われても困るんで、郵便や宅配便では送りたくないし、できることなら知っている人に手で持っていってほしいんです。本当は僕が自分で運べればいいんですが、北海道まで行く時間がなかなかとれなくって」

「大事なもの？」

佐々木は結んだ唇を軽く曲げ、それからうなずいた。「でも割れ物とか、危険なものとかいうんじゃないですから、神経質になる必要はありません。普通に運んでもらえれば、それでいいんです。空港でエックス線の検査にひっかかるようなこともありません。迷惑はかけませんよ。郵便で送りたくないのは、どっちかというと気分的なものです」

二月の北海道はきっとおそろしく寒いだろう。しかし寒かろうが暑かろうが、小村にとってはどうでもいいことだった。

「それで、誰に荷物を渡せばいいの？」

「妹があっちに住んでいるんです」

小村は休暇の過し方についてまったく何も考えていなかったし、これから予定を立てるのも面倒だったから、申し出を引き受けることにした。北海道に行きたくない理由は何もない。佐々木はその場で航空会社に電話をかけて、釧路行きの飛行機の切符を予約した。二日後の午後の便だった。

翌日仕事場で、佐々木は茶色い包装紙で包まれた小さな骨箱のようなものを小村に渡した。手触りからすると、箱は木でできているようだった。言われたように重さはほとんどなかった。包装紙の上から幅の太い透明テープがぐるぐると巻いてある。小村はそれを手に持って、しばらく眺めていた。ためしに軽く振ってみたが手応えはなく、音もしなかった。

「妹が空港に迎えに来ます。小村さんが泊まるところもちゃんと手配しておくということでした」と佐々木は言った。「見えるように箱を手に持って、ゲートを出たところに立っていてください。心配いりません。そんなに大きな空港じゃないですから」

家を出るときに、預かった箱を着替えの厚手のシャツにくるみ、バッグの真ん中あたりに入れた。飛行機は彼が予想していたよりずっと混んでいた。こんなに多くの人が真冬に東京から釧路まで、いったい何をしにいくのだろうと小村は首をひねった。

新聞は相変わらず地震の記事で埋まっていた。彼は座席に座り、朝刊を隅から隅まで読んだ。死亡者数はいまだに増え続けていた。水と電気は多くの地域でとまったままで、人々は住む家を失っていた。悲惨な事実が次々に明らかになっていた。しかし小村の目には、それらのディテイルは妙に平板で、奥行きを持たないものに映った。すべての響きは遠く単調だった。いくらかでもまともに考えられるのは、どんどん自分から遠ざかっていく妻のことだけだ。

彼は地震の記事を機械的に目で追い、ときどき妻のことを考え、また記事を追った。妻について考えるのにも、活字を追うのにも疲れると、目を閉じて短かい眠りに落ちた。目が覚めるとまた妻のことを考えた。どうしてあれほど真剣に、朝から晩まで、寝食を忘れてテレビで地震の報道を追っていたのだろう？　彼女はそこにいったい何を見ていたのだろう？


同じようなデザインと色のオーバーコートを着た二人の若い女が、空港で小村に声をかけてきた。一人は色白で、170センチ近く、髪が短い。鼻から盛り上がった上唇にかけて、毛の短い有蹄《ゆうてい》類《るい》を連想させるような、妙に間延びしたところがあった。もう一人は155センチくらいで、鼻が小さすぎることをべつにすれば、悪くない顔立ちの娘だった。髪はまっすぐで、肩までの長さだった。耳を出していて、右の耳たぶにほくろがふたつあった。ピアスをつけているせいで、ほくろは余計に目立った。どちらも20代半ばに見えた。二人は小村を空港の中にある喫茶店に連れていった。

「私は佐々木ケイコっていいます」と大柄な方が言った。「兄がいつもお世話になっています。こちらはお友だちのシマオさん」

「はじめまして」と小村は言った。

「こんにちは」とシマオさんは言った。

「奥さんがつい最近亡くなられたと、兄に聞いたんですが」と佐々木ケイコは神妙な顔をして言った。

「いや、死んだわけじゃないんです」と小村は少し間を置いてから訂正した。

「でも兄は一昨日の電話ではっきりとそう言ってました。小村さんは奥さんを亡くしたばかりなんだって」

「いや、離婚しただけです。僕の知る限りでは元気に生きています」

「変だわ。そんな大事なことを聞き間違えるはずはないんだけど」

彼女は事実をとり違えたことで、むしろ自分が傷つけられたような表情を顔に浮かべた。小村はコーヒーに砂糖を少しだけ入れて、スプーンで静かにかきまわした。そして一口飲んだ。コーヒーは薄くて、味がなかった。コーヒーは実体としてではなく、記号としてそこにあった。俺はこんなところでいったい何をしているのだろう、と小村は自分でも不思議に思った。

「でもきっと聞き間違いだわ。それ以外には考えられないもの」と佐々木ケイコは気を取り直したように言った。そして大きく息を吸い込み、唇を軽くかんだ。「ごめんなさいね。すごく失礼なことを言って」

「いや、どうでもいいんです。同じようなものだ」

二人が話しているあいだ、シマオさんは微笑みを浮かべ、黙って小村の顔を見ていた。彼女は小村に好感を持ったようだった。顔つきやちょっとした素ぶりから、小村にはそれがわかった。三人のあいだにしばらく沈黙が降りた。

「とりあえず先に、大事なものを渡しておきます」と小村は言った。バッグのジッパーを開けて、スキー用の厚手のアンダーシャツのあいだから預かってきた包みを取り出した。そういえば、俺はこの包みを手に持ってなくちゃいけなかったんだ、と小村は思った。それが目じるしだったんだ。この女たちはどうして俺のことがわかったんだろう?

佐々木ケイコは両手をのばしてテーブルの上で包みを受け取り、表情のない目でひとしきり眺めていた。それから重さを確かめ、小村がやったのと同じように、耳のそばで何度か軽く振った。問題がないことを示すように小村に笑いかけ、大振りのショルダーバッグの中に箱をしまった。

「ひとつ電話をかけなくてはいけないんだけど、ちょっと失礼してかまわないかしら?」とケイコは言った。

「いいですよ。もちろん。どうぞ」と小村は言った。

ケイコはショルダーバッグを肩にかけ、遠くにある電話ボックスに向かって歩いていった。小村はその後ろ姿をしばらくのあいだ目で追っていた。上半身が固定されて、腰から下だけが機械みたいに滑らかに大きく動いていた。彼女のそんな歩き方を見ていると、過去の何かの光景がでたらめに唐突に挿入されたような妙な感覚があった。

「北海道は前に来たことあるんですか?」とシマオさんが尋ねた。

小村は首を振った。

「遠いものね」

小村はうなずいた。そしてあたりを見回した。「でもここでこうしていても、遠くに来たような気があまりしないな。変なものだね」

「飛行機のせいよ。スピードが速すぎるから」とシマオさんは言った。「身体《からだ》は移動しても、それにあわせて意識がついてこられないの」

「そうかもしれない」

「小村さんは、遠くに来たかったんですか？」

「たぶん」

「奥さんがいなくなったから？」

小村はうなずいた。

「でもどれだけ遠くまで行っても、自分自身からは逃げられない」とシマオさんは言った。

テーブルの上の砂糖壺をぼんやりと眺めていた小村は、顔を上げて女の顔を見た。

「そうだね。君の言うとおりだ。どれだけ行っても、自分自身からは逃げられない。影と同じだ。ずっとついてくる」

「きっと奥さんのことが好きだったんですね？」

小村は答えを避けた。「君は、佐々木ケイコさんの友だちなんだよね？」

「そうです。私たちは仲間なの」

「どんな仲間？」

「お腹は減っていますか？」とシマオさんは、質問には答えずに、べつの質問を返した。

「どうかな」と小村は言った。「減っているような気もするし、そんなでもないような気もするし」

「三人で何か温かいものでも食べに行きましょう。温かいものを食べると気持ちがゆったりするから」

シマオさんが運転した。車は四輪駆動の小型のスバルだった。へたり具合からして、走行距離はもう20万キロを超えているに違いない。後ろのバンパーに大きなへこみがあった。佐々木ケイコが助手席に座り、小村が狭いリアシートに座った。運転はとくに下手ではなかったけれど、リアシートは騒音がひどく、サスペンションはかなり弱っていた。オートマチックのシフトダウンは衝撃的で、エアコンは効きむらがあった。目を閉じると、全自動洗濯機の中に入れられたような錯覚におそわれた。

釧路の街には雪は積もっていなかった。道路の両脇に、汚らしく凍りついた古い雪が、用途を失った言葉のように、雑然と積みあげられているだけだ。雲は低く垂れ込め、日没にはまだ少し間があったが、あたりはすっかり暗くなっていた。風が闇を切り裂き、鋭い音を立てていた。通りを歩く人の姿はほとんどない。風景は荒涼として、信号機まで凍りついているみたいに見えた。

「北海道の中でも、ここはあまり雪が積もらないところなの」と佐々木ケイコが後ろを向いて大きな声で説明した。「沿岸地域だし、風が強いから、少し積もってもすぐに吹き飛ばされてしまうの。でも寒いことはめっぽう寒いわよ。耳がちぎれそうなくらい」

「酔っぱらって道で寝ちゃった人がよく凍えて死ぬの」とシマオさんが言った。

「このあたりは熊は出ない？」と小村は質問した。

ケイコはシマオさんの方を見て笑った。「ねえ、熊ですって」

シマオさんも同じようにくすくす笑った。

「北海道のことはよく知らないんだ」と小村は言い訳するように言った。

「熊についてはひとつ面白い話があるの」とケイコは言った。「そうよね？」と彼女はシマオさんに言った。

た。

「すごく面白い話」とシマオさんも言った。

しかし会話はそこで途切れ、それっきり熊の話は始まらなかった。小村もあえて尋ねなかった。やがて目的地に着いた。街道沿いにある大きなラーメン屋だった。車を駐車場に入れ、三人で店に入った。小村はビールを飲み、熱いラーメンを食べた。店は汚くてがらんとして、テーブルも椅子もぐらぐらだったが、ラーメンはとてもうまかったし、食べ終わったときにはたしかに気持ちが少し落ちついていた。

「小村さん、北海道で何かやりたいことはある？」と佐々木ケイコが訊いた。「一週間くらいはここにいられるって聞いたけど」

小村はしばらく考えてみたが、やりたいことは思いつけなかった。

「温泉なんてどう？　温泉につかってのんびりしたい？　この近くに、小ぢんまりとしてひなびた温泉がひとつあるんだけど」

「それも悪くないな」と小村は言った。

「きっと気に入ると思うな。いいところよ。熊も出ないし」

二人は顔を見合わせて、またおかしそうに笑った。

「ねえ小村さん、奥さんのことを尋ねていい？」とケイコが言った。

「かまわないよ」

「奥さんはいつ出ていったの？」

「地震の五日あとだから、もう二週間以上になるな」

「地震と何か関係があるの？」

小村は首を振った。「たぶんないと思う」

「でも、そういうのって、どっかでつながっているんじゃないかな」とシマオさんが首を軽く傾《かし》げながら言った。

「あなたにわからないだけで」とケイコが言った。

「そういうことってあるのよ」とシマオさんが言った。

「そういうことって、どういうこと?」と小村は尋ねた。

「つまりね」とケイコが言った。「私の知り合いにも、一人そういう人がいたの」

「サエキさんの話?」とシマオさんが尋ねた。

「そう」とケイコは言った。「サエキさんっていう人がいるんだ。釧路に住んでいて、40くらいで、美容師なんだけど。その人の奥さんが去年の秋にUFOを見たの。夜中に町外れを一人で車を運転していたら、野原の真ん中に大きなUFOが降りてきたわけ。どーんと。『未知との遭遇』みたいに。その一週間後に彼女は家出した。家庭に問題があるとかそういうのでもなかったんだけど、そのまま消えちゃって、二度と戻ってこなかった」

「それっきり」とシマオさんが言った。

「UFOが原因で?」と小村は尋ねた。

「原因はわからない。でもある日、書き置きもなく、小学生の子供を二人おいてどこかに行っちゃった」とケイコが言った。「出ていく前の一週間はずっと、誰の顔を見てもそのUFOの話しかしなかったんだって。ほとんど休みなしにしゃべりまくっていた。それがどれくらい大きくて、どんなにきれいだったとか、そういうこと」

二人は、その話が小村の頭にしみこむのを待っていた。

「僕のところは書き置きはあった」と小村は言った。「子供はいない」

「じゃあサエキさんのところよりまだ少しはましだったのよ」とケイコは言った。

「子供のことって大事だものね」とシマオさんは言って、うなずいた。

「シマオさんのお父さんは彼女が７つのときに、家を出ていっちゃったの」とケイコは眉《まゆ》をしかめて説明した。「お母さんの妹と駆け落ちしたの」

「ある日突然」とシマオさんはにこにこしながら言った。

沈黙が降りた。

「サエキさんの奥さんは家出したんじゃなくて、ＵＦＯの宇宙人に連れて行かれたのかもしれないよ」と小村は場を取り繕うように言った。

「その可能性はあるわね」とシマオさんは真顔で言った。「そういう話はよく聞くから」

「あるいは道を歩いていて、熊に食べられちゃったとか」とケイコは言った。二人はまた笑った。


店を出ると、三人は近くにあるラブホテルに行った。街の外れに、墓石を作る石材店とラブホテルが交互に並んでいる通りがあって、シマオさんはそのうちのひとつに車を乗り入れた。西洋の城を模した奇妙な建物だった。てっぺんに三角の赤い旗が立っている。

ケイコがフロントで鍵を受け取り、三人でエレベーターに乗って部屋に行った。窓が小さく、そのぶんベッドはばかばかしいくらい大きかった。小村がダウンジャケットを脱いでハンガーにかけ、便所に行って用を足しているあいだに、二人は手際よく風呂の湯を張り、照明の調光器を調節し、エアコンをチェックし、テレビのスイッチを入れ、出前のメニューを検討し、ベッドの枕もとのスイッチを試し、冷蔵庫の中身を調べた。

「知り合いが経営しているホテルなの」と佐々木ケイコは言った。「だからいちばん広い部屋を用意してもらったんだ。ごらんのようにいちおうラブホテルだけど、気にしないでね。ね、べつに気にしないでしょう?」

気にしない、と小村は言った。

「狭くて貧乏くさい駅前のビジネスホテルに泊まるより、こっちの方がずっと気が利いていると思うな」

「そうかもしれない」

「お湯がたまったから、お風呂に入ってくれれば」

小村は言われたとおり風呂に入った。風呂はいやに広々としていて、一人で入っていると不安な気持ちになるほどだった。ここに来る人々はほとんどの場合二人で風呂に入るのだろう。

風呂から出てくると、佐々木ケイコの姿はなかった。シマオさんが一人でビールを飲みながらテレビを見ていた。

「ケイコさんは帰っちゃったの。用事があるのでお先に失礼します。明日の朝に迎えに来ますって。ねえ、私はすこしここに残ってビールを飲んでいていいかしら?」

いいよ、と小村は言った。

「迷惑じゃない? 一人きりになりたいとか。誰かと一緒だと落ちつかないとか」

迷惑じゃない、と小村は言った。彼はビールを飲み、タオルで髪を拭きながら、シマオさんと一緒にしばらくテレビの番組を見た。ニュースの地震特集だった。いつもながらの映像が繰り返されていた。傾いたビル、崩れた道路、涙を流す老女、混乱とやり場のない怒り。コマーシャルの時間になると、彼女はリモコンでテレビのスイッチを切った。

「せっかくだから、二人で何かお話をしましょう」

「いいよ」

「どんな話がいいかな」

「車の中で君たち二人で熊の話をしてたよね」と小村は言った。「熊についての面白い話」

「うん。熊の話」と彼女はうなずいて言った。

「どんな話か聞かせてくれないかな」

「いいわよ」


シマオさんは冷蔵庫から新しいビールを出して、二人のグラスに注いだ。

「ちょっとエッチな話なんだけど、私がそういう話をして、小村さんはいやじゃない？」

小村は首を振った。

「ときどきそういうのって、いやがる男の人がいるから」

「僕はそうじゃない」

「私自身の経験談なの。だからほら、ちょっと恥ずかしいんだけど」

「よかったら聞きたいな」

「いいわよ。もし小村さんさえよければ」

「僕はかまわない」

「三年くらい前に、私が短大に入った頃のことなんだけど、男の人とつきあっていたの。相手はひとつ年上の大学生だった。私が初めてセックスした相手。その人と二人でハイキングに行ったの。ずっと北の方の山に」

シマオさんはビールを一口飲んだ。

「秋のことで、熊が山に出ていたの。秋の熊は冬眠のために食料を集めているから、けっこう危険なの。ときどき人が襲われる。そのときも、三日前にハイカーが襲われて大怪我をしていた。だから地元の人に鈴を渡されたの。風鈴くらいの大きさの鈴。それをちりんちりんと振って音を出しながら歩きなさいって。そうすれば熊は人が来たなってわかるから、出てこないわけ。熊は人間を襲いたくて襲うわけじゃないのよ。熊って雑食だけど菜食が中心の動物だから、人を襲う必要はほとんどないの。自分のテリトリーの中でだしぬけに人間に出くわして、びっくりして、あるいは腹を立てて、それで反射的に人を攻撃しちゃうわけ。だからちりんちりんと音を立てて歩いていれば、向こうが避けてくれる。わかる？」

「わかる」

「それで私たちは二人でちりんちりんと山道を歩いていたの。そうしたら、誰もいないところで、彼が急にあれをやりたいって言い出した。私もまあいやじゃなかったから、いいわよって言ったの。そして道から外れた、人目につかない茂みの中に私たちは入ったわけ。ちょっとビニールシートを敷いて。でも私は熊が恐かった。だってセックスをしている途中で、後ろから熊に襲われて殺されたりしたらたまらないでしょう？　そんな死に方っていやだわ。そう思わない？」

小村は同意した。

「だから私たちは片手で鈴を持って、それを振りながらセックスしたの。始めから終わりまでずっと。ちりんちりんって」

「どっちが振ったの？」

「交代で振ったの。手が疲れると、交代して、また疲れるとまた交代して。すごく変なものだったわ。鈴を振りつづけながらセックスするのって」とシマオさんは言った。「今でもときどきね、セックスをしている最中に、そのときのことを思い出すと、吹き出しちゃうことがあるの」

小村も少し笑った。

シマオさんは何度か手を叩いた。「ああよかった。小村さんもちゃんと笑えるんじゃない」

「もちろん」と小村は言った。でも考えてみたら、笑ったのはずいぶん久しぶりだった。この前笑ったのはいつだったろう。

「ねえ、私もお風呂に入ってきていいかしら？」

「いいよ」

彼女が風呂に入っているあいだ、小村は声の大きなコメディアンが司会をするバラエティー番組を見ていた。ちっとも面白くなかったが、それが番組のせいなのか自分のせいなのか、小村には判断できなかった。ビールを飲み、冷蔵庫の中にあったナッツの袋を開けて食べた。シマオさんはずいぶん長い時間、風呂に入っていたが、やがてバスタオルを胸に巻いただけの格好で風呂から出てきて、ベッドの上に座った。タオルを取り、猫のようにするりと布団の中にもぐりこんだ。そして小村の顔をまっすぐに見た。

「ねえ小村さん、最後に奥さんとエッチをしたのはいつ？」

「去年の十二月の末だったと思う」

「それからやってないの？」

「やってない」

「ほかの誰とも？」

小村は目を閉じて肯《うなず》いた。

「思うんだけど、今の小村さんに必要なのは、気分をさっぱりと切り替えて、もっと素直に人生を楽しむことよ」とシマオさんは言った。「だってそうでしょ？　明日地震が起きるかもしれない。宇宙人に連れていかれるかもしれない。熊に食べられるかもしれない。何が起こるか、そんなの誰にもわからないのよ」

「誰にもわからない」と小村は言葉を繰り返した。

「ちりんちりん」とシマオさんは言った。


結合することを何度か試みて、どうしてもうまく行かなかったあとで、小村はあきらめた。それは小村には初めてのことだった。

「奥さんのことを考えていたんじゃない？」とシマオさんは尋ねた。

「うん」と小村は言った。でも実を言えば、小村の頭の中にあったのは地震の光景だった。それがスライドの映写会みたいに、ひとつ浮かんでは、ひとつ消えていく。ひとつ浮かんでは、ひとつ消えていく。高速道路、炎、煙、瓦礫《がれき》の山、道路のひび。彼はその無音のイメージの連続をどうしても断ち切ることができなかった。

シマオさんは小村の裸の胸に耳をつけていた。

「そういうことってあるわよ」と彼女は言った。

「うん」

「気にしない方がいいと思う」

「気にしないようにする」と小村は言った。

「といってもやっぱり気にするのよね。男の人って」

小村は黙っていた。

シマオさんは小村の乳首を軽くつまんだ。「ねえ、小村さんの奥さんは書き置きを残していったって言ってたわよね？」

「言った」

「その書き置きには、どんなことが書いてあったの？」

「僕と暮らすのは、空気のかたまりと暮らしているようなものだって書いてあった」

「空気のかたまり？」とシマオさんは首を曲げ、小村の顔を見上げた。「どういうことなのかしら？」

「中身がないということだと思う」

「小村さんって、中身がないの？」

「ないかもしれない。でもよくわからないな。中身がないと言われても、いったい何が中身なのか」

「そうね。そう言われてみれば、中身っていったい何なんだろう？」とシマオさんは言った。「私のお母さんは鮭《さけ》の皮のところが大好きで、皮だけでできている鮭がいるといいのにってよく言っていたわ。だから中身なんてない方がいい、というケースだってあるかもしれない。そうでしょ？」

皮だけでできた鮭のことを、小村は想像してみた。でももし仮に皮だけでできた鮭がいるとしたら、その鮭の中身は皮そのものになるということじゃないのか？　小村が深呼吸すると、女の頭が大きく持ち上がり、沈んだ。

「ねえ、中身があるかどうか、私にはよくわからないけど、でも小村さんはなかなか素敵よ。あなたのことをちゃんと理解して好きになってくれる女の人は、世の中にいっぱいいると思うな」

「それも書いてあった」

「奥さんの書き置きに?」

「そう」

「ふうん」とシマオさんはつまらなそうに言った。そして小村の胸にまた耳をつけた。ピアスが秘密の異物のように感じられた。

「ところで僕が運んできたあの箱のことだけど」と小村は言った。「中身はいったいなんだったんだろう?」

「気になるの?」

「今までは気にならなかった。でも今はなぜか不思議に気になるんだ」

「いつから?」

「ついさっきから」

「急に?」

「気がついたら、急に」

「どうしてそんなに急に気になりだしたのかしら?」

小村は天井をにらんで少し考えてみた。「どうしてだろう?」

二人はしばらくのあいだ、風のうなりに耳を澄ませていた。風は小村の知らないところからやってきて、小村の知らないところに向かって吹き過ぎていった。

「それはね」とシマオさんはひっそりとした声で言った。「小村さんの中身が、あの箱の中に入っていたからよ。小村さんはそのことを知らずに、ここまで運んできて、自分の手で佐々木さんに渡しちゃったのよ。だからもう小村さんの中身は戻ってこない」

小村は身を起こし、女の顔を見おろした。小さな鼻と、耳のほくろ。深い沈黙の中で、心臓が大きな乾いた音を立てていた。体を曲げると、骨がきしんだ。一瞬のことだけれど、小村は自分が圧倒的な暴力の瀬戸際に立っていることに思い当たった。

「それって、冗談よ」とシマオさんは小村の顔色を見て言った。「思いついた出まかせを言っただけ。まずい冗談だったわ。ごめんなさい。気にしないで。小村さんを傷つけるつもりはなかったの」

　小村は気持ちを静め、部屋を見まわし、それからもう一度枕に頭を埋めた。目を閉じ、深く息をついた。ベッドの広さが夜の海のように彼のまわりにあった。凍《い》てついた風の音が聞こえた。心臓の激しい鼓動が骨を揺さぶっていた。

「ねえ、どう、遠くまで来たっていう実感が少しはわいてきた？」

「ずいぶん遠くに来たような気がする」と小村は正直に言った。

　シマオさんは小村の胸の上に、何かのまじないのように、指先で複雑なもようを描いた。

「でも、まだ始まったばかりなのよ」と彼女は言った。

日和山

佐伯一麦

別府は、避難所になっている小学校の体育館から、ちょうど出てきたところだった。校庭から手を挙げて合図すると、すぐに気付いて近寄ってきた。

津波で家を流された彼の家族がここに避難していることを電話で知らせてくれた伊澤は、再会したときに肩を抱き合って泣いてしまった、と言っていたが、私も別府も、このときは落ち着いていた。そばに、緊急車両で連れて来てくれた新聞記者がいたせいもあったけれども。夕方近く、迷彩服を着た自衛隊員が炊き出しをしている豚汁のにおいが漂っていた。

矢沢永吉やトム・ウェイツが贔屓《ひいき》で、いつもとっぽい恰好をしている彼には似合わず、ジーンズに灰色と黒のチェックのワークシャツという地味な出で立ちだった。普段ならポマードで塗り固めているオールバックの髪は、さすがに脂気がなく、胡麻塩色の無精髭も伸びていたが、思ったよりは元気そうで安心した。地震に続いて大津波に襲われた、あの三月十一日から一週間が経っていた。

「ぜーんぶ、貰い物なんすよ、この服」

別府が弁解するように言った。それでも、シャツの下にはしっかりと赤いTシャツが覗いている。それを見て、笑みが洩れた。

「ともあれ、家族全員が無事でよかったよな。津波に遭ったと聞いて心配したよ。伊澤が、ボランティアで炊き出ししていて、偶然ここの避難所で名前を見付けたって教えてくれたんだ」

「そうだったんすよ。あんときは、伊澤は、おれが生きてるって思ってもみなかったみたいで、感極まって泣き出すから、こっちも、もらい泣きして……」

中に寄ってってください、と照れ臭さを紛らわすように、別府が勧めた。そこが自分の家だという口ぶりだった。

他に避難している人たちの迷惑になるのではないかと、いくぶん躊躇《ためら》っていると、さあ、どうぞどうぞ、記者さんもどうぞ、と先に歩き出す。

「何か用事だったんじゃないのか」

「これっすよ、これ」

別府は、右手の人差し指と中指で煙草を吸う真似をした。

脱いだ靴を手に持って入った体育館には、広い床一杯にそれぞれ毛布が敷かれ、多くの人々が詰めていた。何人ぐらい避難しているんですか、という記者の質問に、さあ、三百人ぐらいかな、と別府は答えていた。体育館の壁には、校舎や渡り廊下同様に、人捜しの紙がいくつも貼り出されていた。

体育館の中は底冷えがしていた。震災以来、物流が途絶えて、灯油が不足していた。毛布を身体に巻いて寒さを堪えている年寄りの姿もあり、テレビで低体温症への注意が喚《よ》びかけられていたのを思い出した。

「ここが、いまのおれの家っす」

ステージに近い前方の中程まで来たところで、別府が手で範囲を示すようにした。

そこまでは、ちゃんと人が通れる通路が、碁盤の目状につけられていた。感心して見ていると、

「おかしいっすよね。こんなとこでもいつのまにかちゃんと路が出来て、区画で仕切られて。おれんとこは、一丁目三番地ってとこですか。ここでも、ちゃんと仕切ってる人がいるんです」

と別府は苦笑しながら説明した。

一人一畳というわけか、六人家族の彼の〝家〟には、六畳ほどの範囲に毛布が敷き詰められてあった。私も顔を見知っている一番下の小学一年生の息子が、寝そべりながらポケモンのカードゲームをしているほかには、家族の姿はなかった。

どうぞ上がってください、と言われて、私たちは駱駝色《らくだいろ》の毛布の片隅に尻を落とした。

「どうれ、お茶は、と……。コーヒーでいいっすかね」

中腰の姿勢のままでいた別府が訊いた。

「こんなときに、お構いはいらないよ」

と手とかぶりを振って断ったが、

「だめっすよ、せっかくおれの家に来てくれたんだもの。お茶も出さないで帰すわけにはいかないっすから」

別府は、芝居っ気のある口調で言い、ステージの方へと向かった。ステージ下には長椅子が並べられ、そこに支援物資の食料の入った段ボール箱や、湯の入ったポットなどが置かれてある。

マグカップに半分ほど入れてもらったインスタントコーヒーを口にしながら、毛布の上に、『唐詩選』が置いてあるのを目にした。彼は文学好きで、自宅で塾を開いて小中学生に教えていた。電気工と作家と二足の草鞋《わらじ》を履いていた私が、アスベスト禍で身体をこわしたのがきっかけで、首都圏での暮らしを引き揚げて故郷のこの街に戻ってきたばかりの十五年ほど前に、文章講座を受け持ったときの受講生として知り合い、以来ときおり酒を呑む仲だった。彼の消息を伝えてくれた伊澤も同じだった。

「これでも読んでれば、少しは気が静まるかと思って。知り合いに持ってきてもらったんです」

「国破れて山河あり、か」

一つ覚えの杜甫《とほ》の詩の一節を口にしてから、いや、国破れて山河もなしかな、と私は溜息をついた。ここに来る前に、自衛隊と警察による遺体捜索が続けられているので緊急車両でないと立ち入れない、別府の家があった小さな港町を記者と共に訪れてきたところだった。

別府は無言で頷いた。

新聞記者は、一眼レフのカメラを首から提げて、避難所を見て廻りはじめた。

いまこうしているのは奇跡だと思うっすよ。ときどき、おれ、何でここにいるんだろうって。朝、目が覚めるでしょ。あれっ、死んでるんじゃないのか、いや、生きてるのかって。何だか、生きてる心地っていうのが、まだしなくて。生きてるふりしてるって言ったらいいのか……。

あの地震のとき、おれ一人で家にいたんすよ。子供たちは学校だったし、女房は一番上の娘の謝恩会で公民館に行ってたんです。上の娘は、この春に中学校を卒業したんで。

ともかく、あんな揺れは、生まれてはじめてだったっすよねえ。前の宮城県沖地震なんか、てんで問題にならないぐらいの烈しい揺れで、おまけにいつまで経っても揺れが止まんなくて、正直、家ぶっ壊れるかと思いましたもん。

それで、ようやく揺れが治まったんで、おれ、家の中の片付けをしてたんです。簞笥《たんす》だとか、本棚だとかが引っ繰り返ってたし、食器棚の扉も開いてしまって、中の食器が全部床に散乱して割れて、すごいことになってましたから。その間にも、強い余震がしょっちゅう起こってたんで、ともかく子供たちが帰ってくるまでに、危ない割れ物だけ片付けておこうと思って。

そしたら、隣の寿司屋の大将が顔出して、あれー、別府君、避難しないのって。避難？　って訊くと、いちおう津波が来るかもしんないから、念のために避難所へ行ったほうがいいんじゃないかっていうんで、どうせ去年みたいに無駄足になるんじゃないのって言ったんです。ほら、去年の二月の末の日曜日に、茂崎さんと呑む約束をしてたのに、チリで大地震が起こって、津波が来るかもしれないからって避難させられたんでドタキャンしたことがあったでしょ。今度も、あんときみたいに、公民館に設けられた避難所で待たされた挙げ句に、何事もなくて帰されるにちがいないって。それよりも、家の片付けの方を済ませておきたいと思ったから、最初は断ってたんすよ。女房が車に乗って行っちまったんで、車もなかったし。だいたい津波警報のサイレンなんかも、まるっきり聞こえなかったんですから。いまにして思えば、停電で放送出来なかったのかもしんないけど。

でも、大将は、だったらおれの車に乗せて行ってやるから、避難所行こうって、珍しくしつこくて。そのときに、ああそうだった、女房から地震の前に電話がかかってきて、携帯を忘れたから、後で時間があるときに公民館まで届けて欲しい、って頼まれてたのを思い出して、じゃあそこまで乗せていってもらうかってなったんです。

うちと大将んちの目の前は、道路を挟んで魚市場で、その向こうはすぐ海でしょ。そのときは、海は何の変わりもないように見えてました。で、車に乗ったはいいんですが、途中から道路がひどく混んでいて、全然先に進まないんす。仕方がないんで歩いて行こうかと車から降りて、何気なくひょいと来た方を振り返ったら、道の先に、横一線に、どす黒くてとてつもなく高い波がやってくるのが見えて。えっ、嘘だろう、津波じゃないかって。マジで焦《あせ》りましたよ。大将にも車を捨てるように言って、咄嗟《とっさ》に、もう一つの避難所に指定されている中学校を目指して、走りに走って逃げたんです。そっちのほうが、まだ少しでも津波から遠かったんで。

もうすぐ校門に入るってとこで、みっともないことにおれ、派手に蹴躓《けつまず》いてしまったんです。津波は、そこまで迫ってきてたし、けっこうやばかったっす。

燥《はしゃ》ぎ立つように喋っていた別府は、そこで少し笑った。不謹慎だと思いながらも、私もつられて笑ってしまった。

「別府は高校までサッカーをやってたんだよな。走るのは得意だろう」

「それが、すっかり鈍《なま》ってしまっていて。五百メートル以上は走りましたから、心臓はバクバク、足はガクガクで」

津波って、人の上から覆い被さってくるっていうイメージがあるでしょ、と訊かれて、私は頷いた。何とはなしに、以前にサーフィン映画で見た、鮫《さめ》が歯を剝き出しにしたような波頭が、人を呑み込む光景を想像した。

「それが、ちがうんです。逃げている人の後ろから舐《な》めるように迫ってきて、まず足下を払うんです。それでバランスを崩して、後ろのめりに倒れたところを次の波が襲いかかる」

別府はそう言うと、その情景を思い出したのか、急に黙りこくった。

＊

……それは、マグニチュード9を記録した巨大地震から二日経った三月十三日の朝のことだった。

起きると、いつもの習慣で居間の窓辺へ立ち、正面の彼方《かなた》に見える海の方角へと目を遣った私は、目を擦《こす》ってみる心地となった。

この標高百メートルの山の上に立っている集合住宅の一階に住まうようになって十三年になるが、その間に見慣れた風景と、何かが変わっている。

やや左手の手前に、赤と白に塗り分けられたゴミ焼却場の煙突がそびえ、目立っているのは同じだった。通常なら正月以外には常に吐き出されている煙は、地震以来出ていなかったが、違和感はそのためではない。

やがて、土埃《つちぼこり》が舞っているのか煙ってぼやけていた海近くの土地への視界が、焦点が合わさるように晴れていくと、防潮林の松林が、一本、二本……と数えられるばかりとなっていることに気付いた。テレビや写真で見たアフリカのサバンナの光景にも似ていた。

これまで、格別気に留めることはなかったが、砂浜の海岸線に沿ってぎっしりと青々とした松林の列《つら》なりがあり、その上に海が光って見えていたのを遠い記憶のように思い出した。それが、まさに、櫛《くし》の歯が欠けたように、という形容どおりに疎《まば》らとなっている。無くなってはじめて、そこに在ったことに気付かされることもある、と私は痛切に思った。

海が盛り上がり、さらに松林を透かして下の方まで随分と海の面積が増したように感じられた。

隣市との境を流れる川の河口を挟んだ土地も、ところどころ沼地となったように鈍く太陽の光を反射させていた。

あのあたりは確か……、集落があったところだ！　私は弾かれたように思い至った。そこに住んでいる友人、知人たちの顔が浮かび、私は慌てて妻を起こしに寝室へと向かった。

地震が起きてからずっと停電しているので、テレビは視《み》られず、震災の状況はもっぱら手回し充電式の非常用ラジオで聞くばかりだった。昨日までは、地震で滅茶滅茶になった自宅の部屋の中の後片付けや、断水してしまったので水汲みに追われて、遠くを見遣る余裕などはなかった。

沿岸部が大津波に襲われ、海沿いの地域では、何百という遺体が上がった、というラジオの報道には接していたが、どこか信じられない思いでいた。それがほんとうに起こったことだ、と逃れようのない証拠を突き付けられたようで、総身に戦慄《せんりつ》が走った。

電気が復旧したのはその三日後だった。テレビで繰り返し流されている津波の映像を見て、ようやく私は津波の実際を知ることが出来た。大津波に無慈悲に家々や車が呑み込まれて流されていく光景に、震災直後にこの映像を目にしたなら、とても堪《たま》らなかっただろうと思わされた。

そこへ隣りの福島県の原発が爆発した映像も加わることとなり、不安はいや増した。窓の外を自衛隊のヘリコプターが始終行き交うようになり、遠くで消防や救急車のサイレンが絶え間なく響いていた。

＊

「ほら、こっからだとよく見えるだろ」

別府が、娘に指差して教えた。「海の手前に見えてるのが、大橋だから、その右側のあたり」

「ああ、あそこか……、何にもなくなっちゃった」

と、中学校の制服姿の娘はつぶやいた。

避難所で会って五日ほど経った午後、一番上の娘の合格発表を見にきたんで、これからちょっと寄らせてもらってもいいですか、と別府から電話がかかってきた。

ああ、ぜひ、と応じて待っていると、ものの十分と経たずに、地元の後輩が運転してきた車でやってきた。受験したのは、この山の麓にある高校だという。で、どうだった、と私が開口一番結果を訊ねると、別府はそれには答えず、窓辺へと向かった。

後ろ姿からは、喜びを知らせるのを勿体ぶっているようにも、残念な結果に終わった心を落ち着かせているようにも見える。

電気は復旧したが、水道とガスはまだで、リビングのフローリングの床の上には、生活用水に使う汲み置きの水を入れたペットボトル十五本と、調理用に給水所から汲んできた二十リットル容量の大きなポリタンクが二個林立している。非常食のパックご飯や乾パン、缶詰、レトルト食品などの備蓄食料を詰め込んだ段ボールも二つ置いてある。この地域は、三十年の間に九十九パーセントの確率で大地震が起こると聞かされていたので、その備えはしてあった。強い余震が、まだ続いていたので、スピーカーやフロアスタンドなどは、毛布にくるんで横倒しのままだった。湯は、リビングのテーブルの上に置いたカセット式のガスコンロで沸かしていた。

「別府さん、いい加減に教えてよ」

皆が、居間の小さな炬燵《こたつ》を囲むように坐ると、お茶を淹《い》れながら妻がじれったがって訊いた。

私とは六歳年下の妻は、別府とは同い年なこともあって、気安く言葉を掛け合う。

じゃあ、お前から言いな、と促されて、娘は、腰のあたりで小さくVサインをして、照れたように頬を赤くして笑みを浮かべた。

「ああ、よかったじゃない」

と妻が歓声を発した。

「あの高校には、うちらの中学校からは一人だけ受かったんです」

と別府がいくぶん自慢げに言った。別府が住んでいるのは隣市になるので、多くはそちらの市の高校へと進学するのだろう。

「それはよかった。名前なんていうんだっけ」

まだ小さい頃に、娘は何度か父親に連れられてこの家に来たことがあり、どちらかというと父っ子だった印象がある。

「のぞみです。希望の望に海って書いて」

「ああ、そうだった、望海さんだ。別府がつけたんだよな」

と私が思い出すと、そうっす、と別府があごを突き出すようにした。

そうだ、と思い付いたように台所へ立っていった妻が、しばらくしてミルクティとパウンドケーキを運んできた。

「ケーキで合格のお祝いしよう。東京の友達から支援物資で届いた有り合わせのものだけど」

と妻は弁解した。望海さんは、おかっぱの前髪を掻き分けるようにしながら、嬉しそうに平らげた。

「おれのも食べていいぞ」

と別府が自分の皿を差し出した。

津波に遭った夜は、おれはこの子と一緒だったんです。

この子が通っている中学校の校舎に駆け込んだら、避難してきた人で一杯で、正面の階段から二階に上ろうにも、近くの老人ホームから来た車椅子に乗ってる人たちもいて、ここからはとても無理だなと思って。その間にも入口から水が入り始めて、そうだ、校舎の隅にもう一つ非常階段があったって気付いて、そっちへ慌てて走って向かったんです。自分の母校で勝手知ってたから、ギリギリで助かったのかもしんないっす。

最初は二階にいたんですが、すぐにどんどん水が上がってきたんで三階に上がって、それからもっと上の屋上へと上がる踊り場の所で夜を過ごしたんです。あの日は、雪がちらつくぐらい寒い日で、窓硝子《まどガラス》は割れてたし、みんな水に浸かって濡れてしまってたから、身体がガクガク震えてきて。少し水が退いてきてから、おれ、教室のカーテンだとか、サッカー部の部室からユニフォームだとかを掻き集めてみんなに配って、それでどうにか寒さをこらえたんです。いつのまにか、この子も一緒にいました。

その夜は、小学校に行ってた子供三人は小学校で、女房は公民館で、家族がバラバラになって避難してたんです。そっちの方も無事なのかどうか心配だし、ともかく目の前で起こったことに何も言えずに暗い床を見ながらぼうっとしてたら、夜中になってこの子が、お父さん、見て、星がきれいだって教えてくれて。こんなときに、星がどうしたって思いながら、顔を上げると、満天の星空が広がってました。周りが真っ暗だから、その光しか見えなくて。地上は地獄みたいにすっかり変わってしまったのに、星だけは変わらないのかって……。

「ほんとうにそうだったよなあ」

私と妻も頷いた。

あの震災の夜、街中が全停電した中での星空の美しさは忘れることが出来ない。七夜の上弦の月も出ていた。

＊

震災からひと月余りが過ぎた午後、別府が車で迎えに来た。津波で流された蔵元で、震災の三日前にしぼった生原酒が、瓶詰めされて瓦礫《がれき》に埋まっていたのが、奇跡的に見つかった。避難所では飲めないので、ちょっと酒を付き合って欲しいという。

「杜氏《とうじ》をしてるのが、おれの塾の教え子で、わざわざ避難所まで来て教えてくれたもんで」

別府は、前をはだけた水色のシャツの下に、忌野清志郎《いまわのきよしろう》の似顔絵が描かれた派手目なTシャツを見せるように着ていた。

「この車はどうしたの」

「ちょうどこの春から東京に転勤することになった高校時代の友だちが、留守にしているあいだ車を貸してくれることになったんす」

別府は、誰とでもすぐに打ち解けられる性格もあって、友人が多い。

別府が乗っていた、津波で流されてしまった車は軽だったが、いま運転しているのは七人乗りのワゴン車で、私の家から下る九十九折《つづらお》りの坂道をハンドルを切る腕が重そうだった。ところどころ地震で崩れているブロック塀や路肩の斜面がある。反対側の斜面に建っていた老舗旅館は、建物が全壊し、面していた道路はまだ通行止めとなっていた。

「この前の余震、大丈夫だったたっすか」

国道に出ると、別府が訊いてきた。平坦に見えるが、ときどき地震で生まれた目立たぬ段差で、車が大きくジャンプする。

「ああ、まいったよなあ。何だかガクッときた」

左手で窓枠の所の取っ手をつかみながら、私は答えた。

余震もだいぶ治まってきたように思えたので、家具や本棚を元通りに設置して中身も詰めた。そこへ、また震度六、マグニチュード7・4の大地震に見舞われて、三月十一日の再現となった。心の梯子を外されたような気落ちを覚えた。

何とか踏みこたえていた建物が、これで半壊や全壊したところも多かった。私が住む集合住宅も、十五センチほど地盤沈下していたのが、さらに十センチ以上下がったようで、地中の配管があらわになり、建物の底と地面との間に大きな亀裂が生まれた。そこを土ネズミが出入りした。ふたたび大津波が襲ってこなかったのだけは、不幸中の幸いだったが。

「夜中だったっしょ。避難所にいると、余震が来るたびに、頭の上でバスケットゴールがカタカタって鳴り出すんです」

「ああ、あの天井に吊り上げ収納式になっているやつか」

避難所を訪れたときのことを思い出して、私は頷いた。

あれが、ちょうどおれたち家族が寝ている場所の真上にありやがって。

あれが鳴り出すたびに、おれ、怖がる子供たちを抱え込むようにしてたんです。何十回と聞いたかなあ。

　でも、あんときはカタカタどころじゃなくて、ガタガタガタって、それこそいまにも落っこってきそうで、おまけに停電して真っ暗になってしまったから、もしものときにはおれが身体張って助けるしかないって、半身を起こして身構えてたんです。こりゃあ、でっかいぞ！　って叫ぶ男の声や、女の悲鳴も聞こえて。

　そうしてたら、急に自家発電で灯りが点いて。それもおれの真上にありやがって。

　あの夜は、ストーブがガンガン焚《た》かれるようになって暑かったんで、おれパンツ一丁で寝てたんですよ。だから、みんなの前で、パンツ一丁！　スポットライト！　って。避難所にいるみんなからもさんざん冷やかされてまいったっす。


「ありゃあ、このへんはまだ、全然手つかずなんすねえ」

「ほんとだなあ」

　途中、別府の所とは川向かいになる集落を通った。震災の二日後に、私が自宅の窓から目にして、津波で防潮林の多くが流されて一変した光景に目を擦る心地となったのが、このあたりの浜だった。

　この地にも知り合いが数人おり、伝え聞いた中には、避難所へ入ろうとして、車を駐車場に入れようとした夫が目の前で津波で流されてしまい行方不明となったという女性もいた。別府のいる避難所を訪れたときに、ここにも緊急車両で立ち寄ったが、いくぶん水が引いたぐらいで、そのときとほとんど変わっていない情景が広がっていた。

　巨大な汐をかぶった湿土に、折り紙のように潰《つぶ》れた車。原形はとどめているものの、救助隊が車の中を捜索した結果、人がいなかった、無事だった、という印の白いバッテン、逆に車の中に人がいて、亡くなっていたことが確認された、という印の赤いバッテンのついている車。金色の細工物のスプーン。根っこごと流された大量の防潮林の松の木。アダルトビデオ。農業大事典。額に入った先祖の写真。すっかり緑の芽が伸びてしまった箱入りのタマネギ。座布団。蒲団。誰かがいままで座っていたかのように、田んぼの中にちょこんと置いてある椅子……。

日常が流されている、と私は思った。

「今年は桜どころじゃなかったもんなあ」

松とともに薙《な》ぎ倒された桜の枝が、花を付けているのを見て、別府が言った。

さあ、着きました。そっちが大将の寿司屋で、ここがおれの家だったんす。茂崎さん、大将のとこに来たの覚えてますよねえ。ああ、かれこれ十三年前になりますか。あのとき、店の座敷で電車のおもちゃで遊んでくれってせがんでた子供がいたでしょう。あの子も、もう大学生ですよ。去年、国立大学の数学科に入ったっていうから、頭よかったんすね。大将は避難所で、何としてもここでまた店を開くんだって息巻いているんですが、どうですかねえ。もう海の近くには建物を建てさせないって市では言ってるみたいですから。

おれですか？　そうだなあ、女房や子供たちは、この同じ場所に、また住むのは絶対に嫌だって言ってますけどねえ。正直迷ってるっす。

それにしても、家の土台残して、何もかもなくなりましたよ。ここが玄関で、入ってすぐが教室だったんです。こっちに黒板があって、向かいに子供たちの椅子がこうならんでて。そして、そっちの奥が住まいで、おれの部屋は二階。

こんな刺身の盛り合わせに使うような大皿が一枚だけ、このへんに残ってただけでした。でも、変な話だけど、きれいさっぱり無くなって、せいせいしたってとこもあるんです。ちょっとここのところ、行き詰まってましたから。

最後の言葉に驚いて、私は別府の顔を見た。だが、真意は覗えない。

「日和山《ひよりやま》に登ってみますか」

と別府が誘った。

海を背にした反対側の二百メートルほど離れたところに、小高い築山が見える。周りの家々がすっかり流されてしまったなかで、その山だけが津波に耐えて残っていた。

歩いて向かいながら、別府が何度か咳き込んだ。

「アスベストもずいぶん飛んでるんじゃないかな」

と私は周りを見回した。

何台もの重機が、うなり音を立てて瓦礫の山を積み上げている。急ピッチで進む撤去作業で、瓦礫はひと月余り前に比べてだいぶ片付けられ、次々と更地と化している印象だった。瓦礫といっても、元々は生活に供するものであり、それがゴミとして扱われているのを見るのは、何度見てもしのびなかった。津波の直後は、海水をかぶって湿り気を帯びていたのでアスベストなどの飛散は少なかっただろうが、いまは乾いて、ずいぶんと埃っぽい感じになっていた。

「震災前のことは、夢にまるで出てこないんです。全部震災後のことばかりで。別に、津波のときの悪夢を見るとか、そういうわけではないんですけど」

「ああ、そういえばおれもそうだな」

すよ」

「やっぱり茂崎さんもそうですか。……何だか、こっちの思いをよそに、周りはどんどん変えられてしまっていくみたいで、じっくりものが考えられなくて。せめて時間の流れを堰止《せきと》めたいっすよ」

と別府はぼそっとつぶやいた。

日和山に着くと、裏手にあたる中腹から、大ぶりな松が一本聳《そび》えていた。頂に鎮座していた一メートル四方ほどの小さな神社の社殿や桜の樹々が津波にすっかり押し流されてしまった中にあって、しぶとく持ちこたえた松だった。

「津波は、この松の木の上を越えて押し寄せてきたって、目撃して命拾いした人が言ってました」

別府の言葉に、松の梢の天辺までは十メートルといったところだろうか、と私は見遣った。

十三年前に、グラフ雑誌に紀行文を書くため私はこの地を訪れて、やはり別府とともにこの山に登った。

そのときに調べたことに拠れば、日和山と呼ばれる山は、日本全国では八十余ヵ所を数える。いずれも外海に面した港の近く、それもせいぜい標高百メートル程度の山だという共通点を持つ。港町にはかつて、経験を積んだ日和見の専門家がいて、日和山へ登って雲行きや風向きを調べて天気を占ったという。潮の流れや鳥の飛行なども見たことだろう。そして、震災のさいには、海に津波の兆候をいち早く見た……。

あのときには、確か登り口に津波の戒石があったはずだが、と私はあたりを目で探した。

それは、山の裏手に横倒しになっているのが見つかった。

〈震嘯《しんしょう》記念　地震があったら津浪の用心

昭和八年三月三日午前二時三十分突如強震アリ鎮静後約四十分ニシテ異常ノ音響ト共ニ怒濤澎《どとうほう》湃《はい》シ来《きた》リ水嵩《みずかさ》十尺名取川ヲ遡上シテ西ハ猿猴囲《えんこう》ニ到リ南ハ貞山堀《ていざんぼり》広浦江一帯ニ氾濫《はんらん》セリ浸水家屋二十余戸名取川町裏沿岸ニ在リシ三十噸《トン》級ノ発動機漁船数艘ハ柳原囲畑地ニ押上ゲラレ小艇ノ破砕セラレタルモノ尠《すくな》カラザリシモ幸《さいわい》人畜ニハ死傷ナカリキ県内桃生《ものう》牡鹿《おしか》本吉《もとよし》ノ各郡及ビ岩手青森両県地方ノ被害甚大ナリシニ比シ軽少ナリシハ震源地ノ遠ク金華山ノ東北東約百五十浬《かいり》ノ沖合ニ在リテ濤勢《とうせい》ハ牡鹿半島ニ遮断セラレ其ノ余波ノ襲来ニ過ギザリシ……〉

二・五メートルほどの大きな石に刻まれている碑文を、私と別府は声に出して読んでいった。

「ちゃんと書いてあったんすね。死傷者がいなくても、こんな碑まで建てて」

〈幸人畜ニハ死傷ナカリキ〉の箇所に来て、別府が悔しそうに言った。

標高わずか六メートルの日和山の頂に立つと、三百六十度、酷いほどに眺望がひろがった。前に来たときには、家が建て込んでいて、海への眺望はまるで得られなかった。それが、遠浅の砂浜が延々と続き、白い波が打ち寄せている。南は、隣県の原子力発電所までは見通せないが、その手前の火力発電所の煙突が見え、北には工業港の石油コンビナートとその向こうに半島がかすんでいる。防潮林の松並木が失われたせいもあるかもしれない。

ほら、と別府に促されて反対側を振り向くと、私の住む山に立っている三本のテレビ塔が遠く見えた。私の所からは、毎年夏になると、ここの浜から上がる花火が見えて楽しみだった。ふと、自分の住むあの山も〝日和山〟だったのかもしれない、と思った。

頂には、ペンキで白く塗られた木の柱に様々な言葉を記した板きれが打ち付けられた手製の慰霊碑がいくつも作られ、津波の犠牲者たちに手を合わせている年配の女性の姿があった。

「じゃあ蔵元があったところに行きますか。壜《びん》を洗うボランティアで、伊澤も来てるっていうし」

別府と私は、彼の家があったところに止めてあった車の方へと戻りはじめた。

「避難所で、おれたち大人が『この世』だとか『あの世』だとかって話しているのを聞いて、航《わたる》の奴がこう言ったんですよ」

「航君って、あの一番下の子だっけ」

避難所でカードゲームをしていた姿を思い出しながら私は訊いた。

「ええ。それじゃあ、お父さん、僕たちが今いるのは『その世』なのかな？　って」

「…………」

「あの子も、口には出さないけれど、人が流されていくのをずいぶん見てしまったはずですから」

……この世とあの世の間はその世か、と私は心の中でつぶやいた。

マーガレットは植える

松田青子

松田青子

マーガレットは植えた。バラの花を植えた。スミレの花を植えた。スズランの花を植えた。シロツメクサの花を植えた。もちろんマーガレットの花も植えた。箱からマーガレットの花が出てきた時、マーガレットは「また会ったわね！」と小さな声でつぶやくと微笑んだ。年月がフェザータッチで描いたなだらかな曲線がマーガレットの目元口元で躍った。マーガレットは植えた。きれいな色の風船を植えた。鼻にこそばゆいようなすっとする香りのリップクリームを植えた。厚みのあるマグカップを植えた。カシミアの靴下を植えた。植えることがマーガレットの仕事だった。だからマーガレットは植えた。派手ではないが、素敵なのを植えた。飽きがこないのを植えた。袖を通したら一日いい気持ちで過ごせそうなのを植えた。やさしい感じの、やわらかい感じの色を植えた。やさしい感じの、やわらかい感じの手触りを植えた。マーガレットは毎日植えた。日々を愛おしむ心を植えた。気に入ったものを長く使う心を植えた。丁寧に扱う心を植えた。マーガレットは急がなかった。マーガレットはゆっくり植えた。ここはゆっくり植えてもいい場所だった。ゆっくり植えてどれだけの時が経っただろう。無造作に毛先がはねているところどころ白いものがまじった薄茶色の髪に、コットン一〇〇%のカットソーとズボン、無骨でありながら繊細でもあるフレームの眼鏡をかけたマーガレットとマーガレットの庭を夕暮れの光が淡く包み込んだ。その光景を通りすがりの人が見たら、まるで天国のようだと思ったかもしれない。

マーガレットは疲れた顔でタウンワークをめくっていた。化繊だということを本人も気付いていないまま無頓着に着ている服がちくちくした。ドトールの二階、トイレに一番近い席だった。アイスコーヒーの氷が溶け、グラスがびしょびしょになり、ついでに下に敷かれた紙ナプキンを貫通した水滴でテーブルもびしょびしょになる現象をマーガレットは心底にくんでいたので、いつもは清々しくすぐに飲み干すように心がけていたのだが、毎週月曜日だけはだらしなく水が膨らんでいくのに任せていた。どれだけこんな不毛な日々を過ごしているのだろう。タウンワークの発行日を心待ちに一週間を送る日々だ。毎週月曜日にはファミリーマートでタウンワークをもらい、そのまま通りの向かいにあるドトールでページを開いた。今週こそは自分にぴったりな仕事が見つかるかもしれない。ページを開く前どうしたって一瞬期待してしまう。その希望は薄い冊子を閉じる頃には諦念の混じった絶望に変わる。毎度のことだった。マーガレットはいいかげん気が遠くなりそうだった。求人は毎週ちゃんと更新されていた。新たな求人が生まれていた。不思議なのは歯科医院の助手の募集だった。この世にそんなにたくさんの歯科医院があるのだろうかと訝しく思うほど、毎週湯水のように歯科医院の助手の募集が湧いていた。求人募集を見るのは面白かった。けれど実際問題、マーガレットはどの仕事にもどうしても応募する気になれなかった。「フレンドリーな職場です」と書いてあると駄目だった。フレンドリーな人たちと一緒に働ける気がしなかった。「あなたの夢を応援します」という店長からのエールの横に、頭にバンダナや手ぬぐいを巻き、楽しそうに笑っているバイト仲間たちの写真が添えられていると駄目だった。夢がある人たちと一緒に働ける気がしなかった。客の誕生日が判明した時に、手拍子しながらハッピーバースデーを歌わせられそうな店は駄目だった。作務衣みたいな制服がある店は駄目だった。「頼りになる先輩がしっかりサポート」も駄目だった。今までマーガレットは頼りになる先輩に出会ったことなどなかったからだ。つまりマーガレットは疲れていた。人と関わることに、人と働くことに疲れていた。働くことにはまだ疲れていない気がした。たった一人で誰ともしゃべらなくていい仕事がしたかった。そんな仕事はなかった。けれどマーガレットはある週、ぺらぺらしたページの小さな四角い枠の中にそんな仕事を見つけた。

最初に箱から出てきたのは真っ白いシャツだった。マーガレットはおそるおそる、でもマニュアル通りにシャツを植えた。シャツをちゃんと植えることができてマーガレットはほっとした。それから箱から出てくるものを一つ一つ丁寧に植えていった。箱は毎日届いた。クロネコで届く日もあれば、佐川で届く日もあった。九時から一八時まで、実働八時間で時給は九〇〇円。土日は休みだった。マーガレットは少し時給が安いなと思ったが、すぐに仕方ないと思い直した。何しろ植えるだけの仕事なのだ。それに配達員から箱を受け取るとき以外は、誰とも会わなくていいし話さなくていい。ノルマはなかった。箱の中身をすべて植えきることができなくても、次の日に植えればよかった。だからマーガレットはゆっくり植えた。きれいな音のする陶器の風鈴。色とりどりのマカロン。戦闘美少女のフィギュア。バンドTシャツ。箱からは次々と出てきた。マーガレットは自分の手元にやってきたうつくしいもの、素敵なものを一つ一つ忘れてしまわないようにゆっくり植えた。マーガレットは箱から出てくるものを全部愛おしいと思った。それが何より一番うれしいことだった。

箱から出てきた死んだネズミを見てマーガレットはびっくりした。マーガレットはほとんどつまむようにしながら死んだネズミを植えた。箱からくしゃくしゃになったハンカチが出てきた。マーガレットはくしゃくしゃになったハンカチを植えた。泥水が出てきた。マーガレットは泥水を植えた。休憩時間にマーガレットは近くのスーパーでゴム手袋を買った。ゴム手袋をはめたマーガレットは植えた。ぐっしょりと濡れたぬいぐるみを植えた。しなびた野菜を植えた。羽をもがれた鳥を植えた。赤黒い血が染み付いた絨毯を植えた。マーガレットは箱から出てくるものをまっすぐ見つめることができなかった。何が起こったのかわからなかった。一つの考えが箱から出てくると、それからすぐ後にそれとは正反対の考えが同じ箱から出てきた。一つの思いが出てきた後には、また正反対の思いが出てきた。マーガレットは混乱した。混乱したままマーガレットは植えた。割れたカップを植えた。切り取られた舌を植えた。誰も愛することができない心を植えた。にくしみを植えた。怒りを植えた。埋めたいと思いながら植えた。マーガレットは箱から出てくるものをすべて埋めてしまいたかった。どれだけ芽を伸ばしても地上に到達できないくらい地中深くに埋めてしまいたかった。それができるのはここにいるマーガレットだけなのにマーガレットは植えなければならなかった。だからマーガレットは植えた。はやく枯れろと願いながら植えた。枯れろ枯れろ枯れろ。マーガレットは小さな声でつぶやいた。マーガレットの仕事はそういう仕事になってしまった。マーガレットはゆっくり植えることを忘れた。新しい箱が届くと気分が沈んだ。少しでもはやく箱をさばこうとした。でもどれだけ箱をさばいても、以前のようにマーガレットの心が温かくなるような素敵なものは出てこなかった。マーガレットは悲しみを植えた。マーガレットは不安を植えた。マーガレットは後悔を植えた。マーガレットは恐怖を植えた。マーガレットは恐怖を植えた。マーガレットは恐怖を植えた。マーガレットは恐怖を植えた。くる日もくる日もマーガレットは罰ゲームのように恐怖を植えた。今までのように手製の弁当でゆっくり休むこともなく、コンビニのおにぎりを作業の傍らもそもそかじった。マーガレットは深く呼吸することを忘れた。視界が狭くなった。マーガレットは恐怖を取り落とした。あっと思ったマーガレットは我に返った。マーガレットは落とした恐怖を拾うと急いで植えた。気が付くとマーガレットの身体は汗でべたべただった。不快だった。気持ちが悪かった。マーガレットはかつらをとった。こもった熱とともに硬い黒髪が解放された。度数の入っていない眼鏡をとると、顔をこすった。眉墨《まゆずみ》で書いた皺が斜めによれて消えた。何がマーガレットだ。まだ三〇年も生きていないくせに、一丁前に疲れたふりの馬鹿な女じゃないか。埋めたいものも植えるしかない女じゃないか。臆病で何もできない女じゃないか。真希子は泣いた。真希子は庭の真ん中に突っ立って泣いた。

（少しだけ昔に森茉莉という作家がいて、彼女は自分のことをマリアと呼んだ。真希子は森茉莉が大好きだった。茉莉さんがマリアなら、自分がマーガレットでもいいじゃないか、誰に迷惑をかけるわけじゃなし。真希子は思った。箱の配達員たちが不可思議な顔と気持ちで真希子のことを見ているのは知っていたが、この職場にいる間、私はマーガレットだ。はじめてシャツを植えたあの日、真希子はそう決めた。）

真希子は泣きながら庭を見渡した。恐怖が霧のように低く充満した真っ黒な庭は真希子をずぶずぶ呑み込む沼のようだった。ブラックホールのようだった。真希子はどこでもない場所に立っていた。ここはどこだろうと真希子は思った。真希子は気が付いた。最初から選ぶ権利など真希子にはなかったのだ。選べるわけなんてなかったのだ。そりゃそうだ。真希子は小さく笑った。

涙はもう出なかった。真希子はかつらをかぶり直した。タオルハンカチで顔をふくと、かばんの中から化粧ポーチを出した。手鏡を見ながら皺を書き直した。眼鏡をかけた。植えてやる。植えてやるとマーガレットは思った。マーガレットは箱に手を差し入れた。恐怖が箱から顔を出した。マーガレットは目をそらさなかった。まっすぐ恐怖を見つめた。そしてゆっくりと恐怖を植えた。きれいに植えた。マーガレットは決めた。私には選ぶ権利がない。でも待つことはできる。ここでこうして植え続けたら、いつかまた素敵なものが、見ているだけで心が温かくなるものたちが、箱から出てくる日が来るかもしれない。ならば私はここで待つ。植えながら待つ。マーガレットは恐怖を植えた。マーガレットは恐怖を植えた。マーガレットは深呼吸した。マーガレットは恐怖を植えた。軽くストレッチして身体をほぐした。水筒に入っているいい香りのハーブティーで一休みした。マーガレットは恐怖を植えた。マーガレットは恐怖を植えた。クロネコの配達員が次の箱を届けに来た。マーガレットは笑顔で箱を受け取った。クロネコの配達員はマーガレットの笑顔をはじめて見たと思った。箱の中身はまだわからない。メンズライクなデザインでちょっとやそっとでは飽きがこない腕時計が終業時間をマーガレットに告げた。マーガレットは明日の箱を明日開けることにした。マーガレットは明日も植える。

今まで通り

佐藤友哉

佐藤友哉

1

ニュースで見るたびふしぎなのは、その環境だ。

赤ちゃんにアザができるまで、骨が折れるまでなぐる。でも、そんな状態になれば、夫がすぐ見つけるだろうし、夫がグルだったとしても、近所の目、親類の目、役所の目がある。

そういった目をかわして赤ちゃんをぼこぼこにできる環境が、私にはまったく思いつかない。

赤ちゃんというものは、想像していた以上にたいせつにされ、注目されている。

私は夫と、赤ちゃんとしかいいようのない、顔も性別もあやふやな物体との三人で、マンションにすんでいるけれど、夫のお義母さんは、ちょくちょくたずねてくるし、実家の両親からも、孫の写真をおくれと毎日のようにせっつかれているし、マンションの管理人も、まあかわいいといってベビーカーのなかをのぞいてくる。

世間は、赤ちゃんがだいすきだ。

いったいどこに、虐待のチャンスがあるのだろう。

無視。という方法も、あるにはある。

外部の目や声をみんな無視して、玄関にカギをかけて、電話線をぬいて、カーテンをしめて、なぐればいい。

ドアをやぶられるまで、すきなだけ痛めつけられるだろう。

もちろん、最後はつかまる。

ちょっとした夜泣きでも通報されることがあるのだから、あたりまえのはなしだ。

逮捕されて、自分の名前と、自分が殺した赤ちゃんの名前がテレビに出るなんて、私にはたえられない。

つかまるのがわかっているはずなのに、それでも赤ちゃんをなぐり、最後には殺してしまう親たちは、いったいどういう神経をしているのだろう。想像力が欠けてしまったとしか思えない。

学生時代のいじめとは、わけがちがう。

なぐる相手は赤ちゃんなのだから、あんなにこわれやすいものを攻撃するのだから、計画性をもってやるべきだ。

そもそも私には、赤ちゃんをなぐるなんて、とてもできない。

かわいそうだとか、人間のすることじゃないとか、そういうことではなくて、虫を殺せないのと理屈はいっしょ。

私は虫がだいきらいだけど、殺せない。虫を殺した瞬間、ティッシュペーパーをあてても、まるめた新聞紙をつかっても、ぐちゃっという感触は手につたわるし、もし家で殺したら、とびちった汁や、つぶれた死骸を処理しなければならず、そんなことをするくらいなら、虫を殺すのをあきらめる。だいきらいだけど、あきらめる。

虫への嫌悪よりも、虫を殺す苦痛のほうが、私にとってははるかに大きい。

これとおなじ理由で、赤ちゃんをなぐるのがむりなのだ。

なぐりつけるたびにやってくる感触をあじわい、なぐりつけるたびにきたなく傷つく赤ちゃんを見るのが、自分にたえられないことは最初からわかっていた。

赤ちゃんになにもあたえず餓死させるという方法もあるけれど、きっとむり。私にとって、やせた赤ちゃんという物体は、ものすごくきもちがわるい。あんなものが家にころがっているなんて、想像するだけで気分がわるくなった。

おむつをかえずに放置したり、おふろに入れないで不潔にさせて死なせるのも、やはりむりだ。赤ちゃんが不快になるよりもまえに、私自身が不快にやられてしまうだろう。

それに、もし、こうした潔癖や嫌悪にまつわる雑念が消えて、自由に赤ちゃんをなぐれるようになれたとしても、最初にいったように外部の視線がそうさせてはくれない。

すこしでも傷をつけようものなら、赤ちゃんの体から、たちまち兆候を発見されて、私は逮捕される。

逮捕されたあの親たちは、どのような環境にいたのか。

よくはわからないけども、環境がととのっていたのだろう。赤ちゃんをなぐるチャンスが、殺してしまうほどにあったのだろう。

いっぽう、私の夫は、規則ただしいスケジュールで家に帰ってくるし、私と赤ちゃんを愛している。親族やマンションの管理人も、赤ちゃんを愛している。そして私は、赤ちゃん以外のみんなを愛している。だれもうらぎりたくない。

だから、放射性物質がひろがったのを知ったとき、私はとにかくほっとした。

2

大きな地震と、それによって原子力発電所が爆発して、放射性物質がばらまかれたというニュースを見ても、なにもなかった。

地震はすごかったけれど、すんでしまえばそれだけだし、原発についても、私の住んでいる場所からずいぶんはなれているので、あまり切迫したきもちにはならなかった。

それでも世間はずいぶんおおげさで、次の日、赤ちゃんを散歩につれていったら、放射性物質をおそれて外出をひかえているらしく、人気がほとんどなかった。

いきつけの薬局も臨時休業だったので、私はベビーカーを押して、駅前にあるチェーン店の薬局へむかった。ベビーカーのタイヤがまわる音をはじめてきいた。しずかだった。

自宅マンションから半径数百メートルという、自分の庭のようなエリアなのに、見知らぬ場所にまよいこんだ子供の感覚にとらわれた。

そして、私のような専業主婦でもない人たちが、毎日このような時間に出歩いていたことを知った。

食物汚染の問題がクローズアップされたのは、原発事故からすぐのことだった。

一部の野菜から放射性物質が検出されたことが、夜のニュースで大々的にながれたのを見て、「なんか、大変なことになってきたなあ」と夫がいった。「そうだね」と私は答え、赤ちゃんの口に離乳食をいれた。赤ちゃんは離乳食を口のはしからはきだしながら、きょーと叫んだ。

ニュースを聞いた瞬間、私のなかに、強い安心のようなものが走った。

ほっとするきもち。

だいじょうぶだよといわれたような感じ。

ことばにするのはむずかしいけれど、はげまされたような感覚が、体のすみずみまでひろがった。

最初は、それがなんなのか理解できなかった。放射性物質という、まるでなじみのないものに大地がおおわれて、私たちが口にする食物が汚染されてしまったのに、どうしてこんな気分になったのか、まるでわからなかった。

哺乳瓶を煮沸消毒するため、お湯をわかしているとき、安心の正体に気づく。

翌朝、水道水にも放射性物質がふくまれているため、乳児に飲ませないようにというニュースがながれて、私はこの安心をすっかり受け入れることができた。

3

ほうれん草。れんこん。はくさい。春菊。さつまいも。水菜。小松菜。

スーパーマーケットを何軒もまわり、注意ぶかく汚染野菜をえらんだ。

買ったばかりの野菜をつめこんだポリ袋を、ベビーカーのフックにぶらさげて家路をいそぐ。

赤ちゃんはベビーカーのなかで、すやすやねむっていた。私の赤ちゃんは散歩がだいすきで、ベビーカーにのせたとたん、すぐ寝てしまうのだ。

帰宅し、赤ちゃんをゆりかごにおいて、キッチンにはいる。

冷凍保存していた離乳食を、ごみ箱に投げすてた。それから、ほうれん草と小松菜を電子レンジで加熱して、水道水をくわえてすりつぶした。そうしてペースト状になったほうれん草に味をつけ、ビニールパックに小分けした。私は調理をたんたんとこなした。

寝室から泣き声がきこえる。

赤ちゃんはみじかい手足をばたつかせながら、大声で泣きじゃくっていた。

顔をまっかにして、全身をくねらせながら、まぶたいっぱいに涙をためて泣く赤ちゃんを見ると、ものがなしい、あわれに思うきもちがやってくる。

これを母性本能とよぶのか、私にはよくわからない。

授乳クッションをひざにおいて、赤ちゃんの顔を乳房におしつける。

すると、まるいかたまりが、ちゅうちゅうと力強くすいついてくる。

この物体が生まれてから半年、欠かしたことのない作業だった。

赤ちゃんにおくびをさせたり、おふろの準備をしたり、合間にドラマの再放送を見たりしていると、夫が仕事から帰ってきた。

リビングに入るなり、夫は笑顔をぱっとうかべて、赤ちゃんをだっこする。赤ちゃんもまた、きゃっきゃと高い声で笑う。

私はこの光景を見るのが、たまらなくすきだ。

幸福すぎて胸がいっぱいになって、このままみんなで死ねればいいのにと心底思う。

夫が赤ちゃんをおふろに入れているあいだに、夕食のしたくをすませた。

今日のこんだては、白米、豆腐と油あげのみそ汁、かぼちゃの煮つけ、切り干し大根、ぶりの照り焼き。

汚染野菜はもちろんつかっていない。そんなおそろしいものを食べて、自分や夫の機能をこわすわけにはいかない。

夫はみそ汁をすすりながら、深刻そうにニュースを見ていた。

「ミネラルウォーターつかったからだいじょうぶ」と私がいうと、「おれたちはいいけど、乳幼児に水道水を飲ませるなっていってるよ」と夫がいった。「うん」と私は答えて、汚染野菜と水道水でつくった離乳食を、おふろから出てきてつるつるした赤ちゃんに食べさせた。

ニュースによると、水道水をわかすと、放射性物質の濃度が高くなるらしい。

明日からは母乳育児をやめて、水道水でつくったミルクを飲ませようと思った。

4

それから毎日、赤ちゃんに毒をあたえた。放射性物質をふくんだ食物が、水道水が、その小さな体にどんどんたまるように、たやすことなくあたえた。

どういうわけかは知らないけれど、放射性物質は大人より子供、子供より赤ちゃんが影響をうけ、小児ガンにかかる確率が上昇するらしい。

国は汚染食物や汚染水道水に、「ただちに影響はない」とくりかえしているが、裏をかえせば、いつかは絶対に影響をうけると宣言しているようなものだ。こうやって毎日、汚染したものを赤ちゃんにあたえていれば、いつかは絶対に死ぬと、国が保証してくれているわけだ。

赤ちゃんの様子は、変わりなかった。

髪が抜けたり、におったり、肌がきたなくなったり、目がにごることもなく、すくすく成長していた。それにかんしては、ほんとうに助かった。

もし、身体にいやな変化がおこったら、そんなふうになった赤ちゃんを育てるなんて絶対にできない。私はそういうものが、きもちわるくてしかたないのだ。なにより、私が赤ちゃんの体に毒をそそいでいることが、世間にばれてしまう。

いや。

毒については、ばれるもばれないもないだろう。

私のように積極的ではなくても、ほかのお母さんも自分の子供に毒をそそいでいるのだから、私だけが糾弾されるということはない。

もっといってしまえば、私が私の赤ちゃんにやっていることも、ほかのお母さんが自分の赤ちゃんにやっていることも、大差はない。

世間のお母さんたちは、自分の赤ちゃんを守るため、遠くの野菜を仕入れたり、外国のミネラルウォーターを買ったりしているそうだ。

そんなことで、放射性物質をかんぜんにふせぐのは不可能。

毎日、ちょっとずつ、放射性物質は赤ちゃんの小さな体に蓄積されていく。国土のまんなかで原発が爆発したのだから、いくら注意しても、これぱかりはどうにもならない。

ミルクを飲ませる。離乳食をあたえる。部屋を換気する。布団をほす。散歩につれていく。おふろに入れる。寝かしつける。

こうした、ごくあたりまえの作業すら、赤ちゃんが快適にすごすための作業すら、危険でいっぱいだ。

換気をすれば放射性物質が入ってくるし、散歩につれていけば放射性物質をあびるし、布団をほせば放射性物質が付着するし、おふろのお湯には放射性物質がまじっている。

私はミルクをつくるときに水道水をつかい、離乳食に汚染野菜をつかっているけれど、そのほかには、とくべつなことをしていない。部屋を換気して、布団をほして、散歩して、おふろに入れて、寝かしつけているだけだ。

世間のお母さんと、私はおなじ。

世間のお母さんも、私とおなじ。

赤ちゃんの体をすこしでも汚染した時点で、その量にちがいがあろうとなかろうと、意識的であろうとなかろうと関係なく、私とおなじ。

私はこのような毎日のなかで、いっしょうけんめい赤ちゃんをよごした。

赤ちゃんは、前よりもたくさんかまってもらっているとかんちがいしているらしく、とてもきげんがよく、のどからしぼり出すように嬌声を上げた。

肉まんじゅうのようなまるい顔が、ふにゃあとゆがみ、小さな前歯が生えただけの口をあけて笑う様子は、なんともいえずかわいくて、胸がしめつけられるように痛くなった。

5

ある休日、お義母さんがやってきて、今はなかなか手に入らないミネラルウォーターのペットボトルを玄関におくと、早口で一気にしゃべった。

私と赤ちゃんを、お義母さんの故郷まで疎開させるつもりのようだ。

お義母さんの故郷はいなかで、ここからも原発からも、かなりはなれたところにあった。

「そんなの、急にいわれてもこまります」と私はいったが、こまることはなかった。私は専業主婦だし、赤ちゃんは保育園に入れていないので、うごこうと思えば、今すぐにでもうごけてしまうのだ。

助け船を出してもらおうと夫に視線をむけると、「よかったじゃないか。おれも心配だったんだよ」といって、だっこした赤ちゃんの頭に鼻をよせた。赤ちゃんはくすぐったそうに、きいとさわいだ。

私と赤ちゃんは、一週間後に疎開することにきまった。

お義母さんは日がくれても帰らないので、おすしの出前をとった。お義母さんは赤ちゃんをあやしながら、原発事故の影響がすくない土地にうつる大切さを、くりかえし語った。夫はうなずきながら、「はやく元通りになってほしいよなあ」といった。

元通りになんてなるわけがないと思った。

その夜は寝つけなくて、授乳をしながらネットをさまよった。

原発からとびちった放射性物質が、今どのような状態になってるのかを教えてくれるものがほしかったのだ。

はたしてそれは見つかった。

それも、たくさん。

いろんな国が、いろんな大学が、いろんな団体が、それぞれの測定器をつかい、それぞれの基準にてらしてつくられたマップは無数にあって、私は混乱する。

うすぐらいパソコンのあかりのなか、赤ちゃんが乳房にすいつく音をききつつ、私は一週間後の私をなんとかするため、マップを見つけては画像を保存した。絶望的な状況をしめすものは、いくらでも見つけることができた。

6

夫の運転で、私と赤ちゃんは町をはなれた。お義母さんは先に、現地でまっているそうだった。チャイルドシートに寝かせた赤ちゃんは、長いドライブにこうふんしているらしく、指しゃぶりをしながら、あーあーとさわいでいる。となりにすわる私は、赤ちゃんのお腹をなでた。あたたかいお腹だった。今、この子のお腹には、どれくらいの毒がたまっているのだろう。

「さびしくなっちゃうけど、週末にはそっちいくからな」と夫はいった。「ありがとう」と私は答えて、これからの環境を想像した。

私がやるべきことはなにもない。赤ちゃんに乳をあたえて、おむつをかえて、わかりました、わかりましたと、いうことをきいているだけでよかった。今まで通り。

だから、地獄がひろがったのを知ったとき、私はとにかくほっとした。

日本版のあとがき

ジェイ・ルービン
由尾　瞳　訳

二〇一三年九月、英国の大手出版社ペンギン・ブックスの編集者サイモン・ウインダーからメールが届き、近代・現代日本の短編小説集を編纂しないかとの誘いがあった。最初、私はこの仕事を引き受けることを躊躇《ちゅうちょ》した。なぜなら過去二十五年間にわたって村上春樹の作品にかなりの時間を費やしていたため、「日本文学」という、より広い分野の動向を追うことをすっかり怠《おこた》っていたからである。しかし同時に、少なくともその埋め合わせを試みるのも悪くないと思い、数週間後、サイモンに仮の目次を含めた企画書を送った。

当初は年代順に短編を並べようと考えた。頭に浮かんだ作品群は、国木田独歩、夏目漱石、芥川龍之介の研究や翻訳、また戦前日本の文学検閲の研究（『風俗壊乱：明治国家と文芸の検閲』世織書房、二〇一一年）のために親しんだ一連の作品だった。最初のリストにあった二十八作品中、最終的に残ったのはわずか十三作品。樋口一葉、島崎藤村、田山花袋、徳田秋声、志賀直哉、井伏鱒二、太宰治、坂口安吾、小島信夫、大江健三郎などの作品には優れたものが多かったが、

3・11の震災を考慮して選ぶ作品を変えることとなった。

この企画は二〇一三年に始まったので、二〇一一年三月一一日の記憶は当然まだ鮮明であり、東日本の大地震、津波、原発事故を反映した作品群で本を締めくくることを思いついた。作品を年代順に並べたとしても、東日本大震災をめぐる作品は自然と本の終わりに来るはずである。しかしこの大震災を歴史的現象として考え始めると、日本を襲った他の災害や惨事と一緒にまとめたいという思いが強くなり、本の最後のセクションは、一九二三年の関東大震災から始まり、一九四五年の広島と長崎の原爆投下を含む、「災厄　天災及び人災」として、まとめることにしたのである。

一九八〇年代初頭、江藤淳教授のもとで占領期の文学検閲に関する研究をしていた頃、大田洋子や原民喜をはじめとする広島・長崎出身の作家による作品を多読した。そして、それまでアメリカ人の近代日本文学研究者として、原爆について読むことを避けていたことに気づかされた。この本能的な回避の根底にある、アメリカは罪を犯したのだという思いを自覚するようになると、原爆をめぐる作品をできるだけ読むことが、私にとって贖罪《しょくざい》の行為になった。第二次世界大戦中のアメリカ人による日系アメリカ人の迫害を描いた小説『*The Sun Gods*』（日本語版：『日々の光』新潮社、二〇一五年）を執筆したときも、その当時読んだ書籍を大いに参考にして、長崎の原爆投下についての章を含めた。また、広島と長崎で起きた身の毛のよだつような事実を回避するすべを見出していたのはアメリカ人の私だけでなく、日本の批評家や一般読者も同じだということに気づいた。「原爆文学」という名称をつけ、日本文学の中の特殊なカテゴリーとしてまとめてしまえば、メインストリームから切り離し、都合よく避けることができるのだ。アメリカ人が落とした原爆がその下にいた人々にもたらした惨事を描いた作品を読むことは、アメリカ人にとって重要である。同様に、日本の読者にとっても、そうした作品を文学の主流の一部として、近代日本人の体験を理解する上で不可欠なものとして扱うことも等しく重要だと思う。

「災厄　天災及び人災」の章がまとまると、作品を年代順に配置することはもはや適切とは思えなかった。そもそも私は、西洋の読者に近代・現代日本文学の発展を解説する簡潔な年代記を提供するつもりはなく、とにかく良い作品を集めたかった。それらは長年にわたり私に大きな感銘を与え、西洋の日本文学研究者に、膨大な時間とエネルギーを費やしてでも母語たる英語に翻訳したいと思うほど強いインパクトを与えてきた作品群だ。そこで、時系列よりも重要なのは「作風」と「主題」であると考え、レンタルビデオ屋の陳列方法に倣って、目次にあるようにテーマ別に七つのグループに分類した。

村上春樹はすでに、私が発表した三作品『*Rashōmon and Seventeen Other Stories*』（2006, 日本語版：『芥川龍之介短篇集』新潮社、二〇〇七年）、夏目漱石『三四郎』英訳（2009）、夏目漱石『坑夫』英訳（2015）に序文を書いてくれている。いずれの場合も、みっちり下調べをしてくれて、入念なリサーチと深い思考が反映された序文を完成させた。そして四冊目となる本書の序文を書くことも快諾してくれたわけだが、きっとその仕事の膨大さにいささか驚いたと思う。しかし、今回もまた期待を裏切らず、洞察力に満ち情報も詰まった文章を寄せてくれた。日本の読者にも、本書の編纂と序文に注がれた努力と献身を感じ取っていただければと思う。

＊

この本を編纂する長い、やりがいのある作業の中でお世話になった方々に感謝の意を表したい。

その多くはアドバイスを与えてくれるとともに翻訳者としても積極的に貢献してくれた方たちである——Paul Warham, Richard Bowring, Geraldine Harcourt, Eve Zimmerman, Michael Emmerich, 水田宗子、Phyllis Birnbaum, Ted Goossen, Royall Tyler, 由尾瞳、Rachel DiNitto, Richard Minear, Brian Bergstrom, David Boyd, Angus Turvill. ほかにも多くの人たちの助言を仰ぎ、なかでも柴田元幸、Howard Hibbett, 辛島ディヴィッド、Davinder Bhowmik, Ted Mack, Ted Woolsey, 村上春樹、そしてRakuko Rubin に助けられた。最後に、二〇〇七年に私に連絡をくれて以来、翻訳を原文と照らし合わせる作業に無限の時間を費やしてくれた前田尚作には、いくら感謝してもしきれない。

二〇一九年一月

『ペンギン・ブックスが選んだ日本の名短篇29』底本一覧

永井荷風	「監獄署の裏」	『日本文学全集 14 永井荷風集』 新潮社 1961年
森 鷗外	「興津弥五右衛門の遺書」	『山椒大夫・高瀬舟』 新潮文庫 2006年
三島由紀夫	「憂国」	『花ざかりの森・憂国』 新潮文庫 2010年
津島佑子	「焔」	『光の領分』 講談社文芸文庫 1993年
河野多惠子	「箱の中」	『河野多惠子全集 第4巻』 新潮社 1995年
中上健次	「残りの花」	『重力の都』 新潮文庫 1992年
吉本ばなな	「ハチハニー」	『不倫と南米』 幻冬舎 2000年
大庭みな子	「山姥の微笑」	『大庭みな子全集 第5巻』 日本経済新聞出版社 2009年
円地文子	「二世の縁 拾遺」	『円地文子全集 第二巻』 新潮社 1977年
阿部 昭	「桃」	『未成年・桃――阿部昭短篇選』 講談社文芸文庫 2009年
小川洋子	「『物理の館物語』」	柴田元幸編『短篇集』 ヴィレッジブックス 2010年
国木田独歩	「忘れえぬ人々」	『武蔵野』 新潮文庫 2012年
村上春樹	「1963／1982年のイパネマ娘」	『村上春樹全作品1979〜1989⑤』 講談社 1991年
柴田元幸	「ケンブリッジ・サーカス」	『ケンブリッジ・サーカス』 新潮文庫 2018年
宇野浩二	「屋根裏の法学士」	『蔵の中・子を貸し屋 他三篇』 岩波文庫 1951年
別役 実	「工場のある街」	『淋しいおさかな』 PHP文庫 2006年
川上未映子	「愛の夢とか」	『愛の夢とか』 講談社文庫 2016年
星 新一	「肩の上の秘書」	『ボッコちゃん』 新潮文庫 2012年
澤西祐典	「砂糖で満ちてゆく」	『文字の消息』 書肆侃侃房 2018年
内田百閒	「件」	『日本文学100年の名作 第1巻 1914-1923 夢見る部屋』 新潮文庫 2014年
芥川龍之介	「大地震」	『河童・或阿呆の一生』 新潮文庫 2012年
	「金将軍」	『芥川龍之介全集 第六巻』 岩波書店 1978年
青来有一	「虫」	『爆心』 文春文庫 2010年
川端康成	「五拾銭銀貨」	『掌の小説』 新潮文庫 2011年
星野智幸	「ピンク」	『焔』 新潮社 2018年
村上春樹	「UFOが釧路に降りる」	『神の子どもたちはみな踊る』 新潮文庫 2002年
佐伯一麦	「日和山」	『日和山――佐伯一麦自選短篇集』 講談社文芸文庫 2014年
松田青子	「マーガレットは植える」	『スタッキング可能』 河出文庫 2016年
佐藤友哉	「今まで通り」	「新潮」2012年2月号 新潮社

読みやすさを考慮し、原則として旧字旧かなは新字新かなに改め、他の版も参照しつつルビを加え、かつ明らかな誤記等は訂正した。また、今日の人権意識に照らして不適切と思われる語句や表現については発表当時の時代的背景と作品の古典的価値などを鑑み、そのままとした。　編集部

The Penguin Book of Japanese Short Stories

Edited by JAY RUBIN

Introduced by HARUKI MURAKAMI

装幀　新潮社装幀室

ジェイ・ルービン　Jay Rubin

1941年ワシントンD.C.生まれ。ハーバード大学名誉教授、翻訳家、作家。シカゴ大学で博士課程修了ののち、ワシントン大学教授、ハーバード大学教授を歴任。芥川龍之介、夏目漱石など日本を代表する作家の翻訳多数。特に村上春樹作品の翻訳家として世界的に知られる。著書に『風俗壊乱：明治国家と文芸の検閲』『ハルキ・ムラカミと言葉の音楽』『村上春樹と私』、小説作品『日々の光』、編著『芥川龍之介短篇集』がある。英訳書に、夏目漱石『三四郎』『坑夫』、村上春樹『ノルウェイの森』『ねじまき鳥クロニクル』『神の子どもたちはみな踊る』『アフターダーク』『１Ｑ８４』など。

THE PENGUIN BOOK OF JAPANESE SHORT STORIES
EDITED BY JAY RUBIN
INTRODUCED BY HARUKI MURAKAMI

ペンギン・ブックスが選《えら》んだ
日《に》本《ほん》の名《めい》短《たん》篇《ぺん》 29

発行 2019.2.25

2刷 2019.3.20

編者 ジェイ・ルービン

序文 村《むら》上《かみ》春《はる》樹《き》

発行者 佐藤隆信
発行所 株式会社新潮社
〒162-8711 東京都新宿区矢来町 71
電話 編集部 03-3266-5411 読者係 03-3266-5111
https://www.shinchosha.co.jp

印刷所 大日本印刷株式会社
製本所 大口製本印刷株式会社

乱丁・落丁本は、ご面倒ですが小社読者係宛お送り下さい。
送料小社負担にてお取替えいたします。
価格はカバーに表示してあります。

Printed in Japan
ISBN978-4-10-353436-5 C0093